Marion Jerschowa

Das Emukleid

Marion Jerschowa

Das Emukleid

ROMAN

Verlag Styria

Bei diesem Text handelt es sich
um eine frei erfundene Geschichte.
Etwaige Ähnlichkeiten mit lebenden Personen
sind unbeabsichtigt.

Die Deutsche Bibliothek – CIP-Einheitsaufnahme

Jerschowa, Marion:
Das Emukleid : Roman / Marion Jerschowa. –
Graz ; Wien ; Köln : Verl. Styria, 1993
ISBN 3-222-12210-5

Printed in Austria
Umschlaggestaltung: Zembsch' Werkstatt, München
Satz: Druck- und Verlagshaus Styria, Graz
Druck und Bindung: Wiener Verlag, Himberg
ISBN 3-222-12210-5

INHALT

Geliebte Ella! Ich bin nicht sicher, ob Dich dieser Brief noch erreicht. Ich vergaß Dir nämlich zu sagen, daß ich Deine Aufzeichnungen einem Verlag übergeben habe. Wir haben mehr als zwanzig Jahre unseres Lebens damit verbracht, einander eine Schuld zuzuweisen, die vielleicht nie existiert hat. Für mich zumindest nicht. Du dagegen hast sie auf vielen, vielen Seiten gesucht, und was ist dabei herausgekommen? Ein Phantasiegebilde, ein Roman vielleicht, der nichts mit der Wirklichkeit zu tun hat. Ach, ich will nicht wieder davon anfangen. Ich meine bloß, man kann mit der Wahrheitsfindung auch zu weit gehen. Du hast Dich ja nur zerfleischt dabei! Was passiert ist – ich hab es nicht gewollt. Du weißt doch, was Du mir bedeutest, immer noch. In Liebe, Dein Aram.

Terra Incognita

Im Anfang waren Stille und Dunkelheit. Nackt lag die Erde unter dem Himmel, nackt und bloß. Nichts wuchs darauf, kein Lebewesen regte sich, kein Hauch. Und doch war sie nicht tot, diese Erde. Sie schlief nur, ungeschaut, und träumte von Baiame, dem Großen Geist.

Irgendwo im Sternenraum träumte auch Yhi, die Göttin der Sonne, vom Kuß, der sie herabhole auf diese Welt. Und siehe da! Ein Raunen ging durchs All, und der Schlaf fiel ab von Yhi wie ein Gewand, und sie war schön. Und als sie die Augen aufschlug, da flohen die finsteren Mächte vor ihrem Glanz.

Tagwerdung über dem Indischen Ozean. Der dünne Strich da unten, der Hauch von einem Strich, der die Dämmerung teilt, ob das die Küste ist? Sie ist es. Weiß beginnt sich abzuzeichnen als fahriger Schriftzug einer Brandung, stumpfes Blau von blassem Grün scheidend: Erde von Wasser. Licht sendet aus seine Boten, haucht Perlmuttglanz aufs Nebelgrau: Himmel überm Wasser. Und vage, wie auf den vergilbten Pergamenten der Kartographen, die die Terra incognita nach den Beschreibungen antiker Phantasten skizzierten, gewinnt unter vibrierenden Tragflächen ein sagenumwobenes Land Kontur.

Zurück bleibt, vergessen, die durcheilte Nacht.

Morgennebel wie taubehangene Spinnennetze im Gras,

in denen sich winzigkleine Bäume und Hausdächer verfangen haben, ein Funkeln wie erster Reif im Herbst, Rinnsale und Pfützen weiten sich im Anflug zu Flüssen und Seen ...

Ach, was dich so heimatlich anrührt, es ist in Wirklichkeit das trockenste Stück Erde auf dieser Welt. Eine schwimmende Wüste, die küstennahe Vegetation nichts anderes als trügerischer Aufputz, der falsche Hoffnungen weckt.

Gleich wirst du deinen Fuß darauf setzen. Deinen Fuß? Nein.

Gummiräder sind es, hart wie Stahl, die dir zuvorkommen, und zum Greifen nah saust unter dir hinweg, rast auf dich zu ein fremder, ungewollter Kontinent.

Bitte stellen Sie Ihre Uhren um ... Wir danken, daß Sie mit unserer Linie geflogen sind ...

Und dann bist du da, kopfunten und fünfzehntausend Kilometer fern. Ob den ersten Europäern auch so das Herz schlug, als sie nach Wochen und Monaten auf hoher See hier zum ersten Mal festen Boden betraten und Ausschau nach den Antipoden hielten?

Haben Sie Lebensmittel mit? Früchte? Saatgut? Der Beamte am Ausgang, ein bleichgesichtiger junger Mann in einer nur durch Schulterstücke und ein Namensschild angedeuteten Uniform sieht Ella prüfend an und drückt, ohne eine Antwort abzuwarten, seinen Stempel in ihren Paß. Mit einer witzigen Bemerkung, mit der er den offiziellen Ton wie entschuldigend zurücknimmt, entläßt er sie in eine verkehrte Welt. In eine Fremde, nicht viel einladender, als es die Buschwildnis noch vor wenigen Jahrzehnten gewesen sein muß.

Die gläserne Pracht eines Flughafens ohne Bedeutung. Spiegelblanke Leere, träge die Bewegungen der unausgeschlafenen Kassierin am Wechselschalter. Wohin sich die

Mitreisenden bloß verlaufen haben? Zurück bleibt Bangigkeit: Was nun?

Fröstelnd studiert Ella das Hotelangebot auf der Informationstafel: Hübsche, preiswerte Lodge in zentraler Lage ...

Der Taxichauffeur, der sie in die Stadt bringt, ist Pole, schwärmt abwechselnd von seiner neuen Heimat und flucht über die Aussies, die nicht Autofahren können, ehe er ihr Gepäck vor einem besseren Schuppen, einem Vorstadthäuschen mit verzogenen Fensterstöcken und verwaschenem Anstrich, auf den Gehsteig stellt. Mit einem aufmunternden Lächeln überläßt er Ella ihrem Schicksal.

Viel zu viele Dollar pro Nacht kostet hier das Gruselkabinett, das ihr der unfreundliche Hausherr vorführt: dreckige Vorhänge, höckrige Matratzen, zerschlissene Decken, ein durch die Türe hereingeschleudertes Leintuch. Am Flur hängen merkwürdige Gestalten herum. Aber wer hundemüde ist und ohne Rat, der hat keine Wahl. Der will nichts, als seine Beine wo ausstrecken und die Augen zumachen. Am liebsten für immer.

Der Stein in der Brust, der schreckliche Schrei! Was soll das ganze? Es muß ein Irrtum sein, das falsche Flugzeug erwischt, in einem falschen Land aufgewacht, in einem fremden Körper, weg von hier! ... Ja, aber wie denn, so ganz ohne Geld? Und wohin überhaupt? Und die Insel? Wolltest du nicht auf diese Insel? Wo ist sie eigentlich?

Verzweifelt rappelt sich Ella hoch. Nein, wenn schon verrecken, dann nicht in diesem Rattenloch!

Da geht eine Fremde durch fremde Straßen, auf denen die Autos auf der falschen Seite fahren, vorbei an eingeschossenen Scheiben, über denen „Aboriginal centre" steht, vorbei an knospenden Sträuchern in verwahrlosten Vorgärten. Sie sieht zweimal hin. Fielen vor einer halben Woche nicht Blätter von den Bäumen?

Ach, mach dir nichts vor, Australien heißt dieses Land, und die da gestrandet ist an seinen Klippen, bist du. Bin ich. Ist sie.

Zurück in die chinesische Stadt. Nein, nicht noch einmal diese Geschichte! Es reicht, was sonst noch alles passiert ist. Die Bösartigkeit eines Geldautomaten, der Ellas Kreditkarte nicht herausrücken will. Da hilft kein Flehen, kein verzweifeltes Knöpfedrücken, der Automat bleibt stumm. Die wartenden Chinesen werden ungeduldig.

Aram, der zwischen atemberaubenden Wolkenkratzern wie ein Rumpelstilzchen mit den Füßen stampft und vor Zorn auf den Boden spuckt: Was hast du da angerichtet, die ganze Reise im Eimer, Japan, Australien, und was soll das überhaupt ohne einen Groschen in diesem verdammten Hongkong?!

Die Chinesen verstehen – auch wenn sie kein Wort verstehen. Lin sucht ein Telefon. Passanten bleiben stehen.

Ella beschwört den Automaten. Aram flucht, zittert, schwitzt.

Nach einer Weile ohnmächtiger Ratlosigkeit kommt die erlösende Meldung des Freundes, daß die Bankomatzentrale sich bemühen werde, die Karte zu finden.

Wieder schweißtreibendes Hasten durch Verkehr und Passantenströme, erst zu Lin ums Gepäck, dann, schon auf dem Weg zum Flughafen, in die Zentrale, wo ein junger adretter Mann aus einem Berg eingezogener Kreditkarten schließlich die richtige fischt. Und gleich darauf der nächste Schlag, als er den Code entschlüsselt: Die Karte sei aus gutem Grund eingezogen worden – kein Geld auf Ihrem Konto ...

Und nun? Das Bargeld hüten wie die Wasservorräte in den Trockengebieten. Hoffen auf ein Wunder, einen Tümpel, einen Eingeborenen, der dich zu einem geheimen Brunnen führt. So tun als ob. Gib deinem Herzen einen

Stoß, setz ein weltmännisches Lächeln auf und bestell dir in einem dieser Esplanades, Ambassadors oder Plazas ein Zimmer, ohne nach dem Preis zu fragen! Mein Gepäck? Ach, wissen Sie, dieser Rucksack ist bloß mein Handgepäck. Den Rest bringt mein Mann nach!

Und wenn dieser Mann nie kommt? Und alle Geldquellen versiegt sind?

Schräg, zum Umfallen schräg eine weiße Nachmittagssonne, Möwengetrippel am sandigen Saum zwischen Wasser und Gras, Entengeschnatter. Was da am Steg kauert und bang zu den Hotelpalästen hinüberäugt, dieser zausige menschliche Vogel, den ein Sturmwind offensichtlich so verblasen hat, daß er nicht mehr weiß, wo er herkommt, wer das wohl sein mag? Und das Schiff dort, ist es nicht die Inselfähre? Natürlich ist sie es! Man könnte in den Dünen schlafen, man könnte im türkisfarbenen Meer baden, könnte sich der Sonne hingeben, dem Wind, unter dem Ozonloch verschmoren ...

Vierundzwanzig Stunden später sieht die Welt ganz anders aus. Von einem geräumigen, sündteuren Zweibettzimmer fällt Ellas Blick auf das palmenbesetzte Ufer des Schwanenflusses, einen See eigentlich, von makellosem Blau überspannt, in das sich vielleicht schon ein Schimmer antarktischen Eises mischt. In einem Reisebüro hat sie sich Prospekte besorgt und auch gleich eine abenteuerliche Route nach Norden, Osten, Süden und wieder Osten festgelegt. Jetzt fehlt nur der Startschuß in Form eines Lebenszeichens aus Japan und eines Okays der Kreditkartenfirma in Deutschland: der Computer hat sich geirrt, sorry ...

Solange allerdings die Liquidität in Frage gestellt ist, wird gespart. Auf also in die Fußgängerzone, dort gibt es sicher Automaten, von denen man billiger telefoniert.

Der erste ist kaputt, der zweite von Wartenden umringt, neben dem dritten bläst ein schwarzer Ureinwohner in sein langes Horn. Eine junge Asiatin rät, doch auf die Post drüben zu gehen.

Auf der Post dann die vertraute Stimme Anuschs. Ob der Vater schon die Nummer in Japan durchgegeben habe, unter der sie ihn erreichen könne, will Ella wissen.

Nein, sagt Anusch mit einer Verzögerung, wie sie beim heutigen Stand der Technik nur noch kosmische Entfernungen bewirken können. Aus Japan habe niemand angerufen, aber aus Hongkong, die Mutter solle zurückrufen ...

Hongkong? Ella ringt um Gelassenheit. Ah ja, da hatten wir Schwierigkeiten mit der Bank. Mit zitternden Fingern notiert sie eine Nummer. Es ist die von Lin.

Und wie geht es dir?

Gut, sagt Anusch. Aber ich hab so schlecht geträumt heute nacht. Ist alles in Ordnung? Rufst du schon von der Insel an?

Nein, ich hab es mir anders überlegt, lügt Ella. Ich habe so nette Leute in dieser Stadt kennengelernt ...

Mechanisch wählt sie Hongkong, aber da meldet sich niemand. Eine Stunde lang, zwei Stunden, drei. Als die Post schließt, probiert sie es aus der Fußgängerzone weiter.

Und zwischendurch, wie eine hängengebliebene Schallplatte, dieser Gedanke: Es ist also wieder passiert!

Spätabends, endlich, Lins Singsang, ein chinesisch eingefärbtes Englisch. Es bringt eigentlich nur die Bestätigung des ohnehin Geahnten. But don't panic, beschwört Lin, der fremde Freund, dem die schwierige Aufgabe zugefallen ist, die richtigen Worte für eine Tausende Kilometer ferne Ella zu finden, die dabei ist, durchzudrehen. Du kannst dich auf mich verlassen, ich hole ihn schon heraus ...

Lin, der Gute! Aber daran kann auch er nichts ändern, daß Ella abwechselnd wie ein Tiger in ihrem Nobelkäfig hin und her rennt und dann wieder in die Nacht hinausstarrt und vergeblich das Kreuz des Südens befragt: Und wer holt mich hier heraus? Und wer holt mich hier heraus? Und wer holt mich hier heraus?

Niemand, nein, der am nächsten Morgen an die Türe geklopft und gesagt hätte: Aufwachen, Madame, es war ja bloß ein böser Traum! Machen Sie sich fertig, Sie wollten doch aufs Schiff!

Mit zerschlagenen Gliedern steht sie am Fenster und sieht zu, wie ihre Insel davonschwimmt. Punkt neun, genauso wie gestern, legt die Fähre ab und zieht im spiegelglatten Wasser einen großen Bogen um die orangefarbene Boje.

Diese Insel war in den letzten Wochen vor der Abreise zur fixen Idee geworden. Beim lustlosen Blättern in den diversen Reiseprospekten war Ella darauf gestoßen. Wenn schon Australien, hatte sie sich bei ihrem Mann ausbedungen, dann eine bequeme Ecke zur Erholung von den Strapazen des Fluges, zur Akklimatisierung! In Wirklichkeit war es ihr um sehr viel mehr gegangen. Allein wollte sie sein, endlich allein. Und eine Woche hatte sie sich dafür eingeräumt. Dann würde sie weitersehen.

Du kannst machen, was du willst, hatte Aram nach einem der üblichen Hickhacks schließlich eingelenkt. Während ich in Japan alles erledige, kannst du von mir aus nach Australien vorausfliegen.

Er sagte es mit einer Beiläufigkeit, als handle es sich um einen Sonntagsspaziergang.

Und wo und wann treffen wir uns?

Irgendwo, irgendwann ... Mit diesem präzisen Programm waren sie schließlich auf die Reise gegangen.

Nein, so hat sie sich das Alleinsein nicht vorgestellt, das Abenteuer. Und während das Schiff vor ihrem Fenster an Tempo gewinnt und, den Untiefen ausweichend, im Zickzack den Swan River hinunterfährt, dem offenen Meer entgegen, setzt sich auch im Kopf eine Irrfahrt fort: Alleiner als allein ... Und doch ist es diesem Mann gelungen, mich sogar über den Indischen Ozean hinweg zu beschäftigen! ... Ach, es nützt nichts, tu was, irgendwas! ... Tun – ohne Geld? ... Geld, als ginge es nur darum! Was tust du mit diesem Geschrei in deiner Brust: Es darf nicht wahr sein! Es darf nicht wahr sein! ... Aufhören! Sofort aufhören! Ich laß mich nicht verrückt machen. Es ist nur passiert, was passieren mußte. Schluß mit den Selbstvorwürfen! ... Denk an dich, denk an die Kinder! Du mußt um jeden Preis da heraus. Du mußt das alles erzählen, du mußt zurückkommen, und sei's nur um dieser Geschichte willen! Du mußt sie aufschreiben, aufschreiben mußt du es, damit sie dir endlich glauben. Du mußt, du mußt! ...

Tu endlich was! Ja, aber was?

Frühstücken, zum Beispiel, das kostet – noch – nichts. Ein reichhaltiges Büffet, Obstsäfte, Kaffee, Tee, schwarzes Brot, weißes Brot, getoastet oder nicht, Cornflakes, Müsli, Butter, Marmelade, Honig, Leberpastete, Eier, alles, wonach dem zahlungskräftigen Hotelgast der Sinn steht, freundliches Zähneblecken der Büffetdame, Touristengeplauder am Nebentisch. Ella bringt trotzdem keinen Bissen hinunter. Hat Lin nicht auch etwas von Polizei gesagt? Don't panic, hat er gesagt, ich werde dich auf dem laufenden halten ...

Vor den zimmerhohen Glaswänden des vornehmen Frühstücksraumes sind Wolken aufgezogen, ein Windstoß bringt die knospenbesetzten Zweige der Bäume ins Schwanken, fährt den Gentlemen, die unten mit Diplomatenkoffer und Regenschirm über dem Arm den Rasen überqueren, durchs sorgsam frisierte, mehr oder weniger schüttere Haar. Ihrer Wichtigkeit mit jedem Schritt Ausdruck verleihend, streben sie den Bürotürmen rechts und links des Hotels zu, ehe eine geschäftige Möwenschar von der verlassenen Grünfläche Besitz ergreift.

Das Gefühl, in einem Kino zu sitzen, stünde nicht die junge Kellnerin mit dem langen Kinn da, die vorwurfsvoll die vollen Teller vom Tisch räumt. Ach ja, der letzte Gast bist du, und wie der Film nun weitergeht, ist ganz allein deine Sache ...

Ella beginnt die Zeit der Ungewißheit mit hektischen Aktivitäten totzuschlagen. Überläßt ihre vorletzten Dollars einer Ärztin, einer jungen mandeläugigen Schönheit, vielleicht aus Malaysia, vielleicht von den Philippinen, damit die ihr rebellisches Herz beschwichtige. Bucht alle Maschinen, die in den nächsten Tagen nach Hongkong, Singapur und Frankfurt gehen, und läßt sich, für den eher unwahrscheinlichen Fall, daß es doch noch irgendwann irgendwo ein Treffen in Australien gibt, auf die Warteliste für Sydney setzen. Macht ihr heimatliches Konsulat ausfindig (Amtsstunden einmal die Woche im Keller eines Immobilienbüros) und klappert die Großbanken ab, damit ihr einer erkläre, wie sie mit einer untauglichen Kreditkarte zu Geld komme. Führt Ferngespräche wie ein Topmanager rund um die Welt: Hongkong (Lin), Zürich (Was kostet der Rücktransport eines Kranken?), Frankfurt (Bewilligung eines neuen Kreditrahmens), Canberra (Botschaft), Sydney (ein alter Freund Arams, den er anläßlich dieser Reise wieder ausgegraben hat), neuerlich Hongkong (Spital), neuerlich Frankfurt (So tun Sie doch endlich was!), neuerlich Canberra, neuerlich Lin, der ihr im Auftrag Arams jedesmal andere Direktiven gibt. Und muß sich bei der Vermittlung der Gespräche durch die Hotelzentrale anhören, wie eine Telefonistin zur anderen sagt: Welches Land will sie denn jetzt schon wieder? Die Lady in der Rezeption, die mit den weißen Plastikmaschen im schwarzen Puppenzopf, verzieht allerdings keine Miene, als Ella ihr ohne Angabe von Gründen erklärt, sie müsse ihren Aufenthalt auf unbestimmte Zeit verlängern.

Dann teilt Lin ihr mit, sie brauche nicht nach Hongkong zu kommen, denn Aram würde morgen aus dem Spital entlassen, aber ehe er weiterreisen könne, müsse er sich noch für schuldig bekennen, er empfehle Ella, sich auf den Weg nach Sydney zu machen. Schuldig?! ruft Ella ins Telefon, aber Lin hat schon aufgelegt.

Das Reisebüro teilt ihr mit, ihr zu einem Sondertarif erworbenes Flugticket erlaube keine Änderung der vorgegebenen Route, wenn sie wirklich nach Hongkong zurückwolle, was im übrigen erst in einer Woche möglich sei, müsse sie sich ein neues Ticket ausstellen lassen, wenn jedoch Sydney ihr Ziel sei, so müsse sie dafür eine mehrtägige Bahn- oder Busfahrt in Kauf nehmen, der Pilotenstreik, Sie haben ja sicherlich von den chaotischen Verhältnissen gehört ...

Die Konsulatsangestellte, eine ältliche Landsmännin Ellas, die schon seit fünfundzwanzig Jahren in Australien lebt und ein unerträgliches Kauderwelsch aus Wienerisch und schlechtem Englisch spricht, teilt ihr mit, daß der Konsul momentan nicht zu sprechen sei, Ella möge doch bitte auf der Straße warten, vielleicht hätte sie später Glück. Und überhört geflissentlich Ellas Einwand, daß es draußen regne.

Der Konsul, ein freundlicher, eleganter Herr, der im gleichen Augenblick bei der Türe hereinkommt, scheint der Besucherin den Ernst der Situation anzumerken und sich zu freuen, daß es endlich etwas zu amtshandeln gibt in seinem desolaten Büro. Kopfschüttelnd hört er ihre Geschichte an und kann, als ehemaliger Manager eines großen internationalen Flughafens mit kompetenter Auskunft aufwarten. Ja, alles hänge vom Zustand ihres Mannes ab, ob er sitzend oder liegend transportiert werden müsse. Im letzten Fall würde das soviel kosten wie sechs normale Tickets erster Klasse, weil ein Krankentransport eben sechs Plätze beanspruche, erste Klasse selbstverständlich, dazu kämen die Kosten einer Begleitperson.

Aber Sie haben doch sicherlich eine entsprechende Reiseversicherung abgeschlossen ... Was, haben Sie nicht? Ja, aber wie kann man denn heutzutage auf so eine Reise gehen, ohne ... Kopfschüttelnd macht er sich dann ans Telefonieren.

Es regnet immer noch, als Ella aufs Geratewohl die Verkaufspassagen des Stadtzentrums durchstreift, Arams gereizte Worte im Ohr, als sie ihn vor der Abreise nach einer Reiseversicherung befragte. Aber wir sind doch über die Kreditkarte versichert! Stolz hielt er ihr die eben erworbene Karte unter die Nase. Warum hatte Ella die Sache damals nicht selbst in die Hand genommen? Warum hatte sie sich zufriedengegeben mit seinem Jaja, hab ich schon alles organisiert? Warum hatte sie den Reklametext nicht genau studiert, warum erst jetzt? Kein Problem, das wir nicht für Sie lösen könnten ... Kein Land, in dem wir nicht für Sie da wären ... Reiseversicherung, Diebstahlsversicherung, Unfallversicherung ... Wir garantieren, wir leisten, wir helfen Ihnen, wenn ... Natürlich hatte keiner von ihnen auf dieses Wenn geachtet, das genau die Umstände ausschloß, die jetzt eingetreten sind. Und das sie ihre ganze Existenz kosten kann.

Nach mehreren Telefonaten, unterbrochen von Ellas verzweifelten Versuchen, Dollarscheine in Dollarmünzen zu wechseln, mit denen sie die Automaten vergeblich füttert, weil sie dafür nur blöde Musik, unterbrochen von einem verdammten Bitte warten! anhören mußte, bekommt sie von der renommierten Kreditkartenfirma schließlich die Auskunft, man müsse sich erst mit der

Bank des Klienten in Verbindung setzen, ehe man etwas unternehmen könne.

In Canberra heißt es, man würde sich bemühen, aber erst müsse man wissen ...

In Zürich: Also, was ist nun? Brauchen Sie unsere Flugambulanz, oder brauchen Sie sie nicht?

In Hongkong: Ihrem Mann geht es den Umständen entsprechend.

Der Telefonanrufbeantworter des Sydneyer Kollegen wiederholt stereotyp: Ich befinde mich auf einer Reise durch Europa, aber wenn Sie eine Nachricht hinterlassen wollen ...

Ziellos streift Ella durch die immer gleichen Straßen, starrt mit leerem Blick in die immer gleichen Auslagen. Hat denn das bisherige Desaster nicht gereicht?

Das Desaster heißt Hongkong und liegt noch keine drei Tage zurück. Flugzeuge, die zwischen Wolkenkratzern landen. Straßenschluchten. Millionengesichter. Geldfieber. Elektronikwahn. Schwüle. Fischgeruch. Schriftzeichen, die du nicht deuten kannst. Krankenwagen, überfüllte Spitäler. Stecken im Stau, wo Eile geboten ist, Ärzte, klein wie Kinder. Ein Freund. Explosionen von Licht. Stürme von Lärm. Rennen durch den Verkehr. Unterirdische Kaufpaläste. Armut, die aus Fenstern quillt, aus düsteren Eingängen. Die Wechselbäder von klimatisiertem Drinnen und tropischem Draußen. Und dieser Scherenschnitt, gesehen vom Berg des Drachen: Schwarze Vulkankegel im eisfarbenen Meer. Es wird wohl das Südchinesische gewesen sein ...

Nun sitzt Ella in Australien fest, genauer gesagt, in seiner westlichen Metropole Perth. Ein kalter Wind ist aufgekommen, und trübe Flecken huschen über die Wasserfläche zwischen Zentrum und Wohngebieten. An zerfledderte Kohlköpfe erinnern die windbewegten Palmwedel in den Parks, und die Stadt, diese überschaubare Ansammlung von Hochhäusern und Einkaufsstraßen jenseits aller Bewohnbarkeit kommt ihr vor wie ein größenwahnsinniges Dorf.

Tausende Kilometer unwirtlichen Buschlandes trennen es von der nächsten Siedlung, die man als urban bezeichnen könnte, und doch hat es die höchste Einwandererquote des Kontinents. Nur, wie man bargeldlos hier überlebt, darüber gibt kein Reiseführer Auskunft ...

Die Adresse! Da war doch wo eine Adresse – Freunde von Freunden, im letzten Moment vor der Abreise wo hingekritzelt. Warum hast du nicht früher daran gedacht? Fieberhaft kramt Ella in ihren Sachen, holt dann tatsächlich einen zerknitterten Zettel heraus. Und was sagst du ihnen, wer du bist und was du hier machst?

Mit zitternden Fingern wählt Ella und zwingt, als sich eine helle Frauenstimme meldet, unverbindliche Höflichkeit in ihren Ton. Sie sei auf der Durchreise hier und erfülle nur die Bitte ihrer Freunde, schöne Grüße zu bestellen.

Aber können wir Sie nicht sehen? sagt die helle Stimme.

Es kommt nicht oft vor, daß wir Besuch aus Europa haben!

Wie lange bleiben Sie denn?

Ella gibt sich gelassen. Ein, zwei Tage, ich habe nämlich noch einige Dinge zu regeln ... Das ist schade, kommt es vom anderen Ende der Leitung, mein Mann hätte übermorgen frei, möchten Sie nicht zum Dinner zu uns kommen?

Es – vielleicht bin ich doch noch da, sagt Ella rasch. Ich bin nämlich auf der Warteliste für Sydney, Sie wissen ja, der Pilotenstreik ...

Und dann eine Familie, eine richtige Familie: ein Bungalow in einem Viertel für Leute, die es sich leisten können, britisch inspiriertes Interieur – geschmackvolles Weiß in Weiß, ein hoher Kamin, moderne Fauteuils und ein Badezimmer von beängstigender Sauberkeit –, zwei süße kleine Kinder, eine erschöpfte junge Mutter, die wie überall auf der Welt von Selbstverwirklichung träumt, ein besorgter junger Vater, dem trotzdem sein Job über alles geht. Den erlesenen Schinken, die rohen Salatblätter ißt man mit der Hand, der Verzehr der exotischen Früchte erfordert einiges Geschick. Und endlich, endlich jemand, der dir was erzählt, was nicht im Reiseführer steht.

Nein, sagt George auf Ellas Frage, ob man sich hier nicht ein wenig im Abseits vorkomme. Sein leichtes Doppelkinn strahlt Zufriedenheit aus. Höchstens, wenn wir von unseren Verwandtenbesuchen in Europa zurückkommen. Diese Kulturlosigkeit hier! Aber wenn wir dann in der Zeitung von euren Problemen lesen, den Kriegen, den Umweltkatastrophen, der Überbevölkerung, dann verzichten wir gerne auf alte Schlösser und einen Mozart oder Goethe.

Und was sind eure Sorgen? will Ella wissen.

Unsere? George wirft die Stirn in Falten und überlegt angestrengt. Ich wüßte nicht, welche. Wir haben hier an der Westküste das angenehmste Klima, das man sich denken kann, weder Tropenstürme noch extreme Hitze, Kriminalität und Arbeitslosigkeit halten sich in Grenzen, und die paar Städte sind zu unbedeutend für soziale Spannungen.

George lacht sarkastisch. Wir schaffen uns die Probleme vom Hals, indem wir sie exportieren. Statt uns durch Industrien Luft und Wasser zu verpesten, verschicken wir unsere Rohstoffe für viel Geld nach Übersee und holen sie uns als handliche und saubere Produkte wieder zurück. Bloß die Wasserversorgung bereitet uns manchmal Kopfzerbrechen, wenn nämlich der Regen ausbleibt, und die Süßwasserspeicher im Hinterland austrocknen …

Und was ist mit den Ureinwohnern? wirft Ella ein. Es ist alles, was ihr sonst zu Australien einfällt.

Georges Doppelkinn hängt auf einmal ratlos durch. Naja, so viele sind es eigentlich nicht mehr, als daß sie ein echtes Problem darstellten. Die Sache wird, meiner Meinung nach, hochgespielt. Es ist freilich nicht zu leugnen, daß ihnen großes Unrecht zugefügt wurde, man hat sie aus ihren Stammesgebieten vertrieben oder ausgerottet, und die, die übrigblieben, lungern nur betrunken herum und wissen nichts mit dem Geld anzufangen, mit dem sie von der Regierung großzügig entschädigt werden. Davon abgesehen, blockieren sie beinahe schon alle Bauvorhaben und Erschließungsprojekte. Es gibt doch kaum einen Fleck im Land mehr, den sie nicht als heilig und unantastbar beanspruchten. Wo immer man die Schubraupe heute ansetzt, überall kreuzt man einen Traumzeitpfad oder weckt ihre Regenbogenschlange. Naja, was auch dahintersteckt, mir hängt keiner ein schlechtes Gewissen an. Meine Eltern sind erst nach dem Krieg aus Europa eingewandert ... Aber wenn Sie sich für dieses Thema interessieren, da hätte ich was für Sie!

Er greift ein Buch aus dem Regal über der Couch und reicht es Ella: Märchen und Legenden der australischen Aboriginals.

Aber daraus wird man ohnehin nicht klug, meint er dann. Sie sollten sich lieber im Land umschauen, wenn Sie die Entfernungen nicht scheuen. Sie müssen unbedingt hinüber an die Ostküste, ja und nach Tasmanien natürlich, und die Tropen im Norden sind überhaupt ein Muß, vom Roten Zentrum gar nicht zu reden. Was sind denn Ihre Pläne?

Ich fliege möglicherweise nach Hongkong zurück.

Hongkong? Sagten Sie nicht was von Sydney? Sie sind doch noch nicht einmal eine Woche hier!

Ja, aber es kann auch sein, daß ich direkt über Singapur nach Hause fliege. Es – steht noch nicht fest, ob die Anwesenheit meines Mannes in Australien erforderlich ist.

Ihr Mann, sagt George, ist er vielleicht mit dem bekannten Schachmeister verwandt? Der Name ist ja nicht so häufig ... Ich bin nämlich ein begeisterter Schachspieler, wissen Sie.

Er ist es selber, sagt Ella und bringt die Rede wieder auf Land und Leute.

George wechselt einen flüchtigen Blick mit seiner Frau, offensichtlich ist ihnen der gequälte Ton des Gastes nicht entgangen. Sie fragen nicht weiter.

Wie auch hätte ihnen Ella diese telefonischen Dispute mit Lin über den Äquator hinweg erklären können, der im Auftrag Arams darauf besteht, daß sie ihre Reise wie geplant fortsetze, während sie ihm klarzumachen versucht, daß unter diesen Umständen nicht daran zu denken und sie fest entschlossen sei, nach Hongkong zu fliegen? Wie überhaupt diese ganze Wahrheit, wo sie doch selbst nur die halbe kennt?

Auf jeden Fall dürfen Sie Australien nicht verlassen, ohne wenigstens ein Känguruh gefüttert zu haben, sagt Susan mit tröstendem Lächeln und fügt augenzwinkernd hinzu: Wir haben hier nämlich einen Zoo, man muß nur mit der Fähre über den Fluß ...

Und mein Büro müssen Sie sich auch ansehen! flicht George ein.

Stolz führt er, der sympathische Aufsteigertyp und Teilhaber einer Rechtsberatungsfirma, Ella am nächsten Tag durch großzügig ausgestattete Räume, die mit ihren computerbestückten Schreibtischen und riesigen, zum Schwanensee hin ausgerichteten Fenstern eher der Kommandobrücke eines modernen Hochseeschiffes gleichen. Kein Wasserfältchen entgeht dem Kapitän da draußen.

Aufmunternd weist George auf eines der Telefone auf

seiner imposanten Schreibtischlandschaft: Möchten Sie nicht Ihren Mann anrufen?

Ella möchte nicht. Alles, was sie möchte, ist, sich bei jemandem ausheulen! Seit Hongkong hat sie kein Auge mehr zugetan, sie ist mit ihren Nerven am Ende. Aber wie bringt man sowas über die Lippen, ohne diese Büroherrlichkeit mit seinem Elend zu überschwemmen?

Nicht nötig, sagt sie, das Würgen niederkämpfend. Ich bin sicher, daß wir uns bald irgendwo treffen. Erzählen Sie mir lieber etwas über Ihre Stadt! Über Australien! Ich möchte endlich wissen, wo ich bin!

Und George erzählt. Und auf einmal sind auch die Scheuklappen des Selbstmitleids weg. Ella sieht sich auf ihrem nächsten Stadtgang verwundert um, als sei sie aus einem Koma erwacht. Da füttert ein alter Mann nicht anders die Vögel im Park als zu Hause, ein kleines Kind weint, weil es getragen werden will, und sie ist voll des Mitgefühls für die verschwitzte Mutter, die schon mit der sperrigen Tasche ihre Mühe hat. Passanten regen sich, wie könnte es anders sein, über Hundedreck auf, die Konditoreien sind voll mit sorgsam frisierten Damen, es blüht der Tratsch an all den kleinen Marmor- und Edelholztischchen. Im Kino spielen sie den „Untergang der Titanic", die Telefonautomaten sind so kaputt wie überall auf der Welt.

Aber auch das Fremde erscheint mit einem Mal selbstverständlich: die seltsamen Vögel am See, über den die sinkende Sonne einen Hauch von Alpenglühen gelegt hat, Fastfood an den Ecken, in den Passagen. Winterschlußverkauf jetzt, im Oktober, Werbung der Reisebüros im Hinblick auf die baldigen Sommerferien. Dazu Avocados, Mangos und Zitronen zwischen immergrünem Laub, rauchende Ureinwohner auf den Stufen eines Warenhauses, bewegungslos hocken sie da wie ausgestopfte Tiere ...

Schritt für Schritt beginnt Ella Australien zu erobern, über das taube Herz, diesen toten Punkt, hinauszugehen, zu dessen Sinnbild eine Stadt am Ende der Welt geworden ist. Auch wenn dich das Schicksal übermorgen vielleicht schon wieder übers Meer katapultiert und dies alles nicht mehr gewesen sein soll als ein Intermezzo, eine vergessene Episode – du befindest dich zum ersten und wahrscheinlich letzten Mal in deinem Leben im Antipodenreich, dort, wo man eigentlich verkehrt aus der Erde kriechen müßte, wenn man ein Loch quer durch den Globus bohrte, und jeder Tag, den du sinnlos zergrübelst, ist ein vertaner Tag.

Also: zuerst mit der Fähre hinüber zum Zoo, dort gibt es die schwarzen Schwäne, nach denen dieser hier zum See ausgeuferte Fluß benannt ist, Känguruhs, damit du erzählen kannst, wie sie dir aus der Hand fraßen. Warane aus den Wüsten, die dein Fuß nie betreten wird. Krokodile aus dampfenden Sümpfen. Papageien aus undurchdringlichen Urwäldern. Pelikane, Flamingos und Kookaburras. Urzeitliche Echsen, giftige Schlangen, putzige Koalas und komische Emus, eine Kreuzung zwischen Straußenvogel, Truthahn und Storch.

Als Ella in der allzu frühen Abenddämmerung die Heimfahrt antritt, den Lichterburgen am anderen Ufer entgegen, ihrem Spiegelbild im Wasser des Schwanenflusses, da hat sie zum ersten Mal seit Antritt der Reise das Gefühl, als habe sie nichts anderes als das Fernweh hierher geführt. So, wie jeden normalen Touristen.

Wie kamen die Europäer überhaupt auf die Idee, sich hier niederzulassen? Ella befragt die Prospekte des Reisebüros. Holländische Weltumsegler hätten als erste von einem kargen Küstenstrich berichtet, an dem nichts zu holen sei. Sie nannten ihn Neu-Holland und verschwanden wieder hinter dem Horizont. Zweihundert Jahre später tauchten die Briten dort auf, die gehört hatten, daß sich französische Seeleute für die Gegend interessierten. Sie erklärten die Küste zu ihrem Eigentum, nannten sie Westaustralien und siedelten unternehmungslustige Landsleute an. Aber niemand wollte freiwillig bleiben.

Man hatte ihnen ein Arkadien versprochen, aber was sie vorfanden, war feindselige Buschwildnis diesseits und jenseits eines trägen Flusses. Da erinnerte man sich der mittlerweile aus der Mode gekommenen Zwangsarbeit, die drüben an der Ostküste den Grundstein für das Gedeihen der Kolonie gelegt hatte. Man holte die Sträflinge herüber, ließ sie die Drecksarbeit machen und brachte die darniederliegende Wirtschaft in Schwung. Alles weitere besorgten die Goldgräber, Schafzüchter und gerissenen Geschäftemacher.

Der nächste Schritt: das Meer, die Küste. Ella nimmt den Vorortezug in die kleine Hafenstadt. Deren ganzer historischer Stolz ist ein altes Gefängnis, in dem man die Zellen und Ketten der ersten Sträflinge besichtigen kann. Vom Meer und der Küste ist allerdings so gut wie nichts zu sehen, denn unmerklich haben sich die paar Einkaufsstraßen in einer Landschaft von Kränen, Containerstapeln und Frachtschiffen verlaufen. Und was sich hier tut, bringt Ella augenblicklich auf andere Gedanken.

Pausenlos fahren riesige Trucks vor, pausenlos läuft das Fließband des Exports. Hier werden lebende Rohstoffe verschifft, Wolle auf Beinen, lärmendes, stinkendes Fleisch. Zu Tausenden werden Schafe in rostige Schiffsrümpfe mit arabischen Namen getrieben, die nichts anderes sind, als zu schwimmenden Ställen umgebaute Öltanker. Über lange, schwankende Stege, die genauso breit sind, wie ein Tier dick, werden die Schafe nacheinander hineingeprügelt. Bockt eines trotzdem oder macht es den verzweifelten Versuch, auszubrechen, wobei es zwangsweise in den Barrieren hängenbleiben muß, so wird es von einem Mann mit routinierter Brutalität befreit, während weiter oben ein anderer Aufpasser dafür sorgt, daß keine kranken Tiere darunter sind. Durch Öffnen eines speziellen Gatters werden sie beinahe automatisch aussortiert. Und während sich dieser endlose blökende Strom in das Schiff von der Höhe eines mehrstöckigen Hauses ergießt, wird unter riesiger Staubentwicklung Futter in den Laderaum gepumpt. Wie eine schwere, lärmende Wolke lagert die Todesangst über dem Hafen, während draußen an der Reede, in trübe Abgasnebel gehüllt, die nächsten Transportschiffe Schlange stehen.

Immerhin hat Ella einen Blick vom Meer erhascht: die Illusion einer Insel irgendwo, auf der man sich gehenlassen kann, heulen, schreien, die Ohnmacht ertränken in der kochenden Gischt ... Morgen wird hingefahren, koste es, was es wolle. Kein Telefon, keine Hiobsbotschaft, die sie zurückholen könnte. Und wenn in ein paar Wochen jemand nach ihr fragen sollte, wird es von ihr genauso heißen wie von den einstigen Seefahrern: verschollen im Indischen Ozean ...

Doch vorläufig gibt es kein Entkommen. Im Esplanade wartet schon wieder eine Nachricht. Mit spitzen Fingern reicht ihr die Rezeptionistin, diesmal eine anämisch wirkende Blondine, einen Zettel. A message for you, madame!

Es ist die Aufforderung eines internationalen Zustelldienstes dringender Nachrichten, sofort in Hongkong anzurufen. Die angegebene Telefonnummer ist aber nicht die Lins. Das Spital? Was sonst?

Mit weichen Knien schleppt sich Ella ins Zimmer, wählt, während vor ihrem inneren Auge neue Horrorvisionen aufsteigen. Ein zwitscherndes Chinesisch am anderen Ende der Leitung. Ella nennt ihren Namen. Just a moment, kommt es hell zurück, und dann – Aram! Es sei alles in Ordnung, er sei aus dem Spital entlassen, übermorgen fliege er nach Sydney, Hongkong sei übrigens eine faszinierende Stadt. Er klingt, als sei nichts geschehen, und will wissen, warum Ella nichts sage, ja, und überhaupt, wieso hast du denn dein ödes Nest nicht schon längst verlassen, ich hab dir doch ausrichten lassen, daß du endlich losfahren sollst. Wozu bist du eigentlich in Australien?

Ist das gespielt, um Ella zu beruhigen?

Aber Lin meinte ...

Ach, Lin, der bringt alles durcheinander, diesen Chinesen kann man kein Wort glauben. Ich sag dir doch, das war ein Klimaschock, nichts weiter. Dazu noch deine verdammten Tabletten! ... Du sollst endlich losfahren, wie oft soll ich es dir noch sagen?

Na schön, denkt Ella, wenn das so ist ... und macht sich wieder auf in die Stadt, um die Überseeflüge zu stornieren und eine Rundreise zu organisieren. Vielleicht geht sich vorher sogar noch die Insel aus. Und wohin soll die Tour gehen? Australien ist groß, soviel steht mittlerweile fest. Erst nach oben, die Küste entlang? Oder lieber nach unten, an die andere Küste in östlicher Richtung? Oder gleich ins Innere? Verschollen in der Wüste – wie wär's damit? ...

Wunschgemäß löscht die Reisebürolady Ellas Namen aus der flimmernden Passagierliste am Bildschirm und reicht sie mit sichtlicher Erleichterung an die Kollegin weiter, eine Dame mit häßlichen Zähnen und auffallend vielen Sommersprossen. Sie ist für das Inland zuständig.

Auch sie begrüßt Ella wie eine alte Bekannte, um dann kopfschüttelnd eine Durststrecke von zwölftausend Wüstenkilometern kreuz und quer in den Computer zu tippen, ihre langen roten Fingernägel verfangen sich vor lauter Hast in den Tasten.

Wieder im Hotel, genehmigt sich Ella zum ersten Mal ein Bier aus der mit Getränken vollgerammelten Zimmerbar. Es geht los! Australien wartet auf dich! Jetzt fehlt nur mehr ein Anruf aus Frankfurt, daß ein neuer Kreditrahmen genehmigt wurde ... Dann läßt sie sich ein letztes Mal mit Lin verbinden, um sich zu bedanken. Ohne ihn wäre noch mehr schiefgegangen, als schon schiefging, ohne ihn ...

Aber sag mir die Wahrheit, was ist nach meinem Abflug wirklich passiert?

Aram is quite okay, sagt Lin, ohne auf ihre Frage einzugehen, but try to see him as soon as you can ...

Aber er hat doch eben noch darauf bestanden, daß ich meine geplante Reise absolviere?

Yes, of course. Nevertheless ...

Lin hat aufgelegt, sich einmal mehr in seine unvorstellbare geographische Distanz zurückgezogen und Ella mit ihrem Rätselraten alleingelassen. Was, verdammt, hat das alles zu bedeuten? Einerseits ist Aram okay, andererseits – nevertheless. Einerseits soll Ella ihre eigenen Wege gehen, andererseits auf schnellstem Weg nach Sydney kommen. Heißt das vielleicht? ... Was denn sonst! Adieu, mein rotes Wüstenherz ...

Ohne zu zögern greift Ella nach der Wodkaflasche und macht einen langen, innigen Zug. Dann hebt sie erneut den Hörer ab, wählt das Reisebüro. Die Nummer kennt sie auswendig. Sie sei heute vormittags dagewesen, sagt sie, und habe eine Reise gebucht, die sie wieder stornieren wolle.

One moment please, sagt eine Frauenstimme, und so wie neulich bekommt Ella einen giftigen Kommentar am anderen Ende der Leitung mit: Judy, für dich, ich glaube, es ist diese verrückte Lady. Jetzt hat sie es sich schon wieder anders überlegt!

Ich muß so schnell wie möglich nach Sydney, sagt Ella mit schwerer Zunge und setzt erneut die Flasche an die Lippen.

Aber da sind Sie doch auf der Warteliste! Sie wissen ja, der Streik. Es fliegen nur ganz wenige Maschinen. Die sicherste Verbindung ist zur Zeit die mit den internationalen Airlines über Singapur.

Ich will nicht nach Singapur, ich will nach Sydney, sagt Ella gereizt. Wissen Sie überhaupt, wo das ist?

Also, Madame, kommt es immer noch höflich, wenn auch leicht gedehnt, vom anderen Ende der Leitung, wenn Sie nicht über Singapur fliegen wollen, dann können Sie erst in frühestens vier Tagen in Sydney sein. Der nächste Bus geht, warten Sie ...

Mit dem Bus! Ich bin doch nicht wahnsinnig und fahre unter solchen Umständen tagelang mit einem Bus spazieren.

Was für Umstände, Madame? Sie wollten doch eben noch auf eine zweiwöchige Bustour durch die Wüste. Jetzt auf einmal ...

Das überlebe ich nicht, verstehen Sie? Ich stehe kurz vor einem Herzinfarkt ... Ach, Sie begreifen doch gar nichts. Und was ist mit dem Zug, ist der nicht schneller und bequemer?

Ausgebucht, seit Wochen ... Also, wenn Sie sicher sind, daß Sie wirklich nach Sydney wollen, dann würde ich an Ihrer Stelle schnellstens doch einen Platz im Bus reservieren. Jetzt, wo der inneraustralische Flugverkehr zusammengebrochen ist, konzentriert sich doch alles auf Bahn und Bus!

Wer sagt, daß ich nach Sydney will? schnaubt Ella nach einem weiteren Schluck. Ich will überhaupt nirgends mehr hin, verstehen Sie? Ich hab die Nase voll. Ich wußte ja, warum ich mich so gegen dieses Australien gesträubt hatte. Und alles wegen ihm! ... Dabei ist doch immer mein sehnlichster Wunsch gewesen, zu reisen. Das Fernweh, wie eine unheilbare Krankheit das Fernweh! Schon als Kind habe ich davon geträumt, auszuwandern, ich wußte nur nicht, ob in die sibirische Taiga oder den südafrikanischen Busch. Aber als Aram vor ein paar Monaten mit seinen grandiosen Plänen daherkam – Amerika, Japan, Australien, rund um den Globus also – da sagte ich, nein, danke. Zu spät, mein Lieber! ... In den ersten Jahren hatten wir kein Geld zum Reisen, die Kinder außerdem, so gab es eben Jahr für Jahr nichts anderes als die Familienurlaube ans Meer, eine lästige Pflicht für Aram und für mich bald auch nicht viel mehr. Nun, wo die Kinder aus dem ärgsten heraus sind und lieber allein fortfahren, ist Aram zu überhaupt nichts mehr zu bewegen. Da hab ich mich eben mit meinem Stubenhockerdasein abgefunden, und jetzt bin ich soweit, daß ich nur mehr meine Ruhe haben will. Er hockt ja doch die meiste Zeit zu Hause und nörgelt an mir herum. Was heißt nörgeln, aber was red ich da ... Naja, und da erklärt er mir eines Tages: Wir machen eine Weltreise, meine Liebe! Wegen einem Turnier in Japan wollte er mich rund um die Welt schleppen! Ich hoffte bis zuletzt, daß irgendwas dazwischenkäme. Ich ahnte die Katastrophe, ich sah sie auf uns zukommen ... So sagen Sie mir doch, was ich machen soll? Ich will nicht krepieren, verstehen Sie? Bitte, helfen Sie mir. Hallo, hallo, warum sagen Sie nichts? Sind Sie überhaupt noch da? ...

Judy blieb stumm. Sie hatte längst aufgelegt. Da schmiß Ella den Hörer hin, packte mit beiden Händen die Flasche und trank sie in einem Zug leer.

Rattennest nannten die ersten Seefahrer das felsige Eiland vor der australischen Küste, auch wenn die wieselflinken Tiere, die sich dort in Scharen tummelten, keine Ratten waren. Wie vielen Schiffen sind seine Riffe und Klippen zum Verhängnis geworden! Den weißen Kolonialherren war es ein willkommener Verbannungsort für die

Ureinwohner, die ihnen bei der Besiedlung des Landes im Weg waren. Aus dem einstigen Kerker ist mittlerweile ein Hotel geworden, aus dem Rattennest ein beliebter Ausflugsort. Trotzdem hat sich die Insel ihre Einsamkeit für den bewahrt, der sie zu finden weiß.

Was wollen Sie dort? hat der polnische Taxifahrer am Tag ihrer Ankunft zu Ella gesagt, als sie sich erkundigte, wie man dort hinkäme. Dieser Ort verdient seinen Namen. There is absolutely nothing! Er sagte es mit solcher Verachtung, als sei allein schon der Gedanke, daß jemand dorthin wollte, eine Zumutung.

Für Ella, die sich am nächsten Morgen mit schwerem Kopf und matten Gliedern aufs Schiff geschleppt hat, frei, wie gesagt, nach dem Motto: Diese Insel sehen und sterben!, ist jenes Nothing ein weiterer Schritt auf ihrem Eroberungszug durch die Terra incognita des Schicksals: eine Aneinanderreihung von Buchten, halbmondförmig eingebettet zwischen schwindelerregenden Klippen, eine schneeweißer als die andere, Salztümpel zwischen wehenden Gräsern und struppigem Busch, ein Aufundab von Dünen, die eine nie gesehene Vegetation vor dem Abwandern bewahrt, Überreste von Schiffen, seit Jahrhunderten mit den Riffen verwachsen, die sich in ihre Rümpfe bohrten, ist dieses Nothing eine berauschende, unendlich beruhigende Meereswut ...

Wie in Trance sieht sie den Indischen Ozean zerstäuben, als wär sie selbst ein Fels, vom Wind zerfressen, vom ewigen Salz, betäubt vom Brandungslärm. Wie sich da Welle auf Welle bricht an unsichtbaren Barrieren, Schaumfontänen steigen, Geysiren gleich, in den Himmel. Weiß zerrinnt in Türkisblau, Gischt läuft mit hurtigen Füßen über bemoosten Stein, schießt fächerförmig auseinander, ehe sie in silbernen Rinnsalen über scharfe Kanten tropft. Überwältigt steht Ella dann am Rand einer Grotte, in der die entfesselten Elemente toben, als wollten sie das Land in Stücke reißen, donnernd und brodelnd entlädt das Meer die weiß Gott von welchen Kräften aufgeschaukelten Energien ...

Das Wandern von Küste zu Küste, der Trost der Natur, das Liegen im Sand zwischen Möwen und Krabben, Seegras und Gallertklumpen: angeschwemmt, gestrandet, zerschellt.

Ein Strahlen kam über die kahle Ebene, die man heute die Baumlose nennt, weil nichts als Gras darauf wächst, und es war hier, daß Yhi ihre Reise weit in den Westen, weit in den Osten, weit in den Norden und weit in den Süden begann. Wo ihr Fuß den Boden berührte, geriet die Erde in Ekstase. Gräser, Sträucher, Bäume und Blumen sprossen hervor, dürstend nach Licht, hungernd nach Wärme. Ohne Unterlaß schritt Yhi das Land ab, solange, bis die Erde wucherte und grünte und allerorts blühte.

Als die Sonnengöttin ihr Werk vollendet hatte, legte sie eine Rast ein. Ihr Blick ging von Horizont zu Horizont, und sie war glücklich, weil Baiame zufrieden war.

Du hast deine Sache gut gemacht, sagte Baiame zu ihr, aber wisse, dies ist nur der Anfang der Schöpfung. Die Welt ist herrlich, aber erst, wenn fleuchendes und kreuchendes Leben sie erfüllt, ist dein Werk vollendet. Trage dein Licht unter die Erde, geh in die Höhlen und lichtlosen Schluchten und sieh, was geschieht.

Yhi also machte sich auf zu den Tiefen der Erde. Und alsbald sprudelte buntes, herrliches Leben daraus hervor. Vögel und Tiere umscharten sie, ihre Stimmen erhebend, und sie machte sich auf, eine Welt voll Licht und Farbe in Besitz zu nehmen.

Dies ist Baiames Land, sagte Yhi zu ihnen. Und nun ist es euer Land. Baiame wird darüber wachen und eure

Wünsche erhören. Mein Werk aber ist so gut wie vollendet. Ich werde von euch gehen, um bei den Sternen zu wohnen. Doch wisset, wenn ihr sterbt, dann wird eure Seele den Köper verlassen und zu mir kommen.

Yhi stieg in den Himmel und wurde zu einem Feuerball, der langsam hinter den Hügeln im Westen verschwand ...

So steht es in Georges Buch, und so berichten die ersten Menschen dieser Erde auch heute noch von den Anfängen der Welt, wenn sie an ihren Buschfeuern sitzen, so haben sie es Tausende und Tausende von Jahren erzählt, und ihr Wissen haben sie mit wunderlichen Zeichen in Felswände und Baumrinden geritzt. Menschen, die sich immer noch als Teil der Natur und Bewohner einer Traumzeit verstehen und nicht begreifen, daß es Fremde gibt und Maschinen, die wegnehmen und zerstören, was ihnen heilig ist. Diese Fremden, deren Haut weiß ist wie das Gefieder der Kakadus, haben keine Träume, sagen sie. Sie gehen einen anderen Weg. Härter ist er als die trockenste Erde und länger als alle Flüsse, die wir je entlangzogen. Die Fremden nennen ihn Straße ...

Ellas Straße als ein nicht endenwollender Tod – unerbittlich läuft er vor ihr davon, nichts als die Kadaver überfahrener Tiere hinter sich lassend. Deine Straße als eisernes Korsett, das dich in dein altes Leben zurückzwingt, ein grauer Strom, der dich an rettenden Ufern vorbeitreibt, auch wenn dort nichts ist als öder, rupfiger Busch: Blaubusch, Salzbusch, Eukalyptusgestrüpp, Sandelgehölz. Diese Straße, und ein Gefühl, als habe dir jemand das Innerste nach außen gestülpt und schleife es erbarmungslos hinter sich her.

Schief hängt die Welt in den Angeln, ja, aber wenigstens ist fürs erste die Geldfrage geregelt und die Himmelsrichtung festgelegt. Nicht in den tropischen Norden also und auch nicht übers Meer nach Asien oder Europa, nicht ins Wüstenherz geht Ellas Reise, sondern nach Osten, ans andere Ende der Welt.

Es war an einem Montagmorgen voll gläserner Kühle und frühlingshaftem Licht. Ella stand ein letztes Mal vor ihrem Hotelfenster und blickte über die Uferpromenade hinweg aufs spiegelnde Wasser des Swan River. Im körperlosen Blau darüber hing wie an einer unsichtbaren Schnur ein Flugzeug, gewann an Höhe und verschwand so lautlos, wie es aufgetaucht war: Ellas Maschine, genau jene, mit der sie vor einer Woche aus Hongkong hier eingetroffen war und mit der sie eigentlich noch bis gestern dorthin zurückfliegen wollte ... Aber da war keine Zeit mehr für müßige Überlegungen. Ein letzter Blick in den Schrank, unters Bett nach Vergessenem, dann warf sie ihren Rucksack über die Schulter, packte die Tasche, die ihr Lin geborgt hatte, und reichte der bezopften Lady an der Rezeption, die sich diesmal Plastikkrokodile ins Haar gesteckt hatte, die auf geheimnisvolle Weise zu neuer Zahlungskraft gelangte Kreditkarte.

Auf dem Terminal ist Ella nicht die einzige gewesen, die zum ersten Mal einen australischen Überlandbus bestieg. Die Mehrzahl der Fahrgäste waren Leute, die der Pilotenstreik fern der Heimat festgenagelt hatte. Während sie auf den Aufruf zum Einsteigen warteten, kamen sie ins Plaudern. Der Schafscherer aus Victoria, der den größten Teil des Jahres von Farm zu Farm zog, ärgerte sich, daß ihm vier Tage seines kostbaren Urlaubs verlorengingen, möglicherweise noch einmal soviel für die Rückreise, denn wer wußte denn, wie lange dieser Ausnahmezustand noch anhalten würde, ein deutscher Einwanderer, seit dreißig Jahren in Tasmanien ansässig, wo er als Butler eines Landbesitzers diente und nebenbei seine eigenen Ländereien bestellte, hatte eben seine Tochter in Westaustralien unter die Haube gebracht, auch sie habe es gut getroffen, nie, sagte er, hätten sie es in Europa so weit gebracht, von einem Heimweh keine Rede, nicht einmal eine Woche hielte er es dort noch aus, diese Hektik, diese Bürokratie ... Die siebzigjährige Dame mit der dunklen Hautfarbe hätte diese Strecke auch lieber in der Luft zurückgelegt, sechsunddreißig Stunden war sie, von Südafrika kommend, schon unterwegs, mindestens ebensoviel hatte sie nun noch auf dem Landweg vor sich ... Unglaublich! ereiferte sich eine Lady mittleren Alters, die tagelang auf dem Flugplatz auf der Lauer gelegen war, ob nicht doch eine Maschine ginge. So eine Frechheit, einfach nicht zu fliegen! Was glauben diese Piloten eigentlich, wer sie sind? Sie ruinieren unsere Wirtschaft, unseren Fremdenverkehr, Australien ohne Flugzeuge ist eine Katastrophe!

Ella nickte zustimmend, doch hatte sie längst den Faden verloren. In ihrem benebelten Kopf geisterte nur der Gedanke an die tagelange Quälerei, die ihr bevorstand, und sie fragte sich, wie wohl die Station heißen würde, an der man ihre zerrüttelten Knochen einzeln ausladen und den Termiten zum Fraß vorwerfen würde ...

Gemächlich ging es durch den Vorstadtverkehr, vorbei an den letzten Backsteinhäuschen, den letzten Tankstellen, den letzten Reklametafeln. Noch waren die Fahrgäste gesprächig, noch hatte sich das Reisefieber nicht gelegt, noch lachte der Busfahrer selbst am allermeisten über seine Witzchen, noch zog draußen parkähnliches Weideland vorbei, noch ließ sich von Frühlingsgrün und Frühlingsbächen und Regentümpeln sprechen, von netten Farmhäusern und sprießenden Hälmchen auf Feldern, die sich am Horizont verliefen, noch war Ella aufgeregt. Aber schon um die Mittagszeit schaukelten die Reisenden apathisch durch nimmer endenden, nur von wenigen Bäumen durchsetzten Busch. Mächtige Trinkwasserrohre begleiten die Straße auf ihrer beschwerlichen Reise in die Durstgebiete, in regelmäßigen Abständen von Pumpstationen unterbrochen. Jeder Wellblechschuppen, jede Abzweigung, jedes Verkehrsschild ein Ereignis, jedes entgegenkommende Fahrzeug eine Sensation. Mit unverminderter Geschwindigkeit nähern sich die riesigen Lastwagenzüge auf dem schmalen asphaltierten Mittelstreifen, offensichtlich bereit, mit ihren mächtigen Rammgittern nicht nur Känguruhs, Rinder und Kamele, sondern auch ihresgleichen niederzumachen. Aber der Busfahrer läßt es nicht auf eine Kraftprobe ankommen, routiniert schert er, seine Geschwindigkeit ebenfalls kaum drosselnd, wenige Meter vor der Kollision nach links aufs sandige Bankett aus, um dann in scharfem Bogen wieder den bequemen Asphalt zurückzuerobern.

Die Veränderungen vor dem Fenster vollziehen sich kaum wahrnehmbar. Aus rotrindigem Gehölz ist irgendwann silberhaariges Gestrüpp geworden, wucherndes Geäst ist zu dürren Grasbüscheln verkümmert, dazwischen ockerfarbene, steinige Erde. Das erste tote Känguruh am Straßenrand, der erste Idiotenfilm von weiß Gott wie vielen. Alles starrt gebannt auf den Bildschirm über der Windschutzscheibe, auf dem der weiße Hai genüßlich einen surfenden Hollywoodstar verspeist, und kehrt erst dort in die Wirklichkeit zurück, wo andere Illusionen ihre unübersehbaren Spuren hinterlassen haben. Aufgeregt werden nun die ausgeplünderten Goldgräberfelder kommentiert.

Verwitterte Abraumhalden, Gerümpel aus Pioniertagen, verlassene Baracken, tote Erde, so weit das Auge reicht.

Aber dann rollt der Bus in einer richtigen Ortschaft ein.

Ein paar tausend Menschen fänden hier, in diesem staubigen, trostlosen Nichts ihr Auskommen, erklärt der Busfahrer bei der Einfahrt durch das Mikrophon. Vor einem halben Jahrhundert seien es noch zehnmal soviel gewesen. Diese Stadt habe nur dank der Wasserleitung und des Highways überlebt, im Gegensatz zu den zahllosen Geisterstädten in der Umgebung. Sie können sich nicht vorstellen, was hier los war, als das Goldfieber ausbrach, erzählt er, als sei er selbst dabeigewesen. Der ganze Busch war in kürzester Zeit weg – gerodet, niedergebrannt. Die Erde bis zum Horizont mit Erdhaufen und Löchern übersät. Und nur die Köpfe von Menschen und ihre Spaten zu sehen, als schaufelte tatsächlich ein jeder sein eigenes Grab. Es war nichts zu hören als das helle Klingen von Pickeln auf Stein, das Poltern der Steine in den Schwingtrögen und das ständige Pochen der dampfbetriebenen Quarzzerkleinerer. Rund um die Goldfelder ein Meer von Bretterbuden und Fetzenzelten, die hastig errichteten Unterkünfte der Abenteurer, über denen die Flaggen aller Nationen wehten. Dazwischen Freudenhäuser, Saloons und Ginkneipen ...

Während der kurzen Rast sieht sich Ella um: niedrige, leicht verzogene Holzbauten entlang einer Straße, die, wie überall auf dem Kontinent, extrabreit angelegt worden sind, um den Kamelkarawanen das Wendemanöver zu erleichtern, Souvenirgeschäfte zwischen ausgedienten Hotels, in Museen umfunktionierte Verwaltungsgebäude aus Stein. Halbverfallene Wellblechhütten neben Tankstellen, die mit protzigen Reklametafeln um die durchreisenden Kunden buhlen, eine Wasserstation – die letzte auf den nächsten zwölfhundert Kilometern. Wovon die Menschen heute hier leben? Der Fahrer lacht sarkastisch: Vom Fremdenverkehr, wovon sonst? In einem Gebiet, in dem weniger als ein Mann auf einen Quadratkilometer kommt, ist jeder Tourist eine kleine Goldgrube.

Also ich bestimmt nicht, denkt Ella und fragt sich, was an diesem Provinznest, das als Kulisse für einen Wildwestfilm wie geschaffen scheint, so attraktiv sein kann. Keine Kneipe, kein auch noch so schäbiges Warenhaus, das sich nicht mit dem Glanz vergangener Zeiten schmückte: Zum Goldbarren, heißen sie, oder Zum Goldschürfer, Goldfieberbar, Goldaderklub, Goldbank, Goldmarkt, Goldkino ...

Auf der Weiterfahrt aber wird Ella Zeuge eines Goldrausches anderer Art. Aufgerissen, umgeackert, durchwühlt die geduldige Erde von gieriger Hand, abgezogen ihre Haut. Längst sind stählerne Kolosse an die Stelle menschlicher Muskelkraft getreten. Denn nach den Goldsuchern sind die Bergwerkskonzerne angerückt, die hier weit lohnendere Schätze entdeckt haben: Uran, Bauxit, Nickel, Mangan, Kupfer. Eine Mondlandschaft aus Kratern und Vulkankegeln haben sie zurückgelassen.

Dennoch hat es den Anschein, als seien die Abenteurer nicht ausgestorben, im Gegenteil. Mitten im geschundenen Busch immer wieder diese frischen Erdhäufchen neben sauber ausgehobenen Gruben, hingeschmissenes Gerät. Aber keine Spur eines Menschen. Geschweige denn eines Traumzeitbewohners.

Schließlich bleibt auch die letzte Spur der Zerstörung zurück. Grau der Himmel, grau wie die Müdigkeit, Ellas hartnäckiger Begleiter. Stunde um Stunde zieht eine kahle Ebene an den getönten, vibrierenden Scheiben vorbei, Land, das Yhi einst zum Blühen gebracht hat, Stunde um Stunde eine öde Steppe, ein Meer aus Gras und kniehohem Gebüsch: Nullarbor – die Baumlose.

Im Bus ist es still geworden. Die beiden schnatternden Ladies in der ersten Reihe haben sich in ihre Kreuzworträtsel vertieft, die Burschen hinter Ella starren, ganz in die Musik ihrer Kopfhörer versunken, mit leerem Blick vor sich hin, in den anderen Reihen wird gedöst oder gelesen. Selbst der Fahrer hat seine gequälte Fröhlichkeit aufgegeben, zu der ihn offensichtlich sein Job verpflichtet. Alle mitgeführten Videofilme sind abgespielt, alle Gesprächsthemen der Reisenden erschöpft.

Aus einer schlaflosen Nacht voll drohender Finsternis ist man gekommen, in eine ebensolche Nacht wird man, schwankende Lichtbahnen vor sich herschiebend, bald wieder eintauchen. Angstaugen, vor denen es kein Entrinnen gibt, starr sind sie auf dich gerichtet, brennen dir wie glühende Kohlen Löcher in die Seele, ehe dich dumpfe Schläge daran erinnern, daß wieder eine geblendete Kreatur zur Strecke gebracht ist. Känguruh um Känguruh kommt da unter die Räder, während der Chauffeur ungerührt wie ein Automat seine Kilometer herunterspult. Selten, nur allzu selten nimmt er den Fuß vom Gaspedal, rast furchtlos mitten in die gleißenden Lichtkegel des Gegenverkehrs hinein, die in letzter Sekunde dann doch noch rechts vorbeihuschen. Dann schlägt die Finsternis erneut zu. Ella hört den Fahrer von Zeit zu Zeit Funksprüche durchgeben, die nach Positionsangaben an eine Zentrale und knappem Nachrichtenaustausch mit den entgegenkommenden Fernfahrerkollegen klingen und den Fahrgästen eine Geborgenheit vorgaukeln, welche keiner auch nur einen Augenblick lang hinterfrägt. Auf einer Länge von siebenhundertfünfzig und einer Breite von vierhundert Kilometern nicht ein einziger Baum, nicht eine einzige sichere Wasserstelle! Das längste schnurgerade Straßenstück der Welt, wie mit dem Lineal von einer Tankstelle zur anderen gezogen und erst vor wenigen Jahren asphaltiert! Ein Dutzend Ortsbezeichnungen, die sich entweder als aufgelassene Telegrafenstation oder desolate Farm entpuppen. Na und?

Wer denkt schon daran, daß hier vor Urzeiten einmal

Meeresgrund gewesen ist, daß die Wasserlosigkeit heute wie ein Fluch über dem pulvertrockenen Land liegt? Wer denkt an den Schweiß, der darin vergossen wurde, den Durst und die Verzweiflung jener Handvoll Männer, die als erste den Vorstoß wagten, ohne zu wissen, was sie jenseits des Horizonts erwartete! Wo war der überhaupt? Tag für Tag schoben sie ihn vor sich her, wochen-, monatelang von der Illusion getrieben, ein Binnenmeer zu finden, vergeblich auf Brunnen hoffend, von Eingeborenen überfallen, von anderen mit sicherem Instinkt zu Wasserlöchern geleitet, für die es keine wissenschaftliche Erklärung gab, mit Nahrung am Leben erhalten, die nur diese schwarzen Steinzeitmenschen aus dem Nichts zu zaubern verstanden. Ein uferloses Meer des Todes, eine Verdammnis zu Buschfliegen, Dornengestrüpp und Erschöpfung, zu Sonne, Salz und Staub ist dieses Land immer schon gewesen, von der die Abenteurer resigniert berichteten: Jemand, der es zu seinem Vergnügen bereisen wollte, könnte zum Zeitvertreib auch in die Hölle gehen ...

Und doch war die mutige Durchquerung nichts anderes als der Anfang vom Ende einer Traumzeit.

Traumzeit – seit Ella diesen Erdteil betreten hat, verfolgt sie das rätselhafte Wort, auch wenn es, abgenutzt durch Werbeslogans auf Schritt und Tritt seiner ursprünglichen Bedeutung entfremdet und zum Klischee verkommen scheint. Oder ist die Besinnung auf die fremde, dunkle Vergangenheit tatsächlich als eine ehrlich gemeinte Wiedergutmachung zu verstehen?

Was weiß der Tourist schon von der Gedankenwelt der entwurzelten, heimatlosen Wilden? Gibt es sie noch? Den Zeitungsberichten nach zu schließen, vegetieren sie doch nur mehr in Slums oder Reservaten dahin. Es fehlt nicht an Stimmen, die darauf verweisen, daß die weiße Vormundschaft auch ihr Gutes gehabt habe. Die Ureinwohner seien nicht in der Lage, mit ihrer neuen Freiheit umzugehen. Eine Gesellschaft, die über viele Jahrtausende alle Energien auf das Erdenken immer ausgeklügelterer Vorschriften und Verbote richtete und barbarische Rituale erfand, anstatt materielle Werte zu schaffen, sei nicht in der Lage, Überlebensstrategien für das zwanzigste Jahrhundert zu entwickeln. Und all die Unterstützungen und Bildungsprogramme förderten doch nur ihre Passivität. Man müsse sie endlich sich selbst zurückgeben, damit sie sich aus eigener Kraft zu einer würdevolleren Lebensart erhöben. Wenn man etwas für sie tun wolle, dann müsse man ihnen ihre wichtigste Freiheit erhalten – die Freiheit, arm zu bleiben, arm im europäischen Sinn: ohne Besitztum. Dies jedoch setze ein Land voraus, in dem sie nach den ehernen Gesetzen ihrer Ahnen leben konnten ...

Zum wievielten Mal auf dieser Reise greift Ella nach Georges Buch. Was für eine Welt tut sich da auf! Die meisten Märchen beginnen mit: In der Traumzeit, als es noch keinen Unterschied zwischen Menschen und Tieren gab ... Eine skurrile Geister- und Dämonenwelt ist es, und doch voll des Trostes. Eine unheimliche Faszination geht davon aus, ein merkwürdiges Gefühl, nicht mit Worten zu fassen.

Der Begriff Traumzeit sei eigentlich eine Umschreibung europäischer Ethnologen, so ist im Vorwort zu lesen, und habe nichts mit dem herkömmlichen Verständnis von Traum zu tun. Gemeint sei eine höhere Einheit aller Dinge, die im spirituellen Erleben, in mystischer Schau gleichsam erträumt würde. Keine abgeschlossene historische Periode sei sie, vielmehr verkörpere sie einen Zustand der Welt, in welcher die schöpferischen Kräfte in den Gestalten der Ahnen immer noch wirkten. Mit Anbruch der Menschenzeit hätten sich die Ahnen zwar aus dem irdischen Geschehen zurückgezogen, doch immer noch bildeten sie den wahren Urgrund der Dinge, aus dem sich alles Leben stets erneuert. So zerfiele die Seele des Verstorbenen in zwei Teile. Einer davon wandere in ein paradiesähnliches Jenseits, um dort seine menschlichen Vorfahren zu treffen, der andere aber gehe in die Erde ein und verschmelze mit dem Schöpferahnen, um als Geistkind, Tier oder Pflanze wiedergeboren zu werden. Dies bedeute nichts anderes als die Verschmelzung von Mythos und Welt, eine in uralten Ritualen festgelegte Einheit von Mensch und Natur, eine Welt einzigartiger Überlebenskunst bis zum heutigen Tag.

Nacht, Nacht, Nacht. Und immerzu nach Osten.

Stehenbleiben, rasten! ... Weiter, Ella, weiter! ... Ich bin ja schon unterwegs, Aram. Aber was soll ich tun – der Pilotenstreik, der Bus, viertausend Kilometer sind viertausend Kilometer ... Weiter, Ella, schneller, Ella ...

Ich will nicht, Aram, hörst du, ich kann nicht mehr. Meinen Körper kannst du zwingen, aber über meine Seele hast du keine Macht. Die ist hier, und da bleibt sie auch, verstehst du? ... Try to meet him as fast as you can ... Ich bin ja schon unterwegs, Aram, ich tue, was ich kann ...

Alles schmerzt. Nichts macht Sinn. Blindheit. Fremde. Fragen. Angst ... Recht geschieht dir, recht! ... Aram, bitte, mein Herz ... Dein Herz? Das ist doch längst auf der Strecke geblieben. Eine Wüste bist du, mit einem Fels mittendrin, auf dem kein Grashalm wächst! Ein medizinisches Wunder – ein Mensch ohne Herz! ... Und du ohne Hirn! ... Ich? Das sagst du mir, du, du, du ...

Aram packte Ella am Handgelenk und verdrehte es nach außen, daß sie gezwungen war, in die Knie zu gehen.

Nimm das zurück, nimm das sofort zurück!

Ella nahm zurück und fuhr, freigelassen, mit dem Abräumen des Tisches oder irgendeiner anderen Tätigkeit fort, die von dieser beinahe schon täglichen Szene unterbrochen worden war.

Warum machst du so ein Gesicht? fragte Aram.

Ich mache kein Gesicht, sagte Ella. Laß mich bitte vorbei.

Ich lasse dich erst vorbei, wenn du mir sagst, warum du so ein Gesicht machst!

Ich – habe Zahnweh.

Du lügst!

Wie soll ich ein freundliches Gesicht machen, wenn du mich so behandelst!

Aber das ist doch nicht so gemeint. Ich liebe dich!

Warum machst du das dann?

Was – das?

Tu nicht so, als wüßtest du nicht, wovon ich spreche.

Es stimmt nicht, du bildest es dir bloß ein ...

Es nützte nichts, es nützte alles nichts. Nur, wenn Ella Geschirr zerschlug, schien er sich für kurze Zeit zu besinnen ...

Irgendwo muß rechts das Meer sein, das laut Karte nun ganz in der Nähe am wild zerklüfteten Südrand des Kontinents nagt, links im Landesinneren lauert nicht nur der Hitzetod. Alle nach Norden führenden Straßen tragen den Vermerk: „No entry", die Wüstenzone ist mit einem „Prohibited" überschrieben, das über Hunderte von Kilometern reicht.

Sperrgebiet, meint Ellas Sitznachbar, der tasmaniendeutsche Butler, lakonisch.

Sperrgebiet?

Militärbasen, Raketentestgelände, es ist dort auch unsere erste Atombombe gezündet worden.

Ja, und die Ureinwohner? entfährt es Ella nach einer Weile so laut, daß sich ihr Vordermann verärgert umdreht.

Die, die man finden konnte, hat man weggebracht. Aber

manche sind zurückgekommen. Sie glauben, sie müßten über die Larvenmacht wachen.

Sein sarkastischer Unterton weicht plötzlich tiefem Ernst, als er Ellas fragenden Blick auf sich gerichtet fühlt. Das ist leider kein Märchen. Ein Bekannter, der eine Straße durch diese Gegend projektierte, hat mir folgendes erzählt. Die Trasse wurde festgelegt, doch war ein Felsrücken im Weg. Er sollte gesprengt werden. Die Ureinwohner, ohne deren Zustimmung heute ohnehin nichts mehr geht, wehrten sich heftig dagegen und sprachen von einem Traumpfad, der hier verlaufe.

Traumpfad?

Ein Lied. In grauer Vorzeit seien Schwärme von Larven über diese Gegend hergefallen und hätten sie völlig kahlgefressen. Ein Ahne habe sie zusammengetrieben und unter die Erde gestopft, wo sie seither unaufhörlich brüteten. Wenn man ein Loch bohre, dann würde eine Wolke von Fliegen herausplatzen, die ganze Welt einhüllen und alles Leben vernichten ...

Fröstelnd verkriecht sich Ella in ihrem Schlafsack. Was wohl ist schlimmer? Die Seuche der Erde oder die Seuche ihrer Bewohner? Die Krankheit des Körpers oder die des Geistes? Nicht einmal in der Wüste ein Entkommen. Die Zerstörung, die sich Fortschritt nennt. Terra nullius – nichtser als nichts. Aus der Traumzeit ist die Alptraumzeit geworden ...

Schräg über dem Horizont verblaßt wieder einmal das Kreuz des Südens, und Schläfrigkeit benebelt endlich die Sinne. Und als wenig später Yhi wie ein Steppenbrand daherfegt und, ihren Purpurmantel über die Nullarbor werfend, das ausgezehrte Land in einem Farbenmeer ertränkt, da scheint es, als wüchse doch ein Baum hier: der Baum der Erkenntnis, daß die Einheit von allem Gewesenen und allem Seienden und allem Geschehen in uns Heutigen nur verschüttet ist. Weder Zerstörung noch Entfernung sind das Problem, noch das, was dir widerfährt, sondern die Kräfte, die es überwinden. Was hat dich um die halbe Welt geführt, wenn nicht das Gesetz deines Handelns, wenn nicht die unvorstellbare Schubkraft von Triebwerken? Und was sonst soll dich hier herausholen, außer, wider alle Vernunft, der Glaube an eine Bestimmung? Nein, nicht die Straße, die nach Hause führt, ist die Lösung, sondern die Vision eines unauslöschlichen Traumzeitpfads ...

Einmal gab es einen ersten Menschen, dessen erster Laut war: Ich bin! Und dieses erste „Ich bin“, diese uranfängliche Namensgebung, war in diesem Augenblick und ist für alle nachfolgende Zeit die geheimste und heiligste Strophe des Ahnenlieds. Und dann setzte der Mensch seinen linken Fuß voran und rief einen zweiten Namen. Er setzte seinen rechten Fuß voran und rief einen dritten Namen. Er benannte das Wasserloch, den Felshügel, den Gummibaum – er rief nach rechts und nach links, er rief alle Dinge ins Dasein und verwob ihre Namen zu Versen. Und alle, die nach ihm kamen, taten ihm gleich.

So sangen die Alten ihren Weg durch die ganze Welt. Sie sangen die Flüsse und Bergketten, die Salzpfannen und Sanddünen. Sie hüllten alles, was ihnen begegnete, in ein Liednetz ein, und als die Erde schließlich gesungen war, waren sie müde und kehrten dahin zurück, wo sie hergekommen waren ...

Stehenbleiben, rasten! Liegen unterm ginstergelben Busch, lauschen auf den Wind im strohblonden Gras. Verlorengehen im Salz der wasserlosen Seen. Vertrocknen. Verdursten. Es kann so schlimm nicht sein wie das, was am Ende dieser Straße auf dich wartet. An dem alles ganz normal weitergehen soll ... Normal nennst du das? ... Was ist schon normal! Du wirst doch nicht zweifeln, Ella? Du wirst doch nicht müde werden? ... Stehenbleiben, rasten! Liegen, lauschen, gehen ohne Ziel ...

Diese zausige Globetrotterin in der zweiten Reihe, die sich nun zusammen mit drei Dutzend anderen Reisenden auf der Route der einstigen Kamelkarawanen mit siebzig Meilen pro Stunde durch den australischen Outback kutschieren läßt, die hat also noch bis vor kurzem Geschirr zerschlagen. Sie zertrümmerte alles mögliche und scherte sich auch nicht darum, daß dabei so manches gute Stück draufging. Schauplatz dieser Szenen war meist die Küche. Seit sich ihr Mann hier breitgemacht hatte, war dieser Ort zu einem hochgradig explosiven Spannungsfeld geworden. Ella konnte es nicht ausstehen, wenn Aram ihr die schmutzigen Gläser und Tassen aus der Hand nahm, um sie selbst in den Geschirrspüler zu räumen, oder die bereits eingeordneten Sachen vorwurfsvoll umschlichtete, weil er nicht mitansehen konnte, wie sie systemlos alles hineintat und nur Platz vergeudete.

Ich halte es nicht mehr aus, wie du dich überall einmischst! brüllte Ella und warf wahllos alles, was noch herumstand, entweder in die Maschine oder auf den Boden, daß das Scherbengeklirr sogar den Hund in der Nebenwohnung in Aufruhr versetzte.

Aber ich wollte dir doch nur zeigen, wie es gemacht wird, murmelte Aram erschrocken. Dieses Erschrecken hielt allerdings von Mal zu Mal weniger an. Er konnte es einfach nicht lassen, Ella zu belehren, Ella zu tadeln, an ihr herumzunörgeln. Alles machte sie in seinen Augen falsch, schlecht, halb oder gar nicht. Nur er machte keine Fehler und duldete keinerlei Kritik, so absurd sein eigenes Verhalten auch sein mochte.

Allein seine Kochorgien! Aus den anfänglichen Hilfsdiensten, für die ihm Ella einmal sehr dankbar gewesen war, waren mit der Zeit lebensgefährliche gastronomische Experimente geworden, denen die Familie nur mit viel List entkam. Keiner durfte die Küche betreten, wenn er stundenlang an irgendwas herumschnipselte und Suppen braute, die so scharf waren, daß einem bereits die Dämpfe die Tränen in die Augen trieben. Dazu erdachte er die verwegensten Kombinationen: Bohnengulasch mit Bananen, Salatmarinaden aus Sardinenöl, mit Ketchup gefärbte Abscheulichkeiten ...

Daneben hatte er stets ein Glas Wein oder Bier stehen, das er schnell verschwinden ließ, wenn Ella die Küche betrat, und nicht selten geschah es, daß er die Arbeit unvermittelt abbrach, weil ihn der Schlaf übermannte.

Dann verkohlte das Fleisch im Topf und verkochten die Nudeln zu einem unansehnlichen Brei, und Ella, alarmiert durch den Gestank, ließ alles liegen und stehen und machte sich daran, ein neues Essen für die hungrigen Kinder herbeizuzaubern und die Spuren der Bescherung zu beseitigen. Wenn Aram sie nämlich bei diesem Frevel ertappte, war der Skandal das kleinere Übel. Er bestand darauf, daß alles aufgegessen zu werden habe. Angebrannt? Verkohlt? Das bildet ihr euch bloß ein!

Aber auch das Gegenteil war möglich, daß er nämlich vergaß, den Herd aufzudrehen, und nach zwei Stunden emsiger Tätigkeit einen kalten Topf mit rohem Zeug servierte ...

Ella hatte es längst aufgegeben, sich dagegen zur Wehr zu setzen. Alle Einwände, Bitten oder Argumente hatten nur zu Schreiduellen geführt, die sie den Kindern möglichst ersparen wollte. Sie hatte da ihre eigene Strategie entwickelt, sah zu, daß sie Aram möglichst mit den Zubereitungen zuvorkam, kochte auf Vorrat und ließ heimlich alles Verdorbene, Angefaulte oder Ungenießbare, das Aram mit Sicherheit noch verwerten würde, aus dem

Kühlschrank verschwinden. Das mußte natürlich mit großer Vorsicht geschehen, denn abgesehen von dem Geschrei konnte er die welken Salatblätter und vertrockneten Speckschwarten immer noch aus dem Mistkübel fischen und verlangen, daß sie auf den Tisch kamen.

Dieser Verwertungswahn war nur einer seiner vielen Ticks, über die sich mit ihm nicht diskutieren ließ und über die sich Ella auch bei niemandem zu beschweren traute. Wer gibt denn schon gern zu, daß die Harmonie, die er nach außen zur Schau trägt, in Wirklichkeit ein Chaos ist? Die Ehe ein Schachbrett, auf dem die Gewalt auf der einen Seite und die List auf der anderen ihre Figuren setzen? Wie ein Verräter kam sie sich vor, wenn ihr doch einmal ein Wort herausrutschte.

Sichtbarster Ausdruck dafür war das Möbelrücken in der Wohnung, in der ein beinharter Machtkampf um die territoriale Oberhoheit entbrannt zu sein schien. Wie kleine Kinder benahmen sich die beiden.

Ella bestand auf einem neuen Bett. Sie verwies darauf, wie schlecht sie auf dem alten Diwan schliefe.

Du hast mir doch versprochen, wenn wir übersiedeln, hören sich die ewigen Provisorien auf.

Die Antwort lautete, wie erwartet: Dann, wann ich Zeit haben werde.

Ella wartete vergeblich, daß Aram einmal Zeit haben würde. Er hatte weder eine, wenn er stundenlang vor dem Fernseher saß und ins Leere starrte, noch, wenn er ganze Vormittage oder Nachmittage ziellos in der Wohnung herumwanderte, sich einmal niederlegte, einmal die Katze durch die Wohnung jagte oder die Kinder mit seinen Nörgeleien zur Weißglut brachte. Und schon gar nicht hatte er Zeit, wenn ein Fußballmatch in Aussicht stand. Er müsse sich vom Streß der Reise erholen, sagte er matt, Ella solle doch endlich begreifen, zum Mond sei er schon gereist und zurück, wenn man alle Kilometer zusammenrechne, die er durch all die Jahre heruntergespult habe, um seine Familie zu ernähren, bald hätte er den Mars erreicht und bis zu seiner Pensionierung den Jupiter, überhaupt sei er nur mehr im Zug zu Hause, da werde Ella mit ihrem lächerlichen Bett doch warten können!

Nein, Ella hatte offensichtlich kein Verständnis für Arams kosmische Denkweise, denn nach Monaten vergeblichen Bittens und durchwachter Nächte kaufte sie in seiner Abwesenheit ein Bett und stellte ihn nach seiner Heimkehr vor vollendete Tatsachen.

Er raste erst und drohte Ella dann, das Konto zu sperren, doch am nächsten Morgen mußte er zugeben, daß man doch besser in einem Bett als auf einem Diwan schlafe, der hart war wie ein Brett und außerdem jedesmal auseinanderzufallen drohte, wenn man ihn auszog.

Ellas Schlaflosigkeit besserte sich nur für kurze Zeit, denn diesem Triumph folgte ein wochenlanger Kleinkrieg um das Schlafzimmer selbst. Ermuntert durch ihren geglückten Schachzug, machte sie eifrige Pläne für die weitere Einrichtung. Endlich keine Bücherschachteln mehr, hier würde ein Kleiderschrank hinkommen, dort der Schreibtisch, aber dazu müßte das Bett erst an die andere Wand ...

Aram wollte davon nichts hören. Das ist mein Zimmer! rief er. Mein Schreibtisch steht hier. Es reicht, daß du mich mit dem Bett überrumpelt hast! Es bleibt längsseitig an der Wand stehen, auf der anderen Seite werde ich niedrige Kästchen basteln, auf die kommt dann der Paravent ...

Der Paravent! Ella hatte Alpträume bei dem Gedanken an das massive, zwei Meter hohe Holzgitter, das sie in der vergeblichen Hoffnung angeschafft hatte, daß Aram damit endlich den Schlaf- vom Arbeitsbereich trennen würde. Aber statt dessen stand es ziemlich zwecklos im Weg herum und wurde nur staubig. Nun hatte er es sich also in den Kopf gesetzt, aus diesem Gestell einen Käfig zu bauen, in dem sich in Zukunft ihr Eheleben abspielen sollte! Nur ein schmaler Durchschlupf würde das Kopfende von Arams Schreibtisch trennen.

Das ist ja so eng wie in einem Schlafwagen! entfuhr es Ella; sie bereute sogleich ihre Anspielung, denn Aram stieg voll darauf ein, indem er behauptete, daß er ja nichts anderes gewohnt sei, aber Ella könne das natürlich nicht verstehen, sie sitze hier im gemachten Nest, während er, der heimatlose Fremde und so weiter.

Ella wußte, daß es sinnlos war, ihn zur Räson bringen zu wollen. Nur entschlossenes Handeln konnte Abhilfe schaffen. Kaum war Aram also das nächste Mal auf Reisen, bugsierte sie in Windeseile Bücherstellage und Schachteln zur Seite, schob den riesigen Bettkasten quer durchs Zimmer an die gegenüberliegende Wand und den Schreibtisch vors Fenster. Ihre Rechnung schien aufzugehen. Aram verlor nach seiner Rückkehr kein Wort über die widerrechtlich vorgenommene Umstellung und wollte nur wissen, ob Ella ihn nicht vermißt habe.

Wie kann ich dich in zwei Tagen vermissen? meinte Ella.

Kaum bist du weg, bist du auch schon wieder da. Ich weiß gar nicht, wo die Zeit hingegangen ist …

Zu ihrer Verwunderung nahm Aram auch das stillschweigend hin und zog sich mit einer Flasche Bier in seine Fernsehecke zurück. Doch Ella hatte sich zu früh gefreut. Von einem kurzen Einkaufsgang zurück, fand sie das Zimmer wieder in der ursprünglichen Anordnung vor.

Sie kochte innerlich, aber gab sich nicht geschlagen. Sie wartete ab, bis sich Aram gezwungenermaßen auf Spirituosensuche begab, und nahm mit Hilfe der Kinder eine neuerliche Umstellung vor, die auch nur für die Dauer ihrer unmittelbaren Anwesenheit anhielt. So ging das mehrmals stumm hin und her, bis sich die Nachbarn unter ihnen über das ewige Möbelrücken beschwerten. Das war kurz vor Ellas Kapitulation, gerade noch war ihre Variante dran. Bei der blieb es dann auch.

Von Schlaf konnte dennoch keine Rede sein. Und das lag nicht nur an den Schachteln, die weiterhin herumstanden, an den Kleiderhaufen, die weiterhin Staub und Katzenhaare ansetzten, weil kein Schrank da war für sie. An den Regalen, die Aram ewig zu montieren versprach, ohne dies je zu tun, lag nicht nur an den tausend Widerhaken des Alltags, an denen sich Ellas Hoffnungen ständig spießten. Nächtelang grübelte sie, fragte sich, was sie falsch gemacht hatte.

Es lag daran, daß Aram trank.

Ja, ihr Mann trank. Wie viele Jahre eigentlich schon? Erst hatte Ella darüber hinweggesehen, der Streß, bedingt durch den aufreibenden Beruf, das leuchtete ihr ein. Wer trinkt denn heute nicht? Sie hatte sich nur über die Mengen gewundert, die er vertrug. Und seine zunehmende Gereiztheit mit ihrer eigenen Unfähigkeit entschuldigt, die Unfähigkeit mit ihrer Überforderung. Die Familie, die Arbeit, das ungeregelte Leben ... Als er jedoch eines Tages beim gemeinsamen Morgenlauf zusammenbrach, wurde sie stutzig. Er sei bloß müde gewesen, behauptete er, als er ansprechbar war, und weigerte sich, zum Arzt zu gehen.

Sie begann ihn zu beobachten, die Flaschen zu markieren und zu verstecken. Er schien es zu akzeptieren und suchte nicht danach. Bloß sein Zustand änderte sich nicht, denn er hatte längst neue Depots angelegt – Bier, Wein, Wodka, alles bunt gemischt. Sie konfiszierte stillschweigend, was ihr unterkam, und wußte bald selbst nicht mehr, wohin mit den Vorräten. Sie blieben erstaunlicherweise unangetastet, bis Ella draufkam, daß sie schon längst keinen Alkohol mehr bewachte, sondern schalen Tee und trübes Leitungswasser. Sie wütete. Er tat, als wisse er von nichts, und verschwand verdächtig oft im Keller oder in der Tiefgarage. Ella brauchte gar keine Flasche mehr zu suchen, sie sah es ihm am Gang, an der Stimme, am Blick an, wann er wieder voll war.

Sie verlegte sich aufs Bitten und schließlich aufs Drohen. Es nützte alles nichts. Er soff und soff und konnte oder wollte nicht begreifen, wieso diese Ella dauernd Streit suchte.

Wann das alles angefangen hatte? Ach, ist es nicht genauso unvorstellbar, wie das, was auf dieser Fahrt hinter dem weißglühenden Horizont verschwunden ist? Irgendwann hast du diese Linie, die Schwelle überschritten. Aber wann? Aber wo? Nur eine ungefähre Ahnung, die verschwommene Erinnerung an bessere Zeiten. Alles, was zählt, ist eine endlose Reihe von Tagen, vergleichbar nur mit dieser Wüste, dem unbarmherzigen Brennen der Sonne: der Durst der Seele, der ausgedörrte Leib. Die Verlassenheit, wenn sich Arams Verstand davonmachte und alles Reden ins Leere ging oder wie ein Bumerang auf Ella zurückschlug. Die Ohnmacht. Der Zorn. Da wußte sie sich nur mit Zerstörung, mit dem Zerschlagen von Geschirr zu helfen.

Das erste Mal hatte sie es noch sehr wohlüberlegt getan, nicht das erstbeste Stück hatte sie aus dem Schrank gerissen, sondern eines, das sowieso schon einen Sprung hatte und mit Sicherheit auch genug Scherben abgeben würde. Ausgerechnet aus Australien ist diese Schüssel gewesen, ein Geschenk von eben jenem Sydneyer Kollegen Tom, bei dem sich Ella übermorgen mit ihrem Mann treffen soll. Vorausgesetzt, daß der tatsächlich reisefähig ist. Vorausgesetzt, daß Tom rechtzeitig aus Europa zurück ist. Vorausgesetzt, daß Ella überhaupt je dort ankommt ...

Dem Streit waren die üblichen Exzesse vorausgegangen. Aram hatte sich endlich darauf besonnen, daß er auch einmal was zu arbeiten habe, und auf die Suche nach den Unterlagen gemacht, die er schon wochenlang nicht mehr angerührt hatte. Wie ein Tiger war er fluchend in der Wohnung herumgerannt, die ganze Familie mußte suchen, alle Schränke wurden aufgerissen, alle Laden herausgezogen, der Schuhkasten auf dem Balkon umgedreht, die Wäschefächer mit der Taschenlampe ausgeleuchtet, bis jemand auf die Idee kam, in der Garderobe auf einen Stuhl zu steigen und in dem Regal ganz oben nachzusehen. Aram starrte die Schachtel mit den Papieren an, als hätte er sie noch nie gesehen. Wer hat sie da hinaufgetan?! schrie er und hörte nicht auf die Mädchen, die sich in diesem Augenblick erinnerten, daß er sie irgendwann in einem Wutanfall selbst dort hineingestopft hatte. Er beschuldigte einmal Ella, dann die Kinder, daß sie es gewesen seien, die sie absichtlich versteckt hätten, um ihn zu diffamieren. Damit ihr sagen könnt, ich bin unzurechnungsfähig, ja? Aber ich bin nicht so blöd, wie ihr glaubt, nein, nein ... Weitere Verwünschungen ausstoßend, beförderte Aram die Schachtel in sein Zimmer, kam aber gleich wieder zurück, brüllte, daß er endgültig genug hätte und nie wiederkommen werde, und schlug die Eingangstüre hinter sich zu.

Ella verschlug es ob solcher Argumentation die Sprache. Kein Wort brachte sie über die Lippen, kein einziges Wort, aber kaum war Aram draußen, da wußte sie, daß nur ein Zerstörungswerk diese Lähmung von ihr nehmen konnte. Sie griff nach jener Schüssel und knallte sie mit aller Wucht auf den Boden.

Aram mußte seinerseits ratlos im Stiegenhaus verharrt

haben, denn das ohrenbetäubende Getöse ließ ihn augenblicklich zurückkehren. Wortlos machte er sich daran, die Scherben einzusammeln, und werkte später verbissen, um die Löcher im Linoleumboden zu flicken. Für ein paar Tage war er nicht wiederzuerkennen ...

Das Problem war, daß er, wenn er nicht auf Reisen war, kaum das Haus verließ. Wenn es nicht um die Einkäufe des täglichen Bedarfs ging, die er sich ebenso vorbehielt wie das Kochen, mied er Geschäfte wie die Pest. Es sei denn, er brauchte eine neue Fußballdreß.

Fußball, ja, das kam in der Rangordnung seiner Leidenschaften gleich nach Ella und dem Alkohol und war das einzige, was ihn noch auf die Straße locken konnte. Ging es um ein Fußballmatch, dann waren auch alle Verwünschungen vergessen, die er ausstieß, wenn Ella telefonierte oder das Telefon klingelte und er sicher war, daß dies nicht eine Verabredung auf dem Fußballplatz betraf. Er haßte diesen Apparat, spuckte jedesmal auf den Boden, wenn er läutete, und ging wütend auf und ab, wenn Ellas Gespräche mehr als zwei Minuten dauerten. Wehe aber, das Wetter stellte sein wöchentliches Klubtraining in Frage!

Alle Augenblicke rannte er dann zum Telefon, um mit den Kollegen neue Absprachen zu treffen oder den Platzwart nach der Wahrscheinlichkeit oder Unwahrscheinlichkeit der Platzbenützung, der Größe der Pfützen und der Chance ihres Austrocknens zu befragen. Und eine Muskelzerrung, die ihn einmal für Wochen außer Gefecht setzte, war überhaupt eine Katastrophe. Wenn ich nicht mehr Fußball spielen kann, klagte er Ella, die die schmerzhafte Stelle einreiben und ihm ständig von der Verfärbung des blauen Flecks, den er auf der Rückseite des Oberschenkels selbst nicht sehen konnte, berichten mußte, wenn ich nicht mehr spielen kann, dann hat das Leben keinen Sinn mehr für mich ...

Es war Ella einfach ein Rätsel, wie sich die Interessen eines hochbegabten, intelligenten Menschen so reduzieren konnten, und immer wieder versuchte sie, ihm dieses oder jenes schmackhaft zu machen, um ihn aus der Küche hinauszubekommen, sein Augenmerk auf andere, sinnvollere Aufgaben zu lenken, soviel, zum Beispiel, gebe es in der Wohnung zu tun, zu reparieren, goldene Hände habe er, die Stellagen, zum Beispiel, die er früher in der alten Wohnung gebastelt, die Leitungen, die er dort einmal verlegt habe ...

Ach, immer habe ich von einer Werkstätte geträumt, sagte Aram nur schwach.

Du könntest längst eine haben, meinte Ella versöhnlich, wenn du dich nur endlich aufraffen würdest. Um das Glasregal in der Vitrine einzusetzen, braucht man übrigens keine Werkstätte. Und für die Montage der Karniesen auch nicht. Und zum Montieren der Lampe im Schlafzimmer auch nicht. Das Zeug wird solange herumliegen, bis jemand drüberstolpert und es kaputt ist. Du scheinst nur darauf zu warten, daß sich das Problem damit von selbst erledigt!

Aram sah sie mit weidwundem, trübem Blick an.

Du wirst mein schweres Leben nie begreifen, seufzte er. Was es heißt, zwölf Stunden im Zug zu sitzen, um zur Arbeit zu fahren.

Nicht zwölf, sondern zehn, korrigierte ihn Ella gnadenlos. Und außerdem mußtest du die letzten Wochen überhaupt nirgends hin. Und was hast du die ganze Zeit gemacht? Was, bitte?

Ich koche, ich gehe einkaufen, ich räume auf ...

Alles Dinge, die ich selber viel besser machen könnte. Alibihandlungen, nichts weiter, weil du nichts mit dir anzufangen weißt, das ist es! Und das will eine Schachkoryphäe sein?

Ella biß sich auf die Zunge, aber es war bereits zu spät. Aram begann zu toben, daß sie keine Ahnung habe, was sie da rede, daß ein Mensch doch ein Recht habe, auszuspannen, daß er sehr wohl eine Schachkoryphäe sei, und was für eine noch dazu, daß sie sich die Gedankenarbeit nicht vorstellen könne, die er leiste, keine Ahnung habe sie von seinen Projekten, seinen Problemen, seiner schwierigen Situation, und jetzt auch noch das Unglück, daß er nicht Fußball spielen könne!

Aber da kann doch ich nichts dafür. Du kannst dir nur selber helfen. Lenke dich ab, lies etwas, tu was, irgendwas, Marken sammeln meinetwegen.

Markensammeln! kam ein entrüsteter Aufschrei von Aram.

Ich bin doch kein Idiot!

Es ist immer noch besser, als nichts zu tun!

Das war schon wieder so ein Reizwort, das ihn, eine Flut von Flüchen ausstoßend, mit erhobener Faust auf Ella losgehen ließ. Denn die Wahrheit, die ertrug er nicht. Nämlich die, daß er, wenn es in der Küche nichts gab, das er verwerten, verbraten oder verbrennen konnte, oder wenn seine Fußballer, mit denen er sich im übrigen nie privat traf, das Spiel absagten, daß er es fertigbrachte, Stunden und Tage, Wochen und Monate einfach nur dazusitzen und vor sich hinzustarren. Verlassen von allen guten Geistern.

Nun, da Yhi, die Göttin der Sonne, ihr Werk in Liebe vollendet hatte, sonnten sich die Geschöpfe der Erde in ihrem Licht, das sie ihnen aus der Ferne des Himmels in reichlichem Maße spendete, während Baiame seine sorgende Hand über sie hielt. Baiame, der Gedanke, die Kraft des Geistes, die Wurzel, der alles Leben entsprang. Baiame, der alles besaß, nur keinen Körper.

Wie soll ich so vor deine und meine Kinder treten, sagte

Baiame zu Yhi. Ich will meinen Gedanken in Fleisch kleiden, damit sie mich erkennen und wissen, daß ich ihr Vater bin.

Die Götter sind ein Teil der Schöpfung, die Tiere ein anderer, entgegnete Yhi. Wenn du deinen Gedanken in ein Tier steckst, hieße das, sich auf eine Stufe mit ihnen zu stellen. Sie würden auf dich herabsehen.

Dann will ich nur ein kleines Stückchen davon in die Tiere tun, sagte Baiame und verteilte die Kraft seines Gedankens unter Vögeln und Insekten, Reptilien und Fischen und allem anderen Getier. Und von diesem Tag an war ihr ganzes Tun von dem geleitet, was die Menschen heute Instinkt nennen.

Doch Baiame war immer noch nicht zufrieden.

Ich sollte meinen Geist einer Kreatur vermachen, die seiner würdig ist, einer ganz besonderen, die ihn auch handzuhaben weiß, dachte er und erdachte ein neues Geschöpf.

So entstand aus der Arbeit des Gedankens, in welcher Staubkörnchen für Staubkörnchen von Materie neu aneinandergefügt wurde, in unendlich mühsamer, unendlich langwieriger Arbeit ein Tier, das aufrecht auf zwei Beinen ging und Hände hatte, mit dem es Werkzeuge und Waffen herstellen konnte, und einen Verstand, mit dem es sie zu gebrauchen wußte. Vor allem aber besaß es ein Gehirn, welches den Befehlen des Geistes gehorchte. Auf diese Weise entstand der Mensch, größer als alle Tiere, ein heiliges Gefäß, welches die Gedankenkraft Baiames erfüllte.

Hab ich dich nicht bewundert wie einen Gott, Aram? Deinen Witz, deine Logik, vor allem dein Genie …

Bewundert vielleicht, aber was mir fehlte, war deine Liebe.

Wie, sag mir, liebt man einen Gott, der verblendet ist von seinem eigenen Glanz? Einen, der es nicht aushält, daß es ihm nicht gelungen ist, den Menschen an seiner Seite nach seinem Ebenbild zu gestalten?

Was redest du schon wieder für einen Blödsinn?

Du verstehst mich nicht, du willst mich einfach nicht verstehen!

Schlange! Du hast mich belogen! Mein Leben hast du ruiniert!

So hör mich doch an! Ich möchte doch nur …

Hexe!

Rühr mich nicht an!

Liebe mich! Liebe mich auf der Stelle!

Erst laß uns das alles ausreden!

Liebe mich, oder …

Laß mich!

Ich bringe dich um! Vierteilen werde ich dich, den Kopf dir abhacken, zertreten deinen erbärmlichen Leib! Die Augen ausstechen, die Zunge herausreißen, daß sie kein Gift mehr versprühen kann, das Herz in die Luft sprengen, daß nichts übrigbleibt, dein elendes Herz …

Es liegt an dir, hör endlich auf damit!

Womit?

Damit! schrie Ella mit überschnappender Stimme und hielt ihm eine leere Flasche vor die Nase.

Gut, aber erst mußt du mich lieben!

Wie konnte man einen Menschen lieben, den – Baiame verlassen hatte?

Ach, die Wüste der täglichen Tage. Das Gehen im Kreis. Die trügerische Hoffnung von Morgentau am dürren Stiel. Das vergebliche Keimen im salzigen Staub. Flüchtige Schriftzeichen des Windes, die morgen schon keine Bedeutung mehr haben. Wann blieb das grüne Hügelland zurück, der dampfende Regenwald? Das Lachen? Der Glaube? Die Zukunft? Der Schlaf?

Der, ja der. Wie ein abgeknutschtes Stofftier kam sich Ella vor, knochenlos, der Willkür eines kapriziösen Kindes ausgeliefert, wenn sie sich durch den Tag schleppte, denn es gab nichts, an dem Aram nicht Anstoß genommen, nichts, für das er nicht Rechenschaft verlangt, nichts, das er ihr nachgesehen hätte. So jedenfalls schien es ihr, wenn sie sich Nacht für Nacht schlaflos im Bett wälzte und sich über das Schnarchen an ihrer Seite ärgerte. Es brachte sie so in Rage, daß sie ihn manchmal sogar aus dem Bett trat, nicht mit Absicht natürlich, aber der Versuch, ihn zur Seite zu rollen und ihm die Nase zuzuhalten, scheiterte daran, daß er einfach über den Bettrand abstürzte und am Boden mit den gräßlichen Tönen weitermachte. Natürlich konnte er sich am nächsten Morgen nicht erklären, wie er dorthin gekommen war. Er jammerte über die blauen Flecken und den steifen Rücken und beschuldigte Ella einmal der Verleumdung und dann wieder der Gleichgültigkeit, weil sie ihn da unten habe liegen lassen.

Im Trommelfeuer seiner saftigen, an Erfindungsreichtum unübertroffenen Flüche erstickte jede Gegenwehr. Es nützte auch nichts, wenn er sie im nächsten Augenblick anflehte, er habe es nicht so gemeint, er sei nun einmal so hitzköpfig, und sie die wilden Übertreibungen auf seine Muttersprache schob, in der man vielleicht so seiner Liebe Ausdruck verlieh.

Es nützte nichts, es nützte alles nichts, und so lief sie eben von Psychiater zu Psychiater und ließ sich immer neue Pulver verschreiben. Schlaflosigkeit wegen der vielen Arbeit, so behauptete sie.

Jeden Tag neue Spielarten des Auseinanderdriftens, groteske Szenen eines banalen Kampfes, bei dem seltsamerweise das Wort Liebe eine so große Rolle spielte.

Und der mehr und mehr zu einem Überlebenskampf wurde.

Solange die Kinder klein gewesen waren, hatte sich mit schöner Regelmäßigkeit aller Streit an ihnen entzündet, genauer gesagt, an Anusch, der Ältesten. Sie war ein eigensinniges Kind, beharrte auf ihrem Recht und war mit der gleichen Redegabe und messerscharfen Logik ausgestattet wie ihr Vater. Aber sie wollte nichts von Schach wissen.

Sie hatte ihn schon im Kindergarten mit ihrer Kombinationsgabe verblüfft, er hatte sie in einen Schachklub gesteckt. Wenn er sich zwischendurch zu einer Partie herabließ, dann nervte ihn ihre Langsamkeit, er spottete über ihre Fehler und machte sie so herunter, daß sie einmal das Brett packte und ihm die Figuren ins Gesicht schleuderte. Nichts wolle sie mehr von Schach wissen! schrie sie. Der Vater war maßlos enttäuscht, umso mehr, als die beiden Jüngeren schon gar nichts dafür übrig hatten.

Je selbständiger die Kinder wurden, umso gnadenloser wurde Arams Kritik. Seine Erziehung bestand bald nur noch aus wüsten Beschimpfungen, sinnlosen Verboten und unbegründeten Strafen, die sich ganz unmotiviert auf jeden übertrugen, der ihm in die Quere kam.

Auf Diskussionen über Gründe oder Probleme, die heranwachsende Jugendliche eventuell haben könnten, ließ er sich grundsätzlich nicht ein, Probleme hatte nur er, und wenn Ella beschwichtigend einzugreifen versuchte, verlagerte sich sein ganzer Groll gegen sie, weil sie nur die Untergrabung seiner Autorität und ein Komplott gegen ihn im Sinn hätte.

Ella hatte alle Mühe, Anusch, die sich seit ihrer frühesten Kindheit zurückgesetzt und gedemütigt fühlte, vor unüberlegten Schritten zu bewahren und die Familie zusammenzuhalten. Wenn der Vater weg war, warb sie um

Verständnis für ihn, seine Gereiztheit, sein Desinteresse, seine Ungerechtigkeit, schob alles auf seine beruflichen Schwierigkeiten, seine Entwurzelung, die Politik, Intrigen, die ihn zu Fall gebracht hätten, und finanzielle Sorgen und redete den Töchtern gut zu, um des lieben Friedens willen den Mund zu halten und nicht zurückzuschnabeln, auch wenn sie sich noch so ungerecht behandelt fühlten.

Mit dem zunehmenden Alter der Kinder war auch immer mehr diplomatisches Geschick erforderlich, immer mehr Phantasie mußte mobilisiert werden, um eine einleuchtende Erklärung für alles zu finden, das schieflief, und das Alkoholproblem zu vertuschen, während Aram alles daransetzte, ihr Vertrauen in die Kinder zu erschüttern. Er bezichtigte sie der Hinterlist, wenn sie ihm ihre Pläne vorenthielten, verstand ja nicht, daß sie sich nicht mehr an ihn herantrauten. Argwöhnisch belauerte er jedes Getuschel in der Wohnung, konstruierte aus einem falsch verstandenen Wort Sachverhalte, die nicht zutrafen, drohte Wanzen in der Wohnung zu installieren, um den undankbaren Weibern, wie er liebevoll seine Familie umschrieb, auf die Schliche zu kommen, und gab erst auf, wenn er sich selbst in Widersprüche verwickelte oder ihm nachgewiesen werden konnte, daß irgendeine vermeintliche Schandtat auf seiner eigenen Vergeßlichkeit beruhte.

Dann senkte er betroffen den Blick. Ich soll das gewesen sein? sagte er nur und wechselte schnell das Thema.

Ella atmete dann erleichtert auf und wußte nicht, ob sie lachen oder weinen sollte. Denn Arams Gedächtnislücken wurden ihr immer unheimlicher.

Und nicht nur sie. Sein ganzes Benehmen bereitete ihr zunehmend Sorgen.

Ja, je seltener die Kinder zu Hause waren und je weniger sie sich gefallen ließen, umso mehr verlagerte sich das Schwergewicht der Auseinandersetzungen auf Ellas Person. Nichts paßte Aram an ihr, ob es die Bücher waren, die sie las, oder die Filme, die sie sich im Fernsehen ansah, die Sachen, die sie anzog, oder die Leute, mit denen sie sprach. Und seit er ihr auf die Schliche gekommen war, daß sie nicht nur ihre journalistischen Artikelchen in den Computer tippte, sondern auch Gedichte, die keinen Groschen einbrachten, und die sie nur schrieb, um sie in irgendeiner Lade verschwinden zu lassen, mied er keine Gelegenheit, über Schreiberlinge zu lästern und alle diesbezügliche Tätigkeit als sinnlose Zeitverschwendung hinzustellen.

Vergeblich versuchte ihm Ella zu erklären, was diese Gedichte für sie bedeuteten, ein Ausgleich seien sie zur monotonen Routinearbeit, selbständiges Schaffen.

Vielleicht setze ich deine Karriere nur fort? versuchte sie sich schließlich mit einem Scherz vor der nächsten Attacke zu schützen.

Mehr brauchte es nicht.

Meine Karriere, meine Karriere! legte Aram los. Was verstehst denn du von meiner Karriere!

Das sieht doch jeder, daß du dich aufgegeben hast! hielt ihm Ella mit aufreizender Gelassenheit entgegen. Du liest ja nicht einmal mehr eine Fachzeitschrift. Nur noch Preiszettel! Und so etwas nennt sich ...

Ach, sei doch still, du! brüllte er außer sich und nahm eine drohende Haltung ein.

Ella war fest entschlossen, sich nicht einschüchtern zu lassen. Wann, bitte, sagte sie, hast du dein letztes Turnier gewonnen? Deine letzten Kombinationen veröffentlicht? Wann schreibst du endlich das Buch, von dem du immer redest?

Er stierte sie an, als sei nicht er, sondern sie von allen guten Geistern verlassen: Da drin hab ich meine Bücher, eine ganze Bibliothek von Büchern! Da drin!

Wild hämmerte er an seine Stirn und wollte Ella allen

Ernstes weismachen, daß er immer noch der sei, der er einmal gewesen war.

Wer war er bloß gewesen? Ein Fremder, soviel steht fest, obwohl man es ihm in keiner Weise anmerkte. Er sprach akzentfreies, makelloses Deutsch, hatte längst die Gewohnheiten seiner Heimat abgestreift und sich in allem angepaßt. Trotzdem war er ein Außenseiter geblieben. Nicht nur seiner zunehmenden Kontaktarmut wegen, nicht nur, weil er aus einem fernen Land kam, aus einer entlegenen Ecke Europas, die Ella früher bloß mit Naturkatastrophen und Kriegsgeschehnissen assoziiert hatte, vielleicht auch noch mit einem biblischen Ereignis, sondern weil er sich überall und nirgends zu Hause fühlte.

Wenn es nach seinen Worten ging, dann war er das größte Genie aller Zeiten gewesen, eine Sternstunde der Menschheit. Und nur Ella sei schuld, daß es mit ihm bergab gegangen sei. Den längst vergilbten Zeitungen nach zu schließen – Berichte und Interviews –, hatte er tatsächlich als Schachwunderkind gegolten. Er gewann Turniere, spielte sich in immer höhere Ränge hinauf, wurde vom Staat mit Privilegien, Titeln, Wohnsitz in der Hauptstadt und Reisen belohnt und peilte, trotz seines abgeschlossenen Technikstudiums, eine internationale Karriere an.

Was dann folgte, konnte sich Ella nur mühsam zusammenreimen. Aram redete nicht gerne über das jähe Ende seines Höhenfluges. Opfer einer Intrige sei er geworden, aus der man eine politische Affäre gemacht habe, ein inszeniertes Match, bei dem der Sieger von vornherein festgestanden habe. Und als seine Proteste nichts fruchteten, habe er alles hingeschmissen und sei ins Ausland gegangen, wo man ihn mit offenen Armen aufgenommen habe.

Nichts, nichts, nichts wolle er je wieder mit diesen Menschen, mit diesem Land zu tun haben, wo man ihn so behandelt hätte!

Aber auch das war er gewesen: ein umsichtiger, kluger Mann mit Temperament und Charme und einer an Sturheit grenzenden Prinzipientreue. Entwaffnend seine Logik, sympathisch seine kindliche Phantasie, sprühend sein Witz. Gutaussehend noch dazu: hochgewachsen, ein markantes Profil, dichtes dunkles Haar über der Denkerstirn. Und Ella hatte es anfänglich gar nicht glauben wollen, daß sich ausgerechnet dieser, immerhin um einiges ältere Mann für sie interessierte. Sie fühlte sich zwar geschmeichelt, nahm aber seine ironisch verbrämten Komplimente zunächst nicht ernst. Als er ihr plötzlich aus heiterem Himmel einen Heiratsantrag machte, sagte sie zu ihrer eigenen Überraschung spontan ja.

Wie schnell ist doch das Gemeinsame abhanden gekommen, die Freude aneinander! Für Aram gab es nur die Karriere, für Ella nur die Kinder. Was sie über die vielen Jahre verband, waren die Probleme. Sie ließen ihnen weder die Zeit noch die Energie, die man zum Streiten braucht. Man einigte sich schnell und schmerzlos. Als die materiellen Sorgen in den Hintergrund traten, entdeckten sie plötzlich, auf was sie sich mit dieser Lebensgemeinschaft zweier grundverschiedener Menschen eingelassen hatten.

Es war, als seien ihnen die Schuppen von den Augen gefallen. Aram bemerkte, daß die Frau, die er liebte, in Wirklichkeit kein dienendes Wesen war, das sich ihm bedingungslos unterordnete, so, wie man es sich in seiner Heimat vorstellte, sondern ein raffiniertes Frauenzimmer, das neben ihm weiß Gott noch was im Kopf hatte und wahrscheinlich nur auf sein Geld aus war, und Ella bemerkte, was für eine Leere sich hinter dem angebeteten Intellekt verbarg – die Unfähigkeit, eine über sein rationales Denkschema hinausgehende Dimension für möglich zu halten. Von Arams grotesker Selbstüberschätzung gar nicht zu reden.

Und du wagst es, mir die Stirn zu bieten, zu behaupten ..., herrschte Aram seine Frau an.

Schrei nicht so mit mir, sagte Ella ruhig.

Ich schreie überhaupt nicht, schrie Aram.

Eine Null bist du, eine Null! schrie nun auch Ella, mit ihrer Beherrschung fast am Ende. Sie steckte mitten in einer Reportage, für die sie unbedingt einen klaren Kopf brauchte. Zu spät erkannte sie, daß sie doch zu weit gegangen war. Sie stand auf und ging in die Küche, als hätte sie dort was zu tun.

Wenn ich eine Null bin, dann bist du ein Minus! brüllte Aram hinter ihr her. Sie hatte gerade ein Messer in der Hand, da riß er ihr den Arm herum und pflanzte sich drohend vor ihr auf. Sein Blick flackerte unheilverkündend.

Und das sagst du mir, mir! schrie er. Er packte das Messer und schleuderte es in eine Ecke. Umbringen willst du mich, ich weiß es, umbringen! ... Wild fluchend rannte er aus der Küche, um gleich darauf wieder hereinzustürmen und weiterzutoben. Mir! Mir, und das nach zehn Jahren dieses Hundelebens! In die Knie vor mir, in die Knie!

Er stemmte sich auf Ellas Schulter und drückte die sich heftig Wehrende zu Boden. Er war wie von Sinnen, und Ella hatte Angst, vielleicht um ihr Leben. Die simple Wahrheit konnte ihn ja zur Raserei bringen, zum blinden Dreinschlagen. Wortlos richtete sie sich auf, als sich sein Griff gelockert hatte, wortlos fuhr sie mit dem Hantieren fort. Wortlos drehte sich Aram um und ging, im Vorbeigehen nach der halbleeren Wodkaflasche greifend, hinaus. Es war die ganz normale Hölle.

Wenn ein Mann trinkt, ist immer die Frau schuld, heißt es. So konnte man es auch sehen. Aram trank, weil er als ein im Grunde seßhaft veranlagter Mensch das viele Hin und Her nicht mehr ertrug. Ella hatte ihm das eingebrockt, vielmehr hatte sie sich geweigert, ihn auf seinen Reisen zu begleiten, wie es sich für eine Ehefrau gehört hätte. Sie redete sich auf die Kinder aus, die sie bräuchten, ihre Arbeit, auf die sie nicht verzichten konnte ... Und sie hatte sich auch nicht zur Übersiedlung der ganzen Familie ins Ausland durchringen können, als ihr turniermüder Mann dort endlich eine fixe Anstellung bekam. Genaugenommen war es so gewesen: Sie sagte nicht ja und sagte nicht nein, und da Aram auch nicht sonderlich darauf drängte und ihre Argumente fürs Dableiben zu akzeptieren schien, war für sie der Fall erledigt. Er richtete sich das Leben eben so ein, daß er seine ohnehin anspruchslose Funktionärstätigkeit auf eine eher symbolische Anwesenheit am Dienstort reduzierte und alles daransetzte, so oft und so lange wie möglich zu Hause zu sein.

So ging das nun schon einige Jahre mehr schlecht als recht dahin, während die biedere Droge Alkohol ihr gemeines Geschäft besorgte.

Ella hatte schon deshalb darüber hinweggesehen, weil sie selbst das Gewissen plagte. Sie konnte oder wollte nicht wahrhaben, daß ihr Mann längst in einen Teufelskreis geraten war. Trank, weil er Schuldgefühle hatte, und Schuldgefühle hatte, weil er trank. Mit aggressiver Selbstsicherheit seine Sucht kaschierte. Die typischen Symptome einer Alkoholkrankheit aufwies. Er ganz einfach von der Flasche abhängig war – physisch und psychisch.

Die Abreisetage waren jedesmal der Höhepunkt seiner Trinkphasen. Da mußte Ella schon in der Früh jedes Wort auf die Waagschale legen und schweigend seine schlechte Laune über sich ergehen lassen. Auch wenn der Zug erst um Mitternacht ging, war das für Aram dennoch Grund genug, die Familie den ganzen Tag dafür zu bestrafen, daß sie zu Hause bleiben durfte. Spätestens zu Mittag war er so betrunken, daß er, ohne das Essen abzuwarten, ins Schlafzimmer torkelte, wo er mit lautem Schnarchen seinen

Rausch ausschlief. Wenn er dann ein paar Stunden später schlaftrunken auf der Bildfläche erschien, wußte er weder, wie spät es war, noch, wozu er überhaupt wegfuhr. Fluchend suchte er seine Sachen zusammen und hockte schließlich für den Rest des Tages vor dem Fernsehapparat. Mit schöner Regelmäßigkeit entspann sich nach den ersten Nachrichten ein Streit, weil Ella zu dieser Zeit bereits das Regiment in der Küche übernommen hatte und dabei war, Arams verkrustete Töpfe zu reinigen. Er hielt ihr vor, es nicht erwarten zu können, bis er bei der Türe draußen wäre, und ihm die letzten Stunden bis zur Abreise mit ihrem Geklappere und geschäftigen Hin und Her zu vermiesen. Immer seltener gelang es Ella, Ruhe zu bewahren und zu tun, was sie für richtig hielt.

Richtig, das hieß, Arams kurze Abwesenheit optimal für sich und ihre Arbeit zu nützen. Es galt vor allem, möglichst schnell den desolaten Haushalt in Schuß zu bringen, und damit mußte sie möglichst schon am Vorabend anfangen. Doch in letzter Zeit versuchte ihr Aram eben auch hier ein schlechtes Gewissen anzuhängen, und immer öfter erreichte er, daß sie ihm mit schriller Stimme ins Gesicht schrie: Ich halte das nicht mehr aus! Ich halte das nicht mehr aus! Ich halte das nicht mehr aus! ...

Mit „das" war natürlich er, Aram gemeint, und ebenso, wie sie seine Person wohlweislich umschrieb, begriff er, wie das gemeint war. Mit einem furchterregenden Schnauben erhob er sich und begann unter Drohungen, gleich jetzt, auf der Stelle, abzureisen und nie wieder zurückzukommen, seine Tasche reisefertig zu machen. Er tat es laut und umständlich, wohl darauf wartend, daß ihn Ella unter Tränen um Verzeihung bitten und ihn überreden würde, es sich doch zu überlegen, es sei doch ein Mißverständnis, sie liebe ihn ja und bedaure ihn so sehr, und um diese Zeit ginge doch noch gar kein Zug, er könne doch unmöglich und so weiter. Und jedesmal ließ er sich bereitwillig wieder die Tasche aus der Hand nehmen und ins Wohnzimmer zurückführen, wo Ella dann mit ihm stumm vor dem Fernseher saß, bis es endlich Zeit war, ihn auf die Bahn zu bringen.

Eines Tages riß Ella die Geduld. Ihre Kraft war verbraucht, ihre Argumente zu Floskeln verkommen. So ließ sie Aram von nun an die Sachen packen und bereits Stunden vor der Abfahrt schwankend das Haus verlassen.

Trotzdem gelang es ihr nicht, hart zu bleiben. Sie setzte sich jedesmal reuig ins Auto, um ihm nachzufahren. Die Vorstellung, daß er wegen ihr stundenlang in einem öden Wartesaal zwischen heruntergekommenen Sandlern herumlungerte und mit leerem Blick vor sich hinstierte, hielt sie nicht aus. Den Schalterbeamten am Bahnhof war ihr aufgelöstes Auftauchen bereits ein vertrauter Anblick, sie nickten ihr beinahe komplizenhaft zu, wenn sie durch die nächtlich ausgestorbene Halle raste, um ihren Mann mit Tränen und vielen Worten um Verzeihung zu bitten und zur Umkehr zu bewegen. Sie habe es nicht so gemeint und so weiter. Und sie kapierte nicht, daß er auf diese Weise ja nur mit ihrem Mitleid spekulierte.

Was wohl war schlimmer, die Zeiten, in denen Aram pendelte, oder die endlosen Wochen und Monate, die er sich einfach freinahm? Ella hatte keine Ahnung, worin seine Arbeit eigentlich bestand, er redete sich auf Turniere aus, zu denen er nicht antrat, die Entwicklung neuer Theorien, die er nie entwickelte, und phantasierte von dem vielen Geld, das er verdiene und das sie nie sah.

Die zermürbenden Wechselbäder von Streitlust und Liebestollheit, totaler Passivität und sinnlosem Beschäftigungsdrang, trockener und nasser Phase! Eine Dimension der Existenz, in der die Zeit kein Maß mehr ist für Handeln und Tag und Nacht sich nur durch hell und dunkel unterscheiden, nicht aber durch Wachen und Schlaf. Legt sich Ella abends um zehn nieder, steht Aram um elf oder zwölf auf, weil ihm ja schon gleich nach dem Mittagessen die Augen zugefallen sind. Steht Ella um acht Uhr morgens auf, stöhnt Aram, daß er die halbe Nacht wachgelegen habe und sich jetzt ausschlafen müsse. Angezogen fällt er zu jeder Tageszeit ins Bett, und wenn er mitten in der Nacht so aufwacht, hat er keine Ahnung, ob es heute, gestern oder morgen ist.

Genausowenig weiß er bei anderer Gelegenheit eine Antwort, warum seine große Zehe über und über mit Kaktusstacheln bespickt ist, wo die Beule auf seiner Stirn her ist, die er sich vor aller Augen selber an der Klotüre geholt hat, wieso die Kartoffeln roh sind, die er doch seit der Früh kocht, oder wieso Ella schon wieder mit ihm schreit.

Er scheint auch nicht zu bemerken, daß er seit Wochen immer nach demselben Buch greift und immer die gleiche Seite darin aufschlägt, daß er immer dasselbe zu Ella sagt, warum sie so verdrossen sei und nicht antworte, wo er doch alles tue, um sie glücklich zu machen, wo er sie doch so sehr liebe! Die Blumen, die er ihr kaufe, die teuren Geschenke zu Weihnachten, zum Geburtstag ...

Das ist es nicht, was ich brauche, brüllt Ella und schleudert seine Liebesgaben in eine Ecke. Wenn du mich wirklich liebst, dann tust du endlich, was ich sage, und hörst mit dem Saufen auf!

Das liegt bei dir, nur bei dir. Du liebst mich nicht, du liebst nur deine Kinder. Ich stehe an letzter Stelle!

Und du behandelst sie wie den letzten Dreck! Und dafür soll ich dich lieben?

Ach, alle Versuche, etwas zu ändern, sind nur die stereotypen Wiederholungen längst bekannter Tatsachen und enden entweder in verbissenem Gerangel, bei dem es Aram doch nur darum geht, Ella ins Bett zu zerren, oder in bösem, oft tagelangem Schweigen. Man hat einfach das Reden verlernt. Das Reden? Ja, kann man denn etwas verlernen, das man nie gelernt hat?

Wenn Aram keine Antwort weiß, flüchtet er sich in den Schlaf. Der ist mittlerweile zum einzigen Problemlöser seines Lebens geworden, während Ella aus den Resten des ihren zu retten versucht, was noch zu retten ist.

Warum läßt du es dir gefallen? fragen die Kinder die Mutter. Also, ich an deiner Stelle ...

Wie soll man das einem Kind erklären? Immer ist es der falsche Moment für eine Entscheidung, die, das ahnt sie, unabsehbare Reaktionen bei Aram auslösen könnte. Einmal hat eines der Kinder Geburtstag, den man ihm nicht verpatzen will, das nächste Mal steht bei einem anderem eine wichtige Prüfung auf dem Spiel, dann wieder sind es die Eltern, denen man das nicht antun will, und als eben ein neuer Termin beim Scheidungsanwalt fixiert ist, kommt ein Anruf aus der Redaktion: Wir hätten da was für Sie! Haben Sie Zeit? Natürlich hat Ella Zeit ... Oder ist es einfach Feigheit, Zukunftsangst? Die Meinung, daß Kinder einen Vater brauchen, egal welchen? Oder einfach die Sackgasse des Lebens, in der kein Platz ist zum Reversieren?

Was ist es bloß?

Ich bin schuld, ich!

Haben Sie etwas gesagt, Madame? Ellas Vordermann hat seinen Kopf in den Spalt zwischen den Rückenlehnen gesteckt und sieht sie fragend an.

Ella verneint erschrocken. Sie muß wohl laut gedacht haben. Oder ist sie eingenickt und hat im Traum phantasiert?

Ihr Blick geht wieder auf Wanderschaft, hinaus in einen Raum, in dem der Mensch nichts ist, Natur alles. Kilometer um Kilometer ein violetter Teppich, gelb und weiß getupft, und das mitten im Herbst. Was heißt Herbst? Wann wirst du je begreifen, daß du dich auf der südlichen Hemisphäre befindest, wo der September eigentlich der März ist und der Frühling eben begonnen hat, die Zeit der Wildblumen. Kilometer um Kilometer blühendes Gras, die abgestorbenen Gehölze darin bizarr, wie moderne Plastiken, für die der Betrachter keine Deutung weiß. Irgendwo dort draußen, angeblich, eine Wasserstelle, nach einem Kameltreiber benannt, den die Ureinwohner erschossen. Er habe sie entweiht, weil er sich die Füße darin wusch ...

Windräder kommen in Sicht, die das kostbare Naß aus großen Tiefen pumpen, und Zäune, die nichts umzäunen. Weidendes Vieh, vereinzelt erst, in immer größeren Herden dann. Die nächste Raststation nicht mehr weit.

Die wievielte wohl schon von dieser Art: eine von fliegenverklebten Fernlastern und schmutzigen, mit Wasserkanistern beladenen Geländewagen belagerte Tankstelle, ein Fastfood-Büffet mit hastig verschlungenen Dreiecken aus Brot mit Käse und Schinken dazwischen, diese überall gleich fad schmeckenden Sandwiches, Löskaffee im Pappbecher, die von den Businsassen gestürmten Toiletten, Waschräume. Ein paar halbherzige Lockerungsübungen für die vom Sitzen verkrampften Glieder, ein kleiner Rundgang um den Autobus, ein flüchtiger Plausch über Wetter und Strecke. Zwanzig Minuten, eine halbe Stunde vielleicht, dann ist alles wieder wie vorher: monotones Motorengeräusch und eine Landschaft, von der es schon zur Zeit ihrer Entdeckung hieß: Ihr Anblick ist so eintönig, daß selbst die blühendste Phantasie nichts darüber zu erzählen wüßte.

Ella sucht die Landkarte nach Ortschaften ab, die für

eine Übernachtung in Frage kommen. Sie hat genug, will aussteigen, ihre Gedanken zum Schweigen und die Zeit zum Stehen bringen, deren einziger Sinn darin zu liegen scheint, sie gnadenlos in Arams Arme zu treiben. Seit Hongkong dieses zur Manie gewordene Bedürfnis nach einem Ort ohne Häuser, Autos, Menschen und Erinnerung.

Bucht der Verweigerung, Bucht der Angst, Kap der Katastrophe, so entziffert sie die wenig verheißungsvollen englischen Bezeichnungen. Dies sei der Schauplatz von Gullivers Reisen, erklärt der Chauffeur plötzlich, das Land der Liliputaner, Jonathan Swift habe es nach historischen Berichten der ersten Seefahrer verfaßt, die hier an Land gegangen seien. Alles schaut neugierig aus dem Fenster, als müßten dort tatsächlich gleich Zwerge auftauchen, und fällt sofort wieder ins Dösen zurück.

Wie ein Fingerzeig des Schicksals heißt der erste Vorposten der Zivilisation „Ein Platz zum Verweilen". Von den Ureinwohnern so benannt, als sie hier in Küstennähe ausreichend Nahrung und Wasser entdeckten, lädt er tatsächlich zum Bleiben ein: Eine breite, von exotischen Bäumen gesäumte Straße, auf der nichts fährt, ein paar Geschäfte, ein paar Bungalows, eine aufgelassene Missionsstation, zwei Tankstellen mit Motel und ein Wegweiser mit Entfernungsangaben in Tausenden von Kilometern. Das Meer in Sichtweite: abenteuerliche Kreide- und Kalksteinklippen. Von ihnen hat sich vor Jahrmillionen die antarktische Scholle losgerissen, um zum Südpol zu wandern. Bis in jüngste Zeit haben die Aboriginals ihre Feuersteine da herausgeschlagen, um sie, zusammen mit Muscheln, Federn und anderen heiligen Gegenständen, gegen neue Lieder einzutauschen; Bilderbuchstrände, schon wieder, auf denen man sich verlieren könnte, über die man laufen könnte, solange, bis alle Starre aus den Gelenken geschüttelt ist, Meer zum Schauen, sein

Getöse und Gewoge, es tut der Seele gut, dem rebellischen Herz, und mit dem Schwinden der Farben wird auch die Erinnerung verebben, verstummt die Bestie im Brustkasten, dieser entsetzliche Schrei ...

Während sich die Mitreisenden rauchend die Füße vertreten, steuert Ella auf das gegenüberliegende Motel zu. Ja, ein Zimmer wäre noch frei, ein sehr hübsches sogar, mit Blick auf die Schafweide, sagt die Besitzerin. Ob Ella es sehen wolle? Ella will, doch ehe sie noch den Mund aufmachen kann, hat eine Stimme in ihrem Kopf das Kommando übernommen, die mit chinesischem Akzent insistiert: You try to see him as fast as you can!

Danke, sagt Ella, ich habe es mir anders überlegt ...

Aus großer Höhe mußt du dein Leben betrachten, um die Zeichen zu verstehen, die das Schicksal darauf schrieb, die Wunden, die dein Unverstand ihm schlug. Und du, Aram? ... Steif sitzt er da, die wievielte Stunde schon, hat starr den Blick nach vorne gerichtet, wo sich die Trennwand zwischen den einzelnen Sitzgruppen in eine flimmernde Kinoleinwand verwandelt hat. In ununterbrochener Folge werden dort die Daten des Bordcomputers eingeblendet: Flughöhe, Geschwindigkeit, zurückgelegte Kilometer, Windstärke und Außentemperatur, während ein dicker roter Strich langsam über eine schematische Darstellung des Kontinents kriecht und die jeweilige Position der Maschine anzeigt.

Als ob diesen einen Fluggast das interessierte! Wo ist Ella? befragt er die Leinwand. Wo ist meine Ella? Ist sie da? Ist sie dort? Warum zeigt keine Linie ihren Weg an? Warum, Ella, unterschlägst du deine Position? Warum hat dieses Flugzeug keine Antenne, dich zu orten? Ach, immer schon bist du deine eigenen, unerforschlichen Wege gegangen, Wege, Ella, die du mir nie verraten hast. Bist du dort unten, wo dieser Landbrocken aussieht, als hätte ein Riese mit einem unregelmäßigen Gebiß von einer Riesensemmel abgebissen? Bist du da oben, wo dieses komische Kap wie der ausgestreckte Daumen aus einer Faust ragt? Du solltest mir doch entgegengefahren sein, so, wie es sich für eine treue Ehefrau gehört! In einer oder zwei Stunden wird dieser fliegende Karren niedergehen, und du treibst dich noch immer irgendwo herum und hast mich ganz vergessen ... Wo bloß ist Osten? Bei denen ist ja alles verkehrt: die Sonne steigt falsch in den Himmel, die Autos fahren auf der linken Seite, das Wasser gurgelt andersherum in den Abfluß, und diese verkommenen schwarzen Kreaturen sind überhaupt das Letzte ... Aber das kann keiner abstreiten, daß Osten überall dort ist, wo nicht Westen ist, Norden überall, wo nicht Süden ist ... Und die Mitte? ... Eine Mitte gibt es nicht. Es gibt nur ein Entweder-Oder. Schwarz oder Weiß. Nur viertausend Kilometer von links nach rechts, und dreitausend Kilometer von oben nach unten. Und irgendwo dazwischen meine Ella. Wo bloß? Du bist so klein, Geliebte, ein Sandkorn in der Wüste, eine Kombination, die nicht einmal mein geniales Hirn errät ...

Unaufhaltsam kriecht der dicke Strich über den Kontinent, hat jetzt beinahe die Mitte erreicht. Ein Blick aus dem runden Fenster zur Rechten bestätigt Aram die Vergeblichkeit seiner Suche: rotes Nichts, so weit das Auge reicht.

Ach, wärst du nur ein wenig abgewichen von deinem sturen Denken, hättest du dich nur eingelassen auf diese Welt außerhalb deiner karierten Logik – du hättest dich erkannt!

Dich – das Staubgrau verdorrten Busches, das Sumpfbraun verdursteter Erde. Dich – das Salzgelb von Seen, die keine sind, die unglaublichen Ornamente der Wüste. Verrunzelt deine Haut, spröde wie die Rinde eines Baumes, kraus wie das aufgewühlte Meer. Die Tätowierungen der Erosion – Berge ohne Gipfel, Flüsse ohne Wasser; ihre Spur verläuft sich im Sand, und wo sie entspringen, da spürt ein weitverzweigtes Wurzelgeflecht jedem Tropfen auf dieser Erde nach. Ein getupftes Tuch die Steppe, hitzedampfend das Dünenlabyrinth. Was aussieht, wie der schuppige Rücken eines Krokodils, ist der Rumpf eines Gebirgszuges, was verloren und nur mit dem eigenen Schatten kontrastierend herumsteht, sind Tafelberge, auch sie ein allerletzter Rest von Einstigem. So schrecklich alt der Leib der Erde, so schrecklich jung die Narben der Zivilisation! Straßen, schnurgerade von Horizont zu Horizont führend, Bodenmarkierungen als Orientierungshilfen für den Flugverkehr, dann und wann eine Wasserstelle. Die Welt ein Meer von rotem Ocker.

Die Welt – Aram, halbverdurstet. Und seine Frau der Regen, der nicht fällt. Nein, umgekehrt. Ella ist der Wahnsinn, die Wüste. Stumm liegt sie da, und niemand, dem es gelänge, ihr Leben einzuhauchen.

Wie recht Aram wieder einmal hat! Stumm lieg ich da, eingesponnen in eine Idee. Das Netz jahrtausendealter Mythen. Die Wege der Lieder und Legenden, die Fußspuren der Ahnen, die Überlieferung ungeschriebener Gesetze.

Unversiegbare Wasserlöcher als Wegmarken und unsichtbare Muster scheinbar ziellosen Nomadentums, lebenslanger besitzloser Wanderschaft. Und dennoch der Begriff von Heimat – ein Ort, an dem man nicht fragen muß. Kein Baum, kein Fels, kein Flußlauf, der nicht einen Namen trüge, kein Lebewesen, kein Vorfahre, kein Ereignis, die nicht besungen wären: Heute ist gestern, und gestern morgen, denn seit ich diese Erde betrat, ist mir alle Zeit entglitten ...

Hättest du dich eingelassen, Aram, auf das tote Land da

unten, aber du hast es nicht, du ziehst visualisierte Signale auf Bildschirmen vor, schüttest dich zu mit deinem Whiskey und suchst das Vergessen. Und alles ist so einfach: Natürlich wird die Dame dort sein, wo sie dein kühner Schachzug hinzwingt, die Dame Ella, was denn sonst? Natürlich wird sie verstehen, was denn sonst? Natürlich werden wir unser Spiel wie geplant fortsetzen, was denn sonst?

Und was in Hongkong passiert ist, Aram?

Passiert, was soll schon passiert sein? Ein kleines Mißgeschick, nicht der Rede wert ...

Und das Blut an deinen Handgelenken?

Das Blut, ja, ich kann es mir auch nicht erklären, wie können böse Träume echte Wunden hinterlassen? Ich weiß es nicht, seh nur diese weiße Wand vor mir, die Erdbebenrisse darin. Und dann seh ich mich daliegen in meinem Schweiß und diese Wand anstarren, die keine Felder hat und keine Figuren, seh mich daliegen und warten darauf, daß dieser Irrsinn ein Ende habe. Kein Jupiter oder Mars ist so fern wie dieser Ort zwischen Himmel und Meer, kein Irdischer so fremd wie diese schlitzäugigen Gestalten, die Tag und Nacht an meinem Bett wachen. Bei jeder Bewegung springen sie auf, und nicht einmal seine Notdurft darf man ohne sie in der Latrine am Ende des Korridors erledigen. Schlitzaugen, wohin man schaut, oben, unten, rechts, links, Grinsen in allen Ecken, kleine huschende Figuren, die Schachmatt! schreien. Schachmatt! ... Und die üblen Gerüche, die Hitze, die tropische, Schweiß aus allen Poren, süßlich kommt das Essen hoch, Fliegen ertrinken im Blut der zerscheuerten Arme ... Weiße Monde wachsen schwarze Himmelsbahnen hinauf, werfen Licht in einen Raum, der voll ist von lebendigen Toten. Wo bin ich? Die Stimme erstickt im Nebel, der aus dem Meer steigt oder innen hochkommt, ja, innen, und alles stinkt nach Urin! Aus faltigen Mündern rieselt Vogelgezwitscher, Vogelgezwitscher, Ellas Stimme, hörst du, aber wieso verstehst du sie nicht? ... Eben war sie noch da, die Königin, ein Hauch noch im Raum, nur zu fassen ist sie nicht, zu fassen bist du nicht, ach dieses Grinsen des Läufers, hockt schon wieder an der Kante seines Betts und zählt Geld, das außer ihm keiner sieht, keiner sieht, Ärzte nennen sich die schwarzköpfigen Springer in den weißen Kitteln, Schwestern die mandeläugigen Nymphchen mit den Schweißflecken unter den Armen, daß ich nicht lache, o wie ich lache, daß mein Lachen steinegleich übers Brett poltert, eins nach dem anderen, mitreißt alle Figuren, daß das Meer aufspritzt und die Fontänen sich ergießen über euch, über mich, ach, was wißt denn ihr, und der schon gar nicht, der immer kommt und sich aufführt wie ein gegnerischer Bauer, der es auf meine Dame abgesehen hat, immer redet er davon, was sie meine, was er glaube, aber ihr habt ja keine Ahnung, wie stark ein König am Ende eines Spiels sein kann, stark in der Verteidigung und im Angriff ...

So wetterleuchtete es in Arams Kopf, während seine Boeing 767 den roten Felsen Uluru in neuntausenddreihunderteinundzwanzig Metern Höhe mit einer Geschwindigkeit von achthundertsiebenundvierzig Komma neun Kilometern pro Stunde bei einer Außentemperatur von minus fünfundvierzig Grad Celsius überflog. Und weder er noch sonst irgendeiner der Flugpassagiere ahnte, daß der Bordcomputer eben die Koordinaten eines schicksalhaften Ortes angezeigt hatte, den Ella vorläufig noch in weitem Bogen umkreiste.

Er liebte sie, er liebte sie ja so sehr. Immer schon hatte er sie geliebt, von dem Augenblick an, als sie zwischen den Kaffeehaustischen vor ihm hergegangen war, das rotblonde Haar zu einem neckisch wippenden Pferdeschweif gebunden. Ein Wesen von einem fremden Stern war sie ihm gewesen, seine erste große Liebe, die erste verzehrende Leidenschaft. Er hatte nur immer sein Schach im Kopf gehabt, seine Figuren, die Felder, auf denen er sie wohlüberlegt herumschob. Es war in der Zeit, als er die Ehre seines östlichen Vaterlandes im westlichen Feindesland verteidigen durfte, kurzum während einer Auslandstournee des frischgebackenen Großmeisters. Ella studierte damals noch und arbeitete nebenbei als Lokalreporterin für eine Zeitung. Sie hatte Aram, der in ihrer Stadt eine Simultanvorstellung gab, um ein Interview gebeten, ihn in einem Kaffeehaus getroffen. Es wurde ein langes Interview, ein sehr langes, doch nur sehr wenig davon kam in die Zeitung ...

Aram versprach, bald wiederzukommen, aber es wurde nichts daraus. Ella hatte ihn schon vergessen, da stand er eines Tages vor ihrer Tür – für immer.

Es dauerte allerdings einige Zeit, bis alle bürokratischen Hürden genommen und die Querschüsse seitens seiner Familie abgewehrt waren, die nicht verstehen konnte, daß der glühende Patriot, der Aram einmal gewesen war, nicht ans Heimkommen denke.

Er war halb irr vor Glück, als es dann endlich soweit war, und wollte seiner Frau alle goldenen Berge der freien Welt zu Füßen legen. Er wußte, daß ihn die Welle der Popularität nicht allzu lange tragen würde. Die Intrigen hatten ihn zermürbt, nun ging es darum, einen neuen Anlauf zu nehmen, seine Fähigkeiten unter Beweis zu stellen, ja vielleicht sogar seinen Gegner zu einer Revanche herauszufordern. Außerdem war er dem Geheimnis auf der Spur, wie man dieses Spiel der unendlichen Möglichkeiten streng wissenschaftlichen Kriterien unterwerfen konnte. Viele Schachexperten vor ihm hatten sich an diesem Problem die Zähne ausgebissen. Er würde sich mit seiner Theorie, wenn sie erst veröffentlicht war, unsterblich machen, man würde sich wieder um ihn reißen, ihn in die internationale Turnierszene zurückholen ...

Der Erfolg, sowohl auf dem Brett als auch im Kopf, ließ auf sich warten. Die Familie, der Alltag war schuld. Nicht nur, daß ihm die drei Mädchen, die ihm Ella innerhalb von drei Jahren gebar, mit ihrem Geschrei so auf die Nerven gingen, daß er sich nicht wie gewohnt auf die Turniere vorbereiten konnte, sie nahmen ihm außerdem Ella weg, und ohne Ella konnte er keinen klaren Gedanken fassen, fiel ihm einfach nichts ein. Und langsam, ganz langsam begann es mit ihm bergab zu gehen. Er verlor eine Partie nach der anderen, verlor das Vertrauen, verlor an Popularität. Er trinke, hieß es.

Das war eine gemeine Unterstellung. Wenn er trank, dann nicht mehr oder weniger als sie alle. Wer baut seinen Streß heute nicht mit Alkohol ab?

Naja, immerhin ist er ein gefragter Funktionär, ein anerkannter Schachtheoretiker, ist viel unterwegs, aber auch viel zu Hause. Bloß Ella ... Natürlich leidet sie darunter, hätte sich wohl gerne weiterhin im Glanz seines Ruhmes gesonnt, aber wie oft hat er ihr erklärt, daß das nicht wichtig ist. Was zählt, ist, daß wir uns lieben. Wir lieben uns doch! Mein Gott, und trotzdem sperrt sie sich und macht mir das Leben zur Hölle. Ist es da ein Wunder, wenn man zur Flasche greift?

Ja, sie war die erste und einzige Liebe seines Lebens, und bis zum letzten Atemzug würde er nicht aufhören, sie zu lieben. Da konnte sie tun, was sie wollte, böse und kratzbürstig sein, keifen und mit den Tellern schmeißen, mit den Fäusten gegen seine Brust trommeln oder unter Tränen ihn anflehen, sie doch in Ruhe zu lassen, tagelang kein Wort mit ihm reden oder ihn mit schriller Stimme anbrüllen, daß die Gläser in der Vitrine zersprangen. Er liebte sie, er liebte sie ja so sehr.

Sie war für ihn die schönste und klügste Frau auf der Welt, und er liebte einfach alles an ihr: ihre Schlamperei, ihre Vergeßlichkeit, ihre Bequemlichkeit, ihre schmutzigen Fingernägel, ihre unordentliche Frisur, ihre Telefonitis, ihre versalzene Suppe, ihre zerrissenen Strümpfe, ihre Falten, die Brille, die sie nie putzte. Er liebte sie nicht nur, wenn er mit ihr schlief, er liebte sie sogar, während er dem Fußball hinterherhetzte. Und er liebte sie auch dann, wenn er erkennen mußte, daß sie ihn nicht liebte.

Ich würde dich lieben, sagte Ella, wenn du es nicht immer von mir verlangtest! Wenn du nicht ...

Liebe kennt kein Wenn und Aber! sagte er, und seine Stimme bekam einen drohenden Unterton. Du liebst mich also nicht!

Er nahm seinen Arm von ihrer starren Schulter und legte eine Platte auf. Es war eine traurige kaukasische Weise.

Und während ihm die Tränen über die Wangen rannen, während eine klagende Stimme Erinnerungen an Freunde, an das grausame Schicksal seines Volkes, an heimatliche Geborgenheit heraufbeschwor, machte sich Ella daran, von dem mittlerweile angebrannten Essen zu retten, was noch zu retten war.

Er verstand es nicht. Und war doch, ohne Zweifel, ein gescheiter Mann. Ein Mann des Geistes. Der vernichtenden Logik. Ein anständiger, ein treuer Mann. Einer, der alles für seine Familie geopfert hatte. Ein Mann, dem seine Frau nur dankbar sein konnte, wenn er das Wirrwarr in ihrem Kopf in geordnete Bahnen lenkte.

Die aber begriff es nicht. Begriff überhaupt nichts. Wurde bloß böse, wenn er ihr Sandwiches servierte, die er mit Ketchupherzen verziert hatte. Niederkniete, ihre Füße unter dem Schreibtisch hervorholte, um sie zu küssen. Ihr nicht oft genug seine Liebe beteuern konnte. Sie, sooft sie in seiner Nähe war, umarmte, selbst, wenn sie telefonierte. Ach, wie er es haßte, dieses Telefon! Wie er sie haßte, die Musik, die sie seinen Umarmungen vorzog! Wie er es haßte, wenn sie stundenlang in ihren Computer starrte, ohne ihn eines Blickes zu würdigen! Und was das Schlimmste war, sie hatte keine Ahnung von Schach. Vergeblich hatte er ihr die Faszination dieses uralten Spiels zu vermitteln versucht, diese mit Kunst betriebene Wissenschaft oder mit Wissenschaft betriebene Kunst, die nur einer beherrscht, der über ein phänomenales Abstraktionsvermögen verfügt. Das muß man sich einmal vorstellen: Nach drei Zügen eines jeden Spielers sind bereits neun Millionen Stellungen möglich! Nein, sie hatte nichts übrig dafür und machte sich nur lustig über seine Leidenschaft. Und schon gar nicht wollte sie einsehen, daß die besten Köpfe auf diesem Gebiet, die großen Theoretiker und Denker, nicht unbedingt Weltmeister sein müssen. Aber er sah ihr auch das nach, weil er sie liebte.

Manchmal kam ihm halt der Zorn hoch, die Bitterkeit. Sie hatte ja keine Ahnung, was es hieß, ganze Tage und Nächte im Zug zu verbringen, um irgendwo Hunderte Kilometer weiter in einer bankrotten Bude voll von blöden Vereinsmeiern ein paar Stunden zu hocken und so zu tun, als bestünde die Welt nur aus ihren Problemen. Keine Ahnung auch, was sie ihm angetan hatten, damals, zu Hause, die Hetzkampagnen. Und mit welchen Tricks ihn sein berühmter Gegner aus dem Konzept gebracht hatte. Hypnotisiert hatte er ihn, solange angestarrt, bis er den dummen Fehler machte, der zu seiner Niederlage führte.

Das hatte Aram auch in einem Interview erklärt und damit viel Staub aufgewirbelt. Profilierungssucht war noch das Harmloseste, was man ihm anhängte. Seine Entgegnungen interpretierte man als systemkritische Äußerungen, drohte ihm mit der Sperre. Ein offizieller Brief wurde fabriziert, seine Verbandskollegen wurden aufgefordert, sich mit ihrer Unterschrift zu denen zu bekennen, die seinen Ausschluß verlangten. Daß seine unterlegenen Partner die Gemeinheit unterstützten, konnte er noch irgendwie verstehen. Daß aber auch einer seiner besten Freunde darunter war, das verwand er nicht.

Wie hätte Ella das begreifen sollen? Sie hatte ja nur die Kinder im Kopf und ihre lächerliche Schreiberei, die sie Arbeit nannte. Wie oft hatte er ihr gesagt, daß sie es nicht nötig hätte, daß er ja genug verdiene für sie alle, aber sie wollte nicht in seinem Schatten stehen. Seine Liebe genügte ihr nicht, nein, sie war von Ehrgeiz besessen. Wie alle diese Weiber heutzutage ...

Stehenbleiben, rasten! Aussteigen irgendwo! Erde atmen, Sandelholz! Jahrhundertelang sind die Chinesen extra hierhergekommen, um es sich für ihre Räucherstäbchen zu holen. Mulga- und Akaziengestrüpp, Eukalyptusstauden, wie das alles blüht! Schmetterlinge, vom Nektar berauscht, Wellensittiche hocken wie paradiesische Früchte in den Zweigen, schrecken kreischend hoch. Und seltsame Gewächse, nicht Palme, nicht Busch: Auf wulstigen, schwarzen Stämmen sitzen große, saftige Büschel. Sind das vielleicht die Grasbäume, die angeblich hier wachsen?

Eine tödliche Walze der Highway, mit Kadavern übersät, von Schildern gesäumt: Achtung Wombat! Achtung Känguruh! Achtung Kamel! Ja, in ganzen Herden verunsichern diese ungestalten Tiere die Gegend. Im vorigen Jahrhundert aus Afghanistan eingeführt, um den Vorstoß ins Landesinnere zu ermöglichen und den Bau der Telegrafenleitung quer durch den Kontinent voranzutreiben, haben sie sich später, als ihre Transportdienste überflüssig geworden waren, so stark vermehrt, daß sie heute auf dem ganzen Kontinent anzutreffen sind. Kurios der Umstand, daß sie sich mittlerweile zu einer äußerst zähen Rasse entwickelt haben und nun sogar als Exportartikel in ihre ursprüngliche Heimat herhalten dürfen.

Unersättlich beißt sich also die Straße, dieses Teermonster, in die ohnehin spärliche Vegetation. Bald sind nur noch abgestorbene Bäume da, die wie sperrige Kabelenden aus dem Boden ragen, flüchtige Wegweiser ins Nichts.

Weiter, Ella, weiter!

Ich will nicht, ich kann nicht, es ist nackter Wahnsinn, was du mir eingeredet hast, vielleicht ist das alles nicht wahr.

Ella starrt mit roten Augen hinaus, bemüht alle ihre Sinne, um aufzuwachen aus diesem Alptraum. Aber wie erwacht man aus der Wirklichkeit? Sie hört einfach nicht auf.

Und genausowenig hört das Reden in ihr drinnen auf, es ist, als hämmere Arams Stimme durch einen Kopfhörer auf sie ein.

Wieder geht es der Nacht entgegen. Eine Raststation, endlich. Erleichtert vertritt sie sich die Beine. Die Businsassen sitzen sandwichkauend und limonadetrinkend im Büffet, über das zu gleicher Zeit die Reisegesellschaft eines in der Gegenrichtung verkehrenden Busses hergefallen ist. Ella richtet ihren Blick in die Höhe. Dort malt ein unsichtbares Flugzeug seine schnörkellose weiße Schrift ins letzte Licht des Tages. Es ist Aram, der ihr mitteilt, daß er es nicht erwarten kann, sie zu sehen. Wie ein Geschoß rast er auf sie zu, um sie am Ende ihrer Zwangsverfrachtung vom einen Rand der Landkarte an den anderen in die Zange seiner liebevoll ausgebreiteten

Arme zu nehmen. In Sydney, dem Knotenpunkt ihrer beider Alptraumpfade …

Die Stimmen einiger junger Leute holen Ella in die Wirklichkeit zurück. Es sind die Tramper aus dem Bus, die ihren Imbiß im Freien verzehren. Sie hocken auf der Gehsteigkante neben den Zapfsäulen, darunter auch das hübsche Mädchen, das ihr schon früher durch sein makelloses australisches Englisch und selbstbewußtes Auftreten aufgefallen ist. Im trüben Schein der Tankstellenreklame studiert es eine Landkarte, die es neben sich ausgebreitet hat, und blättert dann in einem deutschen Reiseführer nach. Ella spricht es an. Überrascht sieht das Mädchen auf. Ja, aus Deutschland komme sie, antwortet es, die sonnengebleichten Strähnen aus dem Gesicht schüttelnd. Drei Monate sei sie nun schon in diesem Land unterwegs, aber morgen sei alles aus.

Alles aus?

Ach, zum Heulen ist mir, sagt es vertraulich. Ich mag nicht nach Europa zurück, ich mag einfach nicht. Sie haben keine Ahnung, was es heißt, so wochenlang allein unterwegs zu sein, kreuz und quer durch die Gegend. Mit dem Bus, Autostopp, zu Fuß. Diese Freiheit! Die Einsamkeit! Ich hab es mir zum Abitur gewünscht. Und in einer Woche soll ich in einem Büro sitzen und mir von blöden Chefs blöde Geschäftsbriefe diktieren lassen! … Und Sie? Machen Sie Urlaub?

Sozusagen, entgegnete Ella ausweichend. Im Augenblick bin ich nach Sydney unterwegs, dann werden wir weitersehen … Und wo waren Sie überall?

Fragen Sie mich lieber, wo ich nicht war! Aber am meisten hat mich dieser Felsen im roten Zentrum beeindruckt. Den sollten Sie unbedingt sehen! Nicht umsonst ist er das Wahrzeichen Australiens – der größte Monolith der Welt, wie ein versteinertes Riesentier, ein Bote aus einer anderen Welt. Das ist schon ein Gefühl, auf einem heiligen Berg zu stehen ...

Heilig?

Die Stimme des Mädchens bekommt plötzlich einen feierlichen Unterton.

Ja, für die Ureinwohner ist er immer noch ein Heiligtum, auch wenn ihn die Touristen längst entweiht haben. Und trotzdem ist da etwas Ewiges um ihn, Überirdisches. Er heißt von altersher Uluru, wasserspendender Fels, und war einst ein flacher Sandhügel. Am Ende der Traumzeit erhob er sich zu seiner jetzigen Höhe und wurde zu Stein. An seinem Fuß verwandelten sich die Vorzeitwesen in Bäume oder Felsen, aber sie hören nicht auf, den Ureinwohnern, die noch immer zu den Totenstätten der Ahnen kommen, ihre Geschichten zu erzählen. Morgen früh sind wir in Port Augusta, von dort ist es ein Katzensprung, zwanzig Stunden, wenn Sie umsteigen und den Bus nach Norden nehmen. Nach Sydney kommen Sie noch früh genug!

Ihre Worte hören nicht auf, Ella zu beschäftigen, als sich auf der Weiterfahrt der Blick in den nachtblinden, vibrierenden Scheiben ihres rollenden Obdachs fängt. War es nicht immer schon ihr Traum gewesen, so durch die Welt zu streunen, allein, bleiben, wo es dir gefällt, sehen, was dich reizt, Bekanntschaften schließen und morgen schon wieder lösen, deine Wege selbst bestimmen! Ist es nicht ausgemacht gewesen, daß es eine Reise nach ihrem Geschmack werden solle? ... Sie holt, zum wievielten Mal wohl auf dieser Fahrt, den ziemlich abgegriffenen Fahrplan mit einer graphischen Darstellung der Fernbusverbindungen heraus. Von der kleinen Küstenstadt, von der die Rede war, geht ein schnurgerader Strich nach Norden, stößt wie ein Pfeil ins Herz des Kontinents, es ist mit einem schwarzen Punkt markiert. Ein wunder Punkt. Eigentlich müßte er rot sein, ockerrot ... Der Schmerz ist unerträglich. Ella wehrt sich, aber etwas ist stärker.

Wenn du es schaffst, wenigstens einmal Aram beim Wort zu nehmen und von dem Weg abzuweichen, den er dir diktiert, dann schaffst du auch die Trennung von ihm ... Wirf die Fessel deines Gewissens ab. Du mußt nur wollen, fest genug wollen ...

Australien, was mache ich in Australien? hatte Ella geschnaubt, als Aram ihr vor ein paar Monaten seine Reisepläne eröffnete. Er redete von Kollegen, die er treffen müsse, einem Turnier da, einem Vortrag dort, von neuen Denkanstößen, die er suche, wichtigen Kontakten.

Er starrte sie fassungslos an. Da hatte sie dauernd von fremden Ländern, von der großen Welt geschwärmt, und nun diese Reaktion. Beleidigt wandte er sich ab. Ella versuchte ihn zu versöhnen.

So versteh doch, ich habe keine Beziehung zu dieser Gegend. Zu Känguruhs und apathischen Aboriginals. Es ist mir zu weit weg. Es ist, als ob du von einem anderen Stern redetest. Ich mag es nicht, irgendwohin zu fahren, nur um dortgewesen zu sein.

Aber du wolltest doch immer ...

Ja, aber jetzt will ich nirgends mehr hin. Ich bin müde. Ich möchte an einen See und in der Sonne liegen. Oder auf einem Berg sitzen und an nichts denken.

Ich dachte, ich mache dir eine Freude. Und wenn es dir schon keine macht, so könntest du wenigstens mir zuliebe mitkommen, sagte Aram und steckte gekränkt die Nase ins Glas. Es war für Ella ein Alarmzeichen.

Sie willigte also ein, mit dem Vorbehalt allerdings, daß sie über den Reiseverlauf bestimmen würde. Sie wollte nicht von ihm herumgehetzt werden wie in den Ferien mit den Kindern, als es ihm nur darum gegangen war, so schnell wie möglich am Urlaubsort und so schnell wie möglich wieder daheim zu sein. Kein Stehenbleiben unterwegs, kein Schauen, kein Abweichen von der Route, das Erfahren der Fremde nur im Sinn einer Autoraserei ...

Ella war ein Landschaftsmensch mit einer fast krankhaften Abneigung gegen alle Mauern und Straßen. Und es mußte nicht unbedingt aufregende Exotik sein, die sie auf einer Reise suchte, es genügten ihr auch die Berge vor der Haustüre, wenn Aram nur was übrig gehabt hätte dafür.

Aber er war und blieb ein Stadtkind. Nicht nur in einer Großstadt aufgewachsen, sondern von deren Naturfeindlichkeit so sehr geprägt, daß ihn jeder Schritt, der ihn über die Grenzen bewohnter, von menschlicher Gedankenkraft erschlossener Welt hinausführte, in Panik geraten ließ. Er legte in ihr offenbar unbewußt das Muster seines Schachbretts an und konnte sich nicht auf die Unabwägbarkeiten außerhalb einlassen. Und solange die Kinder klein sind, sagte sich Ella über all die Jahre, muß ich mich damit abfinden. Aber einmal werden sie groß sein, und dann werde ich meine eigenen Wege gehen. Einmal die Wüste sehen! ...

Mitten in diese Diskussionen – Arams Erwartung, daß ihn Ella auf seiner grandiosen Weltreise, deren Stationen er selbst kaum geographisch einordnen konnte, begleiten werde, und Ellas unverständliche Weigerung –, platzte wie der Schicksalsbote persönlich Lin. Er sei auf der Durchreise in Europa, telefonierte er von irgendwo, und würde seine alte Brieffreundin Ella so gerne kennenlernen, ganz besonders ihren Mann, von dem sie ihm soviel geschrieben habe ... In einem nächsten Anruf mußte er jedoch sein Kommen absagen. Familiäres, leider, aber da hakte Aram, der gerade am Telefon war, ein. Vielleicht könnten wir uns in Hongkong treffen? Wir planen nämlich eine Reise in Ihre Gegend. Ich muß nach Japan, müssen Sie wissen, aber meine Frau kann es nicht erwarten, nach Australien zu kommen ... Und lachend fügte er hinzu: Da bietet sich doch Hongkong als idealer Scheideweg an.

Lin war begeistert, beschwor seine Freunde, doch unbedingt einen mehrtägigen Aufenthalt einzuplanen, er wisse ja aus Ellas Briefen, wie sehr sie sich für China interessiere, er stehe ihnen beiden zur uneingeschränkten Verfügung, es genüge, ihm das geplante Ankunftsdatum mitzuteilen.

Na, siehst du, sagte Aram triumphierend, als er aufgelegt hatte. Mit einem Rest von Skepsis willigte Ella schließlich ein, und sie einigten sich darauf, daß sie gemeinsam nach Hongkong reisen, dort ein paar Tage bei Lin verbringen und sich dann vorübergehend trennen würden. Während Aram sich nach Japan begab, würde Ella nach Australien vorausfliegen, nach Belieben dort herumfahren und Aram dann treffen. Irgendwo, irgendwann. Zu einer präziseren Abmachung fehlte ihnen beiden die Entschlußkraft. Oder ganz einfach der Mut, sich in eine Debatte einzulassen, die mit Sicherheit in einem Streit enden würde. Sie ließen diesen heiklen Punkt also offen.

Ella hoffte außerdem, daß sich diese Pläne sowieso zerschlagen würden. Sie konnte sich nicht vorstellen, daß Aram nach so vielen Jahren in der Lage sein würde, noch ein Turnier zu spielen, geschweige denn vor Fachkollegen zu bestehen. Sie fürchtete nicht nur die programmierte Blamage. Wie sie ihren Mann kannte, war er nicht gerade ein Organisationstalent, was Reisen betraf. Früher war ihm alles abgenommen worden, nun hatte er sich selbst um die Buchungen und Formalitäten zu kümmern. Und noch wenige Tage vor der Abreise war nicht aus ihm herauszubekommen, wie es eigentlich mit den Vorbereitungen stand. Ella selbst war bis über beide Ohren mit Redaktionskorrespondenzen eingedeckt und fragte nicht lange.

Außerdem fühlte sich Aram in letzter Zeit nicht gut. Schon zum zweiten Mal hatte er eine Kreislaufschwäche mit Schweißausbrüchen, Erbrechen und rasendem Puls erlitten. In der Nacht war er, am ganzen Leib zitternd, durch die Wohnung gewandert, hatte Ella aber kategorisch verboten, einen Arzt zu rufen. Das sei bloß Streß, sagte er, die viele Arbeit ... Ella hatte es auf die Auseinandersetzungen zurückgeführt, die neuerdings in gegenseitige seelische Zerfleischungen ausgeartet waren.

Was hatten sie einander nicht alles an den Kopf geworfen, in die Schuhe geschoben, bis in die ersten Tage ihrer Beziehung waren sie zurückgegangen, hatten alles neu aufgerollt, die Kinder, die verfehlte Erziehung, Ellas Desinteresse an Aram, Arams Fixiertheit auf Ella, Ellas Alleingänge, Arams Untätigkeit, Ellas Gefühlskälte, Arams leere Flaschen, Ellas Schliche, Arams Despotismus ...

Immerhin herrschte nach diesen Krisen jeweils für ein paar Tage Waffenstillstand. Aram riß sich zusammen, trank Kräutertees, zum Streßabbau angeblich, und Ella sagte zu jeder Skurrilität ja und amen. Aber schon ein lächerlicher Anlaß genügte, und es flogen wieder die Teller und krachten die Türen.

Wie Ella es auch drehte und wendete, der Haussegen hing schon lange schief, und in diesen letzten Monaten konnte überhaupt keine Rede mehr davon sein.

Die Zerwürfnisse gingen so weit, daß Aram seine Frau aus der Wohnung warf. Ella hatte was von Trennung gesagt, die sie zwar nicht wünsche, die er durch sein Benehmen jedoch selbst provoziere, und sich dann wortlos ans Geschirrabwaschen gemacht. Wüst schimpfend rannte er in der Küche auf und ab und packte sie plötzlich am Arm: Dir werd ich's zeigen! brüllte er mit ohrenbetäubender Stimme. Wenn wer geht, dann bist es du!

Ehe sie noch etwas erwidern konnte, hatte er sie schon von der Abwasch weggezerrt und vor die Tür gestoßen. Da stand sie nun im Stiegenhaus, mit tropfenden Gummihandschuhen und schmutziger Schürze, ohne einen Groschen Geld. Sie schmiß Handschuhe und Schürze vor die Türe und machte sich trotzig auf zur Straßenbahnhaltestelle, derselben, auf der es schon mehrmals zu Szenen gekommen war, wenn nämlich Aram an seinen Abreisetagen viel zu früh das Haus mit der Drohung verlassen hatte, nie mehr zurückzukommen, und Ella ihn unter Tränen beschwor, es sich doch noch zu überlegen.

Nun war sie an der Reihe. Sie war zu einer Schwarzfahrt in die Stadt entschlossen, um bei einer Freundin unterzukommen. Es würde Aram eine Lehre sein, eigentlich hatte sie auf diese Gelegenheit nur gewartet ... Doch statt der Straßenbahn kam Aram daher. Mach keinen Blödsinn, lallte er. Ich liebe dich doch mehr als mein Leben ...

Auch die sanftmütige Alis verwandelte sich eines Tages in eine Megäre, warf dem Vater wüste Schimpfworte an den Kopf und verließ das Haus.

Aram war so verblüfft, daß er sogar vergaß, die Mutter für diesen Auftritt verantwortlich zu machen. Jetzt war also auch Alis gegen ihn. Er verstand es nicht, was sie alle gegen ihn hatten. Er hatte es doch gut gemeint!

Dasselbe ließ sich wahrscheinlich auch von den Tobsuchtsanfällen sagen, mit denen er seine absurden Verbote durchzusetzen versuchte. Schlimm nur, wenn er Ella in so einem Zustand ins Auto zerrte und mit zweihundertfünfzig Stundenkilometern über die Autobahn raste, nur um sie mundtot zu machen, nur um ihren Widerstand zu brechen!

So und ähnlich ging es dahin, sieben Monate lang, das wievielte Jahr eigentlich schon. Sieben endlose Monate, in denen Ella ein schrilles Nervenbündel geworden war. Aram hatte sich freigenommen, um sich auf die Tournee, wie er es nannte, vorzubereiten. Die Vorbereitung sah so aus, daß er, wenn er sich überhaupt ans Brett setzte, schon nach zehn Minuten darüber eingenickt war. Und seine ganze intellektuelle Tätigkeit erschöpfte sich im Lesen immer desselben Buches, immer derselben Seite darin.

Täglich also Überraschungen, Szenen, der nackte Kampf ums Überleben. Ella hatte endlich eine Redaktion gefunden, die ihr eine ständige Mitarbeit in Aussicht stellte. Das bedeutete allerdings, daß sie auch viel unterwegs sein mußte – Recherchen, Veranstaltungen, Reportagen, Pressekonferenzen. Es machte ihr Spaß, brachte Geld und lenkte ab. Nur vor dem Heimkommen fürchtete sie sich. Die Küche ein Schlachtfeld, die Kinder, wenn überhaupt da, sauer auf den Vater, der selbst unansprechbar. Er saß entweder vor dem Fernseher oder auf dem Balkon und starrte ins Leere. Fragte Ella, wo sie so lange gewesen wäre. Konnte sich nicht erinnern, wer angerufen habe. Tischte ihr alle zehn Minuten eine Eierspeise auf, weil er schon wieder vergessen hatte, daß sie eben abgelehnt hatte. Jammerte, daß das Fahrrad aus dem Stiegenhaus gestohlen worden sei, und wollte nicht glauben, daß er es doch selber am Vortag im Keller verwahrt hatte. Behauptete, den ganzen Tag nur gearbeitet zu haben. Betrunken? Ich? Einbildung! wies er mit verquollenem Gesicht und offenem Hosenschlitz Ellas Vorwurf entrüstet von sich.

Und was ist das? sagte Ella und hielt ihm mit gewohnter Geste eine halbleere Schnapsflasche unter die Nase, die sie mit gezieltem Griff aus seinem Sportsack befördert hatte.

Weiß ich nicht …

Ella drehte sich wortlos um und machte sich daran, den Rest der Flasche ins Klo zu schütten.

Bist du wahnsinnig? röhrte Aram hinter ihr her. Er versuchte ihr die Flasche zu entreißen, doch Ella gab ihm einen Stoß, daß er das Gleichgewicht verlor und gegen den Vorzimmerkasten taumelte. Weißt du, was so eine Flasche kostet? stöhnte er.

Genau die Hälfte von dem, was eine ganze kostet, sagte Ella nur und schmiß die leere Flasche in den Abstellraum, in dem es aussah, als diente er dem ganzen Haus als Sammelcontainer für Leergut.

Es gab Tage, da lag sie, ungeachtet der Arbeit, die sich auf ihrem Tisch stapelte, einfach im Bett, unfähig, auch nur einen klaren Gedanken zu fassen. Sie fühlte, wie sich eine Paralyse in ihrem Körper ausbreitete, der auch mit der größten Anstrengung nicht zu entkommen war. Wie da etwas auf sie übergriff, seine schwere, unsichtbare Pranke auf ihren Körper legte und zu Boden drückte. Kam sich vor wie ein zappelnder Käfer im Tötglas eines Sammlers, der gleich seine Nadel durch ihren Leib bohren würde. Apathisch schlitterte sie so von einem Tag in den anderen und mußte ohnmächtig zusehen, wie sie ihrem Mann immer ähnlicher wurde. Nicht nur graue Haare bekam und böse Falten um den Mund, sondern immer öfter denselben Stimmungsschwankungen ausgesetzt war. Hilflos wie ein gekentertes Schiff trieb sie diesem Australien entgegen.

Es gab aber auch Tage, da wuchs der Trotz über Ella hinaus. In magischen Wortgebilden schlug er sich plötzlich nieder, in rhythmischen Sprachschöpfungen, die sie in geduldiger Gedankenarbeit zu Papier brachte, an denen sie feilte, mit denen sie spielte, aus denen zuweilen kleine Kunstwerke entstanden. Gedichte, tatsächlich.

Aram mochte es nicht, daß Ella Gedichte schrieb. Gedichte waren ihm unheimlich, nicht nur, weil er sie nicht verstand und sie Ella in ein Reich entführten, in das er ihr nicht folgen konnte, sondern, weil sie, im Gegensatz zu Ellas Job, nichts einbrachten.

Mit List und Tücke gelang es ihm, ihre brotlose Kunst

zu torpedieren. Alle Augenblicke kam er unter irgendeinem Vorwand ins Zimmer, zog einmal die Jalousie am Fenster herunter, zehn Minuten später wieder hinauf, brachte ihr Tee und Schinkenbrote, die er liebevoll arrangierte, dann wieder mußte er die leere Tasse abholen, oder er schlich sich hinter ihrem Rücken herein, legte seine Arme um ihre Schultern und wollte unbedingt wissen, ob Ella ihn auch so liebe wie er sie. Ja, sagte Ella, während sie innerlich vor Wut kochte. Dann küsse mich, bestand Aram. Ella küßte ihn flüchtig. Dann beweise mir deine Liebe! drängte Aram. Und Ella tat, was er von ihr verlangte, und Aram begriff nicht, daß sie es nur tat, damit er sie endlich in Ruhe ließ.

Sie hatte es aufgegeben, zum Arzt zu laufen, der ihr einmal den Rat gab, durchzuhalten, das andere Mal, sich von Aram zu trennen, und sie mit einer neuen Packung Beruhigungstabletten entließ. Sie hatte es aufgegeben, Aram ändern zu wollen. Alle Anläufe zu einer Aussprache hatten im üblichen Schreiduell geendet, ob er nun nüchtern war oder betrunken. In ihrem Kopf rotierte schließlich nur noch ein einziger Gedanke: So kann es nicht weitergehen!

Und doch ging es genauso weiter. Auch nach Alis' Matura, die sie sich schon vor Jahren als endgültige Frist für eine Entscheidung gesetzt hatte. Das Kind war ja so sensibel und würde die schrecklichen Szenen nicht verkraften, die zu erwarten waren, wenn Ella auf einer Scheidung bestand – einer Scheidung, mit der sich nebenbei auch das Problem Australien erledigen würde. Kaum war die Matura geschafft und die beiden Älteren auf Ferien, wurde Nine krank, die Jüngste. Sie litt an einer rätselhaften Allergie und konnte nicht, wie geplant, nach England fahren. Wenn sie wieder gesund ist ... schwor sich Ella.

Als Nine gesund war, fing die Schule wieder an, nahm

Alis voll Enthusiasmus ihr Studium auf und steckte Anusch mitten in ihrer Führerscheinprüfung. Wenn sie das geschafft hat ... dachte Ella. Als Anusch die Prüfung geschafft hatte, stand die goldene Hochzeit von Ellas Eltern vor der Tür. Nur noch das über die Bühne bringen ... schwor sich Ella. Die goldene Hochzeit war ein gelungenes Fest. Ella und Aram vermittelten den Eindruck eines glücklichen, harmonischen Paares, und Aram, der es verstand, in Gesellschaft seine Alkoholsucht hinter Bonmots und gespielter Aufmerksamkeit zu verbergen, glänzte nach langem wieder einmal durch Witz und Schlagfertigkeit und erzählte der staunenden Verwandtschaft von seinen abenteuerlichen Reiseplänen. Rund um die Welt wolle er mit seiner Frau jetten, Vorträge halten und bleiben, wo es ihnen gefiele. Nicht wahr, meine Süße? sagte er zu Ella und küßte sie innig auf den Mund ... Nächste Woche, da sind alle drei Kinder aus dem Haus, da schenke ich ihm endlich reinen Wein ein, und nichts kann mich daran hindern ... beschloß Ella, als der Trubel vorüber war. In der nächsten Woche meldete sich bei Ella ein Verlag, dem sie vor längerer Zeit ein paar Gedichte geschickt hatte, einfach so, ohne an eine Veröffentlichung zu glauben. Er bot ihr einen Vertrag an. Ellas Herz schlug bis zum Himmel. Damit hatte sie nicht zu rechnen gewagt. Doch die Sache eilte, sie mußte das Manuskript schnellstens überarbeiten, ihr Problem konnte warten ... Es wurde weder aus dem Buch noch aus ihrer Scheidung was, und zu allem Unglück begannen ihr auch die Felle in der Redaktion davonzuschwimmen. Sie konnte nicht nach Australien fahren, es stand soviel auf dem Spiel!

Zu guter Letzt sollten auch noch Arams Eltern kommen. Der Besuch war schon lang geplant gewesen, aber Aram hatte ihn immer wieder verschoben. Diesmal gab es kein Zurück, auch wenn der Zeitpunkt der denkbar ungünstigste war. Die alten Leute hatten sich so auf das Wiedersehen mit dem Sohn und den Kindern gefreut.

Aram stöhnte, wenn ihn Ella an die bedrohlich näherrückende Ankunft erinnerte: Wenn sie nur schon wieder weg wären, die kleine Wohnung, ja, und die Mutter mit ihren tausend Wehwehchen, wie soll man denn da arbeiten, wie stellen sie sich das vor, zwei Monate! Ich werde dich fortschicken zur Erholung, ich weiß ja, wie sehr du im Clinch mit ihr liegst, in die Türkei werd ich dich schicken, ja, in die Türkei ...

Ella ließ die Unterstellungen unwidersprochen. Was war dazu auch zu sagen? Nicht sie lag im Clinch mit der alten Frau, auch wenn sie allen Grund dazu hatte, sondern er, und den Türkeitraum, den hatte sie auch längst ausgeträumt. Jetzt, wo sie nicht wußte, wie sie sich dieses Australien vom Hals schaffen sollte, redete er plötzlich von der Türkei!

Er rührte natürlich keinen Finger, um irgendwelche Vorkehrungen zu treffen, im Gegenteil. Er zeterte bloß, als Ella an einem brütend heißen Julitag das Klappbett, das Aram eigentlich organisieren hätte sollen, die Treppen heraufstemmte. Sie schwitzte, nein, sie kochte vor Wut. Nicht einmal jetzt, wo sie sich in der Redaktion unentbehrlich machen wollte – eine Urlaubsvertretung –, war er zu einer konkreten Hilfestellung fähig. Einerseits froh darüber, endlich aus dem Haus zu kommen, sah sie sich andererseits den Anforderungen daheim nicht gewachsen. Aber wenn er nichts tat, mußte eben sie was tun. Sie redete nicht lange und verfügte über seinen Kopf hinweg, verschob Möbel, räumte Schränke aus, stieß Aram wütend mit den Kleiderhaufen in den Armen zur Seite.

Du mit deiner Hektik, sagte der mit schwerer Zunge. Du machst das ja nur, um mich zu ärgern ...

Es sind deine Eltern, nicht meine! zischte sie durch

die Zähne. Aram drehte sich um, sie schickte ihm ein paar wütende Bemerkungen hinterher. Sie gingen ins Leere. Aus dem Schlafzimmer ertönte lautes Schnarchen ...

Diese Szene war bloß der Auftakt zu dem, was folgen sollte. Nicht nur, daß Ella tagelang mit dem mit Kleidersäcken vollgestopften Auto in die Redaktion fuhr, weil sie einfach nicht dazukam, die Sachen bei ihrer Freundin zu deponieren. Nicht nur, daß die beiden alten Leute halbtot vor Erschöpfung ankamen und Ella schon das Schlimmste befürchten mußte, nicht nur, daß sie mit Aram die erste Nacht in einem schmalen Klappbett verbringen mußte, weil sie es nicht mehr geschafft hatte, die zusätzliche Schlafstätte einzurichten. Nicht nur, daß die Schwiegermutter mit ihren Kapricen tatsächlich eine Nervensäge war. Arams Streitlust hatte in ihr ein neues Angriffsziel gefunden, und er beschwor damit ein Furioso an Szenen herauf. Er mochte seine Mutter nicht, weil sie Ella nicht gemocht hatte, die ihr den Sohn weggenommen und dessen Karriere zerstört hatte, und nahm jede Lappalie zum Anlaß, auf ihr herumzuhacken. Wahrscheinlich sah er sein letztes Betätigungsfeld, die Küche, bedroht, in der die alte Frau so gerne gewaltet hätte. Ella warf sich nach dem Büro zwischen die Zankenden, beruhigte die hysterisch weinende Frau, redete Aram gut zu und bearbeitete den Schwiegervater, doch auf seinen Sohn einzuwirken, daß er weniger trinke – mit dem Erfolg, daß sich die beiden Männer auf den Balkon zurückzogen und bei Schnaps, Bier und Wein den Grund für ihre Probleme herauszufinden suchten und offensichtlich unisono zum Schluß kamen: die Weiber natürlich! Auf jeden Fall zeugte das Gelächter von draußen von Verschwörungsgeist und Einverständnis, von dem sich die Schwiegermutter wiederum ausgeschlossen fühlte. Bitter beklagte sie sich bei Ella: Der Hang ihres Mannes zur Flasche, die Gleichgültigkeit, die Abneigung ihres Sohnes, hab ich das verdient, ach, so gefreut hab ich mich, und da sitzen sie also stundenlang am Balkon, aber was mit mir ist, kümmert keinen ... Tränen, Geschluchz, Gekreisch.

In der Redaktion, in der Ellas ganzer Einsatz gefragt ist, geistern Horrorvisionen durch ihr Gehirn – ein Szenario von Mord, Selbstmord, Amok ...

Wenn sie nach Hause kommt, zieht sie erst Aram zur Seite: Also, meine Mutter, nicht auszuhalten ... Dann seine Mutter: Sie sind so gemein zu mir, Aram vor allem. Ich versteh das nicht ... Dann Anusch, die sich mit einen Ferialjob Geld für ihre geplante Amerikareise verdient, um fünf Uhr früh aus den Federn muß und wegen dem Krach nicht schlafen kann ... Dann der Schwiegervater: Also, ich weiß nicht, was ihr alle habt. Ich bin bald neunzig, aber wenn ich mich immer so aufgeregt hätte wie du, wär ich nicht einmal halb so alt geworden ...

Auch später, zu Hause, als Ella noch einen Artikel in den Computer tippt, muß sie immer wieder unterbrechen, um die Kampfhähne zu trennen, um die Balance zu finden – der Kinder wegen, der Eltern wegen, ihrer Arbeit wegen ...

Nach einem Monat des Gekreisches, der Tränen und der skurrilen Szenen hatten die alten Leute genug. Sie reisten vorzeitig ab. Und Aram verlangte, daß Ella sie mit dem Auto in die nächste Stadt zum Zug bringe. Er wisse, er sehe seine Eltern zum letzten Mal, das Alter und so weiter, er mache sich ja solche Sorgen um sie, nein, diesen Abschied hielte er nicht aus.

Nichts stand nun mehr diesem Australien im Wege. Nichts, außer Ella selbst. Sie beschwor Aram, dableiben zu dürfen. Sie fühle sich nicht wohl, der Job, der auf dem Spiel stand, das viele Geld, das bloß sinnlos mit dieser Reise vergeudet sei ...

Sie sprach nur von sich, aber in Wirklichkeit machte ihr Arams Zustand Sorgen. Seine ganzen Reisevorbereitungen hatten sich in der Bestellung des Fluges und der Besorgung einer international gültigen Kreditkarte erschöpft. Wußte er überhaupt noch, wo Japan war, wo Australien? Amerika hatte er, zum Glück, fallengelassen, es schien ihm doch etwas übertrieben, die Idee einer Weltumrundung. Was wollte er eigentlich seinen Kollegen dort erzählen?

Ella versuchte ihn unter jedem nur erdenklichen Vorwand dazu zu bringen, die Reise abzusagen. Er hatte darauf nur diese Antwort: Mit mir, ohne mich – du fährst. Es ist mein letzter Wunsch!

Es mußte ihm damals schon sehr schlecht gegangen sein.

Er hätte nicht auf diese Reise gehen dürfen. Ella hätte ihren Willen durchsetzen müssen. Hätte, hätte ... Warum nur konnte diese Geschichte nicht zu Hause passieren? Warum sah das Schicksal seelenruhig dieser Katastrophe zu? Sah zu, wie Aram am Tag der Abreise nervös seine Sachen zusammensuchte, wie er fahrig die Dokumente sichtete, fluchend feststellte, daß kein Geld gewechselt war? Warum mußte es erst am anderen Ende der Welt zuschlagen?

Hatte Aram nicht etwas geahnt, als er beim Abschied von den Kindern murmelte: Wenn das nur gutgeht! Und als er erschöpft und schwer atmend neben Ella im Flugzeug saß, als die ersten Schweißtropfen auf seiner Stirn sich zu Rinnsalen vereinten und sich das erste Zittern einstellte, daß er schon beim Lunch irgendwo über Saudi-Arabien oder Indien nicht mehr mit dem Besteck zu Rande kam, als er mit leisem Stöhnen versuchte, eine erträglichere Stellung in dem engen Sitz einzunehmen, und kaum antwortete, wenn Ella, für die das Fliegen ein aufregendes Erlebnis war, ihre Beobachtungen mitteilte, als er apathisch vor sich hinstarrte, während am Fenster atemberaubende Wolkenungetüme vorbeizogen, von unten Inseln heraufleuchteten, so gelb wie gestockte Eierspeise auf blauem Porzellan, und auf einmal, zum Greifen nah, weiße Gischt aufschäumte und die Maschine zwischen Hochhäusern niederging, auf deren Balkonen man Frauen mit chinesischen Gesichtern Wäsche aufhängen sah, und neben Dschunken auf einer ins Meer hinausgebauten Landebahn ausrollte, so daß sich Ella vor Überraschung und Entzükken kaum beruhigen konnte, als beim Warten auf Arams Gepäck der Schweiß große, dunkle Flecken auf sein Hemd malte, vor allem aber, als ihn bei der Paßkontrolle ein solches Schütteln erfaßte, daß er nur mit äußerster Anstrengung und unter Zuhilfenahme der zweiten Hand seine Unterschrift unter das Einreiseformular setzen konnte, hatte da nicht auch Ella die Katastrophe kommen sehen?

Wo ist er, dein Lin? hatte Aram gemurmelt, als sie dann in der Ankunftshalle nach Ellas Brieffreund Ausschau hielten. Diese Chinesen kann man doch genausowenig unterscheiden wie Regenwürmer!

Aber da zupfte sie auch schon jemand am Ärmel: Hallo, Ella, hallo, Aram! Herzlich willkommen in Hongkong!

Es war Lin gewesen. Und auch er hatte keine Ahnung gehabt, was da auf ihn zutorkelte.

Port Augusta. Kein Verweilen auch hier. Der Schock nach einer weiteren Nacht, in der sich dürre Steppe in wogendes Getreideland verwandelte, wogendes Getreideland in blühende Industrie. Im Morgenrot die Szenerie der Häßlichkeit: Hochspannungsmasten, Ungetüme aus Beton, Haufen aus Gerümpel, qualmende Türme.

Hier wird in großem Stil produziert, gelagert und verschifft.

Und doch hat die Hektik einen Bogen um den Ort gemacht. Flach hingestreckt unter einen trüben Himmel, dämmert er an einem trüben Strom vor sich hin, der eigentlich das Meer ist, eingezwängt in zusammengerücktes Festland. Ein Ort, nicht Stadt, nicht Land, ein Einerlei von Einfamilienhäuschen und Kleinbetrieben. Der Staub liegt hier wie Schnee auf Straßen, Häusern und Bäumen und überzieht auch die Gesichter der Menschen. Nicht die der Weißen, nein. Die jener der bekleideten Schatten, die in Gruppen am Flußufer und in den verwahrlosten Parks hocken, rauchend, trinkend, schwatzend oder still vor sich hinbrütend: Fremde im eigenen Land.

Woher kommen sie? Wo schlafen sie? Wovon leben sie? Was geht in ihren schmutzstarrenden Köpfen vor?

Niemand beachtet sie. Die Europäer haben andere Sorgen. Hausfrauen erledigen mit Lockenwicklern in den Haaren ihre morgendlichen Einkäufe, abgehauste Landarbeiter studieren handgeschriebene Stellenangebote an Bretterzäunen, Viehtreiber decken sich noch schnell mit Proviant und Lassoleinen ein, ehe sie mit dreckigen Landrovern zu ihren Farmen aufbrechen.

Durch die ausgestorbenen Straßen rings um den Busterminal schleichen mit blauen Ringen unter den Augen übernächtige Touristen, die den Kontinent nicht schnell genug von West nach Ost oder von Süd nach Nord durchqueren können.

Ein Ort zum Durchfahren ist dieser angeblich wichtigste Verkehrsknotenpunkt Australiens, nicht mehr. Auch Ellas Mitreisenden scheint die einstündige Rast schon viel zu lange zu dauern, nur sie selbst steht unschlüssig im Wartesaal der Busstation herum. Die Wände sind vollgeklebt mit Postern und Prospekten der schönsten Ausflugsziele: die Entfernungen kein Problem, Hitze, Überschwemmungen und Buschgefahren schon gar nicht. Buchen Sie nur, Sie werden es nicht bereuen.

Erleben Sie die spektakulären Sonnenuntergänge in der Wüste! Traumzeitmythen! Höhlenmalereien! Kamelsafaris! Lagerfeuerromantik! Die faszinierende Felslandschaft im Herzen des Kontinents! Den größten Monolithen der Erde! Nur eine Tagesreise mit unseren modernen, vollklimatisierten Überlandbussen ...

Soll ich wirklich? fragt sich Ella. Der Gedanke an den Touristenrummel, den die flotten Werbesprüche wohlweislich aussparen, läßt sie ein wenig an ihrem bereits gefaßten Entschluß zweifeln. Und doch ... wie hat die jungen Tramperin gesagt? Da ist etwas Ewiges, Überirdisches an diesem Berg ...

Wann geht der nächste Bus dorthin? erkundigt sie sich bei dem Fräulein am Schalter, das dieser Judy in Perth so täuschend ähnlich sieht. Ella stottert vor Überraschung und Aufregung. Ich – möchte umsteigen.

Einen Augenblick, bitte, sagt diese Judy. Ich muß nur schnell servieren ...

Das Bürofräulein hier ist offensichtlich auch dafür zuständig, die Gäste des dürftigen Imbißbüffets zu versorgen. Es dauert eine Weile, bis sie zurück ist.

Nur einmal die Blockade durchbrechen, denkt Ella. Den Gegner mit einem Zug überrumpeln, mit dem er nicht gerechnet hat, und du hast die Partie gewonnen.

... You try to see him as fast as you can ... Wie ein Nagel sitzt dieser Satz im Fleisch. As fast as you can ...

Also, was kann ich tun für Sie, Ma'm? sagt das Fräulein, als es seinen Platz am Schalter wieder eingenommen hat.

Bitte bestätigen Sie mir die Weiterfahrt nach Sydney ...

Hinter der Stadt wird es plötzlich grün, immer grüner: Weiden, Felder, Farmen. Und hügelig, immer hügeliger. Seen, flach wie Pfützen, das Weiß der Schafherden wie Schaum auf welligem Wasser, dazwischen, dunkel getupft, einzelnes Vieh. Die Bewölkung hat sich in luftige Schollen aufgelöst, dazwischen rieselt honigfarbenes Licht, überflutet das Land. Unerbittlich bemächtigt sich die Zivilisation des Territoriums der Imagination.

Irgendwann hat der Verkehr zugenommen, das fällt Ella erst auf, als der Bus den entgegenkommenden Fahrzeugen nicht mehr ausweicht. Der Highway ist nun auf seiner ganzen Breite asphaltiert. Und dort, wo er sich in vielen, vielen Mündungsarmen verliert, liegt nach nahezu dreitausend Kilometern die erste Großstadt. Liegt Adelaide.

Was macht man in einer fremden Stadt, über die sich nicht mehr sagen läßt, als daß im vorigen Jahrhundert der und der Seefahrer zuerst dagewesen sei, der und der Europäer als erster die Gegend erkundet, der und der Kommandant sie gegründet hat, alles Briten selbstverständlich, die erste Straßenbahn auf dem Kontinent hier gefahren und das Klima hier besonders freundlich ist? Was machst du dort einen halben Tag, bis der Bus weiterfährt?

Mit Schrecken denkt Ella an die Hektik der besiedelten Welt, aus der es heute nirgends mehr ein Entrinnen gibt. Das Herz, das sich trotz aller Tortur in dem brummenden Käfig beinahe wohnlich eingerichtet hat, im endlosen Zwiegespräch mit einem fremden Land überraschende Weiten auslotend, meutert wieder. Es zerrt und zieht, als ein betäubender Schwall von Lärm und Menschenmassen über sie hereinbricht. Wie ein Matrose, der nach Monaten auf hoher See erstmals wieder festen Boden unter den Füßen hat, so verloren irrt sie durch die Stadt, angehupt von Autos, vor denen sie wie ein Huhn hin und her läuft. Immer noch sieht sie beim Überqueren automatisch auf die falsche Seite, prallt sie mit Passanten zusammen, weiß sie nicht, was sie hier soll. Ein kalter Wind fegt durch die mit einfallsloser Regelmäßigkeit angeordneten Straßen, läßt das kahle Geäst in den Parks erzittern. Ella friert. Die Natur hält hier unzweifelhaft noch ihren Winterschlaf.

Das Heimweh nach der Wildnis draußen! Der Hunger nach Stille, der Durst nach Ruhe, ganz einfach, eine rasende Müdigkeit. Und kein Ort zum Bleiben.

An Schnellimbißstuben, aus denen stinkende Schwaden vom überhitzten Frittieröl kommen, und überfüllten Restaurants vorbei steuert Ella auf das Hauptpostamt zu, einem dunklen Gebäudemonster kolonialer Prägung. Vielleicht läßt sich hier auf einer bequemen Bank die Zeit totschlagen.

In der Schalterhalle wimmelt es von Menschen, auf der einzigen Sitzgelegenheit, einem schweren Ledersofa, lümmeln drei Halbwüchsige. Resigniert schlendert sie wieder auf die Straße, die nun ein feiner Regen dunkel einfärbt. Ein Blick ins Museum der Erforschungsgeschichte des Kontinents, aber weder die Namen der Eroberer noch ihre erbärmlichen Geräte sagen ihr etwas. Wieder geht es am amerikanisch gestylten Palast vorbei, ein Hiltonhotel, was sonst, in den riesigen Fenstern spiegelt sich ein verkümmertes Ellagesicht vor dem Hintergrund ebensolcher Fassaden. Ausgerechnet hier hat man ein Herz für das andere Australien – das seiner letzten Ureinwohner: Ein Plakat auf den Stufen weist auf die Ausstellung eines Aboriginal-Künstlers im Foyer hin.

Zwei Schritte, und Ella ist in einer anderen Welt. Wie soll man sie beschreiben, wenn Farben und Formen für sich sprechen, rätselhaft und doch erahnbar – Ölbilder, die mit Der Schöpfer, Der Alte-Mann-Wind, Der Schwanenjäger, Der Kanubaum, Die Erschaffung des roten Sands, Der Wassergeist oder Das einsame Echo betitelt sind. Nein, nicht die primitiven erdfarbenen Ornamente sind es, nicht die pointillistische Röntgenmalerei und auch nicht die Nachempfindung der überlieferten Symbole eines Naturvolks, sondern von geheimem, uraltem Wissen inspirierte moderne Kunst.

Der Maler ist selbst anwesend. Das karierte Hemd, die verwaschene Jeanshose hängen fremd an der klobigen, finsteren Gestalt – lieber hätte man sie mit einem Speer in der Hand und einem Grasband um den verfilzten Wuschelkopf gesehen. Gleichgültig nimmt er das Lob des Publikums entgegen, auch das Ellas. Versteht er sie überhaupt? Ein älterer Herr im eleganten Anzug, der nicht von seiner Seite weicht, beantwortet alle an den Maler gerichteten Fragen und stellt sich dann als dessen Manager vor.

Ich habe ihn entdeckt, wissen Sie. Ein außerordentliches Talent! schwärmt er mit amerikanischem Akzent. Und ich bin dabei, alle seine Bilder aufzukaufen und ihn zum internationalen Star zu machen. Man muß diesen armen Menschen doch helfen, don't you think so?

Was ich mir denke? Nichts denke ich, denkt Ella, und hat es eilig, diesen arroganten Sklavenhändler zu vergessen. Sie schlendert in die Schmuckboutique gegenüber. Eine mollige Blondine ersetzt augenblicklich die mit viel Schminke übertünchte Ausdruckslosigkeit ihres Gesichts durch ein Reklamelächeln, so strahlend, daß sogar das teure Funkeln in den Vitrinen verblaßt.

Möchten Sie nicht einen kleinen Opal als Souvenir erwerben?

Ella tauscht ihrerseits wie den Filter vor einer Linse die Miene der Verdrossenheit gegen die Miene echten Kaufinteresses aus und läßt sich Ringe, Broschen und Anhänger vorführen. Sie hat solches Blau noch nie gesehen. Was heißt da Blau! Die Farbe ist doch nur Vorwand für das Kaleidoskop aller Schattierungen, ein Sammelsurium an Spielarten des Lichts, der Struktur, der Chemie.

So billig wie hier bekommen Sie die Steine nirgends auf der Welt, schwärmt die Verkäuferin und erzählt von den Opalminen gleich in der Nähe. Das Gleich-in-der-Nähe ist allerdings Hunderte von Kilometern weit weg.

Es wäre doch eine Sünde, sich diese Chance entgehen zu lassen ... Sie nennt die Preise. Ella verzieht keine Miene.

Die Verkäuferin weiß auch das zu deuten. Was glauben Sie, sagt sie, was es heißt, diese Steine aus dem Wüstenboden zu holen!

Sie weist auf ein Plakat an der Wand, ein Opalfeld, aus der Luft betrachtet. Es erinnert Ella fatal an eine brodelnde Gulaschsuppe in Momentaufnahme. Rings um Löcher, durch die sich die Luftblasen ihren Weg ins Freie gebahnt haben, die farblich kontrastierenden Eruptionswälle.

Sie können bei mir auch eine Schürflizenz erwerben, sagt die Dame vertraulich.

Eine Schürflizenz? wiederholt Ella ungläubig.

Ja, wissen Sie, für Touristen machen wir alles. Mein Mann ist nämlich immer noch da draußen auf der Suche, wir haben eine Zeitlang sogar in so einer Höhle gelebt ... Wenn Sie die Absicht haben, ein paar Tage selber nach Opalen zu graben – ein nettes Abenteuer, einmal was anderes. Allerdings ...

Sie spricht von den kostbarsten Drecklöchern der Welt, von Hitze, Fliegen und Staub, von Banditen, vor denen man sich hüten müsse, von der Opalsucht, dem vielen tauben Gestein, von Gegenden, in denen diese Schätze wie Kieselsteine herumlägen ... Aber am kostbarsten, sagt sie geheimnisvoll, sei der schwarze Opal. Sie hätte einen, ob Ella vielleicht den Wunsch habe ...

Den Wunsch schon, sagt Ella, aber mein Mann hat meine Kreditkarte eingesteckt. Ich komme später wieder.

Sie nimmt ihren Rucksack und macht sich auf die Suche nach einer Parkbank, wo sie endlich ihre Beine ausstrecken kann. Und nachdenken, wie das mit den Opalen ist.

Hinter Adelaide beginnt Deutschland. Kaum zu glauben, aber der deutsche Tasmanier besteht darauf. Erzählt von seinen Landsleuten, die sich in dem malerischen Tal vor über hundert Jahren niedergelassen hätten, ihren Weingütern und Kellereien, in Palmenhainen gelegen, zu denen die Touristen in Scharen pilgerten. Deutsche Namen, deutsche Küche, deutsche Aufschriften, deutsche Folklore, nur die Sprache ein Problem. Fast nur noch im Altersheim zu hören.

Stunden später eine schlammige Wasserfläche, viele schlammige Wasserflächen, totes Ästegewirr, zu zausigen Besen verkommener Busch, Sandbänke, eben erst den Fluten entstiegen, Grasinselchen. Und das soll Australiens längster Fluß sein? Über zweitausend Kilometer und rund hundertfünfzig Jahre Herrschaft des weißen Mannes hat er hier hinter sich. Ein gigantisches Bewässerungssystem, so steht es im Reiseführer, verwandelte den dürren Boden in dieser Gegend in wertvolle Anbaugebiete. Zuflüsse wurden umgeleitet, Stauseen geschaffen, Tunnel gegraben. Milliarden Kubikmeter Wasser werden jährlich für die Landwirtschaft abgepumpt. Ihnen verdankt der australische Obst- und Gemüseanbau sein enormes Wachstum und die hervorragende Exportstatistik. Auch das riesige Bergwerkszentrum im nördlichen Landesinneren zapft ihm sein Wasser ab.

Ewig schon die gleiche Szenerie. Die Fahrt geht stromaufwärts. Als Transportweg hat der Fluß längst ausgedient und verkauft seine trägen Fluten heute den Fremden und Einheimischen für nostalgische Ausflüge mit den alten Raddampfern. Der Maler in Adelaide ist an seinen Ufern geboren, sein Stamm längst fort. Gibt es ihn überhaupt noch? Orangen- und Zitronenhaine, rotblumige Obstplantagen, die sich abwechseln mit ertrunkenen Wäldern, nur die Kronen der abgestorbenen Bäume ragen zu Tausenden heraus, schlammige Wüsten, von den Mäandern eines vielleicht zu Tode regulierten Stromes zerfurcht.

Aber was da am Weltende plötzlich auflodert, was sich wie glühendes Erz übers Flußmeer ergießt, den Horizont in Brand steckt, die Erde versengt, das Innerste verkohlt – es ist der aufregendste Sonnenuntergang, den Ella je gesehen hat. Eine kleine Entschädigung für ihre Strafversetzung nach Australien.

Dort, wo der Himmel endet, wohnt ein Dämonenvolk in einer riesigen Rindenhütte. Es sind die Meteormänner. Sie sind groß und stark und besitzen nur ein Auge, das so hell leuchtet wie ein funkelnder Stern. Häufig sieht man sie über den Nachthimmel eilen mit einem flammenden, funkensprühenden Feuerbrand in einer Hand und einer Kampfkeule in der anderen. Die Meteormänner werden sehr gefürchtet, da sie sich mit Vorliebe an dem Fleisch der Verstorbenen und dem Blut der Kranken laben. Da sie sich unsichtbar machen können, vermögen sie sich ganz nah an ihr Opfer heranzustehlen, ohne entdeckt zu werden. Wenn also eine Sternschnuppe niederfällt, wissen die Menschen, daß ein Meteormann nach einem Opfer sucht.

Die Nacht ist ein endloser Tunnel unter dem Meer. Blind taumelt Ella schwarze Wände entlang, kein Boden unter den Füßen, kein Halt irgendwo. Weiter, weiter! Das Fauchen im Rücken, das aufgerissene Maul! Zuckende Blitze schleudert die Flammenkeule, versengt ihr das Haar. Ich liebe dich! röhrt der Meteormann. Ich liebe dich! Alles dröhnt, schwankt, Ella zaudert, da hat sie auch schon ein beißender Atem gepackt. Wie ein Bällchen tanzt sie durch die sternenlose Nacht, fleht, stolpert, blickt sich um und schaut direkt ins feuerspeiende Maul.

Die Nacht ist ein gellender Abgrund.

Die Nacht ist endlos und eine von vielen und mündet, trotz allem, in einen Tag ...

In kaltem, klarem Licht wächst Ebene schräg in den

Himmel. Setzen bewaldete Hügelrücken sanfte Konturen ins zerbrechliche Blau. Ein See, der keiner ist: Quer durchs seichte Wasser ziehen sich die Pfosten von Weidezäunen.

Ja, über diesen See hätten sich schon viele gescheite Leute den Kopf zerbrochen, so lautet der Kommentar des Chauffeurs, der nach langem wieder das Mikrophon eingeschaltet hat. Er fülle sich nur alle paar Jahre mit Wasser, keiner wisse, woher es komme, denn es gebe keine Zuflüsse, und in der Zwischenzeit sei da eben Weidegrund.

Unmerklich haben sich die unansehnlichen, farblosen Eukalyptusbäume zu lichten Wäldern zusammengefunden, saftiges Grasland dazwischen, sommerliche Erwartung über knospenden Hügeln. Beinahe wie zu Hause ... Heimweh, Ella?

Heimweh nicht, vielleicht ein alter Wunsch, der neue Hoffnung weckt? Ella blickt sich um. Die Businsassen starren ungerührt auf den Videomonitor. Von lauter Discomusik untermalt, ist dort ein amerikanischer Serienkrimi mit Verfolgungsjagden und wilden Schießereien im Gange. Das Happyend ist für die Einfahrt in Canberra programmiert.

Für Ella läuft ein ganz anderer Krimi. Eigentlich ein Thriller. Mit Aram in der Hauptrolle.

Canberra, der letzte Zwischenstopp vor der Endstation.

Canberra – Retortenmetropole, Verlegenheitslösung im Streit um den Regierungssitz, Zivilisationsgeschwür im vielzitierten Outback – das hat sich auch ins ferne Europa durchgesprochen. Mehr nicht.

Vielleicht mit gutem Grund. Ein Friedhof mit Beleuchtung sei diese Stadt, hat George damals ironisch bemerkt. Damit hat er wohl nicht nur die bunkerartigen Renommierbauten gemeint, die eher Mausoleen gleichen als den Bibliotheken, Theatern und Kunstgalerien, die eine kühne Hand rund um einen künstlichen See angeordnet hat. Steril, ist Ellas erster Gedanke, als sie durch die verkehrsarmen, blankgeputzten Straßen rollen, vorbei am Parlament, das man mit seinem grasbewachsenen Dach für eine getarnte fliegende Untertasse halten könnte. Und auch die Menschen scheinen sich nicht aus eigenen Antrieb zu bewegen, sondern nach dem Willen des genialen Architekten. Und wie ein Hohn lautet die Erklärung, woher diese Stadt ihren Namen hat: Versammlungsplatz. So nannten die Ureinwohner einst ihren heiligen Ort.

Asphalt und Beton also, wohin man schaut, doch für Ella reduzieren sie sich auf einen gläsernen Tempel, einen mit allem erdenklichen Komfort ausgestatteten Rastplatz der modernen Nomaden. Von der Dusche bis zum Friseur, vom Salatbüffet bis zum Postamt ist hier jeder bezahlbare Dienst am Mitmenschen vertreten. In der vor Sauberkeit nur so blitzenden Wartehalle hält Ella allerdings vergeblich Ausschau nach einem freien Plätzchen. Das heutige Canberra ist in der Hauptsache der Versammlungsort der Bergsteiger und Skitouristen – Rucksäcke, Skier, sonnengebräunte Gesichter –, man fühlt sich in eine Seilbahnstation in den Tiroler Bergen versetzt. Die einen kommen vom Skifahren, die anderen haben es noch vor sich. Australiens Flachlandbewohner lieben die Kontraste, vielleicht geht es ihnen auch bloß darum, den Europäern in nichts nachzustehen. Und dazu gehört eben auch das Vergnügen auf zwei Brettern am gebirgigen Rand der Wüste. Wedeln zwischen Eukalyptuswäldern, den kostbarsten Besitz des Kontinents unter den Füßen – gefrorenes Süßwasser! Osterschnee im Oktober ...

Eine Stunde Canberra also, und dann? Dann nimmt Ellas gummibereiftes Wüstenschiff Kurs auf Aram.

Was ist es? Erst ist es blau, nein, grün, nein, blau, blau oder braun, das heißt, egal, denn eigentlich liegt ein stumpfes Grau über allem. Es beginnt zu hüpfen, zu tanzen, zerfällt in viele kleine Pünktchen, winzige Stäubchen, schwerelos schweben sie durch den Raum, Einzeller im Wassertropfen, durchs Mikroskop betrachtet, oder ist es die trübe Brille, die Wirklichkeit hinter Glas, geruchlos, lautlos, entrückt. Konturen verschwimmen, Körper zerbröseln, nirgends mehr ein Ganzes, nur noch lose Haufen von Teilen, die keinen Namen haben.

Dafür Gewicht. Bleiern lastet es auf den Lidern, zäh klebt es an den Beinen, erbarmungslos zerrt es an den Schultern. Die Welt ein Rucksack. Oder ein Brett vor dem Kopf. Eine einzige asphaltierte Straße. Sie läuft und läuft, und läßt sich nicht erwischen, wie ein Riß geht sie durchs uralte Waldgemälde – jeder Baum ein flüchtiger Pinselstrich.

Was es ist?

Busch nennt man das hier, wie alle Gegend, die nicht verbaut ist, und verbaut ist in diesem Land doch so gut wie gar nichts. Eukalyptus, wohin du schaust. Eukalyptus wie unausrottbares Unkraut. Rupfig, mager, staubig, dürr. Aber zäh. Man sieht es seiner Rinde an. Man riecht es aus dem staubtrockenen, zum Brechen harten Laub, dem blauen Dunst, der daraus aufsteigt. Niederbrennen, vergiften, es hilft alles nichts. Er wächst, wo sein Same ein Fleckchen Gras, ein Tröpfchen Naß findet, die Hoffnung allein genügt. Über Jahrtausende jedoch wußten Menschen seine Vorteile zu nützen, wußten sie mit ihm umzugehen.

Die Wildnis, sagt man, kam mit den ersten Siedlern. Sie trugen sie in ihrem Herzen und fanden sie dann auch vor. Hätten sie hier keine Wildnis sehen wollen, dann hätten sie vielleicht wahrgenommen, daß schon vor ihnen jemand da war und Anspruch erhob auf diese Kärglichkeit: die Ureinwohner. Daß die Feuer, welche diese legten, einzig dem Zweck dienten, das hemmungslose Wuchern der Wälder einzudämmen und ihren Lebensraum zu schützen. Das nachwachsende frische Grün lockte Jagdbeute an, leicht zu erlegen. Und nicht nur das. Viele Eukalyptusarten konnten nur keimen, wenn die Glut der Flammen ihre harten Samenschalen knackte.

Die Siedler, sagt man, haben diesen Einklang mit der Natur zerstört, mit der Verdrängung der Stammeswirtschaft hat sich auch das gezielte Abbrennen aufgehört, neue Wälder schossen aus dem Boden und stellen heute neue Gefahren für Farmen und Siedlungen dar, wenn sie nämlich unkontrolliert in Brand geraten. Sie geben das Feuer über riesige Flächen weiter. Zurück bleibt Asche, bleiben Ruinen, bleibt verwüstetes Land.

Die Erde eine brüchige Scholle, der Himmel eine dröhnende Haut. Was es ist?

Du reist mir entgegen, Ella.

Ich? Wirklich ich?

Wer sonst? Denk scharf nach!

Ich kann mich nicht erinnern …

Du hast geschlafen, Ella.

Ich und schlafen! Sie nahm kein Ende, diese Fahrt. Ich seh nur einen Film, der immer an derselben Stelle reißt. Er begann in Australien und endete in China.

Das wird wohl eines dieser Videos gewesen sein …

Es war keines, ganz bestimmt. Obwohl doch während der ganzen Fahrt vorne was gelaufen ist.

Ein dummer Traum! Vergiß ihn.

Ich sag dir doch, ich konnte kein Auge zutun! Seit Europa nicht mehr!

Das bildest du dir nur ein. Das gibt es nicht, daß ein Mensch nicht schläft! Du hast geträumt, Ella. Immer träumst du dich von mir weg. Bei Tag wie bei Nacht.

Es war was anderes, ich schwör es dir! Und doch viel zu

verrückt, um wahr zu sein. Ein schlechter Krimi: Der Tod in Hongkong!

Dein Kopf, Ella! Eine kleine Ohnmacht. Der lange Flug, der Klimawechsel und dieser schreckliche Muskelkrampf in den Beinen. Wie soll ich gestorben sein, wenn ich in Sydney auf dich warte! Ich warte auf dich, Ella, ich kann es gar nicht erwarten, dich in meine Arme zu schließen!

Und dann, was war dann? Lin sagte ...

Du glaubst ihm also mehr als mir?

Ich habe Angst, Aram. Wie soll das alles weitergehen?

Wir werden unsere Reise zusammen fortsetzen. Wir werden zusammen in deine Wüste fahren. Wir werden ...

Ich fahre nirgends hin. Wenn ich je lebend in Sydney ankomme, dann bringen mich keine zehn Pferde mehr in einen Bus! Ich will solange auf einem Strand liegen, bis es Zeit zum Heimfliegen ist.

Na, laß uns sehen, wenn du erst einmal da bist ... Alles wird gut sein. Ich werde ein anderer sein. Wir werden ganz neu anfangen. Wir werden ... Du mußt mich nur lieben.

Erst, wenn du mir die ganze Wahrheit gesagt hast. Wenn ich weiß, was passiert ist!

Es ist nichts passiert! Du reist allein durch Australien, so, wie du es haben wolltest. Dir geistern ja nur diese lächerlichen Traumzeitgeschichten durchs Hirn, ich kenne dich doch. Oder hat dich gar ein besoffener Wilder verhext?

Laß das bloß aus dem Spiel! Was immer es ist, ich bin dir auf der Spur, Aram. Ich muß mein Seelengarn über den Äquator spinnen. Das, was ich weiß, mit dem, was ich vermute, zur Gewißheit zu verknüpfen.

Genau das ist es: Ella spinnt.

Der Tod als logische Konsequenz. Dieser Tod als logische Konsequenz. Die Fremde eine Falle. Jetzt bist du erlöst Ella und du auch Aram was kostet die Überführung eines Toten habt ihr überhaupt eine Versicherung wie wird es weitergehen wie schauen die chinesischen Särge aus reicht mein Englisch für die Formalitäten was sag ich den Kindern warum hat es nicht zu Hause passieren können dieses Zittern es war doch abzusehen warum hast du nichts gesagt warum hast du nichts getan was hätt ich denn sagen sollen tun hast du dir nicht vorsorglich Beruhigungs- und Schlaftabletten verschreiben lassen wo sind sie überhaupt diese Hitze wieso dauert das alles so lange der Tod in meinen Armen als wolltest du mir auf eine ganz besondere Weise nahe sein ich bin schuld ich ...

Ella zog Arams leblosen Körper Zentimeter für Zentimeter aus dem Lehnstuhl und bettete ihn auf den Boden. Wo blieb der Arzt so lange? War Aram noch zu retten? Ella tastete vergeblich nach seinem Puls, suchte in den halbgeschlossenen starren Augen nach einem Funken, der Leben verriet. Sie fand keinen. Der Atem weg. Eiskalt die Stirn, die Hände. Eiskaltes Wasser perlt, rinnt, sickert durch Hemd und Hose, bildet Pfützen auf dem Boden. Schwitzen Tote? Oder Ella?

Es war unerträglich heiß in Lins Wohnzimmer. Ella lag halb ausgezogen über Aram und wagte nicht, ihren Arm unter seinem Kopf hervorzuziehen. Sie war eben auf dem Weg in die Dusche gewesen, um sich nach dem langen Flug zu erfrischen, hatte eben den Pullover über den Kopf gestreift, der wohl im herbstlichen Mitteleuropa, nicht aber im feucht-schwülen Fernen Osten angebracht gewesen war, als sie diesen Schrei vernahm. Sie brauchte ein paar Sekunden, ehe sie begriff, daß es weder das Geräusch eines schlecht eingestellten Lautsprechers noch das irre Gelächter eines opiumsüchtigen Asiaten war. Daß es Aram war, der brüllte, nicht aufhören konnte zu brüllen. Und als sie es schließlich begriff, da war ihr erster Gedanke, daß sie diesen vibrierend anschwellenden, die Tonleiter bis in unerträgliche Höhen hinaufkletternden Schrei schon einmal gehört hatte. Der zweite – Aram mache einen Witz. Der dritte: Das ist also das Ende.

Halb ausgezogen, wie sie war, schoß sie aus dem Badezimmer. Lin, der sich gerade mit Aram in seiner bescheidenen Couchecke niedergelassen hatte, um mit ihm ein Bier zu trinken, war aufgesprungen und stand nun wie angewurzelt da, bleich vor Schreck und so verstört, daß die schmalen Augen kugelrund wurden, während sich sein Gast mit einem letzten Heulton, der an einen Zug erinnerte, der seine volle Fahrtgeschwindigkeit erreicht hatte, aufbäumte und dann steif wie ein Brett in den Lehnstuhl zurückkippte.

Einen Arzt! sagte Ella, merkwürdig gefaßt. Wir brauchen einen Arzt. Lin lief zum Telefon, bekam keine Verbindung. Rannte hinunter, irgendwohin. Kam zurück, keuchte, es sei kein Arzt zu erreichen, er versuche es über die städtische Ambulanz. Schnell! rief Ella, als der Trancezustand des ersten Schocks vorbei war. Es muß das Herz sein! Das Herz! Schnell!

Und wieder Minuten der Ohnmacht. Waren es Stunden? Irgendwann kam Bewegung in den Daliegenden. Die Starre löste sich, die Lider begannen zu zucken, schlürfend und hechelnd setzte der Atem ein. Instinktiv drehte Ella den schweren Körper zur Seite. An Epilepsie dachte sie endlich und versuchte Aram die Zunge aus dem Mund zu ziehen. Rief seinen Namen. Zerrte an seinen Schultern. Versuchte ihm das schweißdurchtränkte Hemd auszuziehen und ließ es augenblicklich bleiben, als eine unsichtbare Hand seinen Leib erfaßte und zu schütteln begann. Das Schütteln hörte nicht mehr auf.

Als zwei schmächtige weißgekleidete Sanitäter neben ihm niederknieten, trat ein Ausdruck kindlichen Erstaunens in Arams Gesicht. Seine Lippen rangen nach Worten und brachten doch nur unverständliche Laute hervor. Geschäftig maßen die Sanitäter Blutdruck und Puls, ließen sich von Ella über den Hergang unterrichten und kamen dann überein, daß eine Bahre überflüssig und der vorsorglich mitgebrachte Rollstuhl, ein klappriges Gestell auf blockierenden Rädern, ausreichend sei. Mit einem chinesischen Horuck stemmten sie den allmählich zur Besinnung kommenden Europäer darauf und schoben ihn an den neugierig im Stiegenhaus zusammengelaufenen Hausparteien vorbei zum Lift.

Ein Krankenwagen, der sich im Schrittempo durch Menschengewühl und Verkehrschaos fortbewegt, bringt Aram, Ella und Lin in eine überfüllte Notaufnahmestation. Hier heißt es erst einmal warten. Während Lin mit Ärzten und Schwestern verhandelt, versucht Ella ihrem Mann zu erklären, warum er hier sei. Schneeweiß, kaum vom zerschlissenen Leintuch zu unterscheiden, liegt er hinter einem Vorhang im Wartesaal, begreift nichts. Ella streicht ihm über die immer noch triefende Stirn, nebenan stöhnt ein Frischverletzter. Eine Krankenschwester bedeutet Ella, im Saal bei den anderen Wartenden Platz zu nehmen. Hier geht es zu wie auf einem Bahnhof, nur die Kassenschalter fehlen. Holzbänke in Reihen, vorne ein Polizist in Uniform, der die Pässe der Patienten entgegennimmt, Namen aufruft. Von den Wänden löst sich der Verputz in schmutzigen Schuppen, in ein Waschbecken tropft rostiges Wasser. Nervöse Schwestern und Ärzte, hin und her gerissen zwischen Patienten und besorgten Angehörigen. Eine alte Wärterin kehrt zwischen den vielen Beinen Abfall hervor. Der schwirrende Deckenventilator schafft nur die Illusion von frischer Luft. Ella stellt erst beim Anblick von T-Shirts und über der Brust aufgerissenen Hemden fest, daß sie schon wieder den Pullover anhat. Ein nie gehörtes Sprachgesumm, in das sich hin und wieder ein englisches Wort verirrt, erfüllt den von zwei trüben Birnen erhellten Raum. Immer wieder werden neu eingelieferte Patienten auf quietschenden Bahren vorbeigeschoben. Dann ist Ella an der Reihe. Noch einmal schildert sie dem Uniformierten in ihrem dürftigen Englisch den Hergang, Lin übersetzt und macht seine eigene Aussage. Schließlich wird Aram in eine andere Kabine gebracht, und Ella bekommt noch einmal sein leichenblasses Gesicht zu sehen. Nach einer eingehenden Untersuchung wird Lin mitgeteilt, daß sein ausländischer Freund zur Beobachtung in ein Regierungsspital überstellt werden müsse.

Und wieder heißt das Warten, diesmal auf einen Krankenwagen, da im Augenblick keiner verfügbar ist. Das sei eben Hongkong, zu viele Menschen auf kleinstem Raum, kommentiert Lin entschuldigend. Als der Krankenwagen da ist, stellt sich heraus, daß es sich um einen Sammeltransport von Patienten handle und kein Platz für Begleitpersonen vorgesehen sei.

Lin nimmt Ella an der Hand und hetzt mit ihr durch den Verkehr, im Zickzack zwischen hupenden Autos einem Autobus hinterdrein, pfercht sie in eine U-Bahn, dann wieder in einen Bus, vorbei an bunten Läden und schwindelerregenden Wolkenkratzern, deren dem Westen zugekehrte Fensterfronten sich um diese Stunde in Hunderte kleine Abendsonnen verwandelt haben. Ella kommt sich vor wie in einem wild zusammengeschnittenen Videoclip: Menschenströme und exotische Buntheit neben unsäglicher Armut, fremde Sprache, fremde Gesten, fremde Schriftzeichen, die sie fatal an die Sessel erinnern, die ihr Mann einmal zu Kleinholz schlug. Hupkonzerte, quietschende Bremsen, dröhnende Motoren. Die lähmende

Schwere tropischer Hitze in den Gliedern, des Klimawechsels, der Müdigkeit, des Unfaßbaren. Und das viele Monatsblut, das zu einer Peinlichkeit zu werden droht, wenn es Ella nicht bald gelingt, diskret die entsprechenden Maßnahmen zu treffen. Denn dazu ist sie in der Aufregung nicht mehr gekommen.

Mit letzter Kraft schleppt sie sich über die vielen Stiegen zum Eingang. Was, verdammt, heißt Watte auf englisch? Und wo ist die Apotheke, in die sie eine Krankenschwester schickt? Das Spital eine einzige Baustelle, die Korridore nehmen kein Ende. Lin versteht nicht, was los ist, und besteht darauf, sie zu begleiten. Ella rennt, Lin hinter ihr her, und erst, als er dann beinahe in ihrer Blutlache ausrutscht, begreift er ...

Nichts, nein, bleibt Ella erspart, aber dem guten Lin auch nicht. Die Ärzte rätseln an Arams Symptomen herum, und so wird es auch die nächsten Tage sein, während die beiden pausenlos unterwegs sind, um zu retten, was es noch zu retten gibt. Einerseits muß die Stornierung der gebuchten Flüge betrieben, andererseits der Kranke beruhigt werden. An einen Kalvarienberg muß Ella denken, wenn sie mit dem knatternden Doppeldecker die steile, gewundene Straße am anderen Stadtende hinauffährt, erst die wahnwitzigen Wolkenkratzer, dann die verkommenen, mit Wäsche vollgehängten Wohnblocks und schließlich die koloniale Herrlichkeit von Botschaften und Regierungssitzen hinter sich lassend, an Golgotha, wenn Lin sie über die baufällige Treppe hinaufzieht. Tief unten das Meer, je nach Tageszeit stahlblau oder silberfarben, zum Greifen nah die dunklen Vulkankegel darin. Rechts die Hektik einer aus allen Nähten platzenden Metropole, links leerer Raum, in dem sich scherenschnitthaft bizarre Silhouetten von Küsten und Inseln abzeichnen. Was wird der Arzt diesmal sagen? In welchem Zustand ist Aram?

Kann die Reise tatsächlich wie geplant fortgesetzt werden? ... Lin hat mit Hinweis auf die Position seines europäischen Freundes dessen Verlegung aus dem großen, zum Sterben heißen Krankensaal in ein Zweibettzimmer mit Aircondition erwirken können, zu dem man auch außerhalb der Besuchszeit Zutritt hat. Aram geht es besser, er verlangt nach seinen Unterlagen, damit er sich für seinen Vortrag vorbereiten könne. Er ist ungehalten und zittert immer noch. Kann nicht begreifen, warum Ella so spät kommt. Und setzt Lin zu, ihn doch endlich aus dieser Hölle herauszuholen.

Ach, es tut mir ja so leid, daß so etwas passieren mußte! Ich habe mich so auf euch gefreut, Pläne gemacht, was ich euch zeigen werde. Aber du kannst sicher sein, daß ich alles in meiner Macht Stehende tue, um euch zu helfen! versichert Lin Ella, als sie sich am Tag des Desasters in der Kantine für die zweistündige Heimfahrt stärken. Ob er die wahren Ursachen ahnt? Was haben ihm die Ärzte gesagt? Ella bringt das ungewohnt süßlich schmeckende Huhn kaum hinunter und beobachtet fasziniert, wie die Chinesen mit ihren Eßstäbchen hantieren. Was passiert ist, will ihr immer noch nicht in den Kopf. Ihr Blick wandert über die Menschen hinweg, die in Hemdsärmeln an den schmutzigen Plastiktischen sitzen. Kein europäisches Gesicht ist darunter. Nur sphinxisch breites Lächeln, listige Blicke unter schweren Lidfalten hervor, Haare, lockenlos und schwarz wie Pech. An der Fensterjalousie werkt ein zahnloser alter Mann und versucht vergeblich, sie jetzt, nach Anbruch der Abendkühle, hochzuziehen. Schnatternd eilt ihm die Köchin zu Hilfe, gemeinsam bringen sie den lädierten Mechanismus in Gang, die Jalousie schnellt hoch, und Ella glaubt sich schon wieder im Kino, in dem ein Bilderbuchsonnenuntergang über die Leinwand flimmert: das Meer fliederfarben, die Vulkane nachtschwarz.

Nur ein lauer Lufthauch, der fremde, aufregende Gerüche hereinträgt, sorgt dafür, daß die Wirklichkeit nicht zum Kitsch verkommt.

Was könnte Ella noch von diesem Traumziel vieler europa- und amerikamüder Reiselustiger erzählen, außer, daß die Spitäler hoffnungslos überfüllt und die Ärzte so überfordert sind, daß sie froh sind, ihre Patienten mit harmlosen Diagnosen, die diese sich selber stellen, so schnell wie möglich wieder loszuwerden? Von himmelhohen spiegelnden Türmen könnte sie höchstens erzählen, wie Unkraut wuchern sie auf dem ehemaligen Meeresgrund, auf den steilen Felshängen; von Flugzeugen, die dazwischen niedergehen, von Ozeanriesen, Fischkuttern und Flüchtlingsbooten, ihrem endlosen Stau vor der Hafeneinfahrt; und auch davon, daß sich in den schmutzigen Scheiben der übervölkerten Slums wohl nie ein Fünkchen irgendeiner Sonne verfangen wird. Und alles, alles schmerzt.

Eine Ansichtskartenperspektive, die durch den Freund in der Not plötzlich mit beinharter Realität ausgefüllt ist. Worüber auch hätten sie sich sonst unterhalten sollen an den Abenden, an denen sie sich verlegen in seinem leeren Hochhausappartement gegenübersaßen, als über Hongkong und seine Probleme? Lin, zum Beispiel, will diese Wohnung nicht über das Notdürftigste hinaus einrichten. Ein gestundeter Ort für eine gestundete Zeit sei diese Stadt – gemeint ist die bevorstehende Abtretung der Kolonie an Rotchina. Wie viele seiner Landsleute beabsichtige auch er, seiner Heimat demnächst den Rücken zu kehren und nach Kanada oder Australien zu gehen. Eigentlich habe er dies erst für die Zeit seiner Pensionierung ins Auge gefaßt gehabt und sich auch längst einen ausländischen Paß besorgt, aber das Blutbad in Peking vor einem Jahr habe ihm, wie vielen seiner Landsleute, alle Hoffnung auf eine friedliche Zukunft zerstört. Pro Woche verließen etwa tausend Bürger die Stadt, in erster Linie die Intelligenz und überhaupt alle, die es sich leisten könnten. Trotzdem seien die Verantwortlichen immer noch der Meinung, daß der Wirtschaftsboom anhalten werde, denn das Reich der Mitte könne kein Interesse daran haben, die Gans, die ihr goldene Eier lege, zu schlachten. Sein ganzes Leben habe er, von mehreren Auslandsaufenthalten abgesehen, in dieser Stadt verbracht, sei als einziger von seinen sechs Geschwistern hiergeblieben. Alle seien sie längst ausgewandert, die Überbevölkerung, stell dir vor, alle viereinhalb Minuten kommt hier ein Kind auf die Welt, er aber sei als ältester Sohn nach chinesischer Sitte verpflichtet gewesen, sich um seine Eltern zu kümmern. Das sei vielleicht auch der Grund gewesen, warum er keine Frau gefunden habe. Sein Vater sei am Opium zugrunde gegangen, darum könne er auch verstehen, was mit Ellas Mann passiert sei …

Er sei ja so untröstlich, daß er seinen Gästen nichts zeigen könne. So schön habe er sich das ausgemalt, wie er sie durch die alten Stadtviertel führen würde, wo immer noch auf der Straße geschnitzt, repariert und genäht würde, die Fisch- und Gemüsemärkte ein Augenschmaus und ohne Beispiel auf der Welt. Natürlich käme das meiste aus China, ohne die Importe des roten Goliath könne der kapitalistische Zwerg Hongkong keinen Tag überleben. Lebensmittel, Energie, ja sogar das Wasser kommt vom Festland, und schon die Briten haben einst über die Dürftigkeit der Inseln die Nase gerümpft, über denen heute der Hochhausdschungel zusammengewachsen ist.

Er erzählt von den Opiumkriegen, in deren Verlauf die Engländer dem chinesischen Kaiser Stück für Stück des heutigen Territoriums entrissen hätten, und den Drachen, die die Stadt nach altem chinesischem Glauben bis zum heutigen Tag beherrschten. In jedem der acht Hügel, auf denen die Stadt errichtet sei, wohne so ein Ungeheuer und bestehe darauf, ungehinderte Sicht und freien Zugang zum Meer zu haben. Tatsächlich seien viele Wohnanlagen mit architektonisch völlig unmotivierten Aussparungen versehen, um die Drachen bei Laune zu halten. Und nichts ginge hier ohne die Erdwahrsager, vom Konzernchef bis zum kleinen Angestellten respektierten sie alle seinen Wind-Wasser-Zauber, nach dem der Mensch im Einklang mit den Naturgewalten zu leben habe und sich nur an bestimmten Stellen niederlassen dürfe. Und das bei der ärgsten Wohnungsnot, die man sich vorstellen kann!

Aber was erzähle ich dir von dieser verrückten Stadt, wenn du bloß das Hinterland mit seinen malerischen Fischerdörfern, Tempeln und Terrassenfeldern sehen könntest, ich hatte es alles eingeplant, vielleicht wäre sogar noch ein Ausflug zu den Inselklöstern drin gewesen, nach China kommt man ja nicht alle Tage ...

Er ist fast noch unglücklicher als Ella.

Am Sonntag, als Aram entlassen werden und Ella ihre Reise nach Australien antreten soll, ist der Himmel bedeckt. Doch statt des ersehnten Regens rinnt der Schweiß, rinnt er schon am frühen Morgen in Strömen, und die adretten jungen Mädchen, deren ausnahmsloser Charme allein schon ein Erlebnis ist, haben nasse Flecken unter den Achseln.

Ella ist aufgeregt. Nach mehrstündigem Hin und Her im Spitalslabyrinth zwischen Aram, den Ärzten, der Registratur und der Schlange vor dem Fensterchen der Ausgabestelle für Medikamente, in der sie sich mit Lin abwechselt, darf Aram endlich „nach Hause".

Er zittert immer noch und schiebt es auf den plötzlichen Wechsel von seinem klimatisierten Krankenzimmer in die schwüle Hitze. Ohnmacht, ausgelöst durch einen Krampf in den Beinen, so lautet die offizielle Diagnose, die ihm ausgehändigt wird. Ella drängt darauf, auf direktem Weg zu Lin zu fahren. Aram dagegen will sich vorher unbedingt mit einem tollen Essen für die erwiesene Hilfe revanchieren und hält nach einem Taxi Ausschau. Lin meint, daß man viel schneller mit den öffentlichen Verkehrsmitteln weiterkomme, und so steigen alle drei in den quietschenden Doppeldecker. Aram klebt das Hemd am Leib, sosehr schwitzt er und klappert dann fröstelnd mit den Zähnen, als sie vom eiskalten Sog der mit Klimaanlagen temperierten U-Bahn-Schächte erfaßt werden. Kalt und zugig ist es auch in dem Lokal, in dem man schließlich landet. Aram redet zusammenhanglos von diesem und jenem und kann sein Glas kaum halten, so sehr schüttelt es ihn. Trotzdem weigert er sich, das patschnasse Hemd zu wechseln. Ella beschwört ihn, sagt was von Lungenentzündung. Da explodiert Aram. Wenn sie nicht aufhöre mit ihrem Gezeter, dann schlage er alles kurz und klein, schreit er und läßt eine Serie von Flüchen folgen. Ella ist augenblicklich still, Lin tut, als merke er nichts. Aufmerksam studiert er die Speisekarte. Das kann ja heiter werden, denkt Ella, aber da hat sich Aram plötzlich wortlos erhoben und ist mit dem frischen Hemd in Richtung Waschraum entschwunden.

Auf den letzten Metern zu Lins Wohnblock fällt Aram plötzlich ein, daß er ja noch überhaupt kein Geld gewechselt hat. Lin weiß einen Bankomaten in der Nähe. Allerdings hat Aram seine Kreditkarte nicht mit, und so ist es Ella, die den Automaten mit der ihren bedienen soll. Gebannt starrt sie auf den Geldschlitz, nachdem sie eine endlose Reihe von Zahlen getippt hat. Sie empfindet es als Zauberei, daß durch bloßen Knopfdruck über Tausende Kilometer Entfernung eine beliebige Summe in der Währung des betreffenden Landes ausgegeben werden kann. Am Vortag hat es schon einmal funktioniert. Und jetzt? Rote Buchstaben blinken auf, und sie verheißen nichts Gutes. Dann schweigt der Automat.

Meine Karte! ruft Ella entgeistert. Gib mir sofort meine Karte zurück! ... Die Karte ist weg! sagt sie hilflos zu den hinter ihr Wartenden. Aram ist mit einem Satz neben ihr.

Die Karte ist weg, natürlich! Das hätte ich mir gleich denken können, daß du zu nichts fähig bist. Na, sieh zu, daß du zu deiner Karte kommst!

Meine Karte ... wie soll ich ohne Geld nach Australien?

Mit unbewegtem Gesicht beobachten die Chinesen in der Schlange die Szene. Lin studiert die Benutzerinformation auf dem Automaten, entdeckt eine Telefonnummer, die man bei Störung wählen kann. Und ist auch schon weg.

Aram hüpft derweil mit verzerrtem Gesicht wie ein Hampelmann, spuckt vor Wut auf den Boden und hört nicht auf, Ella zu beschuldigen. Unsere ganze Reise hast du verpatzt, nicht einmal Knöpfe kannst du drücken, nichts begreifst du, jetzt können wir heimfahren, los, wir gehen!

Ella hat Angst, daß er durchdreht. Daß irgend etwas, noch viel Schlimmeres passieren wird, als das, was schon passiert ist.

Gehen? sagt sie, sich zu größtmöglicher Gelassenheit zwingend. Wie stellst du dir das vor? Wohin sollen wir gehen? Weißt du vielleicht, wo wir sind?

Mit einer ausholenden, beinahe theatralischen Armbewegung deutet sie auf die ununterscheidbaren Fenstertürme ringsum, die gegen den Himmel hin zusammenwachsen.

Es wäre besser, wenn wir uns nicht von der Stelle rührten, sonst findet uns Lin nicht. Er ist unsere einzige Hoffnung! ... So ähnlich könnten Hänsel und Gretel gesprochen haben, als sie sich im Wald verirrten.

Aram hört nicht auf zu schäumen: Hoffnung, lächerlich! Wer soll an einem Sonntag in diesem Hexenkessel eine Kreditkarte aus einem kaputten Bankomaten klauben?

Ella versucht, sein Geschrei zu ignorieren. Die umstehenden Chinesen lächeln. Lächeln sie?

Schweißnaß taucht Lin wieder auf. Wir sollen auf dem Weg zum Flughafen in der Zentrale vorbeikommen, sie haben Journaldienst, sie werden tun, was sie können! verkündet er triumphierend.

Na, siehst du, sagt Ella zu Aram.

Nichts sehe ich. Wie sollen sie unter Millionen Karten ausgerechnet deine finden? Du, du ...

So geht es weiter, bis sie endlich in Lins Wohnung gelandet sind. Hektisch wird das Gepäck gesichtet und in einen Japankoffer für Aram und einen Australienrucksack für Ella aufgeteilt. Schwitzend und mit zitternden Fingern sortiert Aram die Dokumente, zählt ihr ein paar australische Dollars auf die Hand.

Und wieder Gerenne, diesmal im Slalom und mit Gepäck, durch eine vor Menschen nur so brodelnde Einkaufsstraße.

Die Geldautomatenzentrale, das elektronische Herz eines Netzes rund um die Welt, alles top-secret natürlich. Computer, Zahlenlisten, viele Kilometer lang. Asiatische Gelassenheit. Und dann betritt ein junger Mann den Raum und zerstört die Illusion von der perfekten Welt der Automaten. Er stülpt den Inhalt seines kleinen Rucksäckchens auf den Schreibtisch und präsentiert stolz die heutige Ernte der eingezogenen Kreditkarten. Vier Bedienstete machen sich über den Haufen her, bis einer schließlich triumphierend die gesuchte in der Hand hat.

Warum sie eingezogen wurde? Der junge Mann greift eilfertig nach einem Buch, um den Code zu entschlüsseln: Auf Ihrem Konto ist nichts!

So ein Blödsinn! wettert Aram und verlagert seinen Zorn im Hinausgehen von Ella auf die chinesischen Bankomaten, die nicht wissen, wie man mit europäischem Plastikgeld umgeht! Den Angestellten vergeht das Lächeln trotzdem nicht. Höflichkeit ist in Asien oberstes Gebot.

Im Flughafenrestaurant sinken alle drei, Lin, Aram und Ella, erschöpft in die Sessel.

Und was soll ich in Australien ohne Geld? wagt Ella zu fragen.

Was heißt da ohne Geld! braust Aram auf. Das gibt es nicht. Man muß in Frankfurt anrufen.

Dann geh und tu es. Ich fliege so nicht weg! beharrt Ella.

Du fliegst, was denn sonst! ...

Ich werde versuchen, die Sache zu klären, sagt Lin, der zwar kein Wort verstanden, aber sehr wohl gemerkt hat, daß sich ein neuer Streit zwischen den Eheleuten anbahnt. Gebt mir die Nummer!

Aram kramt in seinen Dokumenten, reicht ihm den Zettel. Und während sich Lin auf die Suche nach einem Telefonautomaten macht, starren seine Freunde, jeder in seine düsteren Gedanken versunken, durch die große blankgeputzte Fensterscheibe aufs Rollfeld hinaus, wo wenige Meter neben den pausenlos startenden und landenden Maschinen Fähren, Frachtschiffe und Fischkutter vorüberziehen. Die Wolken haben sich jetzt am Spätnachmittag verzogen, und im gleißenden Licht wirkt das beängstigende Gedränge der Bank-, Hotel- und Wohntürme am jenseitigen Ufer, die zwar ein Minimum an Boden, aber selbstbewußt den Rang beanspruchen, das höchste und teuerste zu sein, so gespenstisch, als sei hier eine Schar von Riesen zusammengelaufen und zu Stein erstarrt.

Lin ist wieder zurück. Bedauernd teilt er mit, daß er keinen Anschluß bekommen hätte, aber wenn die Freunde in Geldschwierigkeiten seien, überhaupt wäre er glücklich, wenn er noch irgend etwas für sie tun könne. Ella solle sich keine Sorgen machen, er würde sich schon um Aram kümmern. Auf dem Heimweg wolle er ihm noch ein wenig die Stadt zeigen, der Arme habe ja überhaupt nichts gesehen, aber nicht zu lange, weil Arams Flugzeug ja morgen zeitlich in der Früh ginge. Natürlich würde er ihn persönlich zum Flugplatz bringen, und er werde auch nicht vergessen, ihn an die Tabletten zu erinnern, die er vor dem Schlafengehen einzunehmen habe. Ende gut, alles gut, sagt er mit einem aufmunternden Lächeln. Aber sollte es noch irgend etwas geben, er könne seinen für übermorgen geplanten Urlaub ohne weiteres verschieben.

Was sollte denn noch sein? fragt Aram, nicht ohne einen spöttischen Unterton.

Nichts natürlich, ich sag es nur für alle Fälle ...

Immer wieder gingen Ella Lins Worte durch den Kopf, als sie später mit diesem mulmigen Gefühl im Magen durch die kilometerlange Flughalle streifte. Hatte auch ihm Arams Zustand zu denken gegeben? Das Schwitzen und Zittern, die grundlosen Wutanfälle, die unheilvollen Falten auf der Stirn! Im Moment des Abschiednehmens hatte Aram sich gerade noch ein gequältes Lächeln abringen können: Auf Wiedersehen, also dann, irgendwo in Australien ...

Exotische, nie gehörte Destinationen flammten auf den Informationstafeln auf. Menschen aller Hautfarben lagen oder saßen auf den Wartebänken – Mütter mit Kindern, Geschäftsleute, Tramper, Reisegruppen. Jeder schien zu wissen, wo er hinwollte. Nur Ella nicht. Ziellos wanderte sie zwischen blitzenden Souvenirboutiquen und Zeitungskiosken hin und her, vergeblich bemüht, das dumpfe Ziehen in der Brust zu ignorieren: Morgen früh bist du in Australien, warum freust du dich nicht? Australien, ja, so begreife doch! Nein, sie freute sich nicht, begriff nicht. Was, zum Teufel, soll ich dort? Ich will nicht, ich kann nicht. Aram, mein von den Toten Auferstandener, werden wir uns je wiedersehen? Und wenn, dann wo? Australien ist groß, Australien ist weit ...

Da erwacht auch die Sorge um die Kinder wieder, die sie über all den Aufregungen vollkommen vergessen hat. Sie macht sich ans Telefonieren, kriegt tatsächlich die Verbindung. Und heult drauflos, als sie den Hörer aufgelegt hat.

Endlich ist Ellas Flug aufgerufen, ihre Maschine wenig später startbereit. Noch ein Blick auf die von den Bergkuppen nur um weniges überragten Wolkenkratzer – das Spargelweiß ist nun einem abendlichen Flamingorosa gewichen –, dann rollt sie, immer schneller werdend, wie auf einem Flugzeugträger die dem Meer abgerungene Startbahn entlang. Die Erleichterung, als der Riesenvogel, ohne mit einem der Hafenboote zu kollidieren, abhebt und sich, ohne auch einen der gefährlich nahen Wipfel des Antennenwaldes über den Slums zu streifen, von seinen höllischen Düsenstrahlen in den veilchenblauen Himmel katapultieren läßt. Im steilen Aufwärtsflug, die eine Tragfläche schräg nach oben, die andere schräg zur Erde gerichtet, zieht er eine verwegene Schleife, holt rechts noch einmal die Sonne hinter dem Horizont hervor und links, klein, wie ein Modell unter Glas, die westliche Gigantomanie am fernöstlichen Abgrund ...

Während ihr Flugzeug also über dem Meer langsam an Höhe gewinnt und, in die schwarze Wolke der Nacht eintauchend, Kurs auf Bangkok nimmt, während dieser Hexenkessel Hongkong immer weiter ins Reich einer kranken Phantasie entrückt, geht in der Wirklichkeit eines grotesken Dramas zweiter Akt erbarmungslos in Szene.

Plaudernd besteigen die zurückgebliebenen Männer den

Bus, schlendern plaudernd den Kai entlang, ohne sonderlich die Aussicht auf den Hafen und die sehenswerte Szenerie, derentwegen sie hergekommen sind, zu beachten.

Über alles mögliche reden sie, über den Lebensstandard hier, den Lebensstandard dort, die Zukunft Hongkongs, den Fall des Eisernen Vorhangs, Schachmeisterschaften, über Lins Lehrerberuf, Arams alte Heimat. Wann er das letzte Mal dort gewesen sei, will Lin wissen. Vor zwanzig Jahren, als er fortgegangen sei. Er habe sich geschworen, nie wieder zurückzukommen ... Lin kann es nicht glauben, aber die Bitterkeit in Arams Ton läßt ihn das Thema wechseln. Er schlägt vor, doch noch irgendwo zu Abend zu essen, da ließe sich gemütlicher reden. Aram lehnt ab. Er sei müde, müsse ja morgen zeitlich aus den Federn wegen Japan. Aber er habe nichts gegen die Sandwiches, die Lin im Vorbeigehen besorgen will, für den Fall, daß einen im Laufe des Abends vielleicht doch noch der Hunger packe. Lin ersucht ihn, an der Ecke neben der Bäckerei zu warten. Aram besteht jedoch darauf, im gegenüberliegenden Supermarkt inzwischen die übrigen Sachen zu holen. Als er dort nicht herauskommt, hält Lin, mit dem Gebäck unter dem Arm, im Geschäft Nachschau. Kein Aram. Erst bei der Kasse entdeckt er ihn, als er eben das Geld für eine Flasche Whiskey abzählt. Lin wundert sich, denn eigentlich ist die Rede von Wurst und Eiern gewesen.

Das hab ich extra für dich gekauft, sagt Aram mit dem verlegenen Lächeln eines auf frischer Tat ertappten Diebes, läßt sich aber von Lin überreden, die Flasche ins Regal zurückzustellen und auf der Straße zu warten, bis Lin die erforderlichen Sandwichzutaten beisammen hätte.

Taghell beleuchtet ist alles vom Feuerwerk der Reklamen, der überbordenden chinesischen Geschäftstüchtigkeit, als die beiden dann heimwärts wandern, taghell und von Menschen durchflutet. Die Schwüle setzt dem schon auf Herbst programmierten Europäer spätabends noch zu, daran kann auch die Brise vom Meer nichts ändern, die ihren Weg bis in die letzten Winkel der Stadt gefunden hat. Zu Hause angekommen, stürzt Aram sofort unter die Dusche, während sich Lin an die Zubereitung der Sandwiches macht. Einträchtig und den Faden ihrer Gespräche wiederaufnehmend, verzehren die beiden schließlich das bescheidene Mahl.

Vor dem Schlafengehen ermahnt Lin seinen Gast, Ellas Auftrag eingedenk, doch die Tabletten einzunehmen, die sie ihm dagelassen habe, und stellt ihm ein Glas Wasser hin. Danach begibt auch er sich unter die Dusche und endlich, spät genug, zu Bett.

Er hat eben das Licht gelöscht – Ella ist auch gerade im fernen Bangkok zwischengelandet –, da dringen seltsame Geräusche durch die Wand. Das ist ein Scharren und Tapsen, das klickende Geräusch eines pausenlos betätigten Lichtschalters, ein Schlagen von Türen, ein Murmeln und Ächzen, als wäre ein Radiosender schlecht eingestellt. Schlimmes ahnend, eilt Lin im Pyjama ins Nebenzimmer. Und das Bild, das sich ihm bietet, läßt augenblicklich alles Schlafbedürfnis versiegen.

Ohne ihn eines Blickes zu würdigen, so, als hätten sie die Rollen getauscht, Aram also der Hausherr, und Lin ein Fremder, geistert Aram in der Unterhose durch die Wohnung, öffnet und schließt alle Türen, tastet mit den Händen die Wände ab, hämmert zwischendurch fluchend mit den Fäusten dagegen, verrückt die Bilder, dreht das Licht an und aus und reagiert auf keine von Lins Fragen, ob er denn etwas suche, und was er eventuell für ihn tun könne.

Ratlos und in der Hoffnung, daß es wohl das beste sei, dieses seltsame Verhalten zu ignorieren, zieht er sich zurück, um wenig später durch ein Poltern und Klirren erneut hochgerissen zu werden.

Sämtliche Lampen in der ganzen Wohnung sind aufgedreht, während Aram wie ein Blinder mit ausgestreckten Händen die Wände entlangtappt und schimpfend alles, was ihm dabei im Weg ist, abstreift: Bilder, Borde, und was eben noch so aufgehängt ist und leicht nachgibt. Und wie schon zuvor ist er weder ansprechbar, noch scheint er Lins Anwesenheit zu registrieren. Ehe der noch einschreiten kann, hat die Schneise der Zerstörung auch schon die Küche erreicht. Weiterhin vor sich hinmurmelnd und zischende Laute der Mißbilligung ausstoßend, arbeitet sich sein Gast nun die Regale entlang, holt das Geschirr herunter und knallt es in den Kühlschrank, schmeißt von dort heraus, was drin ist, reißt die Schubladen auf, leert ihren Inhalt auf den Boden.

Noch hält sich Lins Angst um seine bescheidene Habe die Waage mit der Besorgnis über den Zustand seines Freundes. Während er fieberhaft überlegt, wie man sich in so einem Fall am besten verhält, macht sich der andere daran, den Spiegel im Vorzimmer zu demontieren, genauer gesagt, aus der Verankerung zu reißen. Seine innere Spannung scheint zuzunehmen, sich zu einer unkontrollierbaren Wut aufzubauen, vor der nichts, und schon gar nicht er selbst oder Lin, mehr sicher ist.

Zu dessen Entsetzen richtet sich Arams Augenmerk nun auf die offene Balkontüre. Wie ein Tiger stürzt er hinaus, die Beschwörungen des schmächtigen Chinesen ignorierend.

Bring mir einen Sessel! befiehlt er mit Donnerstimme und völlig überraschend auf englisch. Lin gehorcht widerspruchslos, schafft auch einen zweiten Sessel für sich herbei. Sie haben sich eben darauf niedergelassen, da kommt es, wiederum auf Englisch, von seinem Peiniger: Will Ella haben!

Aber Ella ist doch auf dem Weg nach Australien, du hast sie doch selbst vorhin zum Flugplatz gebracht! wagt Lin einzuwenden.

Aram steht wortlos auf und begibt sich zu Lins großer Erleichterung wieder ins Wohnzimmer, offensichtlich, um es sich auf der Couch bequem zu machen. Lin folgt ihm. Doch ehe er sich gegenüber niederlassen kann, hat sich der offenbar durchdrehende Aram drohend vor ihm aufgebaut. Nur durch das Couchtischchen getrennt, stehen sie sich Auge in Auge gegenüber, zwei lauernden Karatekämpfern nicht unähnlich. Eine ganze Kaskade von unverständlichen Flüchen ergießt sich auf den fassungslosen Hausherrn, der nur eines im Sinn hat – nämlich alles zu vermeiden, was seinen Gast zu verhängnisvollen Reaktionen bewegen könnte. Der hört nicht auf, wild gestikulierend in einem Kauderwelsch aus Deutsch, Englisch und seiner konsonantenreichen Muttersprache zu insistieren, bis Lin endlich mitbekommt, worauf er hinauswill, nämlich, daß er seine Hosentaschen leere. Widerspruchslos gehorcht er. Aram amtshandelt wie ein Polizist, der einen Taschendieb perlustriert, streng überprüft er, was Lin da mit zitternden Händen ans Tageslicht befördert. Als nichts Anstößiges zu entdecken ist, darf er die Sachen wieder einstecken.

Fieberhaft überlegt Lin. Er muß Hilfe holen, soviel steht fest. Beschwörend auf Aram einredend, tastet er sich langsam zur Eingangstüre zurück, aber der kommt ihm zuvor. Mit einem Satz hat er ihn zurückgeholt und ihm den Schlüssel entrissen. Den richtet er nun wie einen Dolch auf Lin.

In seiner Todesangst – damit rechnend, das spitze Ding jeden Augenblick zwischen den Rippen sitzen zu haben – versucht es Lin mit weiteren Beschwichtigungen, entschuldigt sich für alles, was er vielleicht falsch gemacht haben könnte. Statt einer Antwort nur dieser merkwürdig flackernde Blick, die bedrohliche Unberechenbarkeit eines Irren.

Ein weiterer Versuch, die Türe zu erreichen, schlägt fehl. Doch irgendwann, im fiktiven Trommelfeuer und einem Gerangel, bei dem der Rabiate das Gleichgewicht verliert, gelingt die Flucht. Fluchend und brüllend folgt Aram ins Stiegenhaus, stößt Lin vom Lift weg, rüttelt wie ein besinnungsloser Gefängnisinsasse am massiven Eisengitter, mit dem sich die Bewohner der Hochhäuser vor Einbrechern schützen.

Vergeblich versucht ihn Lin zu beruhigen, davon abzuhalten, die einzelnen Stäbe auseinanderzubiegen. Der Tobende zerrt ihn zur nächsten Türe, die er offensichtlich für Lins Wohnungstüre hält, und versucht sie in mehreren Anläufen mit den Füßen einzutreten. Dies ist der Augenblick, in dem Lin an ihm vorbei zur Treppe stürzt. Er rast die zehn Stockwerke in die Tiefe, Aram hinter ihm her, doch weit kommt der seines Koordinationsvermögens Beraubte ohnehin nicht.

Im Parterre wird Lin bereits von zwei Wachleuten empfangen, die von den verängstigten Nachbarn alarmiert worden sind. Gemeinsam fahren sie im Lift hoch, Schlimmes befürchtend.

Auch Ella, allein im Flugzeug zurückgeblieben, befürchtet es. Die thailändischen Passagiere sind ausgestiegen, die, die nach Australien weiterfliegen, haben sich in den Transitraum begeben, um sich dort die Füße zu vertreten. Das exotische Reinigungspersonal saugt die Böden, klopft die Kopfpolster auf den Sitzen zurecht, faltet die Decken, versprüht Duftmittel in der Kabine. Der australische Stewart kontrolliert, ob alles an seinem Platz ist, steckt die Menükarten in die Netze der Rückenlehnen (Dinner, Midnight snack und Breakfast). Der lange Nachtflug wirft seine hektischen Schatten voraus.

Teilnahmslos beobachtet Ella durchs Bullauge das Verladen der Container, verspürt das Vibrieren, als die tonnenschwere Fracht im Rumpf der Maschine verstaut wird. Flugangst? Nicht mehr. Was sich da in der Fremde so beunruhigend, so unheimlich vor ihr aufzutun beginnt, ist – die Ahnung. Nicht mit Worten zu beschreiben. Nicht zu greifen, zu begreifen ...

Das Stiegenhaus ist leer. Die Wohnung auch. Erst auf dem Balkon werden sie fündig. Friedlich, als sei die ganze Szene eine Ausgeburt von Lins Phantasie gewesen, sitzt der europäische Gast bei einer Dose Bier und begrüßt, ohne den Hausherrn auch nur eines Blickes zu würdigen, die Wachleute wie alte Bekannte. Als kurz darauf drei Sanitäter und zwei Polizisten eintreffen, lädt er sie freundlich ein, Platz zu nehmen, holt sogar Sessel aus dem Zimmer und bedauert, Lin weiterhin ignorierend, daß er ihnen leider kein Bier anbieten könne, weil er eben die letzte Dose ausgetrunken habe.

Im Zimmer schildert Lin den Sanitätern mittlerweile unauffällig den Hergang und die eventuelle Vorgangsweise des Einsatztrupps. Für alle Fälle ... Und während Ella über dem Thailändischen Golf sich wundert, was die zahllosen verstreuten Lichter in der Tiefe bedeuten, die den Eindruck erwecken, als fliege das Flugzeug verkehrt – der gestirnte Himmel unten und die Erde oben –, schließlich mit dem Rest ihres Denkvermögens folgert, daß es sich nur um die Boote von Fischern handeln konnte, die ausgeschwärmt sind, um im Schein ihrer Laternen ihren kärglichen Lebensunterhalt zu besorgen, während sich über dem vermutlichen Äquator die Wolken stauen und tropische Gewitter aufbauen, beginnt Aram erneut aggressiv zu werden. Mit Drohgebärden und unverständlichem Gebrüll versucht er die Anwesenden einzuschüchtern. Einer der beiden Polizisten weist ihn zurecht. Aram springt auf, packt einen Sessel, um auf ihn loszugehen, doch der Angegriffene kann sich durch einen Sprung zur Seite retten. Mit tierischem Gebrüll schmeißt Aram den Sessel hin und stürzt sich auf den zweiten Polizisten mit der Absicht, ihm die Pistole zu entreißen. Ein Amoklauf? Alles ist drin. Zu langen Überlegungen ist jedenfalls keine Zeit. Nur ein entsetzliches Gerangel, ein Geraufe von etwa sechs oder sieben Personen, ein Keuchen, Stöhnen und Fluchen, fasziniert beobachtet Ella, wie die Blitze für Sekundenbruchteile phantastische Wolkenungeheuer aus der Nacht holen, bis aufs Mark erschüttert von einem Schauspiel der Natur, ein gottgleicher Zeuge alles Geschehens und seiner Gleichzeitigkeit, bis der Tobende endlich mit Handschellen und einem reißfesten Tuch von der Größe eines Bettlakens niedergezwungen ist. Blut an Handgelenken und Schultern. Ein Polizist ist am Auge verletzt, stöhnend läßt er sich vom Sanitäter verarzten. Aram brüllt, bäumt sich auf in seinem weißen Panzer – wahrlich ein herzzerreißender Anblick! Lin wendet sich erschüttert ab. Er fühlt sich schuldig, o Gott, wie schuldig, daß seine Kraft nicht ausgereicht hat, dem Freund, dem Gast solche Erbärmlichkeit zu ersparen.

Immer wieder entschuldigt er sich auf der Fahrt im Krankenwagen, zeiht sich des Unvermögens, allein mit dieser Situation fertigzuwerden, bedauert, versichert dem Unglücklichen seine ungebrochene Sympathie, seine Hilfe, alles, ach, alles wird er für ihn und Ella tun, um das Geschehene gutzumachen, aber der Angesprochene faucht ihn nur an und versucht verzweifelt, sich von den Fesseln zu befreien.

Das Spital, in dem sie landen, ist kein anderes als jenes, in dem sie vor zwölf Stunden die Entlassungspapiere unterschrieben haben. Nur die Station ist fürs erste eine fremde. Es kostet den todmüden Lin alle verbliebenen Überredungskünste, um die Verlegung seines europäischen Gastes nach dorthin durchzusetzen, wo man über seinen Fall informiert ist. Die Papiere hat er natürlich in der Aufregung zu Hause gelassen.

Als sich Aram schließlich in der vertrauten Umgebung wiederfindet, sind die Schwestern eben damit beschäftigt, einen sterbenden Patienten zu versorgen. Niemand hat Zeit für die Neuaufnahme, alles dreht sich um einen alten Chinesen, der sein Leben aushaucht, und um die Hinterbliebenen, die an seinem Lager in fremdartige Klagelaute ausgebrochen sind. Zum Ärgernis der anderen Patienten und des Personals fährt da ein frisch eingelieferter Europäer dazwischen, verlangt mit infernalischem Gebrüll seine Entfesselung, seine Freilassung, seine Rehabilitierung, seine Rechte, seine, ach, wer versteht schon, was der da in allen Sprachen, nur nicht chinesisch schimpft und stöhnt und droht.

Lin versucht zu erklären, zu vermitteln. Aber das Sterben seines Landsmannes ist mächtiger. Das versteht er. Was in seinem Gast vorgeht, versteht er nicht. Niemand auf der Welt würde es verstehen. Kein Arzt, kein Freund, auch die Frau des Wahnsinnigen nicht. Und das liegt nicht nur an der Kometenbahn, auf welcher sich die immer noch vom Schauplatz des Geschehens wegbewegt. Woran es wohl liegt?

Der Oberarzt ist eingetroffen, und erstmals ist der Patient bereit zur Kommunikation. Er spricht gewähltes Englisch, erzählt von seiner Frau, die irgendwo in diesem Himmel unterwegs sei, davon, daß er ihr demnächst in genau der entgegengesetzten Richtung folgen werde, nach Japan, wissen Sie, ein Vortrag, dies und das, aber verzeihen Sie, wenn ich Sie langweile, es ist nur dieses Mißgeschick, ich glaube, es handelt sich um eine Fehlreaktion dieses schlitzäugigen Zwerges, der dort in der Ecke hockt ...

Nach einer kurzen Untersuchung erklärt der Arzt dem schlitzäugigen Zwerg, daß es sich um ein akutes Prädelir handle, ausgelöst durch Alkoholentzug.

Als hätte er auf dem Wege der Telepathie Wind von diesem später auf dem Korridor geführten Gespräch bekommen, beginnt Aram neuerlich zu toben. Mit wilden Verrenkungen versucht er, sich aus seiner Zwangsjacke zu befreien, vergeblich. Sein Gebrüll vermischt sich mit den Klagen der Hinterbliebenen des mittlerweile verschiedenen Bettnachbarn. Zwei Krankenwärter werden gerufen, sie legen ihm mit gekonntem Griff Hand- und Fußschellen an.

Lin, der immer noch am Lager wacht, krampft sich das Herz im Leibe zusammen! Beruhigend redet er auf Aram ein, muß dabei an seinen opiumsüchtigen Vater denken. Es ist lange her, und eigentlich alles längst vergessen. Aber seit heute ist die Vergangenheit wieder lebendig.

Was für Bärenkräfte sitzen in diesem Europäer! Selbst in seiner mißlichen Lage, gefesselt an Händen und Füßen, gelingt es ihm immer noch, sich der Beruhigungsspritze des Arztes zu widersetzen. Sieben oder acht Leute werden angefordert, um ihn in Schach zu halten, bis die Schwester die Nadel ansetzen kann ...

... Sumatra und die letzten indonesischen Inseln sind längst zurückgeblieben, unten ist nichts mehr als die uferlose, unsichtbare, nur auf der Landkarte ins Bewußtsein gerückte Wasserwildnis des Indischen Ozeans ... Es ist bereits drei oder vier, fernöstliche Zeit. Weiß beginnt sich abzuzeichnen als fahriger Schriftzug unermüdlicher Brandung, stumpfes Blau von blassem Grün scheidend: Erde von Wasser. Licht sendet aus seine Pfeile, holt Perlmuttglanz aus blindem Grau: Himmel über dem Wasser. Zurück bleibt, vergessen, die durcheilte Nacht.

Lin ist müde. Unendlich durstig ist Lin. Er hat alles

getan, was er konnte. Geht, bevor er aufbricht, zum Getränkeautomaten auf dem Gang. Er hat noch nicht einmal den Becher gefüllt, da ist auch schon ein uniformierter Beamter zur Stelle, um ihn auf die Polizeistation zu bringen. Dort ein zermürbendes Verhör, seine Aussage über den Vorfall, ein endloses Protokoll.

Um neun Uhr früh, über der Ostküste Australiens versprühen zwei Stewardessen wie wild ein Desinfektionsmittel, damit die Passagiere nicht irgendwelche Schädlinge aus Übersee auf dem Kontinent einschleppen, und aus dem Bordlautsprecher kommt es mit unüberhörbarer Erleichterung: Bitte stellen Sie Ihre Uhren um, wir danken, daß Sie mit unserer Linie geflogen sind ... da setzt Lin, nicht weniger erledigt als Ella, seine Unterschrift unters Protokoll.

Am liebsten wäre er natürlich auf direktem Weg nach Hause gefahren, um sich hinzulegen. Aber einen gewissenhaften Chinesen läßt das Unglück eines Freundes nicht ruhen. Solange da noch Hoffnung ist, wird er den Weg dieser Hoffnung gehen.

Ella läßt sich von einem Taxi in eine obskure australische Unterkunft bringen, in Hongkong fährt Lin indessen mit der U-Bahn ins Zentrum, um, alle Bedenken hinsichtlich seines eigenmächtigen Handelns über Bord werfend, bei der Fluggesellschaft den Japanflug seines Freundes zu stornieren. Dann ins Spital – eineinhalb Stunden mit mehrmaligem Umsteigen quer durch die Stadt.

Aram ist wach, nüchtern, aber sehr schwach. Lin berichtet ihm mit weichen Knien, was er getan habe und was er noch zu tun gedenke.

Aram hört ihm erstmals aufmerksam zu und antwortet fast normal. Er meint tatsächlich, daß es richtig gewesen sei, den Flug zu stornieren, und ist einverstanden, daß Lin sein Konsulat kontaktiere, damit dieses die Verbindung mit Ella herstelle. Überhaupt solle Lin so vorgehen, wie er es für richtig hielte. Schließlich fleht er ihn an, ihm ein Glas Whiskey zu bringen und ihn endlich von den schmerzhaften Eisendingern an Händen und Füßen zu befreien. Er schwört alle Eide, friedlich zu sein. Er habe Durst, fürchterlichen Durst! ...

Er tut Lin ja so leid. Aber vorläufig kann der nichts mehr für ihn tun, und so verabschiedet er sich mit dem Versprechen, Arams Wünsche den Schwestern zu übermitteln.

Es ist bereits Mittag. Ella liegt todmüde, aber schlaflos in ihrer Absteige am Rand des Indischen Ozeans. Lin sinkt erschöpft in sein Bett, endlich. Zuvor hat er noch einen Blick in das Zimmer geworfen, in dem Aram geschlafen hat. Dort hat er auf dem Fensterbrett ein Glas mit Whiskey entdeckt. Er wundert sich und sieht in Arams zurückgebliebener Reisetasche nach. Also doch! Eine leere Johnny-Walker-Flasche mit einem Preisschild jenes Supermarktes, den sie am Abend zuvor aufgesucht haben. Das erklärt zumindest einige Ungereimtheiten.

Nach einigen Stunden Schlaf fühlt sich Lin wieder fit, gewappnet auch für das Problem: Wie sag ich's Ella?

Ihr Anruf aus Australien läßt allerdings auf sich warten. Den ganzen Tag lang. Wie soll er auch wissen, daß sie mit Absicht dieses Telefonat vor sich herschiebt, sich ungeachtet aller quälender Ahnungen einredet, Aram sei sicherlich längst wohlbehalten in Japan eingetroffen, und jeder fehlgeschlagene Versuch, ihn dort zu erreichen, würde nur ihre Besorgnis unnötig schüren. Wo sollte sie ihn auch erreichen? Es ist ausgemacht, daß sie sich beide zu Hause, im fernen Europa, melden und bei den Kindern ihre Telefonnummern deponieren, um erst dann die direkte Verbindung aufzunehmen. Und wie sie Aram kennt, läßt sich der Zeit mit Nachrichten ...

Als es endlich läutet, ist es nicht Ella, sondern die Polizei. Sie teilt Lin mit, daß es eine gerichtliche Klage gegen seinen Freund geben werde, der sich ab nun unter polizeilicher Bewachung befinde. Ein Besuch sei jedoch gestattet. Zuvor solle Lin allerdings ein die Angelegenheit betreffendes Schriftstück abholen. Im übrigen, fügt der Beamte abschließend hinzu, Ihr Freund scheint Sie nicht gerade zu mögen. Er behauptet, Sie hätten ihn hypnotisiert!

Lin ist sprachlos. Mit dieser Version hat er am allerwenigsten gerechnet. Trotzdem steht für ihn fest, daß Arams Schicksal in seiner Hand liegt. Und wenn ihn jemand aus dieser mißlichen Lage befreien kann, dann ist es weder Ella noch der mittlerweile eingeschaltete Konsul, noch irgendein Arzt oder Beamter, sondern er allein. Und er wird alles tun, um Aram herauszuholen.

Auf der Polizeistation schickt man ihn von Zimmer zu Zimmer, aber das angekündigte Schriftstück ist nirgends auffindbar. Man befiehlt ihm zu warten. Nach etwa einer Stunde wird er zu einer Inspektorin vorgelassen, die ihm erklärt, daß der Europäer wegen der Verletzung eines einheimischen Polizisten vor Gericht gestellt werden würde, sobald es sein Zustand erlaube. Seine einzige Chance, Hongkong bald zu verlassen, sei es, wenn er sich schuldig bekenne und bereit sei, eine Geldstrafe zu zahlen. In Anbetracht seiner nachgewiesenen Unzurechnungsfähigkeit zum Zeitpunkt der Tat sowie des Umstandes, daß er Ausländer sei, werde diese Strafe gering ausfallen. Sollte er jedoch auf seiner Unschuld bestehen, so werde es zu einem Prozeß kommen, und dann sei mit einer Untersuchungshaft von unbekannter Dauer zu rechnen.

Schweren Herzens macht sich Lin auf den Weg ins Spital, das wievielte Mal eigentlich schon, um Aram die Nachricht zu überbringen. Auf dem Gang läuft er dem behandelnden Arzt in die Arme. Auch er warnt ihn: Ihr Freund mag Sie nicht. Er behauptet, Sie hätten ihn verhext ...

Aram geht es noch besser als beim letzten Mal, ja, er wirkt vollkommen normal. Will wissen, warum er schon wieder in der chinesischen Scheiße sitze, und kann sich an nichts erinnern. Lin schildert ihm kurz und schonend die Tatsachen, doch die Wahrheit scheint Aram nicht zu vertragen. Er wird wütend. Streitet alles ab, zu so etwas sei er einfach nicht fähig, Lin lüge, er habe weder getobt noch sei er gewalttätig geworden, und schon gar nicht gegen die Polizei, wo er doch größten Respekt vor ihr habe, und Lin sei schuld an allem. Als der von dem ominösen Whiskeyglas spricht, wird er wieder rabiat und behauptet allen Ernstes, die braune Flüssigkeit sei Wasser gewesen, Lin habe etwas hineingetan, um ihn zu belasten. Von einer leeren Flasche in seiner Tasche will er schon überhaupt nichts wissen, diese Bemerkung Lins ignoriert er ganz einfach. Erst als ihm Lin entgegenhält, daß das Eingeständnis, unter dem Einfluß von Alkohol gehandelt zu haben, vor Gericht mildernde Umstände bedeuten würde, gibt Aram dann doch zu, vor dem Schlafengehen ein paar Schluck Whiskey getrunken zu haben, aber niemals könne ihn dies zum Durchdrehen veranlaßt haben, so wie Lin es darstelle. Lin müsse verrückt gewesen sein, die Polizei zu rufen, nicht er, Aram, gehöre ins Irrenhaus, sondern Lin, außerdem trinke er zu Hause viel größere Mengen, und da habe es noch nie was gegeben, er sei friedlich und unauffällig hinterher ins Bett gegangen, das heißt, gefallen, berichtigt er augenzwinkernd, außerdem befolge er ja nur den Rat seines Arztes, der immer betont habe, daß es nichts Besseres gegen Streß gebe als Alkohol.

Plötzlich bricht er ab, starrt Lin wieder mit diesem seltsamen Blick an und sagt: Weißt du, seit ich in Hongkong bin, habe ich das Gefühl, als sei irgendwer hinter mir her!

Lin wird unbehaglich. Wer das denn sein sollte? fragt er Aram. Der zuckt nur die Achseln und richtet dann auf einmal seinen lauernden Blick auf Lin.

Vielleicht du?

Von den Ärzten vorgewarnt, redet Lin geduldig auf Aram ein. Aram könne denken, was er wolle, alles, was er, Lin, dazu sagen könne, sei, daß weder er noch irgend jemand in Hongkong einen Grund habe, ihm übelzuwollen. Ob es nicht an Aram selber läge? Es tue ihm ja so unendlich leid, daß er ihm soviel Unannehmlichkeiten bereitet habe ... Du mußt mir glauben, sagt er mit beschwörender Stimme, an jenem Abend gab es für mich keinen anderen Ausweg, als Hilfe zu holen. Es ging nicht nur um meine, sondern auch um deine eigene Sicherheit. Ich habe in der besten Absicht gehandelt und konnte nicht ahnen, was ich damit anrichtete. Wie sehr du mir auch mißtraust, ich bin glücklich, wenn ich dir helfen kann, und bereit, alles in meiner Macht Stehende für dich zu tun, einfach, weil du Ellas Mann bist. Du weißt doch, daß wir schon seit vielen Jahren korrespondieren. Sie hat mich immer auf dem laufenden über deine Erfolge gehalten, sie war so stolz auf dich ... Ich habe mich doch so auf euren Besuch gefreut!

Aram blickt Lin erstaunt an. Wenn Lin sein Freund sei, meint er mit unerwarteter Aufrichtigkeit, dann solle er ihm den Gefallen tun, Ella so wenig wie möglich zu beunruhigen, wenn er mit ihr telefonieren sollte. Vor allem solle er nichts erwähnen, was Ella veranlassen könnte, ihre Reisepläne zu ändern. Sie habe sich so auf Australien gefreut, habe sich alles mögliche dort vorgenommen und solle ganz unbeschwert und nach Herzenslust dort herumfahren können.

Der alleinstehende Chinese ist von solcher Liebe zutiefst gerührt. Er versichert dem Freund, alles zu tun, um dessen Frau zu schonen.

Den Heimweg tritt er von Selbstvorwürfen und Zweifeln gequält an. Hat er wirklich recht getan, die Ambulanz zu verständigen? Waren diese peinlichen und unangenehmen Folgen für Aram nicht vorauszusehen gewesen? Hat er damit tatsächlich noch Schlimmeres verhindert, oder hätte er vielleicht doch noch irgendwie Herr der Situation werden können? Diese Qualen, die der Arme erleiden mußte, nicht nur der körperliche Schmerz, auch die Erniedrigung! Wird Ella Lin das jemals verzeihen? …

Ein Kollege fällt ihm ein, der Krankenhauspsychologe ist. Ja, er ist der Gegebene, die Geschichte objektiv zu beurteilen! Lin kann ihn tatsächlich vom nächsten Telefonautomaten erreichen, ein Treffpunkt wird vereinbart.

Geduldig hört sich der Kollege Lins Geschichte an, stellt gezielte Fragen. Ja, auch er hätte nicht anders reagiert, meint er dann. Lin habe getan, was er konnte, und mit den Vorwürfen Arams würde Lin eben leben müssen. Auf jeden Fall solle er endlich aufhören, sich mit seinen Zweifeln zu peinigen. Aus Lins Schilderungen der Symptome sei jedenfalls zu entnehmen, daß es sich um eine Folge langjährigen Alkoholmißbrauchs handle, eine Zerstörung der Psyche, gegen die es kein Rezept gebe, und Lin solle sich nur ja davor hüten, seinen Freund nochmals bei sich aufzunehmen. Er sei ganz einfach unberechenbar.

Am gleichen Tag führt Lin noch ein Telefonat mit Arams Konsulat sowie mit einem Juristen über die Rechtslage, ob es sinnvoll sei, einen Anwalt mit dem Fall zu beauftragen oder ob man es doch auf einen Schuldspruch ankommen lassen solle, und, endlich, mit Ella.

Don't panic, beschwört er sie, nachdem er ihr mitgeteilt hat, daß ihr Mann nicht in Japan, sondern noch immer in

Hongkong sei, eine ähnliche Sache, wie das erste Mal. Du kannst dich auf mich verlassen, ich hole ihn schon wieder heraus …

Sie wirkt gefaßt, kann sich unter den gegebenen Umständen nicht vorstellen, weiterzureisen, ganz abgesehen davon, daß sie ja sowieso ohne Geld festsitzt.

Am nächsten Morgen blüht Aram geradezu auf, als ihm Lin von seinem Gespräch erzählt, vor allem, als er ihm Ellas angebliche Botschaft überbringt, wie sehr sie ihren Mann liebe. Doch als Lin wahrheitsgemäß berichtet, was sie noch gesagt habe, nämlich daß sie ihre Wüstenexpedition storniert habe, da wird er auf einmal ganz wild und ist für keinen Einwand mehr empfänglich. Demonstrativ wendet er sich an die Krankenschwester und den an seinem Bett diensttuenden Wachebeamten, um über den armen Lin herzuziehen, alles habe dieser Kerl dort verpatzt, so schauen Sie sich ihn nur an, diesen Idioten, und außerdem und überhaupt.

Da platzt dem sanftmütigen Chinesen endlich der Kragen. Er brüllt seinen Peiniger an: Aram, mir ist es bestimmt nicht besser gegangen als dir in diesen Tagen, wenn auch auf andere Weise. Ich war großem psychischen und moralischen Streß ausgesetzt und habe so gehandelt, wie es mir die Situation und mein Verantwortungsgefühl diktierten. Es bleibt mir nichts anderes übrig als dir die Worte deiner Frau auszurichten. Ihre Gedanken und Entscheidungen zu beeinflussen übersteigt meine Befugnis. Aber das geht offensichtlich nicht in deinen hohlen Schädel! Nichts geht da mehr hinein … Und wenn du mich weiterhin beleidigst, dann kannst du zusehen, wie du allein aus dem Schlamassel kommst!

Aram verlangt, dessenungeachtet, mit Ella zu telefonieren, jetzt, auf der Stelle. Und will nicht verstehen, daß Überseegespräche aus diesem Spital unmöglich sind. Dann eben von einem Telefonautomaten irgendwo! schreit er, ganz offensichtlich ignorierend, daß er unter Polizeiaufsicht steht.

Lin gibt vor, hungrig zu sein und im Spitalsbüffet etwas zu sich nehmen zu wollen. In Wirklichkeit macht er sich auf den Weg zum nächsten Postamt und gibt ein Telegramm nach Australien auf, Ella solle sofort das Spital in Hongkong anrufen. Ella ist zu diesem Zeitpunkt noch weiter weg, als es durch die geographische Distanz ohnehin schon der Fall ist. Sie hat endlich aufgehört, trübsinnig im Hotel herumzuhängen und einen Zug bestiegen, der sie ans Meer bringen soll. Wenigstens eine Zehe in den Indischen Ozean strecken, bevor das Schicksal wieder zuschlägt, hat sie sich gesagt. Was soll man denn sonst zu Hause von Australien erzählen? ... Sie ist in eben diesem Augenblick Zeuge der Verschiffung des blökenden weißen Goldes nach Übersee und wird erst am Abend diese Nachricht erhalten – früh genug, denn das Gespräch mit Aram, der so tut, als sei ja gar nichts passiert, und alles nur Lins Schuld, wird ja wieder alle Pläne zunichte machen.

Lin hat sich mittlerweile erneut ins Spital begeben. Ein Termin beim Psychiater ist angesetzt, und er wird gebeten, seine Version des Vorfalles zu geben, da der Patient die Darstellungen der Polizisten bestreite. Dann ist Aram an der Reihe. Als er nach einer geschlagenen Stunde herauskommt, ist er zwar gesprächig, aber er vermeidet jede Anspielung auf die Unterredung und teilt dem wartenden Freund mit, was ohnehin längst feststeht, nämlich, daß er umdisponiert habe, er werde doch nicht nach Japan, sondern direkt nach Sydney fliegen. Übergangslos kommt er auf „the night of the incident" zu sprechen, jene verhängnisvolle Nacht.

Ja, weißt du, gesteht er mit einem Augenzwinkern, ich habe die Tabletten, die Ella mir dagelassen hat, mit einem Glas Whiskey hinuntergespült. Aber schuld an dem Desaster ist nicht der Whiskey gewesen, sondern das, was sie mit mir damals gemacht haben, als ihr mich wegen meinem lächerlichen Ohnmachtsanfall hergebracht habt. Sie haben mir das Gehirn mit ihren Strahlen regelrecht in Scheiben geschnitten, seither hab ich das Gefühl, daß etwas nicht stimmt mit mir! Ich kann nicht schlafen, ständig höre ich Lieder im Kopf in lauter Sprachen, die ich nicht verstehe ...

Plötzlich packt er Lins Hand. Ich habe Angst, Lin! Bitte, verlaß mich nicht!

Aber du weißt doch, ich tue, was ich kann, beruhigt ihn Lin.

Da huscht ein unheimliches Lächeln über Arams Gesicht: Okay, wenn du uns das nächste Mal besuchst, dann bekommst du als Willkommensgruß Whiskey und Schlaftabletten verabreicht. Und als mein Gast darfst du auf alle losgehen, auf mich, Ella, die Kinder, du darfst schreien, herumschlagen, nur unsere Katze darfst du nicht anrühren! He, he ...

Am folgenden Tag, es ist ein Donnerstag, wird Aram entlassen. Die Formalitäten ziehen sich, bis der Patient und sein treuer Begleiter im Arrestantenwagen zur Polizeistation gebracht werden. Entgegen allen bisherigen Versicherungen stellt sich dort heraus, daß Aram bis zur Urteilsverkündung in polizeilichem Gewahrsam zu verbleiben hat. Wie lange das dauern würde? drängt Lin. Der Beamte zuckt nur mit den Achseln ...

Lin rotiert. Schaltet telefonisch Freunde und Bekannte ein, läßt seine Beziehungen spielen, um die Sache zu beschleunigen. Doch alles hängt von der Weisung der Stadtverwaltung ab.

In Anbetracht von Ellas Situation im fernen Australien sowie Arams Zustandes ist Eile geboten. Lin bietet sämtliche rhetorischen Künste und Tricks auf, um den Freund davon zu überzeugen, daß nur ein Schuldbekenntnis ihn in absehbarer Zeit in die Lage versetzen würde, Hongkong zu verlassen. Aram sträubt sich, behauptet stereotyp, nie und nimmer einem Menschen ein Haar gekrümmt zu haben und auch nicht krümmen zu können, vor allem, wenn es sich dabei um Polizisten handle. Lin redet ihm zu wie einem kranken Roß. Es ist ein verzweifeltes Hin und Her, doch erst, als Lin Ella ins Spiel bringt, was für Konsequenzen sein Arrest für sie haben könnte, zerschmilzt der Panzer seiner Sturheit, und er ist bereit, sich schuldig zu bekennen.

Zu guter Letzt muß der erst für die nächste Woche angesetzte Verhandlungstermin beschleunigt werden. Lins Freunde springen ein. Die Stadtverwaltung kommt dem Ausländer entgegen. Die Spitalsärzte erbringen ein zu seinen Gunsten frisiertes Gutachten. Lin pocht auf Arams Namen, seine Position, seine internationalen Beziehungen. Seinen labilen Gesundheitszustand. Den Klimawechsel. Die Trennung von seiner Frau. Die unglückselige Kombination von Alkohol und Tabletten ...

Tag der Verhandlung. Lin findet sich als einer der ersten „Kiebitze" im Gerichtssaal ein und setzt sich so, daß ihn Aram sehen kann, falls er eines moralischen Beistands bedarf. Als der Angeklagte vorgeführt wird, versucht er jedoch vergeblich, dessen Aufmerksamkeit auf sich zu lenken. Aram schenkt ihm keinen einzigen Blick.

Lin schwitzt Blut. Was wird Aram sagen? Doch seine Sorgen sind überflüssig. Aram macht seine Sache ausgezeichnet. Wie er es ihm eingeschärft hat, erklärt er sich für schuldig, behauptet, daß er sich an nichts erinnern könne, daß er trotzdem alle seitens der Polizei gegen ihn vorgebrachten Anschuldigungen anerkenne. Er habe selbst kaum glauben können, was er da verbrochen habe, daß er nämlich, trotz seines Respekts vor jeglicher polizeilichen Autorität, gewalttätig geworden sei. Er entschuldige sich hiemit in aller Form und mit aller gebotenen Ehrfurcht für sein Vergehen, das er unwissentlich und unter dem Einfluß der unglückseligen Droge Alkohol begangen habe ...

Der Richter verkündigte eine Vertagung auf den darauffolgenden Morgen.

Lin ist entsetzt. Das ist gegen die Absprache. Er läuft zum Telefon, um den Vizekonsul zu informieren. Der kann sich das auch nicht erklären. Lin verbringt eine weitere schlaflose Nacht.

Auch Ella schläft nicht. Sie fährt und fährt und fährt.

Anderntags erweist sich die Sache als Fehlalarm. Reine Formsache. Eine geringe Geldbuße und ein einjähriges Einreiseverbot nach Hongkong werden verfügt, dann darf Lin seinen Freund mitnehmen.

Mitnehmen wohin? Lin muß an die Warnungen seines Freundes denken. Sie einigen sich fürs erste auf einen Lunch in einem nahegelegenen Restaurant. Lin gratuliert Aram, meint scherzhaft, an ihm sei ein exzellenter Anwalt verlorengegangen. Aram nimmt das Kompliment gelassen entgegen und bemerkt, daß er sich gar nicht erinnern könne, was er überhaupt dahergeredet habe. Er scheint sich vollkommen in der Hand zu haben.

Nach dem Essen spazieren sie zum Büro der Japan Airlines, wo es um die Rückerstattung der Kosten für den stornierten Flug geht, besuchen den Vizekonsul im Büro, um ihm vom glücklichen Ausgang der unglückseligen Affäre zu berichten, rufen Ella in Australien an, bestellen in einem malaysischen Restaurant ein Dinner für den späteren Nachmittag und buchen – auf Arams ausdrücklichen Wunsch und zu Lins großer Erleichterung – ein Hotelzimmer.

Das Dinner verläuft dann auch in einer Atmosphäre der

Eintracht und Harmonie, und Aram tut, als ginge ein interessanter Urlaub zu Ende. Man plaudert, scherzt, philosophiert. Beim Abschied faßt sich Lin jedoch ein Herz und macht den Versuch, seinem Freund ein wenig ins Gewissen zu reden: Aram, wenn du deine Frau liebst, dann hör zu trinken auf!

Keine Angst, erwidert Aram lakonisch. Ich schau schon auf mich ...

Am nächsten Morgen empfängt Aram seinen Retter mit überschwenglicher Herzlichkeit. Die Vorfreude auf das baldige Wiedersehen mit seiner Frau ist ihm ins Gesicht geschrieben. Er besteht auf einem gemeinsamen Frühstück im Hotel, hört nicht auf, Lin zu bewirten und die Chinesen zu loben. Hinterher probiert er einmal mehr seine Kreditkarte aus. Der Geldautomat schweigt beinahe erwartungsgemäß. Doch statt eines Wutausbruchs nimmt es Aram mit einem Achselzucken zur Kenntnis und verschwendet keinen weiteren Gedanken darauf, daß auch sein letztes Bargeld zu Ende geht.

Plaudernd spazieren sie durch die Stadt, vorbei an überdimensionalen Hotel- und Bankportalen, aus denen der Eiswind des großen Geschäfts weht, in die luxuriösen Einkaufspassagen – unterirdische Städte aus Glas –, und landen schließlich in einem typischen chinesischen Einkaufsviertel. Aram möchte seiner Frau was Schönes aus Hongkong mitbringen. Von allen Seiten werden sie von Händlern bedrängt, Gold, Uhren, Videos, Anzüge nach Maß, bis Mitternacht ist alles fertig! ... Aram läßt sich nach langem Zögern ein billiges Kleid aufschwatzen, das Ella um drei Nummern zu klein ist.

Endlich bekäme er einen richtigen Eindruck von Hongkong, meint er, plötzlich ganz der versierte Kosmopolit, was für eine aufregende Stadt, und doch vergleichbar mit den vielen Metropolen, in denen er gewesen sei. Sogar das Trauma der vergangenen Tage kann er mit einem Scherz abtun: Auch wenn ich nicht viel von der Stadt gesehen habe, so bin ich doch um die außergewöhnliche Perspektive zu beneiden, aus der ich sie erlebt habe. Auf jeden Fall weiß ich jetzt, wie man auf die billigste Art die Welt bereist: Wo es schön ist und du bleiben möchtest, dort schlägst du ganz einfach wen nieder. Dann kriegst du dein Zimmer mit Frühstück gratis ...

Für den Nachmittag ist ein letzter Termin beim Spitalspsychiater angesetzt. Aram gibt sich locker, hinterher kann er allerdings seine Niedergeschlagenheit nicht verbergen. Vermutlich hat ihm der Arzt den Ernst der Situation vor Augen geführt und ihm nahegelegt, sich nach der Heimkehr in Behandlung zu begeben. Auf jeden Fall steckt er eilig ein versiegeltes Kuvert ein. In der Apotheke beim Ausgang wird er dann wieder ausfällig. Er will nicht einsehen, daß er sich genauso wie alle anderen anstellen soll. Lin mobilisiert die letzten Reste seiner Engelsgeduld und kann den Freund, der auf die verschriebenen Medikamente, diesen Dreck, der sowieso zu nichts gut ist, verzichten will, ein letztes Mal umstimmen.

Wieder das Zentrum, es kocht über vor Hitze und Menschen, trotz der späten Stunde. Der Anblick der vielen Rolls-Royce bringt Aram auf andere Gedanken. Sie kehren in einem Kaffeehaus ein, demselben, in das Lin vor wenigen Tagen Ella ausgeführt hat. Arams Laune bessert sich ganz offensichtlich, als er erfährt, daß es zufällig der Platz seiner Frau ist, auf dem er sitzt. Und irgendwie muß ihr Geist tatsächlich seine Hand im Spiel gehabt haben, denn als er anschließend beim Geldautomaten um die Ecke nochmals sein Glück versucht, spuckt der tatsächlich die eingetippte Summe aus.

Na, siehst du, ich hab's ja gewußt! sagt Aram stolz, und ahnt nicht, daß die verzweifelten Telefonate seiner in

Australien festsitzenden Frau mittlerweile im fernen Frankfurt erhört worden sind und die Sperre seines überzogenen Kontos aufgehoben worden ist.

Den Tag beschließen sie mit einem Ausflug auf den Victoria Peak. Zu Füßen ein Glitzern und Funkeln, als hätte jemand dort alle Kleinodien dieser Welt zusammengetragen. Das Smaragdblau der Swimmingpools auf den Dächern, irisierend der Widerschein von Reklamen und Fassaden im Hafenwasser, Orgien des Lichts die Türme von Banken und Büros, Hotels und Ministerien, Christbäume des dritten Jahrtausends ...

Da hat kein Stern im Himmel eine Chance, und verloren, wie ein auf einem Jahrmarkt entkommener Luftballon, schwebt der blasse Mond übers Südchinesische Meer und fällt weit unterhalb des Äquators in die dornige Umarmung eines Eukalyptusgestrüpps.

Terra Terribilis

Die Tage, die sich Leben nennen, die Jahre. Nichts weiter als ein Haufen loser Kalenderblätter. Doch dann liegt plötzlich ein Opal vor dir, blau wie der Sommer mitten im Herbst.

Komm, sagt Etwas, komm!

Ich kann nicht, sagst du. Du siehst doch ...

Ich sehe nichts, sagt Etwas und breitet den Teppich der Wünsche vor dir aus. Ich zeig dir, was dir fehlt!

Nicht, schreist du, ich will's nicht wissen! Und setzt deinen Fuß darauf, den andern auch.

So lange Verworfenes, es schlägt zurück.

Warte, morgen wird alles anders! ruft die Verzweiflung hinter dir her.

Du zögerst. Wartest. Einmal noch, ein letztes Mal. Aber nichts tut sich am Horizont der ewigen Versprechungen.

Da gehst du also fort.

Der Faltenwurf vertaner Zeit. Stummes, das spricht. Lahmes, das fliegt. Welkes, das blüht. Und das Zusammenlaufen deiner Ränder auf einen Punkt: Durstland der Sehnsucht.

Plötzlich saust dir was um die Ohren: schmutzige Wäsche, verschimmeltes Essen, offene Rechnungen, leere Flaschen, Bomben und Granaten. So ist es noch jedesmal gewesen. Du begegnest der Gewalt mit Diplomatie. Und schmückst dein Durstland mit Träumen.

Nun regnen Steine auf dich herab, funkelnd wie falsche Tränen. Viele kostbare Steine, aber keiner so herbstklar wie dein blauer. Du wirfst sie böse weg.

Da kommt das Letzte auf dich zu, das Allerletzte, ein ganz gemeines, giftiges Ding. Es frißt sich in dein Rabenherz und heißt Mitleid.

Mit anderen Worten, es wurde nie morgen.

Wenn Aram gefragt wird, wie denn die Reise gewesen sei, dann kommt er ins Schwärmen. Von schneeweißen Meeresstränden schwärmt er und Regenwäldern, von Orangenhainen und Geisterstädten, von Känguruhs, Kamelen und Krokodilen, Traumzeitlegenden und Buschabenteuern, Luxushotels, Tafelbergen, Steinzeitmenschen, Korallenriffen, Salzseen, Kirschblüte im Oktober und Bananen vor der Haustüre, und wer auch nur mit einem halben Ohr hinhört, der wird glauben, daß er nicht wenige Wochen, sondern viele Jahre fortgewesen sei.

Aber wehe, es will jemand was Genaueres wissen! Da verwickelt er sich plötzlich in Widersprüche, so daß man kaum klug aus seinen Antworten wird, weder was den Anlaß der Reise noch deren Verlauf betrifft. Einerseits ist da die Rede von einer beruflichen Verpflichtung, andererseits entsteht der Eindruck, als hätte er auf eigene Faust den australischen Kontinent erforscht. Ella schweigt meist dazu, und wenn sie was sagt, dann nur, um möglichst schnell das Thema zu wechseln. Denn die Leute sind ja nicht dumm und haben längst begriffen, daß da irgendwas nicht stimmt.

Genaugenommen sind alle Fragen ohnehin nur rhetorische Fragen – wer hört denn heute noch richtig zu, wenn einer was erzählen möchte? Jeder wartet doch nur auf einen Moment, in dem er einhaken und die Rede auf sich bringen kann. Außerdem gleichen sich die Fernreisen heutzutage ja wie die Kleider von der Stange, die man als originelle Einzelstücke angepriesen bekommt. Überall die gleichen Luxushotels, die wie am Schnürchen ablaufenden Besichtigungsprogramme, die obligatorischen Naturwunder. Da ist es wohl verständlich, wenn dem Pauschaltouristen hinterher die Phantasie durchgeht, nicht?

Die Phantasie ... Die geht in Arams Augen nur seiner Frau durch, wenn sie ihn an gewisse Dinge erinnert.

Das stimmt nicht, gibt er empört zurück, das ist alles ganz anders gewesen, ein kleines Mißgeschick, nicht der Rede wert, und nicht er hat ihr, sondern sie hat ihm die Reise vermasselt.

Diese Unterstellung macht Ella schlichtweg sprachlos, und sie könnte Aram vor Wut erwürgen. Sie schreit ihn an, sie ringt nach Worten, beschimpft ihn, aber alles prallt ab an seiner sturen Behauptung.

Gut, denkt sie sich, wenn du die Wahrheit nicht hören willst, dann gebe ich sie dir schriftlich! Nicht jetzt, nicht heute. Einmal werde ich dir alles unter die Nase reiben, meine Darstellung und die von Lin. Und was ist das? werde ich sagen. Da, bitte, lies! ...

Arams höhnisches Gelächter, sie hört es schon: Als ob deine Schreibereien was beweisen könnten! Du bringst doch immer alles durcheinander, weißt ja nicht einmal mehr, was gestern war, geschweige denn vorgestern! Und wen sollte sowas auch überzeugen? Mich jedenfalls nicht.

Ja, das hat sie sich selbst oft genug gefragt, so, wie sie sich zu fragen begonnen hat, ob sie sich nicht tatsächlich vieles nur einbildet. Und ihre stenographischen Momentaufnahmen nicht bloß Aufhänger für wilde Übertreibungen sind.

Mal sehen! Es ist alles nur eine Sache der richtigen Worte. Der Kraft der Erinnerung. Schreiben ist doch auch eine Form, die Welt ins Dasein zu singen, so wie die australischen Ureinwohner die Welt mit ihren Mythen ins Dasein singen. Die Macht des Geistes, des Denkens …

Denken? Womit, Ella, willst du denken?

Womit? Ja, womit eigentlich? Mein Kopf ist so schwer. Oder ist es das Herz? Du mußt mir einfach glauben!

Ein Stein denkt nicht, Ella, ein Stein fühlt nicht, Ella, vergiß das nicht!

Ein Stein, der nicht vergißt? Ein Stein, der schmerzt? Da stimmt doch was nicht …

Wie recht er eigentlich hat! Irgendwas stimmt nicht. Ein Land, das du bereist hast, fremde rote Erde, die dir die Fußsohlen versengte – nichts als ein blinder Fleck auf der Landkarte. Und die Müdigkeit? Und die Fotos? Und was passiert ist? Lin – er ist mein Zeuge!

Du und dein Lin, ihr steckt beide unter einer Decke. Ich hab es geahnt. Ja, das hab ich, als du mir diese Reise einredetest.

Ich? Du wolltest doch …

Ich doch nicht. Du hast darauf bestanden!

Ich? Wirklich ich?

Ella holt den Globus vom Kasten herunter. Da oben ist Hongkong, sagt sie laut, als müßte sie einen Text memorieren. Und da unten ist Australien, dieser Gulag … Wo hat deine Deportation eigentlich begonnen? In Europa? In Asien? Oder erst in dem Augenblick, als du in dieser Ecke aus dem Flugzeug krochst? Dein Zuchthaus, wie hieß es doch? Hotel Plaza, ach ja, das Luxushotel, die Seele in Ketten. Wie ein britischer Sträfling damals. Wer seine Strafe abgebüßt hatte, wurde als freier Siedler entlassen. Er bekam ein Stück Land und das Notwendigste, das er zu seiner Bearbeitung brauchte. Der Verbrecher wurde zum Einsiedler, die Wüste läuterte ihn – dich … Kaum warst du frei, hast du mit der Landnahme begonnen, schnurstracks bist du von Küste zu Küste gezogen, vom Indischen an den

Pazifischen Ozean. Hier! ... Sie läßt den Finger in Sydney niedergehen. Und Aram ist auch gerade rechtzeitig dort gewesen, um dich in Empfang zu nehmen. Doch was als Endstation gedacht war, erwies sich als viel zu kurzer Zwischenstopp. Eine kleine Verschnaufpause, und weiter ging es, weiter ...

Der Finger wandert erst den grünen Küstenstreifen hoch und dann ins braune Landesinnere. Er bleibt in der Mitte des Kontinents hängen. Ein Kreis, der sich nicht schließen will.

Was für ein Kreis eigentlich? Außer einer chinesischen Klammer ist da nichts. Eisern legt sie sich ums Dazwischen. Die Terra incognita australis. Das Asphaltband, das endlose. Dein Kamel ein moderner Überlandbus. Land hinter Glas. Abenteuer vollklimatisiert. Der asiatische Drache, bevor er wieder zuschlug ...

So ist das also. Ist es wirklich so? fragt sie sich in den schlaflosen Nächten und beschwichtigt Tag für Tag den Schmerzklumpen in ihrem Leib: Ruhe da drin!

Doch das Herz ist taub und gibt sich nicht mit halben Sachen zufrieden: Du mußt etwas tun! schreit es. Tu etwas!

Tu endlich was! ...

Tun, ja, aber was? Die Ärzte, die sie ins Vertrauen zieht, wissen ebensowenig Rat. Auch sie sprechen von akuten Entzugserscheinungen, um die es sich wahrscheinlich gehandelt hat, und davon, daß dieser Mann unverzüglich behandelt gehört, anderenfalls ...

Anderenfalls?

... ist mit einer Wiederholung, wenn nicht Schlimmerem zu rechnen ...

Noch Schlimmeres? Was könnte noch schlimmer sein? Und wie bringe ich ihn dazu, daß er sich behandeln läßt? Er läßt nicht mit sich reden!

Aber irgendeinen Freund, eine Bezugsperson wird es doch geben, die mit ihm spricht!

Das ist es eben, er hat alle Leute vergrault. Ich bin ihm alles: seine Frau, seine Freunde, seine Heimat. Es ist nicht auszuhalten!

Die Ärzte schauen ein bißchen komisch und entlassen sie mit unverbindlichen Ratschlägen.

So beißt sie weiterhin auf Granit, versucht Aram zur Einsicht zu bewegen, redet von verständlichen Reaktionen, von einer Krankheit, mit der er nicht allein fertig würde, macht Versprechungen. Er wiederholt stereotyp seine Version von Muskelkrampf und Verschwörung und fährt fort, seine Flaschen zu verstecken, einmal da, einmal dort. Wenn sie von Scheidung spricht, lacht er nur höhnisch oder droht, sie umzubringen und die Wohnung anzuzünden. Das ist der Punkt, an dem sie kapituliert.

Seit sie von Lin Einzelheiten weiß, ist sie auf der Hut. Die heimlichen Telefonate mittlerweile, sie hat ihn bedrängt, ihr die Wahrheit zu sagen, was nach ihrer Abreise in Hongkong passiert sei. An die Adresse einer Freundin hat er schließlich einen langen Brief geschickt.

Ich hatte die größten Skrupel, dir das alles zu sagen, so endete dieser Brief. Und nach wie vor frage ich mich, ob es richtig war, dich hinter Arams Rücken zu informieren. Vielleicht hätte ich das damals alles vertuschen sollen, so, wie es dein Mann von mir verlangte. Vielleicht wärt ihr heute noch so glücklich, wie ihr vor der Reise wart, und es wäre mir erspart geblieben, nun in dieser vielleicht schon wieder verheilten Wunde zu wühlen.

Wäre, hätte ... und von welchem Glück er wohl spricht?

Dieser Augenzeugenbericht, er ist das einzige Dokument, aus dem schwarz auf weiß hervorgeht, was mit Aram los ist. Die einzige Garantie dafür, daß das, was sie weiß, auch wirklich geschehen ist.

Aber wenn Ella geglaubt hat, ihr Mann sei durch seine peinlichen und gewiß nicht angenehmen Erfahrungen mit dem fernöstlichen Gesundheitswesen geläutert, so hat sie sich gehörig geirrt. Er säuft, als sei nichts geschehen, und so bleibt ihr nichts anderes übrig, als ebenfalls so zu tun, als sei nichts geschehen.

Die Scheidung, die sie gleich nach der Rückkehr beantragt hat, zieht sie zurück, noch ehe der Rechtsanwalt das Schreiben abschicken kann. Zwar liegt es weiterhin auf Abruf bereit, aber vorläufig scheut sie vor diesem radikalen Schritt zurück. Nicht nur wegen der Drohungen, sondern auch deshalb, weil sie genau weiß: Dieser Mann ist nicht lebensfähig ohne seine Frau, und eine Verzweiflungstat, wenn sie ihn verließe, nicht auszuschließen. Mit dieser Schuld würde sie nicht leben können.

So läßt sie sich weiterhin durch die Mangel seines gestörten Geistes ziehen. Und wenn sie ehrlich ist, dann stimmt eigentlich vieles, was er ihr vorwirft. Beim geringsten Anlaß verliert sie die Nerven, läßt sich gehen, hüllt sich oft tagelang in finsteres Schweigen und schimpft genauso grundlos mit den Kindern wie er. In bockige fremde Wesen haben die sich verwandelt, lassen kaum mehr mit sich reden, drohen mit dem Davonlaufen, und wenn sie zu Hause sind, dann sperren sie sich in ihren Zimmern ein oder toben, wenn sie einmal vom Vater und dann wieder von der Mutter bedrängt werden, Partei für sie zu ergreifen.

Laßt uns in Ruhe mit eurem Theater! schreien sie. Sie wissen ja auch nicht mehr, wem sie glauben sollen.

Immer öfter die Vorstellung, in die Fänge eines Vampirs geraten zu sein, der sich vollsaugt mit ihren Lebenssäften, und nicht nur mit den ihren. Die ganze Familie scheint sich in seiner tödlichen Umklammerung zu befinden, aus der es keinen anderen Ausweg gebe, als ...

Aufhören! Aufhören!

Die Spirale der Vergeblichkeit dreht sich weiter und weiter, und es geht die Zeit hin, geht das Leben auf eine skurrile Weise hin und wird immer mehr zu einem verbissenen Gerangel, bei dem mit Sicherheit einer auf der Strecke bleiben wird.

Wenn Aram nicht schnarchend seinen Rausch ausschläft, dann geistert er mit verquollenem, unrasiertem Gesicht und zerrauftem Haar durch die Wohnung, meist im Schlafrock, nicht selten auch bloß in der Unterhose, nur, um in einem Zimmer, das Ella für einen Augenblick verlassen hat, das Licht abzudrehen, oder mit donnernder Stimme eine angeblich zu heiße Herdplatte zu beanstanden. Ellas Argument, daß sie doch nicht überall gleichzeitig sein könne, am Computer und in der Küche, er überhört es und regt sich statt dessen über den im Wohnzimmer herumstehenden Staubsauger auf, über den er schon wieder gestolpert sei. Seit Tagen ignoriert er Ellas stumme Aufforderung und sitzt lieber mit trüben Augen vor dem Fernseher, als sich wenigstens hin und wieder nützlich zu machen. Er nimmt ihre freiberufliche Mitarbeit in einer Redaktion einfach nicht zur Kenntnis und besteht weiterhin hartnäckig auf ihren Hausfrauenpflichten. Staub und Katzenhaare schweben in grauen Schleiern übers Parkett, aber erst, wenn sie sich zu unübersehbaren Knäueln verdichtet haben, fühlt er sich bemüßigt, einzuschreiten, im wahrsten Sinne des Wortes. Mit dem Fuß fährt er die Leisten von Wänden und Schränken entlang, schiebt sie zusammen und hält seiner Frau die filzigen Dinger vorwurfsvoll unter die Nase.

Das ist der Moment, in dem ihr der Kragen platzt. Sie schmeißt alles hin, beginnt wild zu saugen. Sessel fallen um, krachend fährt der Staubsauger durch die Gegend. Aram hat sich, wie immer in diesen Momenten, an den Eßzimmertisch geflüchtet und stiert nun mit leerem

Blick auf das Schachbrett zwischen seinen ausgebreiteten Papieren. Brutal schlägt sie ihm mit der Bürste gegen die Knöchel.

Mußt du ausgerechnet jetzt saugen? brüllt er.

Ella antwortet nicht. Wenn sie es tut, dann wird ein Wort das andere ergeben, und nicht nur einer dieser Skandale in Szene gehen, auf den die Nachbarn bloß lauern, sondern sie wird so aus der Fassung geraten, daß sie keinen zusammenhängenden Satz mehr aufs Papier bringt.

Schon wieder provozierst du mich! schreit Aram. Wochenlang läßt du alles verkommen, und ausgerechnet dann, wenn ich arbeite, stellst du die Wohnung auf den Kopf!

Damit ist also wieder der Punkt erreicht, an dem es kein Zurück mehr gibt – es fallen die üblichen Kosewörter wie Rabenvieh und niederträchtiges Weibsstück, auf die ihr auch nichts Besseres einfällt, als versoffener Tyrannosaurus, Aram heult auf wie eine kaputte Sirene und boxt sie aus der Wohnung. Knallend fällt die Tür hinter ihr ins Schloß, um sich erwartungsgemäß nach ein paar Sekunden zu öffnen.

Ich hab's nicht so gemeint, ich bitte dich, komm zurück, ich flehe dich an, ich liebe dich doch, so versteh doch …

Ja, wenn es ihr gelingt, auf ihren Mann einzugehen, ihn ernstzunehmen, seinen Zustand zu ignorieren, vor allem aber ihm zu Willen zu sein, wann immer ihm danach ist, dann kann er der liebenswürdigste, fröhlichste, ja der normalste Mensch sein, der ihr nicht nur sein Herz zu Füßen legt, sondern sogar ihre von ihm so geschmähten Gedichte lobt.

Aber gelingt ihr das überhaupt noch? Aram konsumiert sie mit der gleichen Gier, mit der er sein hochprozentiges Zeug konsumiert, nur um für kurze Zeit sein quälendes Unbehagen zu betäuben, während sie sich mit der gleichen

Todesverachtung ins Unvermeidliche fügt, mit der man eine bittere Medizin hinunterschluckt, von der man sich eine vorübergehende Linderung seiner Schmerzen verspricht. Gerät ihr nicht längst jedes Lächeln zur Grimasse, jedes Wort zu einer Lüge?

Nichts als Fragen, als Selbstzweifel, Gewissensbisse. Und mit Schrecken muß sie mitansehen, wie sich der nach außen gerichtete Haß nach innen, gegen ihre eigene Person zu kehren beginnt.

Wer das Handeln erst, das Sprechen dann aufgibt, lebt nur mehr auf seinem Territorium. Dieses besteht aus dem Wahrnehmen und aus dem Erinnern. Gibt er auch diese Gebiete noch preis, so löst er sich auf. Man sagt von einem solchen, der ist krank. Aber die Krankheit datiert von früher ...

Ein Zitat, irgendwo gelesen. Es könnte bedeuten, daß Aram nicht der einzige seiner Art auf der Welt ist. Oder ist am Ende Ella damit gemeint? Sie dreht und wendet die Sätze, aber es ändert nichts an diesem unheimlichen Gefühl des eigenen Abdriftens. Das Erinnern, immer wieder dieses!

Eine Reise, die keine war. Ein Paradies, das keines ist. Die Tyrannei der Ferne, heute wie damals. Nur anders. Schlimmer. Ein Kontinent, rätselhaft wie das eigene Leben. Unwirtliche Fremde als extremste Konsequenz eines Irrtums, eines falschen ersten Schritts. Verdorren des Gefühls. Versanden der Sehnsucht wie die Flüsse, die nie das Meer erreichen. Steinwerden glühender Hoffnung. Erosion ererbten Wissens. Träume wie ein flüchtiger Hauch durch die Dünen. Und schreibend über die Gesetze der Ausweglosigkeit sich erheben.

Du bist hier, zu Hause. Die asiatische Klammer. Dem Ungeheuer ins Auge sehen. Es hat doch alles seine natürliche Erklärung. Erst Australien mußte dir widerfahren, damit du endlich begreifst: Dein Mann ist krank. Und seine Krankheit ist deine Krankheit – solange er dein Mann ist. Ach, es gibt Schlimmeres auf der Welt. Die Kriege, das Flüchtlingselend dieser Tage. Du aber hast ein Dach über dem Kopf und dieses Wissen in dir: Wenn du dich nicht zu einer Trennung entschließen kannst, dann mußt du mit dieser Krankheit leben. Für deinen Mann handeln. Gegen jede Logik.

Warten, daß was passiert. Hoffen, daß doch nichts passiert. Der Wettlauf mit der eigenen Geduld. Beobachten: den verlorenen Blick, die unkontrollierten Bewegungen, das Wechselspiel von Lethargie und Aggressivität. Ignorieren: das Mißtrauen, die Gefahr, den Dämon. Akzeptieren: den Überwachungsstaat im eigenen Haus. Wegstecken: die Angst. Und brav über den eigenen Schatten springen.

Das ist doch normal, daß wir uns streiten, sagt Aram immer. In welcher Ehe kommt das nicht vor?

Vielleicht hat er recht. Vielleicht liebst du deinen Peiniger nicht richtig.

Als der Mensch, der die Kraft der Gedanken Baiames war, über die Erde ging, überkam ihn eine große Einsamkeit. Seltsame Gefühle, verborgene Sehnsüchte erwachten. Er entbehrte eines Gefährten, mit dem er die Wunder der Welt teilen konnte, aber nirgends konnte er einen solchen finden. Er ging zum Känguruh und zum Wombat, zur Schlange und zur Eidechse, zum Vogel und zum fliegenden Hund, zum Krebs und zum Aal, zum Käfer und zum Erdwurm, aber alles umsonst. Er fühlte sich ihnen verwandt, denn sie waren Baiames Geschöpfe wie er, und doch genügten sie ihm nicht, da sie nur einen kleinen Teil von dessen Geist besaßen.

Er wandte sich den Bäumen zu, den Gräsern, den Blumen. Ihre Schönheit berauschte ihn, aber sie sprachen nur zu seinen Sinnen, denn Baiames ewiger Geist hatte sie nicht berührt. Die flammende Pracht der Waratahblume, der Goldregen der Akazienblüten, die duftenden Blätter, die weißschimmernde Rinde der Eukalyptusbäume betörten ihn, tief sog er ihren köstlichen Atem ein, aber auch dies brachte ihm keinen Trost.

Eines Abends übermannte ihn der Schlaf am Fuße eines Grasbaumes. Die ganze Nacht über hatte er seltsame Träume, die ihm die Erfüllung seiner Sehnsüchte verhießen. Als er erwachte, sandte Yhi eben ihre Strahlen über das Land aus, doch es schien ihm, als sammelten sie sich auf dem Wuschelkopf seines Grasbaumes. Er war so in diesen Anblick versunken, daß er gar nicht dessen Veränderung wahrnahm. Plötzlich vernahm er schweres Atmen. Er blickte sich um und sah, daß sich alle Tiere, alle Kreaturen Baiames in der Ebene versammelt hatten. In der Luft lag ein Gefühl der Erwartung.

Er richtete seinen Blick erneut auf den Baum. Auf einmal kam Leben in ihn. Der Blütenstand wurde kürzer und runder, der Stamm verformte sich, und mit Staunen wurde der Mensch gewahr, daß sich der Baum in ein Wesen seinesgleichen verwandelte. Und doch war es von anderer Gestalt.

Als es auf ihn zutrat, da begannen die Tiere auf einmal vor Entzücken zu hüpfen und zu tanzen, denn sie wußten, daß die Einsamkeit des Menschen zu Ende war.

Die Einsamkeit war zu Ende. Aber damit begann die Pflicht und der Dienst des Menschen. Das Weib lernte allmählich, was Leben und der Bund mit ihrem Manne bedeutete, und der Mann ging für sie auf die Jagd. Er sorgte für einen Unterschlupf. Er umgab sie mit Liebe und Zärtlichkeit, welches die Früchte des Geistes sind. Er nannte ihr die Namen der Tiere und Pflanzen, lehrte sie, Spuren zu lesen und Nahrung zu sammeln. Sie aber lernte ihn zu lieben, für ihn zu arbeiten und wurde jener Teil von ihm, den er bisher so schmerzlich vermißt hatte.

Versöhne dich, Ella, mit dem Irrsinn, dem Dreck, mit deinem Mann. Reiß dich zusammen. Wo du hinschaust, wird gesoffen, herrscht die Diktatur der Säufer. Aber wer spricht schon darüber? Nur der Zufall öffnet die Augen, löst die Zungen. Im Wartezimmer des Arztes zum Beispiel. Bei einem Treffen alter Schulfreundinnen zum Beispiel. Bei einem offenen Gespräch mit der Nachbarin zum Beispiel. Und überrascht stellst du fest, wie viele närrische Kämpfe gegen solche Windmühlen ausgetragen werden. Und trotzdem alles nach demselben Schema abläuft: dem Schema des Irrationalen, des scheinbar Normalen. Es bestimmt das tägliche Leben und wird letzten Endes mit der gleichen Ergebenheit hingenommen wie von anderen Ehefrauen das Putzen und das Hemdenbügeln.

Und kein Berufsstand, keine Gesellschaftsschicht, in der die Sucht nicht ihre bereitwilligen Opfer fände. Wie heißt es doch in einem australischen Sträflingslied? In Eisen hängt mich, schießt mich krumm. Tut alles, was ihr wollt, nur gebt mir Rum! ...

Die Tragödie ist eine Groteske. Die Groteske eine Tragödie. Aller Verstand ersoffen im Alkohol.

Regelmäßig hervorgeholt und wieder verworfen – der Gedanke an Scheidung. Aber diesmal wird eiskalt geplant. Das bedeutet vorerst Durchhalten, nur noch die paar Wochen, bis Nine die Mandeln heraußen hat und solange Ella Arams Krankenversicherung in Anspruch nehmen kann. Überhaupt müssen noch verschiedene Dinge geregelt werden. Aber nach der Operation wird reiner Tisch gemacht! Alles ist eingeleitet, der Termin mit dem Kind abgesprochen, Aram wird erst im letzten Moment vor vollendete Tatsachen gestellt werden. Er ist ja prinzipiell gegen eine

Operation, ohne sich auf irgendwelche Argumente einzulassen, so wie er prinzipiell gegen jede Veränderung ist, jede Aktion, die sein Nichtstun bedroht und ihm eine Entscheidung abverlangt. Da schiebt er lieber die ungelösten Probleme ewig vor sich her und wettert nur, wenn Nine wieder ihre Angina bekommt, daß das Kind zu dumm sei, um auf sich aufzupassen.

Das Risiko also allein tragen. Und es kommt, wie es kommen muß – erst das Gebrüll, weil Ella die Operation über seinen Kopf hinweg angeordnet hat, dann der Vorwurf, weil die Blutungen nicht zum Stillstand kommen, sie, die eigene Mutter sei schuld, er hat es ja gewußt, da hast du es, jetzt haben sie uns das Kind vermurkst!

Sie möchte schreien, davonrennen. Aber ihr Kind liegt im Krankenhaus und wartet auf die Mutter. Also hinunterschlucken die Wut und so tun, als hätte man alles im Griff.

Ja, wir warten auf dich, tröstet sie das Kind, und wenn du wieder gesund bist, dann darfst du in den Tanzkurs gehen, den dir dein Vater verboten hat, ich werde dafür sorgen, daß er es erlaubt ...

Beim Frühstück schneidet sie vorsichtig das Thema Tanzkurs an. Aram will davon nichts wissen. Plötzlich steigt was in ihr hoch, heiß und würgend. Was hast du schon wieder? brüllt Aram. Mußt du mir immer den Urlaub vermiesen?

Du willst mich doch nur aus dem Haus ekeln mit deinem Theater! ... Wortlos springt sie auf, fährt mit dem Lift in den Keller, weiß selbst nicht, was sie dort will, fort, irgendwohin, bevor etwas passiert.

Da ist ihr auch schon Aram auf den Fersen: Hör auf mit dem Theater! Komm sofort zurück! Das machst du ja nur, um mich zu ärgern! ... Er zieht sie an den Haaren in den Lift. Wild schlägt sie um sich, Aram versucht sie zu beruhigen.

Heulen verboten! Alles verboten! Nicht einmal im Keller kannst du mich in Ruhe lassen! tobt Ella. Ich hasse dich! Oh, wie ich dich hasse!

Sie drückt auf „Stop", der Lift bleibt zwischen zwei Stockwerken stehen. Aram löst den Schalter, der Lift fährt weiter. Ein verbissener Boxkampf um den Knopf ist die Folge, unten oder oben hämmert jemand wild gegen die Lifttür und schreit, was denn da drinnen los sei, schon wieder demolierten irgendwelche Lausbuben den Lift, Schweinerei!, aber Aram und Ella scheren sich nicht darum, ruckweise bewegen sie sich mit der Kabine in die Höhe, und bis in den zehnten Stock ist nicht nur der Anlaß des Geraufes vergessen, sondern den Kampfhähnen auch die Luft ausgegangen.

Kein Tag ohne groteske Szene, keine Szene ohne die vernichtende Schlagkraft absurder Behauptungen.

Wo ist der rote Topf hin? ... Den habe ich weggeworfen, er war von deinem letzten Gulasch so verschmort ... Lüg nicht, ich habe schon wochenlang kein Gulasch mehr gekocht ... Eben, es ist Wochen her, daß ich ihn wegwarf ... Du lügst, ich habe den Topf gestern noch gesehen. Du hast ihn verkohlt, nicht ich, und du bist zu feig, die Wahrheit zu gestehen ... Laß mich in Ruhe mit deinem verdammten Topf, er interessiert mich einen Dreck! Hast du denn keine anderen Sorgen mehr, als Töpfe zu zählen? ... Wenn du dich nicht um den Haushalt scherst, muß ich es eben machen ...

Plötzlich seine Hände an ihrer Kehle, fester und fester schnüren sie sich um den Hals, der Atem bleibt weg, Arams Keuchen: Mach das nie wieder! Nie wieder! ... Es dauert nicht lange. Das Schwarze vor den Augen aber bleibt.

Ella rennt zum Rechtsanwalt, obwohl noch nichts geregelt ist, weder die Versicherungs- noch die Wohnungsfrage.

Der: Scheidung gefällig? Bitte sehr ... Datiert die deponierte Klage um. Verspricht, den Brief dann loszulassen, wenn die familiäre Situation es erlaube. Anruf genügt, alles kein Problem.

Nine ist aus dem Spital, es kann sich also nur mehr um Tage handeln. Und dann? Wo wird wer wohnen? Werden Ellas Honorare überhaupt zum Leben reichen? Wie bringt man dem rabiaten Ehemann bei, daß er künftig niemanden mehr um sich haben wird, an dem er seine Aggressionen auslassen kann? Wird er gleich losschlagen oder erst, wenn er begriffen hat, daß es diesmal ernst ist? ... Ein Ende mit Schrecken ist immer noch besser als ein Schrecken ohne Ende, sagt man. Daran, nur daran darf sie jetzt denken. Auf jeden Fall muß ein günstiger Zeitpunkt abgewartet werden, wenn Aram überhaupt ansprechbar ist. Nach einem Fußballtraining etwa, da fehlt ihm die Energie zum Toben, oder, naja, wenn sein Ella-Hunger wieder einmal gestillt ist ... Aber sollte sie ihm nicht noch eine letzte Chance geben, so manche verkorkste Beziehung ist im letzten Moment noch eingerenkt worden ... Es steht doch soviel auf dem Spiel! Wenn man nur die richtigen Worte füreinander fände!

Die Morgen sind die Zeit der zaghaften Hoffnung. Da ist Aram nüchtern, der Blick noch ungetrübt. Brüchig die Kruste, hinter der er seine ausgebrannte Seele verwahrt. Aber wie fängt man an? Ein falsches Wort, und alles ist wieder beim alten.

Stumm schlürft Ella ihren Kaffee, während Aram die Schlagzeilen der Morgenzeitung kommentiert, sie dann seufzend zusammenfaltet und sich erhebt. Sie bleibt sitzen, abwartend, daß er eventuell daran Anstoß nehme und sie die Rede auf seine gestrige Entgleisung bringen kann. Er scheint es nicht zu bemerken, eilt geschäftig hin und her, geht einkaufen, kommt zurück, geht wieder weg. Ella hockt immer noch da, bis es ihr zu dumm wird. Siehst du nicht, daß ich warte? quetscht sie durch die Zähne.

So, sagt er, worauf wartest du denn? ... Auf deine Antwort .... Anwort worauf? ... Auf mein Ultimatum von gestern ... Gestern? ... Ja, gestern. Ich habe dich vor die Entscheidung gestellt: ich oder der Alkohol ...

Und wieder dieselbe Leier: Er tränke ja gar nicht, das bißchen Wein sei doch lächerlich, die Wodkaflaschen der letzten Zeit hätte sie ihm ja alle weggenommen, weil sie es sei, die saufe, jawohl, Ella sei die Säuferin, nicht er, ein Scheusal, das ihm alles in die Schuhe schiebe, mir reicht's, ich hab die Nase voll!

Warum laßt du dich nicht endlich scheiden von mir?

Aber so begreif doch, du dumme Gans, daß ich dich liebe!

Wenn du mich liebst, dann laß uns endlich vernünftig miteinander reden!

Es gibt nichts zu reden!

Dann lasse ich mich scheiden.

Wenn du dich scheiden läßt, bringe ich mich um! Ja, umbringen werde ich mich!

Er hat sich so in Rage geredet, daß er nicht mehr weiß, was er sagt oder tut. Er reißt den Autoschlüssel vom Schlüsselbrett, und mit der Ankündigung sich umzubringen, ja, mit zweihundert Stundenkilometern werde er jetzt gleich gegen den nächsten Baum rasen, haut er die Tür hinter sich zu.

Die Drohung wirkt wie immer. Ella stürzt ihm nach, aber der Lift ist bereits weg.

Was tun? Sie ruft den Anwalt an, erzählt ihm atemlos, was vorgefallen sei. Der beruhigt sie, nach allem, was er bisher gehört habe, sei die Drohung nicht ernstzunehmen, aber wenn sie meine, dann setze er die Scheidungsklage wieder einmal auf unbestimmte Zeit aus.

Kaum hat Ella aufgelegt, geht die Tür: Aram!

Ich hab das Auto nicht gefunden, stöhnt er zerknirscht. Ich dachte, ich hätte es gestern in die Garage gestellt, aber da war es nicht. Ich versteh das alles nicht ...

Ohne ein weiteres Wort geht er an ihr vorbei und wirft sich ins Bett, um auf der Stelle in einen totenähnlichen Schlaf zu verfallen.

Weiterwursteln also. Seit neuestem ist Aram schon am frühen Morgen total zu. Rutscht auf den Knien vor seine Frau hin, umarmt sie, küßt sie, aber statt seine Zärtlichkeit zu erwidern, tritt sie ihn mit den Füßen.

Du bist mir im Weg! schreit sie. Siehst du nicht, daß ich zu tun habe?

Nein, er sieht es nicht, wie denn auch in seinem Nebelreich.

Und genausowenig begreift Ella, wie unerreichbar er dort ist. Brüllt sich bloß die Kehle heiser. Boxt sich die Fäuste wund. Verschleudert sich, verheddert sich.

Eigentlich wollte sie in die Bibliothek, eigentlich sollte sie mit Alis zum Arzt, eigentlich wollte sie selber, außerdem ist ihr Beitrag für die nächste Ausgabe fällig, Aram, könntest du nicht ... Keine Zeit, muß noch eine Partie analysieren, außerdem muß ich mich entspannen, ja und überhaupt ... Er sagt es mit einem so wahnsinnigen Ausdruck im Gesicht, daß Ella augenblicklich verstummt, alles liegen und stehen läßt und sich auf den Weg macht ...

Sie läuft zu einem Spezialisten, wieder einmal. Gegen diese Krankheit ist kein Kraut gewachsen, sagt der, wieder einmal. Sie ist weder mit Drohungen noch Beschwörungen oder Hoffnungen zu heilen. Lassen Sie ihn fallen, absacken, allein mit sich fertig werden, bis er begreift, daß er Hilfe braucht ... Sie haben offensichtlich keine Ahnung von den Strategien eines Alkoholikers. Er manipuliert Sie, Ihre Angst, Ihre Kompromißbereitschaft. Er macht Sie zur

Sklavin seiner Sucht. Wenn Sie das nicht durchschauen und Ihr Verhalten nicht ändern, haben Sie keine Chance. Ihr Mann muß von sich aus zu mir kommen, alles andere ist Einschränkung seiner persönlichen Freiheit.

Da wird die Sklavin auf einmal zur Furie.

Und was ist mit meiner Freiheit? fährt sie den Spezialisten an, daß der erstaunt die Brille abnimmt. Heiße Flecken machen sich auf ihren Wangen breit. Und mit meinen Kindern, die er zu seelischen Krüppeln macht? Und mit meiner Gesundheit? Ich kann nicht schlafen, ich kann nicht essen, mein Herz ...

Ich weiß, ich weiß, sagt der Spezialist, lehnt sich müde in seinen Lederfauteuil zurück. Aber das Gesetz verbietet jede Art von Zwangsbehandlung. Es sei denn, es passiert etwas, das das Einschreiten der Polizei erforderlich macht. Und was Ihre Beschwerden angeht, so kann ich Ihnen versichern, daß Sie organisch völlig gesund sind. Nichts weiter als eine Herzneurose.

Polizei, nur das nicht! stöhnt Ella, den Horror von Hongkong vor Augen.

Oder ... sagt der Spezialist und macht eine bedeutungsschwere Pause, die sie aufhorchen läßt.

Es gibt da so Tropfen zur Entwöhnung, was ganz Neues, geschmacklos, geruchlos. Probieren Sie das mal. Aber verraten Sie mich nicht. Und vorsichtig dosieren, hören Sie!

Gift! Genau das ist es!

Ella, der mordende Racheengel, das heimtückische Monster! Aram läßt sie, als ahnte er, keinen Augenblick unbeaufsichtigt, hat seine Nase überall drin. Und wenn es ihr einmal gelingt, seinen Salat oder sein Bier zu präparieren, dann steht sie Todesängste aus, ohne daß ein Anzeichen einer Übelkeit bei ihm festzustellen wäre. Schlecht wird höchstens ihr selber, wenn sie in der Aufregung die Schüsseln verwechselt, oder Aram ihr demonstrativ das ihm zugedachte Giftmenü anträgt ... Aber warte!

Dennoch gäbe es diese Ansätze zur Selbsterkenntnis, von der der Spezialist gesprochen hat: Hat sie Aram nicht dabei ertappt, wie er während einer seiner infernalischen Kochorgien die Wodkaflasche aus seinem Depot hinter dem Altpapierstoß fischte? Statt sie an die Lippen zu setzen, hat er sie ihr mit einer geradezu rührenden Geste gereicht. Da, nimm sie! sagte er, das Flehen in seiner Stimme war nicht zu überhören. Doch statt hier einzuhaken, dieses Eingeständnis, diesen Hilferuf aufzugreifen und es noch einmal zu probieren, ihm gut zuzureden, hat sie sie ihm wortlos aus der Hand genommen und mechanisch in ihrem eigenen Depot der eingezogenen Flaschen verwahrt. Ihre Geduld ist am Ende.

Hat das überhaupt noch was mit Geduld zu tun? Ist es nicht so, daß seine Einsicht Ella vor das Problem stellen würde, sich zu ihrem Mann zu bekennen, voll und ganz? Ein Problem, so unlösbar wie die Errechnung der möglichen Schachzüge einer Partie! Wäre sie überhaupt noch in der Lage, sich aus ihrer Welt in die seine zu begeben? Sich den Regeln eines bürgerlichen Lebens unterzuordnen, anders ausgedrückt, eine treue Gefährtin und brave Hausfrau zu werden? Sich der Wirklichkeit ohne Wenn und Aber zu stellen? Hat sie das je getan?

Wenn ein Mann trinkt, ist immer die Frau schuld! ... Überlege genau! Könnte es vielleicht doch andere Gründe geben? Liegt der Schlüssel in Arams Vergangenheit? Oder in seiner ganz bestimmten Art des Denkens, die er zum Beruf gemacht hat? Sagt man nicht, ein Genie sei zum Wahnsinn verurteilt? ...

Ella befragt die Weltliteratur – Zweigs Schachnovelle: Unmöglich, sich das Leben eines geistig regsamen Menschen vorzustellen, steht da, dem sich die Welt einzig auf die enge Einbahn zwischen Schwarz und Weiß reduziert, der in einem bloßen Hin und Her, Vor und Zurück von 32 Figuren seine Lebenstriumphe sucht, ein geistiger Mensch, der, ohne wahnsinnig zu werden, jahrzehntelang die ganze Spannkraft seines Denkens immer wieder an den lächerlichen Einsatz wendet, einen hölzernen König auf einem hölzernen Brett in den Winkel zu drängen ...

Ist es das? Ist es das?

Fragen ohne Ende, alles am Ende. Nur Arams Kondition nicht. Es ist unglaublich, was er verträgt! Ella erhöht die Dosis der unheimlichen Tropfen. Es nützt alles nichts. Sie kommt kaum mit der Konfiszierung seiner Flaschen nach. Und stolpert wie zur Strafe ja doch nur selber in die Grube, die sie ihrem Alkoholiker gegraben hat.

Ihr dummes Gesicht, als sie einmal eine Tablette mit einem Glas Wodka hinunterspült, weil sie vergessen hat, daß sie das scharfe Zeug in die Mineralwasserflasche umgeleert hatte, wo sie es vor Arams Zugriff sicher glaubte. Oder feststellen muß, daß er ihre Trophäen, die ihm heimlich entwendeten und an den unglaublichsten Orten versteckten Flaschen seinerseits an sich gebracht hat. Und wenn sie ihn dann zur Rede stellt, dann verwickelt er sie in so komplizierte Argumentationen, daß sie erschöpft kapituliert und es vorzieht, als Intrigantin dazustehen. Ella, die Dumme, die Blamierte, die Fluchbeladene. Die schiefen Blicke der Nachbarn, die in ihrer Ratlosigkeit auf Distanz gegangenen Freunde. Aber damit kann man leben.

Was jedoch immer unerträglicher wird, das ist die Atmosphäre, die der Säufer verbreitet. Wie in einer Geisterbahn, in der man jeden Augenblick mit einer bösen Überraschung rechnen muß, kommt sie sich schon vor. Arams Wahn, alles unter seine Kontrolle bringen zu wollen, der Terror seiner permanenten Anwesenheit, auch wenn er friedlich ist! Wohin soll man sich flüchten vor seinen allgegenwärtigen Augen und Ohren? Wie noch irgendwas richtig machen, wenn alles Anstoß erregt, das man angreift?

Auf ein paar Quadratmetern hat er eine Diktatur errichtet in der Meinung, alle Probleme seien mit Zensur, Gewalt und Propaganda zu lösen. Jede Revolte wird im Keim erstickt. Jedes Wort im Mund verdreht. Nichts als Demagogie seine Wahrheit. Nichts als Lügen seine Behauptungen.

Wie lange geht sowas gut? Wie lange funktioniert die Maxime: Freiheit ist die Einsicht in die Notwendigkeit, die so vielen Menschen half, die Unfreiheit zu ertragen? Ist es nicht gerade dieser Einsicht zu verdanken, daß die Bäume der Diktatoren, deren Reiche nun wie Kartenhäuser zusammenfallen, in den Himmel wuchsen?

Vorläufig funktioniert die Maxime noch. Die Notwendigkeit gebietet Vorsicht, auch die Zeitungsmeldungen über amoklaufende Alkoholiker. Wenn Aram seinen bestimmten Blick bekommt, diese starren glanzlosen Papageienaugen, ist es schon zu spät. Dann drischt er drauflos. Dann bleibt nur zu hoffen, daß er danebendrischt. Und sich selbst nichts antut.

So tun als ob, also. Jasagen zu allem, auch wenn es dir den Magen umdreht: Hast du versagt? Ja. Ist dein Kind ein Scheusal? Ja. Liebst du mich? Und wie!

Der Känguruhmann Bohrah lebte mit seiner Emufrau Dinewan in einer windigen Grashütte. Er war ein großer Zauberer.

Eines Tages machten sie sich auf, Gras zu suchen, um die Löcher in ihrem Dach zu flicken. Als die Nacht hereinbrach, beklagte sich Dinewan, daß sie nichts sehen könne und ihre Füße vom stacheligen Igelgras so schmerzten.

Tatsächlich waren ihre Füße mit Stacheln bespickt und voll von Schwielen, und das ist auch der Grund, warum die Emus bis zum heutigen Tag so schwielige Fußsohlen haben und die Beine bis zu den Knien hinauf bloß und harthäutig sind.

Wenn du so ein großer Zauberer bist, wie du immer behauptest, sagte sie zu ihrem Känguruhmann, dann kannst du doch gewiß die Dunkelheit fortrollen. Verjage sie in ein anderes Land! ...

Bohrah, der Känguruhmann, versprach, ihre Bitte zu erfüllen, und sie legten sich schlafen. Während er schlief, sandte er seinen Traumgeist aus und befahl ihm, die Dunkelheit nach Westen fortzurollen. Als Bohrah erwachte, war es wirklich wieder hell. Da bemerkte er, daß Dinewan, die Emufrau, ein Auge und ein Ohr im Schlaf offengehalten hatte, um seinen Zauber zu durchschauen. Da wurde er böse, und er sagte: Mein Traumgeist hat die Finsternis für alle Zeit von mir genommen. Und meine Artgenossen werden von nun an in der Nacht sehen und weiden können wie am hellichten Tag. Du aber sollst von nun an deine Nahrung am Tag suchen, und nachts soll immer erst die eine Hälfte deines Kopfes einschlafen und dann die andere, aber nie mehr beide zur selben Zeit! ... So blieb es auch.

Die Einsicht eine Lüge – ein Leben lang. Die Seele umsponnen mit dem Garn der schwarzen Hexen. Sie tragen gebleichte Knochen in den Haaren, und wenn sie an den unsichtbaren Fäden ziehen, wird die Seele abgeschnürt. Und keine Beschwörung vermag sie zu retten ...

Das Lachen und das Weinen Tür an Tür. Das Normale und der Wahnsinn. Wie Schwarz und Weiß. Und nichts dazwischen. Im besten Fall der Konjunktiv: hätte, sollte, wäre, könnte, vielleicht.

Nicht in der Lage, die Hand wider den Staub zu erheben, den ein ewiger Lufthauch gegen die Dünen der Hochhauswohnung treibt. Die Bahnen der Sauberkeit, mit dröhnenden Bürstenstrichen übers Parkett gezogen, sind längst zugeweht, vertrocknet das Geranke der ungegossenen Pflanzen. Gnadenlos brennt die Alltagssonne das letzte Grün aus den schlaffen Blättern, den letzten Willen aus dem zerrauften Kopf. Die nächste Wasserstelle verdunstet, kein Baum, kein Fleckchen Schatten, so weit das Auge reicht ... Die Schwarzen, sie lebten in Harmonie mit ihrer kärglichen Welt, weil sie den Traumpfaden folgten. Generation für Generation, vierzigtausend Jahre lang, gaben sie die Geheimnisse der wasserhältigen Büsche, der nektarspendenden Blumen weiter, verrieten sie ihren Nachkommen, wie man seinen Hunger mit Grassamen und Würmern stillt und noch aus der nackten roten Erde die Gebote des Lebens liest.

Die wirkliche Wüste als Oase in deiner verwilderten Zivilisation! Gibt es sie noch, die Welt der Ahnengeister, der sprechenden Steine, der Baummänner? *Singend zogen sie dahin, und die Worte, mit denen sie ihre Vergangenheit und Zukunft besangen, sanken als Samen in die Erde. So säten sie Bilder aus, die sich in Eukalyptusbäume oder Regentraumwesen verwandelten. Sie durchquerten große wüste Ebenen und verschwanden singend unter der Erde.*

Es gibt sie noch, es muß sie geben! Du darfst nicht aufhören, davon zu träumen. Beim Träumen geht die Seele auf Reisen. In Schuhen aus Haarschnüren, im gefiederten Kleid, und keine Spur im Sand, keine Spur ...

Mit anderen Worten, Ella ist auch nicht mehr ganz bei Trost. Wer träumt denn heutzutage noch?

Wer es im Wachen tut, bei dem stimmt irgendwas nicht. Nur ein Idiot verschwendet seine mentale Energie an etwas, das sich nicht messen, wiegen, in Atome zerlegen und schon gar nicht zu Geld machen läßt. Gefühle werden kaltschnäuzig zerredet oder mit Ironie auf Sparflamme gehalten. Auch das Wort Sehnsucht nimmt keiner mehr in den Mund. Sehnsucht haben nur Leute von gestern. Und wer will heute wohl von gestern sein?

Heute wird zugegriffen, schnell, und ohne zu fragen. Heute wird genommen, was sich schutzlos anbietet. Genommen und kaputtgemacht. Genommen und, wenn sich was sperrt, einfach durchgedreht.

Laßt mich also dorthin gehen, ohne das Haus zu verlassen. Laßt mich glauben an diesen zittrigen fernen Strich hinter dem Salzsee. Er könnte eine Regenwolke sein. Er könnte ein Berg sein, ein wasserspendender Fels!

Europa ist weit, das alte, kriegszerfetzte. Sie zerstören alles, worauf sie stolz sein sollten. Sie metzeln, plündern, jagen Jahrtausende in die Luft. Fliegen! Fliehen! Den eigenen Schatten abwerfen wie bösen Ballast ... Australien, das ferne, zum Greifen. Der Staub der Dürre. Die Glut der Hölle. Der Wille zum Leben.

Also nochmals alles von vorne. Körnchen für Körnchen die Wirklichkeit der Wüste, die Bruchstücke der zertrümmerten Gewißheiten zusammentragen, Kilometer für Kilometer, sie fügen zur Strecke, zum Sinn.

Wo bist du stehengeblieben? Ach, richtig ...

Wie viele asphaltgrauer Stunden waren da vor Ella hergelaufen, wie viele Einöden hatte sie hinter sich gelassen? Wie viele Tode war sie diesem bodenlosen Abgrund entgegengestorben, der Aram hieß? Und der vielleicht doch ein neuer Anfang war, ein Ansatzpunkt?

Als der mit Staub und Fliegen verklebte Überlandbus nach viertausend Kilometern zum ersten Mal im Stau steckenblieb, war die Welt ein ziegelrotes Meer von Vorstadtbungalows, am Horizont die dunkle Skyline von

Wolkenkratzern, dahinter, nur zu vermuten, der Pazifik. Palmen und Gummibäume in den Vorgärten, Oleanderrot, Kakteengrün, Kirschblüte, ehe Tankstellen und Kneipen mit griechischen und italienischen Namen im dichten Spalier die Einfahrtsstraße säumen. Der Himmel verschnürt mit Telegrafendrähten.

Schon werden die Taschen und Jacken aus den Gepäcksnetzen geholt, wird unter die Sitze nach Vergessenem geschaut. Unglaublich, was sich dort an Unrat, an leeren Getränkedosen, zerknuddelten Zeitungen und Essensresten angesammelt hat. Schon verabschiedet sich der Chauffeur mit einem letzten Witzchen. Ella aber macht noch immer keine Anstalten, ihre Sachen zusammenzusuchen. Es ist, als zögere sie, den Schutz einer Raumkapsel aufzugeben. Draußen – eine feindliche Welt, die uneingeschränkten Rechte des Stärkeren.

Wild hämmert das Herz. Mit einem letzten Aufheulen, dem Stöhnen eines zur Strecke gebrachten Raubtieres ähnlich, steht der heißgelaufene Motor endlich still.

Gedränge im Durchgang, vor der Tür, im Terminal. Und dann, und dann …

Hallo, da bist du ja! Hattest du eine gute Reise? Es ist Toms Stimme.

Und wo ist …?

Aram mußte leider wieder nach Hongkong zurück, er hat dort nämlich was vergessen.

Ella wird auf einmal schlecht. Ohne einen Ton über die Lippen zu bringen, rutscht sie vom Trittbrett und landet direkt in Arams Armen.

Ach, da bist du ja, meine Liebe! vernimmt sie seine Stimme.

Ihr seid verrückt, schreit Ella und stößt Aram von sich.

Er nimmt es wortlos hin, fällt dann, wenn auch etwas verlegen, in Toms wieherndes Gelächter ein.

Das ist kein Spaß! Das ist kein Spaß! schreit Ella hysterisch, sich im Kreis drehend. Das ist, verdammt, kein Spaß! ... Kurz darauf hat sie sich wieder in der Hand und sagt entschuldigend zu Tom: Du hast offensichtlich keine Ahnung, was passiert ist!

Tom tut, als höre er sie nicht, und klaubt Ellas Rucksack aus dem Gepäckshaufen neben dem Bus.

Na, wie findest du Australien? sagt Aram. Er ist ganz der alte und gibt sich als Weltmann, der Sydney wie seine Westentasche kennt.

Er redet und redet mit seltsam heiserer Stimme, während Tom sie erst durch die Nobelviertel und dann entlang einer atemberaubenden Küste nach Norden chauffiert. Ella hört ihm nicht zu. Etwas braut sich in ihrem Kopf zusammen, alles Erlebte verwebt sich mit einer Erinnerung, die sie nicht haben kann. Sind es die Halluzinationen der Erschöpfung? Oder liegt es am Kontrast – erst das viele Land, nun das viele Wasser? Kopf und Körper gehen getrennte Wege ...

Ach, ihr Europäer, hört sie Tom sagen. Sobald ihr euren Fuß auf unseren Kontinent gesetzt habt, geistert unsere Traumzeit in euren Hirnen herum. Die ist ohnehin nichts für die Weißen. Was die Schwarzen als Traum bezeichnen, ist in Wirklichkeit beinhartes, grausames Ritual. Überhaupt, was für eine Barbarei! Ihren Söhnen schlagen sie die Zähne ein, die Mütter töten alle Kinder, die sie nicht durch die Wüste schleppen können, und wenn ihnen ein Stammesbruder nicht paßt, dann verurteilen sie ihn zum Tod, indem sie einen magischen Knochen auf ihn richten, ohne daß er es merkt. Dabei singen sie ihre geheimen Beschwörungen. Immer wieder sterben Menschen auf diese Weise, auch Weiße. Von wegen Traumzeit – Alpträume könnte man davon kriegen! Ihr tut, als hätten wir nichts anderes zu bieten als lebendige Steinzeitfossilien!

Meint er allen Ernstes die rechtmäßigen Besitzer dieses Landes damit?

Lässig nimmt er die Kurven der immer schmäler werdenden Küstenstraße und verweist auf Wohlstand und Wirtschaftswachstum, nicht ohne sarkastische Seitenhiebe auf die kriminellen Wurzeln seiner Landsleute und die von Männern dominierte australische Gesellschaft. Die meisten Verbannten waren ja Männer, und wollte man den Kontinent besiedeln, brauchte man auch weiße Frauen. Die Engländer benützten schon den geringsten Vorwand, um sie zur Deportation zu verurteilen. Die Szenen, die sich im Hafen bei Ankunft eines Weiberschiffes abspielten! Es wurde um sie gefeilscht, regelrechte Fleischbeschauen wurden durchgeführt, die erste Wahl hatten die Offiziere. Die Frauen wurden zu den Gefangenen der Gefangenen, die Ausweglosigkeit trieb sie zur Prostitution, in den Alkohol, in den Tod. Auch die Erschließung des Kontinents war Angelegenheit der Männer, es entstand der Mythos der beispiellosen australischen Männerkameradschaft, der bis in die nur Männern zugänglichen Klubs und Bars ausstrahlte.

Hoch über dem Meer lag Toms Haus und war ein Traum – im besten europäischen Sinn dieses Wortes. Es war von soviel Licht erfüllt, daß es keine Wände zu haben schien, selbst beim Geschirrabwaschen in der Küche sah man auf ein von Wolkengekräusel gesäumtes Blau hinaus. Neuseeland irgendwo, Ozeanien, die Südseeparadiese und mitten drin das Mururoa-Atoll, auf dem noch immer die Atompilze in den Himmel wachsen sollen.

Gefrühstückt wurde auf einer winzigen Terrasse inmitten eines malerischen Durcheinanders von Baumfarnen und Palmwedeln, knospendem Geäst und pflückreifen Orangen, das Dinner servierte der Hausherr in der verglasten Veranda im oberen Stock, in der man sich wie auf einem luxuriösen Dschungel-Hochstand wähnte: Schillernde Papageien schwebten, von kreischenden Kakadus verjagt, von Ast zu Ast, fremde Düfte stiegen aus dem dampfenden Dickicht. Weintrinkend saß man abends vor dem weitgeöffneten Fenster, redete von früher, von gemeinsamen Bekannten, von Gott und der Welt mit einer Ungezwungenheit, als lägen nicht Jahre und Kontinente zwischen diesem und dem letzten Beisammensein. Nur die scharrenden Geräusche auf dem Dach erinnerten zu später Stunde an den exotischen Begegnungsort. Ein Opossumpärchen huschte übers Dach, hielt Ausschau nach Essensabfällen; das eine oder andere Tier wagte sich sogar in die Reichweite eines ausgestreckten Armes, um mit einer flinken Bewegung das gereichte Brot- oder Käsestück an sich zu reißen und es in der Art eines Eichhörnchens mit kleinen Knabberbissen zu verzehren.

Früher einmal seien Koalabären in den Baumkronen herumgehangen, erzählt der Hausherr, dumme Tiere eigentlich, die immer nur geschlafen hätten, benebelt von den Eukalyptussäften.

Was für ein Haus! muß Ella denken, als sie an jenem ersten Tag ihren Blick aus dem subtropischen Dickicht in dieses so liebenswert legere Ambiente des Freundes zurückgeholt hat. Die australische Männergesellschaft ist aber auch hier in besonderer Weise präsent – Toms Lebensgefährte scheint ein Mann zu sein, der das Haus nur vorübergehend geräumt hat, zumindest hat er einiges vergessen.

Ihr könnt bleiben, solange ihr wollt, hat Tom ihnen angeboten. Ihr könnt schalten und walten, hier habt ihr den Schlüssel, damit ihr unabhängig seid, wenn ich im Büro bin. Man kann baden, man kann spazierengehen oder ganz einfach im Garten die Seele baumeln lassen …

Man ißt und redet, redet und ißt. Das Gespräch dreht

sich um alles, nur nicht darum, was Ella am brennendsten interessiert. Was weiß Tom überhaupt? Sie hütet sich jedoch zu fragen. Bewundert die Aussicht, schildert ihre Reiseerlebnisse und läßt sich von Tom in alles Australische einweihen.

Aufs Meer hinausschauend, kommt er ins Philosophieren.

Was ist in den zweihundert Jahren seit der Entdeckung dieser Küste nicht alles geschehen? Was sind zweihundert Jahre überhaupt in der Geschichte? Wenn ihr genau schaut, dann könnt ihr noch die Segel der „Endeavour" da draußen erkennen, von Cooks berühmtem Dreimaster. Und wär er nicht auf ein Korallenriff aufgelaufen, das ihn zu einer näheren Bekanntschaft mit dem Festland zwang, hätte er nach seiner Heimkehr nicht vom Flachs auf Neuseeland und einem bestimmten Tannenholz auf den Inseln davor geschwärmt, mit denen England viel Geld machen konnte, wenn es sie in diesem öden Landstrich kultivierte und als begehrte Rohstoffe für die Seefahrt verkaufte, wären zu dieser Zeit die englischen Gefängnisse nicht übergequollen, hätte nicht ein größenwahnsinniger Politiker hier eine strategische Nachschubbasis mit globalen Ansprüchen gewittert, wer weiß, was aus diesem Australien geworden wäre! Auf jeden Fall setzten die ersten europäischen Siedler ihren Fuß auf einen Boden, der nicht die geringste Zivilisation aufwies. Das muß man sich einmal vorstellen: In einer Zeit, als Goethe auf den Spuren der Römer wandelte, um sich von der Antike inspirieren zu lassen, gab es hier nichts als ein paar Zeichnungen der Ureinwohner, die sie mit weißem Lehm und Holzkohle an Höhlenwände schmierten. Es gab keine Altäre, keine Tempel, keine Wohnstätten, ja nicht einmal einen Stein, der auf einen anderen geschichtet worden wäre. Es gab weder Gärten noch Äcker, geschweige denn das Rad, und selbst wenn jemand die Idee gehabt hätte, den Boden mit einem Pflug zu bestellen, so hätte es kein Tier gegeben, das man vor diesen Pflug hätte spannen können. Als die erste Strafgefangenenflotte vor dieser Küste ihre Anker warf, war der einzige Metallgegenstand, den einer der Verdammten entdeckte, ein Zinnteller. Er mußte von den holländischen Seefahrern stammen, die schon viel früher die Westküste entdeckt hatten. Wie er über Tausende von Kilometern ans andere Ende des Kontinents gelangt ist, kann man nur vermuten. Vielleicht als Tauschobjekt gegen die Lieder oder Heiligtümer der Ureinwohner ...

Dieses Haus, nicht nur von Licht durchflutet. Schon am frühen Morgen stopft es der Opernliebhaber Tom mit herrlichen Klängen voll, Lucia di Lammermoor irrlichtert übers Meer, setzt den Seglern nach, den träumenden, Cook, dem rastlosen, aber er hört sie nicht, er sieht sie nicht, hat auch nur Männer im Kopf und das Südland, das es nicht gibt, die Perlen und Edelsteine an seinen Gestaden, paradiesisches Glück. Vergessen die Stürme da draußen, die tödlichen Riffe, ach, diese unbekannten Weiten, von Abenteurern ausgelotet, von Fluchtbooten der Verzweiflung, Eilande der Hoffnung, aber wo? Lucia schmeichelt, Lucia klagt, den falschen Mann hat sie geheiratet, die Koloraturen des Wahnsinns, von allen Zwängen der Vernunft befreit, die Soloflöte, ihre einzelnen Töne hin und her geworfen zwischen Himmel und Erde, so bang, so entrückt, ein Hauch aus dem Jenseits, er geht um die Welt und kommt von der anderen Seite durch die Türe zurück.

Wie lang hat Ella keine Oper mehr gehört! Aram haßte Opern, schimpfte über Kastraten und unerträgliches Gejaule, sobald auch nur eine Arie aus dem Radio erklang, solange, bis Ella beinahe selbst Abscheu empfand. Nun aber, in Toms Anwesenheit, unterdrückte er seinen Groll und tat sogar, als ob ihn die Musik interessiere.

Sie genießt das erste Nicht-Fast-Food seit langem und freut sich darauf, endlich wieder ausgestreckt in einem Bett zu liegen.

Und wenn du dich ausgeruht hast, dann gehen wir an den Strand hinunter, verspricht Tom.

Das Meer! Schwimmen im Pazifik! Ella kann es kaum erwarten …

O diese verdammten Wechselbäder von Traum und Alptraum!

Als Aram Ella die Salatschüssel reicht, fällt ihr Blick auf eine tiefe, noch ziemlich frische Schnittwunde auf dem Unterarm: Wie ein blutiges Armband umschließt sie sein Handgelenk. Aram, der ihrem Blick gefolgt ist, beeilt sich, die Schüssel abzustellen und den aufgekrempelten Hemdsärmel drüberzustreifen.

Ella ist der Appetit vergangen, und das Paradies, in dem sie sich eben noch wähnte, ist mit einem Schlag Schauplatz eines Gruselfilms.

Tom entschuldigt sich hastig, er habe noch in der Stadt zu tun, die Freunde sollten nicht böse sein, sie sollten sich aber wie zu Hause fühlen. Im Kühlschrank fänden sie Essen, wo das Geschirr sei, wisse Aram schon, und wenn sie fernsehen oder seine Bibliothek benützen wollten, bitte sehr.

Und dann ist Ella mit Aram allein.

Aram macht sich daran, den Tisch abzuräumen, und schlägt Ella vor, sich doch niederzulegen. Er führt sie die kleine gewundene Holzstiege nach unten in einen großen kühlen Raum. So hell es oben ist, so finster ist es unten.

Durch die meerseitig gelegenen Fenster dringt nur mattes Dämmerlicht, denn Toms Urwaldgarten umschließt das Haus hier mit einem so dichten grünen Spalier, daß Ella für einen Augenblick den Eindruck hat, als lauerten die Schlinggewächse nur auf eine Gelegenheit, durch eine

Ritze oder eine geöffnete Tür zu dringen und sie zu erwürgen.

Mit der Geste eines Gastgebers weist Aram auf Bad und Toilette, reicht Ella ein Handtuch und wünscht ihr einen erholsamen Schlaf. Ella greift nach seiner Hand.

Hast du mir nichts zu sagen, Aram?

Ich?

Ja, du. Was ist passiert?

Ach, alles nur wegen dir! Aber ich erzähl es dir später.

Schlaf erst.

Aram, bitte! Zeig mir deine Arme. Irgendwann mußt du es mir ja doch erzählen.

Verlegen entblößt Aram seine Unterarme. Da! Er hält Elsa die entzündeten, teilweise verkrusteten, teilweise auch noch blutenden Handgelenke hin. Und da!

Er zieht die Hosenbeine hoch und weist auf seine Knöchel.

Sie sehen nicht anders aus. Ella ringt nach Luft.

Diese Chinesen, nicht einmal anständige Handschellen haben sie, die einem normalen Menschen passen! zischt er durch die Zähne. Kein Wunder, daß sie mir ins Fleisch geschnitten haben, die Kerle dort haben doch alle Arme wie Streichhölzer!

Aber wieso ...

An den Füßen dasselbe, das heißt, da haben sie mich angebunden, die Schweine! So, das wär's. Und jetzt leg dich endlich hin. Du mußt doch müde sein.

Aram, so geht das nicht. Du mußt mir die Wahrheit sagen. Ich war krank vor Sorge!

Wenn du und Lin mich nicht in dieses Irrenhaus gesteckt hättet, wäre es nicht passiert.

Was heißt Irrenhaus? Du warst bewußtlos. Du bist mit einem entsetzlichen Schrei zusammengebrochen, und ich dachte tatsächlich, daß du tot seist. Erst als endlich die

Rettung kam, hast du die Augen wieder aufgemacht. Kannst du dich nicht erinnern?

Naja, passiert ist passiert. Auf jeden Fall hab ich an dem Abend, an dem du nach Australien flogst, deine Schlaftablette genommen und – einen Schluck Whiskey nach all den Aufregungen. Naja, und dieser Idiot Lin hat sofort die Polizei gerufen. Was genau war, weiß ich nicht, jedenfalls bin ich im gleichen Krankensaal aufgewacht, aus dem sie mich in der Früh, am Tag deines Abflugs, entlassen hatten. Ich hab mich überhaupt nicht ausgekannt, ich war an Händen und Beinen gefesselt, zwei Polizisten haben mich rund um die Uhr bewacht und zum Schluß auch noch eingesperrt.

Ella saß am Rand des aufgeschlagenen Bettes und schüttelte fassungslos den Kopf: Eingesperrt?!

Ja, und vor Gericht haben sie mich auch noch geschleppt, weil ich angeblich einem Polizisten fast ein Auge ausgeschlagen habe. Ha, ha, stell dir sowas vor ...

Also, ich finde das nicht zum Lachen.

Aram wurde tatsächlich ernst. Ein Alptraum, ja, das kannst du mir glauben.

Aram, ich weiß, was es war. Wann bekennst du endlich Farbe?

Und wann bekennst du endlich Farbe? fragte er bitter zurück.

Ella ahnte wohl, worauf er anspielte, aber sollten sie hier im fernen Australien eine Diskussion führen, die sie eigentlich schon vor vielen Jahren zu Hause führen hätten sollen?

Aram fühlte das genauso wie sie und zog sich wieder in seine uneinnehmbare Trotzburg zurück.

Schlaf jetzt endlich, sagte er, und dann werden wir unsere Reisepläne besprechen, ja? Er versuchte Ellas Kopf auf den Polster zu drücken. Sie stieß ihn weg.

Reisepläne?! Sagtest du nicht, du hättest in Sydney zu tun? Und was ist mit Japan?

Das laß nur meine Sorge sein. Gute Nacht, meine Liebe!

Aram, so kommst du mir nicht davon, nicht mehr. Wir müssen darüber reden. Du warst so gut wie tot!

Lächerlich. Schau mich an, wie ich lebe.

Hör endlich auf, den Kopf in den Sand zu stecken. Du mußt mir versprechen, daß du dich zu Hause endlich behandeln läßt.

Behandeln? Aber wogegen denn? Ella, es war doch ein Muskelkrampf. Der lange Flug nach Hongkong, es war so eng im Flugzeug, und dann die Tasche unter dem Sitz, die mir das Blut in den Beinen abgesperrt hat. Du hast natürlich friedlich geschlafen und nichts bemerkt, aber ich konnte die ganzen zwölf Stunden kein Auge zutun. Dazu der Klimaschock, die plötzliche Schwüle, als wir ankamen. Das letzte, woran ich mich erinnere, war dieser entsetzliche Schmerz in Lins Wohnung. Es muß die kalte Dusche gewesen sein ...

Von einer kalten Dusche fällt man nicht schreiend in Ohnmacht. Du warst steif wie ein Brett.

Arams Ärger entlud sich in den, ach so vertrauten Zurechtweisungen.

Erzähle keine Märchen! Es war ein Schmerz, als hätte mich jemand mit einem Messer der Länge nach aufgeschlitzt. Er kam von den Waden, genau von der Druckstelle, wegen dieser blöden Tasche. Das hab ich doch schwarz auf weiß!

Er begann hektisch im Koffer zu kramen und hielt Ella schließlich triumphierend einen zerknitterten Zettel mit chinesischen Zeichen hin, darunter stand in Englisch: Ohnmacht infolge Muskelkrampfes.

Was sollte Ella dazu noch sagen? Daß diese Ärzte das doch bloß hingeschrieben hatten, was Aram ihnen eingeredet hatte, froh, diesen renitenten Ausländer wieder loszuwerden?

Und was nach deinem Abflug passiert ist, war ja durch die erste Geschichte vorprogrammiert. Was glaubst du, haben sie mit mir dort gemacht? Mein Gehirn in tausend Scheiben geschnitten, das haben sie gemacht! Schau mich nicht so an, ja, Elektroden haben sie mir angelegt und Impulse durch den Kopf gejagt, daß ich jetzt noch manchmal Sterne tanzen sehe. Und du glaubst schon wieder ...

Ich glaube gar nichts, sagte Ella matt und bereute, sich auf dieses Gespräch eingelassen zu haben. Hatte sie wirklich an einen heilsamen Schock geglaubt? Erschöpft sank sie auf den Polster zurück und überließ sich dem Schmerz in ihrer Brust, diesem Ziehen dort, wo an ein paar zum Zerreißen gespannten Muskelschnüren ein schwerer, metallharter roter Brocken aufgehängt war. Sie schloß die Augen und merkte, wie sich Aram erleichtert erhob, ihr einen Kuß auf die Stirn hauchte, die Decke zurechtzupfte und sich auf den Zehenspitzen davonmachte. Ein paar Minuten später hörte sie ihn im Oberstock rumoren, hörte, wie er mit Geschirr hantierte, geschäftig hin und her ging, Küchenschränke öffnete und wieder schloß, und es war ihr, als stehe er selbst hier, fünfzehntausend Kilometer fern von zu Hause, unter dem unerklärlichen Zwang, die Küche unter seine Kontrolle bringen zu müssen. Und mit jedem Tellerklappern, mit jedem Gläserklingeln riß in ihrem Inneren eine weitere Faser, die den tauben Klumpen namens Herz noch mit dem übrigen Körper verband.

Es war stockfinster, als Ella, ohne ein Auge zugetan zu haben, nach oben ging. Aram saß vor dem Fernseher und tat, als nehme ihn die Werbeeinschaltung ganz gefangen. Nebenbei fragte er, ob sie hungrig sei. Ella verneinte. Ob sie etwas zu trinken wolle – er habe für Tom eine Flasche Rotwein gekauft, australischen Rotwein! Ella zuckte zusammen, aber sie sagte nichts. Die Flasche, die Aram auf den Tisch stellte, war tatsächlich noch nicht angebrochen, und zu Ellas noch größerem Erstaunen brachte er nur ein Glas. Nein, er habe keinen Durst, erklärte er auf Ellas Frage und starrte wieder ins Bild.

Und? begann Ella schließlich, um dieses peinigende Schweigen zu beenden. Wie stellst du dir alles Weitere vor?

Wir fahren zuerst die Küste hinauf und machen dann einen Abstecher ins Rote Zentrum. Ich hab schon die Bustickets.

Du bist verrückt! entfuhr es Ella, die sich geschworen hatte, es nur ja zu keinem Streit kommen zu lassen, da Arams Reaktionen unvorhersehbar waren. Sie kannte weder die wahre Diagnose der Ärzte noch konnte sie sich vorstellen, was in ihm vorging. Konnte sich so ein Anfall wiederholen? Was sollte sie tun, wenn ES unterwegs passierte, fern von jeder Stadt, in irgendeiner Wüste womöglich?

Ich fahre nirgends mehr hin. Ich habe schon genug hinter mir. Tom hat gesagt, wir könnten hierbleiben. Ein Urlaubsparadies das hier. Was will man mehr als diese herrliche Gegend, der Strand vor der Tür?

Ich habe dich nicht nach Australien mitgenommen, um an einem Fleck herumzusitzen, kam es streng und kompromißlos von Aram. Da gibt's doch so einen komischen Felsen, wie heißt er nur? Egal. Deinetwegen, jedenfalls ...

Jetzt sag bloß, daß du wegen mir hier bist. Dieses Australien ist auf deinem Mist gewachsen! entfuhr es Ella.

Sie sollte ihre Entgleisung augenblicklich bereuen. Aram stand wortlos auf und holte sich ein Glas, um sich ebenfalls einzuschenken. Ella versuchte, Ruhe zu bewahren. Muß das sein? sagte sie leise.

Aram tat, als höre er sie nicht, und machte einen langen

Zug. Ella beobachtete ihn ängstlich. Angestrengt schaute er in die schwarze Nacht hinaus, in der man die Positionslichter der Schiffe nicht von den Sternen unterscheiden konnte.

Gut, sagte Ella nach einer langen Pause versöhnlich. Aber laß mir bitte eine Woche Zeit. Du begreifst nicht, was ich durchgemacht habe!

Du? lachte Aram nur spöttisch und vielsagend, ohne den Blick vom Fenster abzuwenden. Doch plötzlich drehte er sich herum, und seine Stimme wurde drängend.

Ach, komm, Ella, was sollen wir hier? Sydney ist eine öde Stadt. Drei Tage sind mehr als genug!

Öd, öd! Wenn ich das schon höre! fauchte Ella. Nenne mir einen Ort auf der Welt, den du nicht als öd bezeichnen würdest. Ich habe viertausend Kilometer hinter mir, bin noch kaum da, und du willst mich schon wieder weiterhetzen! Weißt du überhaupt, was so eine Reise, wie du sie vorschlägst, bedeutet? Neuntausend Kilometer Straße! Neuntausend Kilometer Hitze! Neuntausend Kilometer Autobus! Ich bin müde, verstehst du, mein Herz ...

Dein Herz, dein Herz! Wie oft bist du mit deinem angeblichen Herzinfarkt zum Arzt gelaufen, und was ist, außer unverschämten Honorarforderungen, herausgekommen?

Ella zuckte die Achseln.

Na, eben ...

Dann wenigstens eine Reise in Etappen, sagte Ella resigniert. Ich will nicht mehr nächtelang im Bus sitzen. Ich will wo aussteigen, will rasten, möchte mir etwas anschauen unterwegs!

Aram erklärte sich so plötzlich einverstanden, daß es ihr beinahe die Rede verschlug. Das ließe sich natürlich machen, sagte er, und war auf einmal recht umgänglich. Scherzte, lachte und kommentierte Toms Junggesellenallüren.

Und doch war er ein anderer. Mehr denn je ein Fremder.

Fremd lagen sie später in dem riesigen Doppelbett in Toms Gruft, die Rücken einander zugekehrt, fremd besprachen sie am nächsten Morgen, was sie unternehmen könnten, fremd saßen sie schließlich am Pazifik, der Sand von einem Weiß, das in den Augen schmerzte, und doch von einer unsagbar tröstenden Zärtlichkeit in seiner Berührung. Mit schäumenden, zischenden Zungen läuft sich die Brandung tot, hellblau lagert der Himmel über dem Wasser, und das Oktobergold der südlichsten aller Sonnen in Ellas Leben brennt ihr rätselhafte Zeichen in die Seele.

Der Strand ist um diese frühe Stunde noch wie ausgestorben. Nein, drüben, am Fuß der Klippen, vollführen ein paar schweigende Gestalten marionettenhafte Verrenkungen im Zeitlupentempo – es sieht nach schattenboxenden Pensionisten aus, die ihr Fitneßprogramm mit einem kurzen Bad im eiskalten Wasser beschließen und so plötzlich verschwinden, wie sie gekommen sind.

Ella krempelt die Jeans hoch und stapft die Wasserlinie entlang über den nassen, vom Sog der zurücklaufenden Wellen immer aufs neue geglätteten Sand, der keine Fußspur behält. Läßt das Wasser die Knöchel umspielen. Sieht fasziniert zu, wie draußen Brecher auf Brecher hereindonnern.

Am Ende einer langen Wanderung kam Wurrunnah an die Küste. Vor ihren erstaunten Augen erstreckte sich das endlose Meer, größer und weiter als alle Seen, die sie jemals erblickt hatte. Durstig geworden, schöpfte sie mit ihrer kleinen flachen Holzschale Wasser aus der heranrollenden Brandung, machte einen großen Schluck. Salz! murmelte sie verblüfft und spuckte das Wasser wieder aus. Da sie die weiße Gischt der Wellen für das Salz hielt, strich sie den flockigen Schaum behutsam beiseite und kostete noch einmal, aber es half nichts. Das Wasser blieb ungenießbar. Nachdenklich schweifte ihr Blick über die grenzenlose, wogende Fläche: Ein seltsames Flutwasser, das von keinem Baum oder Busch überragt wird, dachte sie. Es sieht aus wie Goonagulla, der blaue wolkengeflockte Himmel ...

Ein starker Wind war aufgekommen, und ein unerklärliches Grollen erklang aus der Ferne. Dies ist gewiß die Heimat Doolooais, des Donners, und der heulenden Wirbelwinde, dachte etwas außerhalb von Ella.

Ein Schatten! ... Ehe sie noch einen Laut von sich geben kann, hat eine Hand sie hart an der Schulter gepackt. Über ihr die furchterregende Grimasse Arams. Die Augen zu schmalen Schlitzen zusammengepreßt, als würde ihm das Licht unerträgliche Schmerzen bereiten, zwei dünne Striche die blutleeren Lippen, die Stirn vom Zorn zerrissen.

Vor Ella schwoll auf einmal das Meer, und eine starke Dünung warf die brodelnden Wogen gegen den Strand, wo sie krachend zusammenstürzten und schmatzend wieder zurückwichen, nur um von neuem mit wütendem Gebrüll gegen das Land anzustürmen. Schäumende Mäuler schnappten, Drachen, Warane, Krokodile, was noch alles heftete sich mit gierigem Hecheln an ihre Fersen ...

Fort! Gischt spritzt an ihr hoch, Sand wirbelt durch die Luft, in blinder Panik rennt Ella landeinwärts, bis sie umfällt, keuchend, erschöpft, eines furchtbaren Endes gewiß ...

Wie lange sie so dagelegen ist? Irgendwann jedenfalls hebt sie den Kopf und blickt sich um. Der Strand ist leer. Kein Aram weit und breit, rundum nur Mütter mit Kindern, Urlauber, Schulschwänzer, Surfer, und die schreckliche Flut nichts anderes als eine atemberaubende Spielwiese. Immer wieder waten die Surfer, ihre stromlinienförmigen Bretter vor sich herschiebend, ins seichte

Meer hinaus, lauern, daß es anschwillt, sich aufbäumt zu steilen Wellenbergen, um sich, keinen Augenblick zu früh, aber auch keinen zu spät, aufs Brett zu schwingen wie auf ein Pferd und die gekräuselten Kämme entlangzubalancieren, ehe diese sich, in Millionen weißfunkelnden Bläschen explodierend, in Sturzfluten überschlagen. Weg sind sie mit einem Schlag, Pferde und Reiter, nein, da sind sie schon wieder, unermüdlich werfen sie sich in die Schlacht, manche geradezu ekstatische Tänze vollführend, wenn es ihnen nämlich gelingt, mit scharfen Wendungen dem Schwall zu entkommen, sich in die Wellentäler tragen zu lassen und mit einem Satz auf den nächsten Kamm zu schwingen. Ein friedliches Bild, ein unendlich friedliches Bild, und Ella kann sich beim besten Willen nicht erklären, was vorhin mit ihr los gewesen ist.

Es war glühend heißer Mittag, als sie sich auf den Rückweg machte. Was hieß da Rückweg? Sie hatte keine Ahnung, wo sie hinwollte, hatte weder eine Adresse noch eine Telefonnummer und wußte nur, daß Tom irgendwo im Dschungel über dem Meer wohnte. Aufs Geratewohl zog sie los, die steilen gewundenen Sträßchen durch Eukalyptus- und Palmenhaine hinauf, in welche die zu Wohlstand gelangten Einwanderer ihre Luxusvillen und Wochenendhäuschen gepflanzt hatten, an Golf- und Reitplätzen vorbei. Doch kein Haus, das dem von Tom glich, und kein Mensch, den sie fragen konnte, nur ein paar Kinder mit dem Surfbrett unter der einen und der Schultasche unter der anderen Achsel. Sie schienen es sehr eilig zu haben. Erschöpft kehrte sie zum Strand zurück.

Am späten Nachmittag tauchte endlich Tom auf. Ella! Wir haben dich überall gesucht!

Ella antwortete nicht. Sie starrte nur aufs Meer hinaus.

Ella, so beeile dich, wir wollten doch zum Picknick in den Busch.

Ich bin schon im Busch gewesen, sagte Ella, ohne ihn anzusehen. Und jetzt bin ich da. Von den Vorvätern wurde von diesem großen Wasser berichtet, das weiter ist, als das Auge reicht, und größer ist als alle Ebenen des Landes zusammen. Die gierige Flut verfolgt die Menschen bis übers Ufer und brüllt vor rasendem Zorn, wenn ihr die Beute entgeht.

Ella, ich glaube, die Sonne war zuviel für dich. So komm endlich!

Ich bin nicht Ella, sagte sie mit seltsamer Stimme. Ich bin die Papageienschwester.

Ja, ja, entgegnete Tom ironisch. Und ich bin der Eidechsenahne. Und jetzt gehen wir schön zum Medizinmann Wirrinun, damit uns der wieder in unsere weiße Haut zurückzaubert ...

Nach einigem guten Zureden gelang es ihm schließlich, Ella zum Mitkommen zu bewegen.

Aram selbst war friedlich, nachdem ihn Tom beiseite genommen und ihm seine Bedenken über Ellas Zustand mitgeteilt hatte. Der sagte nur was von Ozonkoller und Sorgen, die er sich um seine Frau mache, und fuhr dann fort, einen Obstsalat aus exotischen Früchten zuzubereiten.

In dieser Nacht schlief Ella wieder mit Aram. Sie steckte ihre Angst weg und biß die Zähne zusammen, weil ihre sonnenverbrannte Haut bei jeder Berührung schmerzte. Immerhin erreichte sie damit, daß er die Wüstentour um einen Tag verschob und eine Stadtbesichtigung anordnete. Vergeblich wies sie darauf hin, daß sie doch nachher noch ausreichend dazu Gelegenheit haben würden und daß man sich lieber auf die Reise vorbereiten solle. Aram blieb bei seinem Entschluß, und der drohende Zug um seinen Mund ließ sie resigniert verstummen.

Und das war dann die Stadtbesichtigung: Dröhnende

Straßenschluchten. Türme aus Glas und Beton. Plärrende Reklame. Supermarktpaläste. Weihnachtsschmuck in den Auslagen. Japanische Touristen. Russische Emigranten. Amerikanische Geschäftsleute. Bist du in Frankfurt? In London? Oder gar in New York? Nein. Denn in einer Auslage ist ein Känguruh vor den Schlitten eines Santa Claus gespannt. Und dort am Wasser, dieses berühmte Ansichtskartenmotiv, es ist die Realität: die Oper von Sydney!

Eine Dachkonstruktion von der Form windgeblähter Segel – perlweiße Kacheln über rosafarbenem Granit, vom Meer umspült. Wie ein gigantisches Segelschiff aus der Pionierzeit beherrscht das Wunderwerk moderner Baukunst das Stadtbild, dahinter die imposante Hafenbrücke wie ein Wegweiser in die australische Zukunft.

Später der obligate Blick vom Aussichtsturm, der obligate Imbiß nur wenige Meter über Swimmingpools und Tennisplätzen auf den Dachterrassen der Wolkenkratzer. Tief unten die pulsierenden Verkehrsströme einer Weltstadt.

Und doch scheinen die Uhren hier anders zu gehen. Das viele Licht setzt allem eine Note der Unbekümmertheit auf, macht träge. Die Spuren einer Freizeitgesellschaft sind unübersehbar: Wie Milben tummeln sich Hunderte von Jachten im weitläufigen Hafenbecken; Parks, Tennis-, Golf- und Reitplätze, Hotels, Restaurants, volle Strände.

Das Gefühl der Transparenz auf einmal, Toms Worte im Ohr – was sind denn schon zweihundert Jahre in der Geschichte? Hauchdünn die Folie der Zivilisation, mühelos läßt sie sich abziehen, darunter das Bild, das sich Cook bot, als sein Schiff, aus der über den Riffen brodelnden See kommend, in die ruhigen Gewässer einer Bucht einlief. Die Log- und Tagebücher seiner Mannschaft beschwören es herauf. Da wird in seligen Erinnerungen an Schönheit und

Wohltat dieser Küste geschwelgt, werden Flora und Fauna ausführlich beschrieben, ist die Rede von buntem Blühen zwischen silberfarbenem Laub, rötlichen, von Wasserarmen umschlungenen Sandsteinklippen, von Farnen und Moosen, die im Schatten von Palmen Kühle versprechen, von Vogelschwärmen, paradiesischem Gefieder, betörendem Gezirp.

Dreitausend Pflanzenarten haben Cooks Begleiter hier entdeckt und die Bucht wegen ihrer Vielfalt die Botanische genannt. Aber keiner von ihnen konnte ahnen, daß mit diesem Landgang auf der „Terra incognita“ nicht nur ein Kontinent entdeckt, sondern auch das Terrain einer zukünftigen Sträflingskolonie erkundet war.

Was blieb vom Pflanzenreichtum, der artenreichen Tierwelt? Man braucht diese Frage heute nicht zu stellen, sie liegt auf der Hand. Das Entzücken eben jener Naturschwärmer war der erste Schritt auf dem kurzen Weg der Vernichtung. Er weckte den Landhunger europäischer Siedler und fand in Bauwut, Profitgier und Vergnügungssucht unserer Zeit sein fragwürdiges Ziel.

Und dies nur, weil es die europäischen Handelsherren nach den sagenhaften Schätzen des Südlandes gelüstete. Ihr sollt alles genau erkunden, heißt es in ihren geheimen Instruktionen, die sie den Suchkommandos auf die lange Reise mitgaben, die Natur, die Früchte und Tiere, die Art und Erscheinung der Einwohner, ihre Behausungen, Gebräuche und Religionen. Wilden soll man sich nur sehr vorsichtig und wohlbewaffnet nähern. Begegnet die Expedition dagegen zivilisierten Menschen, dann muß man ihre Bedürfnisse ergründen, Verlangen nach unseren Waren wecken und Handelsbeziehungen einleiten. Verfügen sie über Gold und Silber, so zeigt euch nicht begierig, damit ihnen der Wert desselben verborgen bleibt. Und wenn sie mit Gold und Silber zahlen sollten, müßt ihr euch so verhalten, als ob ihr diese Währung nicht schätzt, und Kupfer, Zink und Blei vorweisen, als ob diese Mineralien von größerem Wert wären. Von bewohnten Landstrichen soll jedoch nur mit der Zustimmung ihrer Bewohner Besitz ergriffen werden …

Regenschwangere Wolken ziehen auf, aber Aram möchte mit Ella unbedingt in den Zoo und hinterher in den botanischen Garten. Ella möchte nicht. Gezähmte Natur interessiert mich nicht, erklärt sie, außerdem sei sie hungrig und müde. Ihr Protest macht keinen Eindruck auf Aram. Sie wagt keinen weiteren Einwand, denn seine äußere Gelassenheit ist nur eine dünne Haut über der spürbaren inneren Spannung, die jederzeit in Wut umschlagen kann. Da hat der Regengeist ein Einsehen. Eilig schickt er ein paar dunkle Wolken aus dem Landesinneren, und so wird, als die ersten Tropfen fallen, doch ein Restaurant gesucht.

So einfach ist das allerdings auch wieder nicht. Das erste ist Aram zu teuer, das zweite zu australisch, das dritte zu voll, das vierte zu leer, das fünfte überhaupt zu. Keinen Schritt gehe sie mehr weiter, droht Ella, und wenn er sich auf den Kopf stelle! Das tut er dann beinahe wirklich, als er feststellt, daß sie mitten im Chinesenviertel gelandet sind. Ganz unaustralisch das bunte Treiben zwischen den vielen kleinen Läden. Mit zweisprachigen Plakaten wird für Akupunktur und Massagen in dunklen Hauseingängen geworben, fernöstliche Musik, ein junger Mann, der Vogelstimmen imitiert. Viel asiatischer Krimskrams in den Auslagen, viele chinesische Gesichter.

In diesem Punkt ist er sich wenigstens mit seiner Frau einig: Nichts wie weg hier! Denn von China haben die beiden genug. Ohne ein Wort darüber zu verlieren, drehen sie um. Und als der Regen in voller Stärke einsetzt, flüchten sie sich in ein nahegelegenes Museum.

Hier bekommt man einen Eindruck von australischer Vergangenheitsbewältigung. Schonungslos wird in Dokumenten, Zitaten und Fotos das peinliche Kapitel der Diebeskolonie aufgerollt, aber auch das Heldentum vieler ehemaliger Sträflinge, denen es gelang, sich trotz widrigster Umstände achtbare Existenzen aufzubauen. Abenteuerliche Fluchten, die auf See oder im Busch scheiterten, Kettenkolonnen, Folterungen, Massenhinrichtungen – die Liste menschlicher Qualen ist ohne Ende. Auch vom Kontinent der Sünde ist die Rede, moralischem Verfall, Perversion, Sadismus, einem Volk von Halunken und Huren. Der nackte Wilde, der dort durch die endlosen Steppen gezogen sei, heißt es an anderer Stelle, habe kein Verbrechen gekannt, erst England habe ihn durch seinen menschlichen Abschaum in allen Schrecken unterwiesen ...

Fast die ganze Geschichte Australiens hat hier in zwei Zimmerchen Platz, zweihundert Jahre Entdeckung, Besiedelung und Aufholjagd auf dem Gebiet von Wirtschaft, Kultur und Moral.

Das ist Sydney ... Aram hat die australischen Fotos herausgeholt, stolz führt er sie Fero vor. Eine tolle Stadt, ganz anders als alles, was ich bisher gesehen habe. Und das war unser Strand, an den wir immer baden gegangen sind, erklärt er. Zehn Minuten zu Fuß vom Haus. Ein Traumstrand ... Und da ist unser erstes Känguruh. Die sind ganz zahm, fressen aus der Hand ... Ein Koala, bitte sehr ... Das die Aussicht von unserem Fenster. Wie im Märchen ... Da sitzen wir gerade beim Frühstück im Garten, unser Freund Tom hinter der Zeitung, Ella schaut ein bißchen verkniffen drein, die Sonne wahrscheinlich ... Und das? Ach, Ella, wo haben wir denn diesen Vogel gesehen? Ja, weiß schon, ein Picknick. Wir haben nämlich auch Ausflüge in die Gegend gemacht, und dort in der Nähe gab es so alte Felszeichnungen der Ureinwohner. Interessant, kann ich dir sagen. Überhaupt dieses Australien!

Ella verkneift sich wie immer die entsprechende Bemerkung. Diese Känguruhs und Koalas haben sie im Zoo gesehen, die Felszeichnungen nur auf Prospekten. Und wenn er erst behauptet, daß er nur ihretwegen auf dieses oder jenes sehenswerte Reiseziel verzichtet hätte, weil die Arme den Strapazen nicht gewachsen gewesen wäre, dann kommt ihr die Galle hoch. Das eine allerdings ist nicht zu bestreiten. Wenn Aram nicht so sehr auf einer Weiterreise bestanden hätte, entgegen ihren flehentlichen Bitten, sie zu schonen, ihr eine Atempause zu gönnen, was wäre ihr nicht alles entgangen!

Bis zuletzt hatte Ella Tom zugesetzt, ihrem Mann von seinem Vorhaben abzuraten, die Hitze, die großen Entfernungen, die vollen Busse, die fehlenden Unterkünfte, aber das ist nicht das eigentliche Problem ... Wieviel hat er dir erzählt? Was, wenn mitten in der Wüste wieder was passiert? Es fliegen ja nicht einmal Flugzeuge – der Pilotenstreik!

Ach, du meinst diese Geschichte? Natürlich hat er mir alles erzählt. Aber sowas kann doch jedem einmal ...

Dann hat er dir nicht alles erzählt!

Ach, Ella, du übertreibst. Ich kenn doch meinen Freund. So schau ihn dir an, er strotzt vor Gesundheit. Wenn ich mir Sorgen mache, dann um dich!

Dann rate ihm um meinetwegen ab! Ich will nicht, ich kann nicht ...

Es half alles nichts. Und so saß Ella, die sich geschworen hatte, daß sie Sydney erst am Tag des fix gebuchten Heimfluges, in drei Wochen also, verlassen würde, bereits zweiundsiebzig Stunden nach ihrer Ankunft wieder in einem australischen Überlandbus.

Aber keine Nonstopfahrt mehr! hatte sie sich ausbedungen. Man kann jederzeit unterbrechen und mit dem nächsten Bus weiterfahren.

Sie hatte den Fahrplan gründlich studiert und die Tagesetappen genau festgelegt. Und mindestens eine Woche lang wolle sie sich dann in der Wüste herumtreiben.

Es war wie schon vor Antritt der Australienreise: Nachdem sich Ella in ihr Schicksal gefügt hatte, begann sie Pläne zu schmieden und sich Hals über Kopf in das Abenteuer zu verlieben.

In der Wüste herumtreiben! brummte Aram nur und brütete dann stumm an seiner eigenen Vorstellung von der Wüste.

Und es kam, wie es kommen mußte: kein Stehenbleiben, kein Rasten, viele tausend Kilometer weit. Und die erträumte Atempause schrumpfte auf gerade soviel Zeit zusammen, die ausreichte, um eine Vorstellung vom Unvorstellbaren zu bekommen.

Und das da, sagt Aram und greift nach einem Foto, das in der Türkei oder in Spanien genausogut wie in Rio de Janeiro oder Florida aufgenommen sein kann: ein Sandstrand im Schatten luxuriöser Ferienburgen, viele Kilometer lang, kitschiges Meeresblau, gesäumt vom Blütenweiß einer Brandung. Das da ist die Sonnenküste, das australische Ferienparadies. Einmalig! Ja, und die Delphine dort, wo haben wir sie denn? ... Er kramt ein Dutzend Bilder aus dem Haufen und erzählt von den Kunststücken, die diese intelligenten Meeresbewohner vollführen, ihren Salti und Ballspielen und Tänzen über und unter Wasser. Aber eigentlich wollten wir zum Großen Barriereriff hinüber, zu den Inseln ist es nur ein Katzensprung von dort, aber Ella.

In seiner Darstellung ist eben immer seine Frau das Problem. Doch in Wirklichkeit ... Aber was ist die Wirklichkeit in Wirklichkeit? Die Wirklichkeit ist Gegenwart, das Hier und Jetzt. Die Wirklichkeit ist eine unfreiwillige Reise, ein Käfig, kein Leben, nur die Feststellung: So geht es nicht weiter!

Ella erhöht die Dosis. Stirbt vor Angst, wenn Aram das vergiftete Bier, den Kaffee, die Suppe schlürft. Es geht trotzdem so weiter. Mit dem einzigen Unterschied, daß die Kette, an der sie hängt, immer kürzer wird, je mehr sie daran zerrt.

Eine Freundin hat ihr ihre Wohnung zur Verfügung gestellt, die darf Ella als Büro benützen, solange sie selbst auf Urlaub ist. Aram weiß es, aber es hindert ihn nicht daran, Ella bereits am ersten Tag dort pausenlos anzurufen, ohne sie zu erreichen, und ihr beim Heimkommen einen Skandal zu machen, wo sie denn gewesen wäre, du lügst, deine Arbeit ist doch nur ein Vorwand, mich zu betrügen! ... Und er ist so betrunken, daß er nicht begreift, was Ella ihm verzweifelt begreiflich zu machen versucht – daß er doch bloß die Nummer verwechselt und immer die falsche gewählt hat.

Als nächstes sind die Autoschlüssel weg. Vor den Augen seiner Frau hat er sie vom Schlüsselbrett genommen und im Schreibtisch eingesperrt. Ella bittet, droht, stampft mit den Füßen wie ein Rumpelstilzchen: Du hast kein Recht! Das ist mein Auto!

Meines! schreit Aram. Alles gehört hier mir, und du auch!

Die Stimme kippt. Alles kippt. Da bleibt nur die Flucht. Aber wie? Wohin? Ach, wenn eine junge Engländerin im achtzehnten Jahrhundert mit einer Nußschale über den Stillen Ozean entkommen konnte, dann wirst du es wohl schaffen, deinen Mann zu verlassen!

Marys Geschichte, sie hat England damals zu Tränen gerührt. Wegen eines Manteldiebstahls zur Deportation verurteilt, gebar sie auf der Seereise nach Australien ein

Kind. Nach einem Jahr in der Verbannung unter unmenschlichen Bedingungen ließ sie sich von ihrem Mann zur Flucht überreden. Mit zwei kleinen Kindern und ein paar Sträflingen umrundeten sie in einem gestohlenen Boot den halben Kontinent, wurden auf einer indonesischen Insel von den Holländern verhaftet, den englischen Behörden übergeben und in Ketten gelegt. Über Südafrika ging es in die Heimat zurück, unterwegs starben ihr Mann und die beiden Kinder. Wieder schlossen sich die Kerkermauern um die junge Frau, wieder sollte sie nach Australien gebracht werden. Doch als die Einzelheiten ihrer Flucht vom Rand der Seekarte bis nach Europa, ihre Erlebnisse mit Kannibalen, auf Korallenriffen, Fieberinseln und stürmischer See in die Öffentlichkeit drangen, wurde sie in letzter Minute begnadigt. Sie war endlich frei. Na, bitte!

Erst müssen die wichtigsten Dinge aus dem Haus geschafft werden. Aber was ist am wichtigsten? Und wie stellt man es an, daß Aram nichts merkt? Kleinweise, in unauffälligen Portionen gelingt es doch: Dokumente, Manuskripte, ein paar Bücher, ein bißchen Schmuck. Und bei der nächsten Gelegenheit bist du weg. Wohin? Egal.

Die nächste Gelegenheit läßt auf sich warten. Als ahnte Aram. Er reißt sich zusammen, ist friedlich, nett, höflich. Außerdem soll Fero kommen.

Fero, sein Landsmann und ehemaliger Schachkollege, einer der wenigen, der den Schmähbrief damals nicht unterschrieben hat. Die einzig vorstellbare Bezugsperson. Aram hat immer von ihm geschwärmt, seinen Charakter gepriesen. Nun hat Fero sein Versprechen endlich eingelöst und ist für ein paar Wochen da. Ein gemeinsames Projekt, sagt Aram, was immer das heißen mag. Wenn jemand die Dinge ins Lot bringen kann, dann ist es Fero, kalkuliert Ella. Er muß mit Aram offen reden! Ein Tag nach dem anderen vergeht, aber es ergibt sich keine Gelegenheit, Fero einzuweihen. Aram läßt Ella keine Sekunde mit dem Freund allein, nimmt ihn auf alle Einkaufsgänge mit, vor allem aber zeigt er sich wieder einmal von seiner normalsten und charmantesten Seite. Der Mann, der seit Australien, seit Monaten also, kein Buch mehr angerührt hatte, sitzt nun stundenlang über seine Schriften gebeugt, der Mann, der in den letzten Wochen außer den umliegenden Geschäften und dem Fußballplatz keine Ortsveränderungen vorgenommen hat, gibt sich weltoffen und versiert in allen Lebensfragen und demonstriert dem Freund, der sich selbst über seine zerrüttete Ehe beklagt, ungetrübtes Familienidyll, scherzt mit seiner Frau, lobt ihre Erfolge und Selbständigkeit. Er ist nicht wiederzuerkennen, und alle Anspielungen Ellas Fero gegenüber hören sich tatsächlich an wie wilde, aus der Luft gegriffene Räubergeschichten.

Von früh bis spät hocken die Freunde biertrinkend und plaudernd beisammen, ein Schachbrett zwischen sich. Auch wenn sich die Konstellation der Figuren kaum ändert, sie scheinen sehr beschäftigt.

Und Ella fragt sich immer öfter, ob es sich überhaupt lohnt, das Bild des arrivierten Schachmeisters in Feros Herz zu zerstören. So gehen die Gelegenheiten zu einer heimlichen Aussprache ungenutzt vorüber, eine nach der anderen.

Je näher der Abreisetermin rückt, umso größer wird die Panik. Es muß sein! Unter einem Vorwand lockt Ella Fero in ein Kaffeehaus. Erst nach langem Herumreden kommt sie zur Sache, erzählt ihm die ganze leidige Australiengeschichte, das Vorher und das Nachher, fuchtelt mit Lins Bericht vor seiner Nase herum und beschwört ihn, wenn ihm etwas an seinem Freund gelegen sei, wenn er ihn retten wolle, dann müsse er ihn schonungslos zur

Rede stellen. Aram muß Farbe bekennen. Sonst verlasse ich ihn!

Fero zeigt sich überrascht, behauptet, nichts Absonderliches bei seinem Freund bemerkt zu haben, sicher übertreibe Ella, wie ja auch seine Frau im besonderen und die Frauen im allgemeinen gerne übertrieben. Trotzdem verspricht er, diskret und diplomatisch der Sache auf den Grund zu gehen.

Das sieht dann so aus, daß die beiden bei ihren angeblichen Projektbesprechungen allmählich vom Bier auf den Schnaps übergehen, während Aram mit Fotos aus Hongkong, Sydney und Singapur daherkommt und beiläufig einen Klimaschock erwähnt, den seine Frau für einen Herzanfall gehalten habe. Und daß Fero mit Todesverachtung Arams Kohlekoteletts hinunterschluckt und Ellas Alternativmenüs kaltblütig ignoriert.

Ja, meine Frau kriegt auch langsam einen Vogel, stimmt Fero mit schwerer Zunge zu. Richtig hysterisch ist sie manchmal. Diese Midlife-crisis, überall dasselbe ... Also, ich hab das Gefühl, antwortet Aram in derselben Weise, langsam, aber sicher wird mir Ella verrückt. Du hast keine Ahnung, was ich mit ihr mitmache!

Ella war Zeuge dieser Äußerungen. Die beiden waren schon so betrunken, daß sie es gar nicht bemerkten.

Die Strategie des Alkoholikers: alles auf den Kopf stellen. Die Strategie des Co-Alkoholikers, wie der Fachmann dessen Angehörige nennt: die Überzeugung, ihn bekehren zu können. Und die Strategie des Fachmanns: dem Co-Alkoholiker das auszureden.

Das schleichende Gift der Illusion. Am Ende das Scheitern.

Don't panic, Ella. Du hast den chinesischen Drachen durchschaut, hast den australischen Geisterdingo in die Flucht geschlagen und weißt, daß man nicht aufhören darf zu handeln. Nur wer das Sprechen erst und das Handeln dann aufgibt ...

Siehst du nicht, wie sich dein Mann bemüht, dem Teufel in seinem Leib auszukommen? Mit welcher Verzweiflung er an den Mauern rüttelt, in die er seine Verletzbarkeit zementiert hat? So begreife doch, tagelang nichts als Tee und Mineralwasser. Die Nervosität! Das Zittern! Die hektische Stimme! Die Gereiztheit! Der Körper verlangt nach dem, was ihm zusteht. Er hat es doch immer bekommen, was ihm zustand, warum jetzt nicht?

Aram ist fest entschlossen, die Sache durchzustehen. Ella auch. Ist gnädig, scherzt, nimmt ihn ernst und stößt ihn nicht weg.

Drei, vier, fünf Tage lang, manchmal sogar eine Woche geht alles gut. Sie atmet auf. Sieht großzügig über das kleine Gläschen Rotwein hinweg, das plötzlich vor ihm aufgetaucht ist. Ein Gläschen ist keine Flasche. Es darf auch ein Bier sein, warum nicht zwei, nach dem Fußballtraining ist man doch durstig. Er ist ja so normal!

Aram willigt sogar ein, mit ihr auf einen Berg zu gehen.

Seit Australien haben sie nichts mehr gemeinsam unternommen. Immer nur zu Hause, Aug in Aug, Arm in Arm, Aram und Ella, die personifizierte Verballhornung von Adam und Eva.

Ein Herbsttag wie aus dem Bilderbuch, plaudernd geht es erst durch den Schutzwald, dann über Almwiesen zu einem malerisch zwischen Felsen eingebetteten Gebirgssee.

Nicht schlecht! sagt Aram, was in seiner Sprache das höchste Lob ist. Aber nach einer kurzen Rast drängt er zum Aufbruch. Durst! stöhnt er und stürmt voran. Auf der Almhütte stürzt er zwei Flaschen Bier hinunter und ist wieder friedlich. Zu friedlich, denn er sagt bald kein Wort mehr, und beim Abstieg keucht er zum Gotterbarmen:

Nimmt denn dieser Weg kein Ende? ... Das Hemd klebt ihm am Leib, er beginnt zu stolpern. Also, wenn nicht bald ein Gasthaus kommt – ich hab doch alles herausgeschwitzt!

Ella versteht auch ohne Umschreibungen: Sein Organismus pocht auf sein Recht.

Das Gasthaus ist erreicht, doch es ist zu. Ella hilft ihm ins Auto, sie fahren los. Gleich, Aram, gleich! beruhigt sie den Zähneklappernden, Stöhnenden, Fluchenden. Bei einer Tankstelle dann der ersehnte Nachschub, aber die zwei Dosen, die er auf der Weiterfahrt in sich hineinschüttet, sind zu wenig. Aram krümmt sich vor Schmerzen, greift sich ans Herz, winselt: Mach schneller, Ella, mach schneller! ... Er begreift nicht, daß sie längst im Stau stecken und nichts weitergeht.

Ella tut, als höre sie ihn nicht. Was sollte sie auch sagen? Es ist doch immer dasselbe mit ihm. Ob auf der nördlichen oder der südlichen Hemisphäre, ob in Europa, Asien oder Australien. Und mit ihr ist es auch immer dasselbe – sie ist ihm wieder einmal auf den Leim gegangen.

Da hilft nur kaltes, nüchternes Konstatieren: Diese Krankheit ist unerbittlich. Heute wie damals – Meter für Meter, im ersten Gang durch einen Stau, der sich über Länder und Meere zieht und bis Sydney reicht.

Mit zerschlagenen Gliedern an einem brennend heißen Mittag ins Oberdeck des Überlandbusses geklettert, Arams wütende Feststellung: Schon wieder diese gelben Visagen! als er ausgerechnet inmitten einer japanischen Reisegruppe zu sitzen kommt. Nach stundenlangem ruckweisen Gekurve ist die Stadt endlich verlassen, und gleichmäßig wie auf Schienen geht es nun über den Highway nach Norden. Ununterbrochen holt Aram Nüsse aus der Tasche, steckt sie einzeln zwischen die Zähne, mechanisch zermahlt er sie. Schwitzend wetzt er auf seinem Platz herum. Geht es wieder los?

Draußen das ewige Eukalyptusgemälde, alles wie immer, nur der Bus ist ein anderer, die Gesichter, die Kommentare durchs Mikrophon. Sommerwolken, sie beschwören das Bild der fernen Heimat herauf, aber die Aufbruchsstimmung hält nicht lange an, sie macht einer bösen Vorahnung Platz.

Rechts drängt das Meer heran, mit seinen schäumenden Armen wühlt es sich ins Land, rüttelt daran, versucht in die Mündungen hineinzukommen und die Flußläufe hinaufzustürmen, Stunde um Stunde die gewohnte Ereignislosigkeit der Strecke, bis das sinkende Licht alle Konturen verwischt. Dröhnendes Nachtschwarz überzieht die Scheiben, die Schlaflosigkeit frißt sich auf bewährte Weise in die Augen, in die Knochen, schlägt ihre Krallen ins Herz. Als hätte es nie ein Haus über dem Pazifik, nie einen Dschungelgarten, nie was anderes gegeben, als diesen schaukelnde Käfig. Ella – ein Schaf, das sie zur Schlachtbank karren. Ella – ein Sträfling auf dem Weg in die Verbannung. Und kein Entkommen.

O doch! Es fehlt nur am Wollen. Das Überleben in der Wildnis ist eine andere Sache. Fliehen hat hier ja Tradition. Als blinde Passagiere auf Versorgungsschiffen oder in mondlosen Nächten wie dieser auf heimlich gebauten Booten. Die meisten zerschellten schon an der nächsten Klippe. Viele versuchten auf dem Landweg ihr Glück, sie wollten nach China, von dem die Mär ging, daß es nur durch einen Fluß von Australien getrennt sei, und wohlgesonnene Menschen mit kupferfarbener Haut dort auf sie warteten. Wenn sie nicht erwischt wurden, starben sie an Erschöpfung oder den Speerwunden der Ureinwohner. Manche fraßen sich vor Hunger gegenseitig auf. Wer dennoch durchkam, mußte damit rechnen, verraten, verhaftet und wieder zurückgeschickt zu werden. Nur ganz wenige erblickten ihre Heimat wieder.

Die Südsee zur Rechten, eine dunkle Stunde um die andere.

Unter japanischem Zwitschern werden vorne und hinten Hühnchen aus Folien gewickelt und herumgereicht, ein Apfel fällt Aram auf den Kopf. Verärgert fährt er aus dem Schlaf: Diese Schweine! ... Und ist auch schon wieder eingenickt.

Und natürlich will er am nächsten Morgen, als sie in das Urlaubsparadies Brisbane einfahren, nichts von einem Aufenthalt wissen.

Ich will nicht weiter! schreit Ella so laut, daß sich die Reisenden im Terminal verwundert umschauen. Ich will wo meine Beine ausstrecken, ich gehe jetzt ein Hotel reservieren! Aber sie kommt gar nicht bis zum Informationsschalter, denn Aram hat sie am Arm gepackt und zurückgerissen.

Bist du wahnsinnig? Ein Hotel! Weißt du, was das kostet? Wir buchen sofort den Anschlußbus!

Im Terminal wimmelt es von Menschen, anderen, als in den bisherigen Terminals. Ist es an der Westküste ein gemischtes Publikum gewesen, alles wegen des Pilotenstreiks hängengebliebene Reisende, so waren es in Sydney vornehmlich abenteuerlustige Tramper, denen die Distanzen anzusehen waren, die noch vor ihnen lagen. Hier an der Sonnenküste herrscht eindeutig Urlaubsstimmung vor – Bermudashorts, Surfbretter, Tauchflossen, Sonnenbrände.

Ellas finsteres Gesicht muß sich da wie ein kleines Störsignal im sonst reibungslosen Ablauf des programmierten Glücks ausnehmen. Kein Wunder auch, denn der nächste Bus, stellt sich heraus, geht erst am Abend.

Wir schauen am besten, daß wir an irgendeinen Strand kommen, sagt sie schwach. Oder in einen Park. Ich muß mich wo niederlegen! Sie hat das Gefühl, auf der Stelle umzufallen.

Aram tut, als habe er sie nicht gehört, und überlegt laut, ob nicht doch das Barriereriff drin sei, von dem ihm Tom vorgeschwärmt hat: Ein absolutes Muß, wenn man schon dort oben ist, das größte Korallenriff der Welt, ein Naturwunder ersten Ranges, man kann mit Glasbodenbooten herumfahren und die Unterwasserwelt erleben, ohne naß zu werden, es gibt Tagesausflüge zu den Inseln, mit einem Flugzeug ist man ja gleich drüben …

Beim Auskunftsschalter wird er auf den Pilotenstreik verwiesen, von dem er bisher noch nichts mitbekommen hat, also erkundigt er sich nach anderen lohnenden Zielen. Was meinst du? sagt er zu Ella und gibt sich gleich selber die Antwort, indem er von den Delphinspektakeln spricht, die ihm Tom ebenfalls nahegelegt hat. Er erwirbt zwei Tickets.

Mit einem anderen Bus geht es nun wieder über hundert Kilometer zurück, die Südsee diesmal zur Linken, und das bei Tageslicht. Schade. Denn hier zeigt der Pioniergeist der Kolonialherren sein wahres Gesicht. Betonklotz reiht sich an Betonklotz, und wo ein Fleckchen frei ist, klaffen kratergleich Baugruben, fressen sich riesige Bagger in die staubigen Überreste des Busches, Baukräne ragen wie Abschußrampen ins Azurblau. Die Natur ist hier ganz offensichtlich fehl am Platz. Sie hat mit allen Mitteln korrigiert zu werden: mit Bulldozern eingeebnet, mit Dynamit in die Luft gesprengt, zugebaut und untertunnelt, als Ware verschachert, als Schutt ins Meer gekippt.

Unvorstellbar auch hier, wie das alles einmal ausgesehen haben soll. Die seichte Bucht wimmelte von Fischen, heißt es im Bericht eines zur Erkundung des nördlichen Küstenstrichs ausgesandten Briten. Man konnte hinauswaten und mit bloßen Händen Meeräschen und Schnappschildkröten fangen. Die Mangroven waren mit kleinen Austern dicht besetzt, ihre welligen Schalen schimmerten durchs türkisgrüne Wasser. Zwischen den Wurzeln tummelten sich Regimenter von riesigen köstlichen Schlammkrebsen. Landeinwärts hatte man den Eindruck, als seien schon immer Menschen hier gewesen und hätten diesen wahren Garten Eden angelegt. Die Flußufer grenzten an tropischen Dschungel und waren mit blauweiß blühenden Ranken gesäumt. Majestätisch entwuchsen weiße Lilien dem Gezeitenschlick. Kolonien schwarzer Gelbohr-Kakadus äugten neugierig durchs dichte Blätterwerk und erhoben sich dann und wann mit schwerfälligem Flügelschlag in die Luft. Bunt gefiederte Eisvögel zuckten durch die dunklen Schatten ...

Mit der Gründung einer weiteren Strafkolonie begann auch hier die Ära von Epidemien, Entbehrung und Demütigung im Paradies.

Heute heißt den Fremden Sea World willkommen. Wie soll man das nennen? Einen Fieberwahn? Eine Computersimulation? Eine Unterhaltungsmaschine? Eine hochtechnisierte Spielwiese? Es ist die materialisierte Vergnügungssucht, soviel steht fest. Monorails, Wasserrutschen, Seeräuberspektakel, Eissalons, Pizzerias und Snackbars, Wasserskiakrobatik, nostalgische Züge, Schaukelungetüme, Haifischfütterungen, Souvenirläden, Autodrome, Rundflüge, Seilbahnen, kreischende Urlauber, weinende Kinder, Kitsch und Show, Business und Money und kein Verschnaufen.

Die Sonne brennt den letzten Gedanken aus dem blöden Schädel, aber es wird weitergehetzt von Spektakel zu Spektakel. Ein kurzes Verweilen am Seelöwenpool. Die dösenden Tiere liegen faul auf dem Rücken, lassen sich von Zeit zu Zeit von ihrer künstlichen Insel, einer Felsimitation, ins kühle Naß rollen, um sich mit Unterwasserspielchen zu vergnügen. Ein fettes ausgewachsenes Männchen jagt den unerfahreren Jungen brutal die von den Zuschauern zugeworfenen Fische ab, bettelt brüllend, das borstige Maul weit aufgerissen, um die nächsten.

Alle Augenblicke wird, vom Geknatter der aufsteigenden und landenden Hubschrauber unterbrochen, über Lautsprecher was angesagt, Namen, Shows und Sensationen, und das Publikum wälzt sich, wie von gigantischen Magneten angezogen, einmal hierhin, einmal dorthin.

Ella möchte zu den Delphinen. Aram zur Haifischfütterung. Mag er gehen. Sie vereinbaren einen Treffpunkt.

In einem riesigen Becken harrt ein Rudel dieser Intelligenzbestien seines Auftritts, es scheint das Kommando des Trainers kaum erwarten zu können. Übermütig fegen sie durchs Wasser, lassen sich mit ihren mächtigen Schwanzflossen hochschnellen und setzen in der Art eines Aufwärmtrainings zu Purzelbäumen in der Luft an. Schnaufend lassen sie sich dann im Wasser treiben, kommen an den Beckenrand, lächeln Ella zu. Lächeln sie wirklich?

Auf jeden Fall haben sie die Schnäbel leicht geöffnet, ihre wachen Augen heischen nach Aufmerksamkeit.

Doch was dann kommt, verschlägt Ella in der Tat die Sprache, versöhnt sie für die Dauer einer Stunde mit Kitsch und Wirbel. Es ist, ja, was ist es nur? Es ist tierische Artistik, gepaart mit ganz und gar untierischem Verstand, ein noch nie erlebtes Zusammenspiel von Mensch und Kreatur. Auf ein für die Zuschauer kaum wahrnehmbares Handzeichen des Trainers schießen die stahlgrauen Leiber wie Raketen in den Himmel, zerplatzen mit den Schnäbeln die hoch über ihnen aufgehängten Luftballons. Die Luftsprünge der zentnerschweren Tiere wollen kein Ende nehmen. In Gruppen, auf die Sekunde aufeinander abgestimmt, wirbeln sie durch die Luft oder schreiten, nur von ihren Schwanzflossen in der Balance gehalten, aufrecht übers Wasser. Die Freude ist ihnen anzusehen, der Stolz, wenn sie nach jedem Dressurakt vorne auf das Podest des Trainers rutschen. Sie betteln nicht nur um die verdienten Leckerbissen, sondern wollen auch liebkost und gelobt werden. Höhepunkt der Vorführung ist eine Nummer, die das sensationsmüde Publikum wieder wachrüttelt. Junge, hübsche Mädchen reiten stehend auf den Rücken der Tiere, benützen sie wie Pferdegespanne, und dann holen sie tief Luft und verschwinden unter der Wasseroberfläche. Eine Weile nichts. Erst als menschliche Raketen in den Himmel schießen, eine nach der anderen, zu zweit, zu dritt, weiß man, wer sie, die Stoßkraft genau bemessend, katapultierte. Beifallheischend tauchen die Schnäbel aus dem Wasser.

Vergessen die sengende Sonne, alle Müdigkeit, Aram. Lächelnd verbeugen sich Mensch und Tier.

Ein weiterer Abend, eine weitere Nacht auf Rädern. Gekrümmt, durchgebeutelt, verwachsen mit dem gepolsterten Folterstuhl. Wozu? Wohin? Die Raststationen werden immer seltener, Eilande ohne Bewuchs im Meer der Finsternis, gemein sticht das kalte Licht der Büffets in die Augen. Schnell das Sandwich mit einem Coca-Cola hinuntergespült, und dann schaukelt sie wieder einsam durch die Nacht, diese Fuhre voll Schlaf, von der verzweifelten Wachheit des Kutschers in Gang gehalten.

Wo sind wir? Aram hat keine Ahnung. Ella kann auch nur raten. Sie müßten eigentlich die Küste verlassen haben, es müßte nun eigentlich ins Landesinnere gehen, den Südlichen Wendekreis entlang. Tut es auch. Denn als das erste Licht seine klammen Finger nach dem Horizont streckt, ist man schon mitten im Outback.

Outback – auch so ein strapaziertes Wort hier, unter dem sich der Fremde am besten ein Abseits von aller

Bewohnbarkeit vorstellt, eine strohtrockene Monotonie zwischen Himmel und Erde. Was das aber in der Wirklichkeit heißt, das kann er nur nachlesen.

Ella tut es, seit Monaten schon nichts als Australienliteratur. Wenigstens hinterher sollte man wissen, wo man gewesen ist.

Die Ungezählten, die auszogen zur Erkundung und nie mehr wiederkehrten! Und doch leben Menschen hier und Vieh – die Weiden sind so groß wie manche Länder in Europa. Hubschrauber besorgen das Geschäft der Cowboys, sie treiben die Herden zusammen und suchen nach verirrten Tieren. Das Wasser der artesischen Quellen kommt so heiß aus der Erde, daß es erst mühsam abgekühlt werden muß, das Gras ist so saftig, die Tierhaltung so vorteilhaft wie nirgendwo auf dem Kontinent. Und nicht von ungefähr sind die Rekorde der Schafscherer hier Legende geworden.

Die Kehrseite der Medaille ist die Unberechenbarkeit des Klimas. Die Fruchtbarkeit des Bodens ist ein längst durchschauter Mythos, sie ist auf die natürliche Auslese der Arten zurückzuführen. Über Jahrtausende hat sich die Natur dem Wandel vom einstmals subtropischen Klima zum heutigen Wüstenklima angepaßt. Es überlebten nur jene Pflanzen und Tiere, die der trockenen Umwelt gewachsen waren. Die Geschichte der weißen Besiedelung des Outback ist nichts anderes als eine Kette von Erfolg und Mißerfolg, denn die ersten weißen Siedler sind nachweislich vom täuschend parkähnlichen Aussehen des Landes nach einem Regen angelockt worden. Während einer Folge guter Jahre haben sie sich hier niedergelassen, als die Flüsse Wasser führten und reichlich Futter für Schafe und Rinder vorhanden zu sein schien. Bald aber mußten sie feststellen, daß Trockenheit das unentrinnbare Schicksal des Outback ist. Wenn die grasreichen Ebenen austrockneten, die grünen Büsche verdorrten und wie Strohkugeln vom geringsten Lufthauch über die Ebene gerollt wurden, dann verhungerte das Vieh. Die Farmer wanderten ab, ihre Gehöfte verfielen. Und erst, wenn sich fette Jahre ankündigten, kamen sie wieder.

Diese Besiedelung hat das Outback ernsthaft geschädigt. Die kärgliche Vegetation der halbtrockenen Landschaft gewährte dem Boden einen zarten Schutzmantel gegen den zerstörerischen Einfluß von Sonne und Wind, dem die heimischen Wandertiere, ob Emu oder Känguruh, nichts anhaben konnten. Die Rinder- und Schafherden der Europäer jedoch haben in wenigen Jahrzehnten alles kahlgefressen. Ihre schweren, spitzen Hufe haben den Wüstenboden so aufgewühlt, daß ihn die heißen Sommerwinde wegfegten. Gewaltige Staubstürme sind heute die Folge, sie reißen alles mit, worauf noch was gedeihen könnte, jagen die roten Wolken bis an die Küste und versetzen die Stadtbewohner in Angst und Schrecken. Auf diese Weise holt sich die Wüste zurück, was ihr der weiße Mann einst abgerungen hat.

Eine Lösung? Es gab viele Überlegungen. Lange Zeit glaubte man, mit Erzförderung und Tourismus die verheerenden Folgen der Weidekultur auszumerzen und auf viel schonendere Weise Geld zu machen. Auch das hat sich als Irrtum erwiesen. Die Zerstörung ist weitergegangen. So wie überall auf der Welt.

Wie sie einander gleichen, die Ansammlungen von verzogenen Holzbungalows, die sich Ortschaften nennen und alle paar Stunden aus dem Nichts auftauchen, ununterscheidbar mit ihrer breiten Asphaltstraße, den staubigen Vorgärten, der verlassenen Tankstelle, dem unvermeidlichen Supermarkt.

Der Wirt, der in der Morgendämmerung seinen Büffetschuppen für die Reisegruppe aufsperrt, ist grantig, hat sich nur ein zerrissenes Leibchen zu den fleckigen Shorts übergestreift, in denen er offensichtlich geschlafen hat. Aber allmählich kommt er in Fahrt, es ist ja sein Geschäft, Durchreisende zu laben. Blödelnd knallt er die Sandwiches auf den Tisch, füllt Tee, der wie Kaffee schmeckt (beziehungsweise umgekehrt) in schmierige Tassen und kommandiert seine Frau herum, eine nicht viel gepflegtere Erscheinung.

Während die anderen ihre Ham and eggs verzehren und Aram vor einem Abort Schlange steht, dem man tatsächlich nur in äußerster Not nahetreten möchte, wandert Ella die mit feinem Sand bestäubte Straße auf und ab: auf Pfosten oder Holzgitter gesetzte Baracken, vielleicht zum Schutz vor Ungeziefer, vielleicht auch um des Kühlungseffekts der durchstreifenden Luft willen, eine Herberge, die unzweifelhaft auch schon bessere Tage gesehen hat, ein Möbelgeschäft, durch dessen blinde Scheiben ein paar altmodische Einrichtungsgegenstände zu erkennen sind. Jedes Gebäude, jeder Laden steht für sich allein, ein Inselchen in einem Meer von Staub und Öde. Dann verläuft sich die Siedlung in Telegrafenmasten, Wellblechschuppen, rostigen Wassertanks, Autowracks ...

Weiter geht es durch Grasland, immer nur Grasland, vereinzelt Gebüsch. Eukalyptusbäume, grüne Fallschirme ihre Kronen. Das hattest du doch schon einmal, Ella, vor Tagen, vor Jahren, wie hieß diese Gegend doch? Terra nullius, sie ist überall: die Fleischklumpen am glühenden Asphalt, oder das eben, was von vorwitzigen Beuteltieren übrigblieb, Fahrspuren ins Nichts, die schwarzen Krallen abgestorbener Bäume, denen das Wasser wegblieb, flirrende Horizonte, Zäune, die nichts umzäunen. Neu sind nur die Flaschenbäume, in deren bauchigen und tatsächlich flaschenförmigen Stämmen große Mengen Wasser gespeichert sind. Sie setzen unverwechselbare Akzente in der

Landschaft. Später kommen endlich auch Emus in Sicht, allerdings sind sie nur mit viel Phantasie als solche zu erkennen. Ihre dünnen Beine haben sich in der flimmernden Luft aufgelöst, und es scheint, als schwebten dunkle Wölkchen über dem Boden. Mit ihrer doppelten Federschicht können sie nicht nur die größte Hitze, sondern auch Kälte und Nässe unbeschadet überstehen. Überhaupt, was für merkwürdige Tiere! Das Nest baut der Emuhahn, er brütet auch die Eier aus – die Henne macht sich nämlich aus dem Staub, sobald für die Nachkommenschaft gesorgt ist. Einmal, so ist dem Reiseführer zu entnehmen, dienten diese Steppenbewohner den Eingeborenen als willkommene Jagdbeute, doch als die Siedler aus Übersee kamen, wurden sie in großen Mengen abgeknallt, weil sie deren Getreidekulturen bedrohten. Und so haben Jäger und Gejagte in diesem Jahrhundert das gleiche Schicksal erlitten: von den Weißen so gut wie ausgerottet.

Ansonsten alles wie damals. Wie heute. Ein Fremder an Ellas Seite, der kaum was redet, und sie doch ununterbrochen beschäftigt.

Aram hört nicht auf, zu knabbern und schwitzend herumzuwetzen, stöhnend verlangt er nach einem Bier, dieses Scheißland, nirgends kriegt man was zum Saufen, und diese Hitze, und dieses blöde Video, können die das nicht abdrehen, das interessiert doch keinen, und dieser Bus, so eine Frechheit, wie eng, wie hart, wieso haben die keine Lüftung, irgendwas stimmt da nicht!

Er hat ausnahmsweise recht: Irgendwas stimmt an diesem Bus nicht. Die Schwüle ist unmerklich angewachsen, die Passagiere versuchen mit ihren Zeitungen die Illusion von frischer Luft zu erzeugen, aber es hilft nichts.

Erst als sich Stimmen des Unmuts zu regen beginnen, muß auch der Fahrer zugeben, daß die Lüftung ausgefallen ist. Er werde sich bemühen, per Funk einen Ersatzbus zu bekommen. Don't worry, everything will be okay.

Don't worry – auch schon wo gehört ... Don't worry ... Der Anfall damals, wenn er wiederkommt, was machst du, wenn es in so einem Kaff passiert, er stirbt dir unterwegs, nein, wenn jemand stirbt, dann bist du es, aber erst mußt du zu diesem Berg, achtundvierzig Stunden noch, wie hält man achtundvierzig Stunden aus?

Ängstlich beobachtet Ella jede Regung ihres Mannes, beobachtet seine Hände – zittern sie? Er hat schon so lange nichts mehr getrunken, man weiß doch, wohin zu plötzliche Abstinenz führt, aber zittern nicht auch ihre Hände, freilich, es ist der Bus, diese verdammte Karre, Aram schläft ja schon wieder ...

Über die nächste Ortschaft, die sie zu Mittag erreichen, läßt sich nichts anderes sagen als das, was schon über die vorige gesagt wurde. Nur das Licht ist ein anderes, ein hartes, schattenloses, das die Umrisse der Häuser wie in einem überbelichteten Film zerfließen läßt. Matt sitzen die gestrandeten Fahrgäste neben ihrem Gepäck unter dem Vordach eines Büffets, vertreiben sich die Zeit mit Zeitungen und Coca-Cola.

Aram hat plötzlich erklärt, einen Spaziergang machen zu wollen, ist in der brütenden Hitze verschwunden. Ella nimmt es achselzuckend zur Kenntnis, beginnt sich aber zu sorgen, als der Ersatzbus endlich eingetroffen ist und die Reisenden zum Einsteigen aufgefordert werden. Da ist er auch schon etwas atemlos zur Stelle und läßt verschämt einen Plastiksack unter dem Sitz verschwinden. Ein paar Lebensmittel, murmelt er. Da war nämlich ein Supermarkt ...

Nach ein paar Kilometern sieht Ella ihre Ahnungen bestätigt, ist aber erleichtert. Aram holt aus dem Sack bloß eine Dose Bier heraus, die er zur Tarnung mit Zeitungspapier umwickelt hat – das Alkoholverbot im Bus ist auch ihm nicht entgangen. Genußvoll setzt er zu einem tiefen Schluck an. Aber er hat sich zu früh gefreut. Das Adlerauge einer jugendlichen Sittenwächterin hat die Situation erfaßt, sie kommt nach vorne, sagt was. Aram tut, als verstehe er nicht. Da zeigt sie wortlos auf das Schild, das weithin sichtbar vorne angebracht ist: No alcohol! Nur ein Blinder kann es übersehen.

Während draußen die Einöde ihre unendliche Geschichte von menschlicher Vergeblichkeit erzählt, läßt drinnen Aram seinen Zorn an Ella aus, was geht diese blöde Gans denn das an, und warum hast du mir das nicht früher gesagt, und nicht einmal ein Bier darf man sich erlauben!

Er startet nach einiger Zeit einen zweiten Versuch und gibt dann endgültig auf, als ihm ein anderer Fahrgast droht, den Chauffeur zu verständigen. Der sei berechtigt, und auch das steht deutlich auf dem Schild, Zuwiderhandelnden die Weiterfahrt zu untersagen. Aram beißt die Zähne zusammen. Die Vorstellung, in dieser Einöde ausgesetzt zu werden, ist wirkungsvoller als jede Entwöhnungskur.

Weiter, Ella, im krausen Text, den dir dein Gewissen vorschreibt. Das Gewissen ... oder die Angst? Oder vielleicht gar ... die Schuld? ... Die? Wenn Schicksal Schuld ist ... Nein, ein unüberlegter Schritt, eine falsche Entscheidung ist Schuld, ist Schicksal, ist ... Das Nichtschlußmachenkönnen, Aufschieben, Ausweichen, Vormachen, Herumreden, Kopfindensandstecken ... Wenn aber die Angst ... Ist Feigheit Klugheit? Ist Klugheit Feigheit? ... Die wilden Krallen an deiner Kehle, Luft! Luft! ein wenig nur fehlt, und ... Was und? ... Alles ist gut ... Aber erst mußt du durch den Schlund durch ...

Die Angst des Alkoholikers vor dem Entzug, die uneingestandene, vor dem Schmerz, dem Streß. Und was soll er denken, wenn sich der Nebel im Kopf lichtet und den Blick auf eine dröhnende Leere freigibt? Wo die Hände hintun, wenn sie kein Glas umschließen, keine Flasche öffnen dürfen? Der Hals seiner Frau muß her, da schnitzelt sie an ihrem blöden Kraut herum, er hat doch gekocht, den ganzen Vormittag hat er in der Küche verbracht, alle Reste verwertet, ein riesiger Topf voll irgendwas ist daraus geworden, und sie bereitet schon wieder demonstrativ ein Gegenmenü, nur um ihn vor den Kindern schlecht zu machen. Hör sofort auf, schreit er, auf der Stelle hörst du auf!

Ella hört nicht auf, verbissen schnitzelt sie weiter.

Er, nein, er will keinen Streit, versucht es auf die versöhnliche Tour.

Ella, muß das sein?

Auch diese Ella fürchtet den Streit, aber da ist kein Wort mehr in ihr, das nicht schon gesagt wäre, kein Wort, welches noch was Neues in die Diskussion bringen könnte. Auf Formeln reduziert ihre Vorwürfe, seine Gegenargumente. Und was gibt es da auch zu diskutieren, wenn er abstreitet, die von ihr heimlich weggeworfenen fauligen Reste aus dem Mülleimer gefischt und verwertet zu haben.

Ella schnitzelt, schweigt. Da springt er ihr so wie neulich fluchend an die Gurgel, drückt, drückt, Ella schlägt um sich, das Messer fällt ihr aus der Hand, das Kraut fliegt durch die Luft, sie krächzt, alles wird schwarz, sie tritt mit den Füßen, reißt sich los mit letzter Kraft, oder hat Aram seinen Griff gelockert, du Schwein, heult sie, du bist wahnsinnig, heult sie, er ihr nach, ein Gerangel, ein Gerenne, die Vorhangstange fliegt herunter, eine Schüssel zerbricht, das Kraut in der ganzen Küche, im Wohnzimmer fällt ein Tisch um, ich wollte es nicht, schreit er, Ella, ich bitte dich, rühr mich nicht an, kreischt sie, ich lasse mich scheiden, auf der Stelle, es gibt kein Zurück …

Ella, verzeih mir, ich weiß auch nicht, was mit mir ...

Laß mich los, oder ich rufe die Polizei! Ich hasse dich, ich hasse dich, ich hasse dich!

Aber ich hab's nicht so gemeint, ich liebe dich doch! schluchzt Aram.

Du wolltest mich umbringen! keucht Ella, am ganzen Leib zitternd.

Aber du weißt doch, keiner Fliege könnte ich was zuleide tun!

Du bist betrunken, du weißt nicht, was du tust, wenn du betrunken bist!

Aram will sie umarmen, will sie küssen, es ist ja nur, weil du mich nicht liebst, kannst du nicht wenigstens so tun, als liebtest du mich, solange ich hier bin? Hast du denn gar kein Verständnis für meine Situation? Das ewige Hin und Her, nächtelang im Zug, und alles nur wegen dir, wegen euch!

Du kommst nur nach Hause, um uns das Leben zur Hölle zu machen. Kaum bist du weg, bist du schon wieder da! Alkoholiker! Säufer! Wenn du es nur zugeben würdest! ...

Wenn du mich nur liebtest! ...

So und ähnlich.

Wie alles doch immer wieder weitergeht, nur noch öder, noch kaputter. So wie die Welt. Nichts als Katastrophen rundum. Hungersnöte, Kriege, Heimatlosigkeit. Zurück bleibt die Ratlosigkeit eines Schiffbrüchigen, so gut wie nichts.

Wo sich einst riesige Herden um Wasserlöcher scharten, stolpert jetzt nur noch ein halbverdurstetes Rind durch die Gegend, eine Handvoll Schafe macht sich den Schatten des einzigen Baumes weit und breit streitig. Große schwarze Vögel flattern von den Kadavern auf, an deren Verwesungsgrad man sich ausrechnen kann, wann das letzte Fahrzeug hier durchkam, und die Verkehrstafeln, die vor überfluteten Straßenstücken warnen, klingen wie ein Hohn. Von wo nach wo sollen die Flüsse fließen, die die Gegend in der Regenzeit hier angeblich unpassierbar machen? Und wie lange schon wartet der Fahrer des umgekippten Trucks am Straßenrand auf Hilfe? Auf einer der vielen im Straßengraben verstreuten Schachteln sitzt er, winkt gottergeben dem Bus nach. Vogelschwärme, unter schneeweißen Flügeln blitzt es rot. Aufziehende Strichwolken. Ausgebleichtes Gehölz. Verlorene Wasserkanister. Plötzlich Felsungetüme – sie ragen wie die Kamine eingeäscherter Häuser aus den Schuttkegeln und führen das Zerstörungswerk von Zeit und Witterung vor. So überraschend sie aufgetaucht sind, so überraschend sind sie auch wieder weg. Zu kleinen Stachelpölsterchen geschrumpfte Vegetation. Schwarzer Kies, der sich auswächst zu immer größeren toten Flächen. Die berüchtigte Simpsonwüste nicht weit.

Der Sog eines Vakuums wird spürbar, einer großen Faszination, sogar im bequemen, kühlen Bus. Hier wahrscheinlich gerade erst recht. Mit einem Funkgerät im Armaturenbrett und ausreichendem Benzinvorrat läßt es sich leicht von menschenleeren Weiten träumen. Erst wenn dieser Bus wo hält, und der Möchtegernabenteurer gezwungen ist, seine komfortable Behausung zu verlassen, und ihm ein heißer, staubiger Wind entgegenschlägt, wird ihm ein wenig bewußt, was es einmal hieß, diesem Sog nachzugeben und ins Unbekannte aufzubrechen, wie all die Unerschrockenen der Vergangenheit, besonders aber, was es hieß, hier zu überleben – jahrtausendelang …

Aber suchen Sie nicht nach einem Busch! ruft der Chauffeur mit breitem Grinsen einem seiner Fahrgäste nach, der auf freier Strecke unbedingt seine Notdurft verrichten muß. Da müßten Sie nämlich lange suchen. Oder nehmen Sie sich was zum Trinken mit. Ein paar Stunden ohne Wasser in dieser öden Gegend, und Sie sind ein toter Mann!

Im heißen Inneren Australiens stieg der Eidechsenahne aus der Erde empor. Es war Traumzeit. In den Höhlen der Berge ruhten überall noch unentwickelte, zusammengewachsene Wesen, die er mit dem Steinmesser voneinander trennte. Er öffnete ihnen Augen, Ohren, Mund und Nase, dann verlieh seine scharfe Klinge den formlosen Leibern ihre endgültige menschliche Gestalt.

Der Vorfahre zog durch das Land und hielt Rast an Wasserlöchern oder in Felsschluchten, wo er viele Eidechsen hervorbrachte. Oft verwandelte er sich auch selbst in eine schuppige Echse, die zwischen den Steinen vor der brennenden Sonne Schutz suchte, während ihre lange, klebrige Zunge nach den umherschwirrenden Fliegen schnappte.

Im Laufe seiner langen Wanderschaft begegnete der Ahne vielen Menschen, die noch gänzlich unwissend waren. Er zeigte ihnen, wie man Speere, Bumerangs, Schilde und Speerschleudern schnitzt, machte sie mit den Gewohnheiten der Pflanzen und Tiere vertraut, darüber hinaus lehrte er sie das Sammeln, Jagen und Zubereiten der Nahrung, vor allem aber die Beschneidung der Knaben, die er mit seinem Steinmesser vollzog.

Alt und müde geworden, kehrte er schließlich in seine Heimat unter der Erde zurück, wo seine Seele mit einem roten Körper bekleidet weiterlebt.

Nur wer sich länger in dieser Einöde aufhält, schrieb ein wüstenerfahrener Anthropologe der heutigen Zeit, kann nachvollziehen, was das Leben hier den Menschen abverlangte. Man ist voll der Hochachtung für ein Volk, das es verstand, dieses barbarische Land in seinen Mythen zum Leben zu erwecken und ein soziales System von erstaunlicher Logik über viele Jahrtausende hinweg zu bewahren. Grausamkeit und Zärtlichkeit existierten darin in erstaunlicher Harmonie. Eine große Traurigkeit überkommt einen, diese Landstriche heute entvölkert vorzufinden ...

Wann der Fahrer wohl die letzte Durchsage gemacht hat? Vor hundert Kilometern? Hundert Jahren? Der wievielte ist es überhaupt schon? Und seit wann ist die Erde plötzlich rot? Und seit wann wächst da wieder was drauf, und überhaupt?

Verwundert stellt Ella die Verwandlung fest. Der Highway führt quer über ein Schachbrett, die menschengroßen Figuren im kärglichen Buschland verstreut. Eine andere Deutung: Grabsteine ohne Inschrift, ein Friedhof bis zum Horizont.

Termitenhügel! kommt es durch das Mikrophon. In manchen Gegenden werden sie bis zu acht Meter hoch.

Das ist also die Erklärung für die bizarren Gebilde, das Schachbrettmuster, welches die schwarzen Schatten auf die rote Erde malen. Ach ja, Australien, das Ameisenland! Die Termiten sind nur eine von fünftausend Arten. Zwischen ihren zementharten Wohnungetümen streunt Vieh, wachsen ein paar verschämte Blümchen.

Aram zeigt sich unbeeindruckt, er sieht keinen Zusammenhang mit seinem Beruf. Zählt nur die Kilometer bis zum nächsten Bierausschank.

Die Straße, diese Schneise des Lebens oder des Todes, je nachdem, wie man es betrachtet, will kein Ende nehmen. Gegen Abend passiert was mit ihr. Sie beginnt sich zu winden, kriecht in Schluchten, schlägt sich durch Eukalyptusgestrüpp, klettert Geröllhalden hinauf, quetscht sich zwischen Felskegeln vom Aussehen verfallener Raubritterburgen hindurch.

Alles verwandelt sich um diese Stunde: Was vorher grauer Fels gewesen, entflammt fackelrot, was als schwarzer Asphalt durch den Tag lief, zerfließt violett, Erdbraun wird zu Regenblau, Blattgrün zu Silberweiß, und das Schmetterlingsbunt der Vegetation vermischt sich mit den stillen Farben der Dämmerung, des Abends, der Nacht.

Du zitterst, Aram!

Ich? Das bildest du dir bloß ein.

Doch, wie du zitterst!

Ich habe Durst. Wie lange dauert es noch?

Wir sind bald da. Versuche zu schlafen!

Wie bald? Scheißbus!

Zunehmende Trockenheit reizt die Schleimhäute, bringt einen eigenartigen, noch nie wahrgenommenen Geruch mit sich. Der Geruch von Sand, von karger Erde, Salz. Der Atem der Wüste, vermischt mit Rauch, mit Ruß. Noch im letzten Licht des Tages haben schwarze Schleier am Horizont angekündigt, was los ist. Hier wird schon wieder die blanke Erde zu Geld gemacht – es geht um Silber, Kupfer, Blei, Uran ...

Es dauert dennoch Stunden, bis das Bergwerksgebiet erreicht ist und eine Station zwischen Förderschächten und gigantischen Abraumhalden.

Kaum hat der Fahrer vor einer als Terminal deklarierten Spelunke den Motor abgestellt, ist Aram auch schon in der Dunkelheit verschwunden, ohne sich nach der Abfahrtszeit zu erkundigen. Ella weiß, was das bedeutet, und während sie mit brummendem Schädel im Schankraum vor einem zähen Hamburger hockt, wünscht sie sich nichts sehnlicher, als daß er doch bleiben möge, wo er hingehört: im Nie-Niemals, wie die Ureinwohner sagen, im Never Never, dem geographischen Synonym für Ausweglosigkeit.

Die Betten ungemacht, die Motten überall. Die herumliegenden Kleider, die ihren Weg nicht mehr in die Schränke finden, das rinnende Klosett, die kaputten Steckdosen, das aufgelöste Parkett, die Türen, die nicht mehr schließen vom vielen zornigen Zuknallen. Alles Licht bleibt draußen, abgewiesen vom Dreck an den Fensterscheiben, was herinnen ist, verschwimmt mit den Flecken auf der Brille. Die Falten um den Mund, im Ärger verwachsen mit den Falten auf der Stirn. Das Fett auf dem Bauch. Die Unfähigkeit, die Unlust, der Ekel.

Nahtlos geht eine Trinkphase in die andere über. Schon in der Früh die glasigen Augen, das aufgedunsene Gesicht, die verkehrten Antworten. Das Torkeln wie im Gang eines fahrenden Zuges. Und keine Einsicht. Nur diese auf den Kopf gestellte Logik.

Du bist ein Alkoholiker, wie er im Buch steht! Ein Alkoholiker streitet nämlich ab, einer zu sein, obwohl er sich ständig als ein solcher kompromittiert!

Wenn das so ist, dann behaupte ich eben, daß ich einer bin. Damit ist das Gegenteil bewiesen. Na, was sagst du jetzt?

Nichts sagt Ella. Nichts.

Es ist bloß eine Frage der Zeit, wann das Blut spritzt. Das Messer liegt bereit.

Vorerst spritzt nur der Saft aus den Flüchen. Regnet es Ohrfeigen. Hagelt es blaue Flecken.

War das schon vor der Alptraumreise oder erst hinterher? Als wär's nicht egal. Dein Horrortrip ins tote Herz kennt kein Gestern und kein Morgen, und das Paradies, das dir das Reisebüro Kindheit einmal versprach, ist doch nur ein plumper Werbetrick, mit dem man dich in die Hölle lockte.

Es ist der Verlust von Arams Denkfähigkeit, welcher an der von Ella nagt, seine zweidimensionale Logik, flach und kariert wie das Brett, das einmal seine Welt bedeutet hat, in jedem Kästchen ein stereotypes Nein. Das tägliche Anrennen gegen die Wand seiner Sturheit. Nichts darf ohne seine Einwilligung repariert oder bestellt werden, und da er diese nie gibt beziehungsweise die Entscheidung ständig unter dem Hinweis auf seine viele Arbeit vor sich herschiebt, ist das Problem irgendwann einmal zerredet und kein Problem mehr. Auch für Ella. Denn viel Wichtigeres steht auf dem Spiel als ein tropfender Wasserhahn: ihr Job.

Er ist zunehmend in Frage gestellt. Die Blamage, als ein Kollege einmal unerwartet vor der Tür stand. Sie ist nicht dagewesen, hat die Vereinbarung glatt vergessen, das passiert in letzter Zeit ja häufiger, daß sie was vergißt. Aram hat einfach nicht begriffen, was der Mensch von seiner Frau wollte. Er stierte ihn mit seinen Quecksilberaugen an, ließ sich alles dreimal wiederholen, bis der Besucher auf die Idee verfiel, Aram verstehe kein Deutsch. Er probierte alle Sprachen durch, die er halbwegs beherrschte, bis er aufgab. Aram begriff ihn nicht.

Und wie soll sie Termine einhalten, wenn er Namen und Nummern verwechselt und nichts ausrichtet? Und wie reagieren, wenn sie erfahren muß, daß er sich mit schwerer Zunge bei wildfremden Anrufern über seine Frau beklagt, die ihn nicht liebe ... Und wie soll man noch den Leuten ins Gesicht sehen, wenn der torkelnde Ehemann das Gesprächsthema im ganzen Haus ist? Hat jemand aus dem Fenster geschaut, wie er mit dem Fahrrad im Gebüsch landete, weil er die Kurve nicht kriegte und wie ein Käfer mit strampelnden Beinen auf dem Rücken lag? Was haben sie sich wohl gedacht, als sie ihn halbnackt und kichernd auf der Stiege hocken sahen, weil er sich wieder einmal aus der Wohnung ausgesperrt hatte? Haben sie die Verfolgungsjagd bis auf die Straße hinaus mitgekriegt, Ella vorne mit dem Mantel über dem Nachthemd, er hintennach in den bloßen Socken?

Ach, so weit kannst du gar nicht rennen, daß dich sein Zorn nicht erreichte, daß die Menschen, die dich aufnehmen, nicht auch Zielscheibe seines blinden Hasses würden! Außerdem haben sie das alles satt. Du schleppst ihnen ja nur den Terror seiner Drohungen ins Haus, den Streit. Ehepaare, die sich bisher in allem einig waren, geraten sich wegen dir in die Haare. Die Frau ergreift für die Frau Partei, der Mann für den Mann, und der haut schließlich mit der Faust auf den Tisch und schreit: Daß du dich da bloß nicht einmischst!

Der einzige Freund auf der Welt – ein Chinese. Und eine Drachenstadt am Rande Asiens als papierene Gewißheit.

Es war, als die Erdenzeit des ersten Menschen zu Ende ging. Müde von der langen Wanderung legte er sich unter einem ausladenden Eukalyptusbaum, in dem auch zwei Kakadus ihre Nester hatten, zur Ruhe. Und siehe da, der Baum neigte seine Äste zur Erde, nahm den Menschen in seine blättrigen Arme und trug ihn zum Himmel, wo er in der Nähe der Milchstraße seine Wurzeln schlug. Mit der vielen Zeit, die seither verflossen ist, welkte der Baum dahin, und zurück blieben die vier leuchtenden Sterne, die man heute als Kreuz des Südens bezeichnet. Sie sind die Augenpaare des ersten Menschen und seines Todesgeistes.

Die beiden hellen Sterne aber daneben sind die beiden Kakadus, die den Nestern in der Baumkrone gefolgt sind.

Nacht, Nacht, Nacht. Und immerzu nach Westen.

Das tägliche Abenteuer, aufregend wie Simpsons Todesmarsch. Verrückt wie Sturts Expedition, die ein Schlauchboot durch die Wüste schleppte, weil sie glaubten, den Binnensee zu finden. Anpassung ist alles. Widerstand zwecklos. Trotzdem das Ziel nicht aus den Augen verlieren. Es heißt: Durchkommen!

Von der Vergeblichkeit umzingelt, der Handlungsunfähigkeit, igelt sich Ella ein, ohne zu merken, daß sie sich damit nicht anders verhält als der Mann, dem sie dies zum Vorwurf macht. Stunden und Tage lang sitzt sie da und starrt vor sich hin, ohne in der Lage zu sein, das Haus zu verlassen oder eine Tätigkeit zu Ende zu führen. Dann trinkt sie, aber nur ein bißchen.

Ein sinnloses Spiel, doch wieviel Berechnung verbirgt sich dahinter, wieviel Sprengstoff! Ein falsches Wort, eine demonstrative Geste genügt, und schon geht es wieder los, werden die lächerlichen Geschütze in Stellung gebracht.

Die Steine des Anstoßes sind ohne Zahl, vor allem, wenn du deine Ohnmacht überwindest und zu handeln beginnst. Dich, wie man sagt, auf die Füße stellst, es Aram zeigst. Sein stures Nein mit viel List umgehst: ein eigenmächtiger Möbelkauf, den er nicht rückgängig, eine in seiner Abwesenheit montierte Armatur, die er nicht herausreißen kann. Das ist dein kleines Fenster zum Leben. Für Aram ein reiner Bosheitsakt.

Alles Ungesagte fällt zurück, wo es herkommt, und da wächst es und wuchert. Doch ob es zum bösen Geschwür wird oder zum blühenden Busch, liegt an der Kraft der Erinnerung.

Raststationen, die keine Rast verheißen, eine Quälerei, für die man viel Geld bezahlt hat. Irgendwann steigen drei Menschentiere ein – Mann, Frau und Kind, so schwarz, daß es im fahlen Licht den Anschein hat, als säßen nur ihre Kleider da. Hartnäckig weigern sie sich, die freien Plätze in der ersten Reihe einzunehmen und quetschen sich lieber hinten zwischen die Rucksacktouristen. Wollen sie nicht sehen, wie diese Straße ihr Land auffrißt? Irgendwann verschüttet wer Farbe am Himmel, leuchtendes Rot auf dunklem Grund, und wie die Boten eines fremden Sterns treten die Silhouetten einzelner Bäume in den werdenden Tag. Wenig später das ganze Ausmaß der Trostlosigkeit: nichts als zausiges, dürres Zeug, so weit das Auge reicht. Wie lange? Zeit nur abzulesen an elementaren Geschehnissen. Ein Wolkengeschwader ist aufgezogen. Es scheint, als ducke sich der Busch unter seiner Last. Gleich wird es regnen, gleich ... Aber was ist das? Die grauen Schleier sind knapp über dem Horizont wie abgeschnitten – verdunstet in der aufsteigenden Hitze. Vergeblich die Erwartung der dürstenden Erde ... Ziegelrot, rostrot, ockerfarben läuft sie nach allen Richtungen von der Straße weg, nur durch spärlichen Bewuchs vorm Davonfliegen bewahrt, verliert sie sich, nimmt die Spuren all derer mit, die zu ihrer Erkundung je ausgezogen sind.

Noch in der Nacht hat der Bus den großen Highway erreicht, der nach wie vor als einzige Nord-Süd-Verbindung den Inselkontinent in fast gleich große, zweitausend Kilometer breite Hälften teilt, und stößt nun in Richtung Süden ins Innere vor. Es konnten nur Wahnsinnige gewesen sein, die sich vor etwas mehr als einem Jahrhundert auf eben dieser Route in das Abenteuer solcher Distanzen und Mühsalen stürzten, nur um die ersten zu sein. Nur um sagen zu können: Ich war dort! Der Aufbruch noch in der Morgendämmerung, mit steifgefrorenen Knochen die Kamele eingefangen und gesattelt, die tonnenschwere Ausrüstung aufgeladen, Wasservorräte vor allem. Ein paar Bissen getrockneten Fleisches, ein halber Becher Tee, nicht mehr. Und ehe die Sonne ihre Hitzedolche schärft, losgezogen, um im besten Fall zwanzig Meilen von wer weiß wieviel Hunderten zu schaffen und gegen Abend festzustellen, daß man die letzte Wasserstelle endgültig aus den Augen verloren hat. Eine Expedition hatte Glück. Sie wählte eine Route, auf welcher sich die Vegetation nicht in Sand- oder

Steinwüsten verlief, sondern ihnen in Form von kümmerlichem Buschwerk, Grasinseln und wasserspendenden Wurzeln das Durchkommen ermöglichte. Schon wenige Jahre später wurde nach ihren Angaben eine Schneise durch den Busch gezogen, wurden von Küste zu Küste Telegrafendrähte gespannt. Aus der ersten Fahrspur ist eine befestigte Straße geworden, aus den Telegrafendrähten die Nabelschnur der Zivilisation, der Anschluß an die Welt. Heute, wo sie längst von Funk und Privatflugzeug ersetzt worden sind, stehen die verwitterten Holzmasten einfach herum, so lange wahrscheinlich, bis sie umfallen.

Die Hitze nimmt zu, die Ungeduld auch. Aram stöhnt. Die Reisenden dösen oder starren auf den Videoschirm. Dort läuft ein amerikanischer Kriegsfilm, und während es im Bus kracht und dröhnt, treiben vor den staubigen Scheiben die Schöpferahnen ihr irritierendes Spiel mit der europäischen Phantasie. Die schwarzen Gesichter in der hinteren Reihe zeigen nicht die geringste Regung. Ihr Blick ist leer. Für sie scheint nichts mehr zu laufen. Wirklich nicht?

Wieder wird der Wendekreis des Steinbocks überschritten, diesmal vom Norden her. Mit monotoner Stimme weist der Fahrer auf ein künstliches Gebilde am Straßenrand hin, es markiere diese geographische Breite. Na und? denken die Touristen, diese faulsten Nomaden der Welt, wenn sie überhaupt noch was denken. Im Zeitalter von Fernreisen und Blitztouren rund um den Erdball haben solche Orientierungshilfen doch keine Bedeutung mehr. Nur Orte, an denen man mit angemessenem Komfort absteigt und sein Sightseeing-Programm absolviert. Alles, was dazwischen liegt, ist Langeweile. Ebene. Nichts.

Mitten im Durstland dann eine Stadt, wahrhaftig. Eine Stadt? Ein Kunterbunt von Reiseagenturen, Souvenirläden und Pensionen, rund um ein Einkaufszentrum angeordnet, Post und Bank gleich daneben. Eine Handvoll mehrstökkiger Wohnhäuser, eine weitere von Bungalows, ein staubiger Park, der sich beim näheren Hinsehen als ausgetrocknetes Flußbett entpuppt. Das ist die einzige Stadt im Umkreis von tausend Kilometern, ist Alice Springs, ist beinahe das Ziel.

Erleichtertes Aufatmen im Bus, vorsichtiges Strecken der eingerosteten Glieder, Dehnen der verkrampften Schultern. Das Gepäck wird zusammengesucht. Vor dem Ausgang staut sich die Ungeduld. Nur ein paar Burschen machen keine Anstalten zum Aussteigen. Sie möchten unbedingt wissen, wie der Film ausgeht, den der Fahrer unterwegs zu spät eingelegt hat.

Für Ella und Aram bedeutet es die erste Fahrtunterbrechung seit Tagen, aber auch nur, weil der Bus für die letzte Etappe erst am nächsten Morgen weitergeht. Es darf hier somit übernachtet werden.

Die Quartiersuche bleibt Einzelreisenden, die sich am Terminal fragend umsehen, glücklicherweise erspart – sie werden sofort von Leuten mit Preistafeln und Reklamezetteln umringt und auch sogleich in ein Auto gezerrt, wenn sie sich die Unschlüssigkeit anmerken lassen. Ella und Aram ergeht es nicht anders. Ein blasser junger Mann fordert sie in einem Englisch auf, das klingt, als hätte er mindestens ein Dutzend Kaugummis im Mund, einzusteigen, und bringt sie zusammen mit zwei zerlumpten Trampern zu einer Art Jugendherberge ein paar Straßen weiter. Ein kühles Zimmer, ein richtiges Bett – endlich!

Wir müssen ins Zentrum und uns um alles Weitere kümmern! befiehlt Aram.

Was alles Weitere ist, weiß er wahrscheinlich selber nicht so genau.

Ella ist zu kaputt, um sich auf irgendwelche Diskussionen einzulassen, wortlos folgt sie ihm durch die Straßen, die ein sengend heißer Wind leergefegt hat.

Die Suche nach einem Bier. Die Suche nach der Post. Die Suche nach einem Reisebüro. Das klimatisierte Einkaufszentrum. Der Krach im Reisebüro: Drei Tage Wüste, das reicht! Aber du hast mir versprochen ... Keinen Tag länger! ... Dann ist Aram weg, hat Ella einfach stehengelassen. Das Hin und Her in den Passagen. Vielleicht ist er draußen wo? Auf den Stufen die Eingeborenenfamilie aus dem Bus, sie sitzen da, als seien sie immer noch auf der Fahrt. Die Post ist geschlossen. Aus einer Kneipe Discomusik. In der Fußgängerzone bleiche Touristen mit rosa Knien und T-Shirts, an denen noch die Preiszettel hängen. Hitzematt lehnen sie auf den Bänken unter dem Flugdach. Eingeborenenkunst, wohin man schaut: auf Bäuchen, Rücken, Taschen, Plakaten, in Schaufenstern.

Die Eingeborenen selbst sind erst auf den zweiten Blick auszumachen: ein paar kauernde Gestalten auf der Ladefläche eines Autos, so unbeweglich, als hätte sie die brütende Sonne darauf angeschweißt. Das schwarze Kauern auch im Park, Männer und Frauen getrennt, weiß blitzt es im Schatten der Geistergummibäume, unter Holzbrücken, die übers Trockene führen, schwebende Augäpfel, die nach Ella schielen. Oder bildet sie sich das ein? Unschlüssig watet sie durch den knietiefen Sand, versucht sich den Fluß vorzustellen, der die Stadt zur Regenzeit teilt, sieht plötzlich Flaschen und Dosen von Mund zu Mund gehen, den Dreck überall: in den Haaren, im Gesicht, an den Beinen, in den Kleidern, die Menschen selbst Teil des Unrats, den der Fluß von weiß Gott wo hergeschwemmt hat.

Endstation einer Zeitreise? Vierzigtausend Jahre lang haben diese Menschen unbehelligt und unter den schwierigsten Bedingungen in Australien überlebt. Ihre dreihundertdreißig Generationen sind schließlich an fünf Generationen weißer Einwanderer gescheitert. Und wer ist schuld?

... Sie hatten eine erdgebundene Philosophie. Die Erde schenkte dem Menschen das Leben, gab ihm seine Nahrung, seine Sprache und Intelligenz. Und die Erde nahm ihn zurück, wenn er starb. Eines Menschen „eigenes Land", und war es auch nur ein öder Landstrich mit Spinifexgestrüpp, war eine heilige Ikone, die unversehrt bleiben mußte. Wenn man die Erde verwundet, verwundet man sich selbst. Und wenn andere die Erde mit ihren Bergwerken und Eisenbahnen verwunden, verwunden sie dich. Das Land sollte unberührt bleiben: so wie in der Traumzeit, als die Ahnen die Welt ins Dasein sangen. Und während die Weißen ständig die Welt verändern, um ihre Zukunftsvision zu verwirklichen, verwenden die Aboriginals all ihre geistigen Kräfte darauf, sie in ihrem Urzustand zu erhalten. Heute scheint es, als richte ihr starres Denken den eigenen Körper selbst hin, anders ist ihre Zuflucht zu Drogen und ihre Verweigerung jeder Art von Hilfe nicht zu erklären. Es gibt sogar wissenschaftliche Theorien darüber. Als ob es solcher bedürfte! ...

Die Augen unter den Bäumen beginnen zu tanzen, das Flußbett sich mit Bier und Schnaps zu füllen. Aram – er wird doch nicht schon wieder ...

Zurück ins Quartier, dort ist er auch nicht. Zurück in die Stadt. Das Ziehen in der Brust.

Oja, sagt die Lady mit den häßlichen Zähnen und den auffallend vielen Sommersprossen in der Reiseagentur. Dieser Gentleman ist gerade dagewesen, er ist, ich weiß nicht, wo er jetzt hin ist ... Ella starrt sie entgeistert an.

Was machen Sie denn hier?

Judy setzt ihr Allerweltslächeln auf und bläst sich die aschfarbenen Strähnen seufzend aus dem Gesicht. Sie kennen mich? sagt sie. How nice!

Ich war bei Ihnen in Perth. Und in Port Augusta auch. Erinnern Sie sich nicht? Ich wußte damals nicht recht ...

Könnte sein, sagt Judy und schlägt ihre roten Krallen in die Tastatur des Computers. Ihr Mann hat alles gerade erledigt. Sie fahren, warten Sie, ja, übermorgen fahren Sie über Adelaide nach Sydney zurück.

Ich fahre nicht zurück! entgegnet Ella plötzlich mit einer solchen Bestimmtheit, daß Judy erstaunt ihr Gesicht vom Bildschirm löst. Ich fahre dorthin! ... Sie zeigt auf das Plakat an der Wand, auf dem ein abendroter Fels abgebildet ist, ein Fels wie ein schlafender Gott.

Natürlich, morgen geht Ihr Bus nach Yulara.

Ellas Stimme klingt drohend: Und zwar auf der Stelle!

Judy ringt sich ein bedauerndes Lächeln ab. Sorry, der Pilotenstreik.

Ich kann das schon nicht mehr hören, Ihr „Sorry, der Pilotenstreik!", legt Ella auf einmal los. Ich habe es satt, verstehen Sie, alles satt! Ich habe Ihnen schon in Perth gesagt, daß ich nicht zum Vergnügen da bin, so wie alle normalen Touristen. Mit Gewalt entführt hat mich mein Mann. Mitgezerrt, vor sich hergeschoben, wie eine seiner dummen Figuren. Aber jetzt mache ich ihm einen Strich durch die Rechnung. Ich lasse mich nicht mehr von ihm herumkommandieren. Verstanden?

Judy ist ratlos. Plötzlich verzieht sich ihr kirschrot geschminkter Schmollmund zu einer Mondsichel, die von Ohr zu Ohr reicht und Erleichterung verrät. Ah, da ist der Gentleman ja!

Und Arams Stimme: Es ist alles erledigt! Komm mit ...

Sein Alkoholpegel ist wieder okay, das sieht man, auch Ellas Flügel sind zurechtgestutzt, so wie es sich gehört.

Und jetzt schauen wir uns dieses Kaff an!

Das ist, was ist das, Ella? Ach so, die Funkzentrale für den Fernunterricht auf den entlegenen Farmen, das geht dort ja alles nur so. Und das, äh, ich glaube, wie, Ella?

Natürlich, die alte Relaisstation von anno dazumal, um die herum dieses öde Kaff entstanden ist. Hier haben wir einen Blick auf die Umgebung in die, in die, wie heißen die, Ella? Naja, irgendwelche Berge halt. Faszinierende Landschaft! Und überall die heiligen Stätten der Ureinwohner! Dieses ausgetrocknete Flußbett zum Beispiel, mitten in der Stadt! Da der Swimmingpool in unserer Lodge, und hier reiten wir auf Kamelen durch die Wüste ...

Der Swimmingpool – ein trübes Planschbecken in einem Massenquartier für jugendliche Aussteiger, in dem man erst in den Morgenstunden zur Ruhe kommt, der Ritt – ein kurzes Aufsitzen auf einer Kamelfarm, die sie am nächsten Tag auf der Weiterfahrt besichtigten.

Kamele, ja, der Highway ist schon wieder gespickt mit Schildern, die vor Zusammenstößen mit diesen fortpflanzungsfreudigen Vagabunden des Outback und ausgedienten Tragtieren warnen, aber leider läßt sich keines blicken. Dafür ein rotes Riesenkänguruh. Monatelang kommen diese Tiere ohne Wasser aus, vorausgesetzt, die Steppe bietet ihnen genügend Pflanzennahrung. Mit riesigen Sätzen fegt es über die Ebene, von den kräftigen Hinterläufen wie von einer Sprungfeder hochgeschnellt, den wippenden Schwanz zur Balance gebrauchend, ohne daß die winzigen Vorderbeine den Boden berührten.

Nach der Überlieferung der Ureinwohner bekam das Känguruh seinen Schwanz infolge eines Streits mit dem Beutelbär.

Die beiden waren einst Menschen und Freunde. Lange schon lebten sie miteinander, aber jeder besorgte seine Geschäfte auf seine Weise. Während eines Unwetters stahl sich Mirriam, das Känguruh, in den Bau des Beutelbärs, aber der wollte ihm keinen Platz neben dem Feuer machen, so daß sich Mirriam nicht wärmen konnte. Daraufhin schleuderte ihm Mirriam aus Wut einen schweren Stein auf den Schädel, der darum bis heute so flach ist.

Der Beutelbär schwor Mirriam Rache. Er schnitzte einen Speer mit einem Widerhaken, lauerte Mirriam auf und schleuderte ihm den Speer ins Hinterteil.

Mit einem Schmerzensschrei fuhr Mirriam in die Höhe, aber alles Ziehen und Zerren half nichts, der Speer hatte ihn auf dem Boden festgenagelt. „Als Vergeltung dafür, daß meine Stirn so flach ist, hast du nun einen Schwanz bekommen!" lachte der Beutelbär hämisch, ehe er sich wieder in seinen Bau trollte. Das Känguruh aber hat den langen kräftigen Schwanz bis auf den heutigen Tag behalten.

Und wieder: Verlassenheit, die zum Himmel schreit. Da beginnt sich der gerade Strich am Horizont auf einmal zu verformen, und Felsen erheben sich in den Himmel, Berge, so alt, so rissig, daß sie vor den Augen zu zerbröseln scheinen. Ella holt ihre Prospekte heraus, sieht nach. Es ist der Rumpf eines ausdehnten Gebirgszuges, von dessen ursprünglich viertausend Metern Höhe in fünfzehn Millionen Jahren gerade noch vierhundert übriggeblieben sind. Ein Fluß aus geronnenem Blut, so nennen ihn die Ureinwohner, und die Luftaufnahmen der heutigen Zeit geben ihnen recht: Man wüßte keine treffendere Bezeichnung für diese in der Ferne verlaufende Kruste auf der hitzewunden Erdhaut.

Die Gegend ist rasch durchquert, und wieder offenes Land, grenzenlose Steppe, mit der erlaubten Höchstgeschwindigkeit durcheilt. Dann und wann schälen sich kleine Festungen aus roten Staubknäueln: Geländefahrzeuge mit schweren stoßabwehrenden Gestängen vor dem Kühler, Wasservorräten auf dem Dach, das Innere vollgestopft mit allem, was das Überleben abseits der Zivilisation sichert.

Ein einsamer Radfahrer – Extremsportler oder Verrückter, ein totes Rind mit aufgeblähtem Bauch am Straßenrand, eine Senke mit dem Schild „Floodway" davor, und natürlich weit und breit kein Fluß, nur Geröll, von vergangenen Fluten angeschleppt. Laut Landkarte handelt es sich um einen der gewaltigsten Inlandsströme. Die gestrichelte Linie, mit der über tausend Kilometer markiert sind, verläuft sich in einer Salzpfanne. Alles, wie gehabt, seit Tagen, seit Wochen, immer schon …

Die Hitze nur erahnbar im angenehm temperierten Businneren, erahnbar an der Flüssigkeit, in die sich die Straßendecke vor der fliegenverklebten Windschutzscheibe aufzulösen scheint. Ein Schleier liegt über allem, wie von verschütteter Milch, schlampig aufgewischt. Und was, wenn der Ort, zu dem du dein ganzes Leben gereist bist, nicht hält, was er verspricht, wenn er sich verweigert? Der Berg, wenn er …

Aram döst. Der Chauffeur scheint dasselbe zu tun, nur mit offenen Augen. Starr sind sie auf den Punkt gerichtet, aus dem immer neue Straße wächst, immer neue Straße, im sanften Auf und Ab der unsichtbaren Dünen. Wie oft er diese Strecke schon gefahren ist? Ist es überhaupt noch derselbe wie heute morgen? Heute morgen … was war heute morgen? Die Felskugeln mitten in der Ebene, des Teufels Murmeln genannt? Das Delphinspektakel? Der Adlerhorst auf dem Telegrafenmast? Die Raststation, welche eigentlich? Der verrostete Wassertank auf der Strecke? Der Videofilm – welcher eigentlich? Die Wüsteneiche, ihre zerfetzte Silhouette am gelben Horizont? Wo bist du überhaupt, ist das nicht, tatsächlich, Eidechsenmann und Emudieb huschen dort durchs Akaziengestrüpp, Gewittergeist und Ella, die Dornteufelfrau …

Die milchige Ferne verdichtet sich, gerinnt zu merkwürdigen Gebilden – Bergen ohne Gipfel, die den Horizont lose verteilt säumen, felsigen Erhebungen. Eine riesige Planierraupe muß sie knapp unter dem Himmel plattgewalzt haben. Zu Tischen, an denen sich die Götter dieser Welt versammelt haben, um über Ellas Schicksal zu beraten.

Sollen wir sie ziehen lassen oder bestrafen?

Ziehen lassen! sagen die schwarzen Götter. Es ist genug!

Bestrafen! sagen die weißen Götter. Sie ist böse. Sie hat die Gesetze unserer Zivilisation gebrochen. Sie hat sich auf den Pfad eurer Träume begeben.

Was ist eure Zivilisation schon wert, die sich selbst das Wasser abgräbt, die Luft vergiftet und den Großen Geist nicht fürchtet? Und eine Frau, die ihr verstoßen habt? Sie ist keine der Unseren.

Dann werden wir sie richten. Sie liebt nicht unsere Liebe. Sie lebt nicht unser Leben. Sie ist nicht, die sie ist. Sie ist, die sie war, ihr eigener Ahne. Ihr Herz ist ein Fels in der Wüste!

Kehr um, Ella, kehr um! ... Weiter, Ella, weiter ...

Denk an Lucia, die Verrückte. Oder Balyet ... Balyet? ...

Das einsame Echo ...

Aram döst. Ella schaut. Schaut sich wund. Die Welt ist eine rote Ewigkeit und ein schwankendes Schiff in einem Meer ohne Wasser. Die Welt ist ja so müde.

Du bist schuld, daß er den Führerschein verloren hat, du bist schuld, daß er das Turnier verloren hat, du bist schuld, daß die Kinder blöd sind, du bist schuld, daß kein Geld mehr auf dem Konto ist, du bist schuld, daß er durchdreht, du bist schuld, du bist schuld, du bist schuld ...

Wie Steine prasseln Arams Worte auf Ella herab, unbarmherzig brennen ihr seine absurden Befehle Löcher ins Gehirn. Wiederhole! brüllt er, daß es ihr beinahe das Trommelfell zerreißt. Und er brüllt es solange, bis sie wiederholt.

Na, siehst du, sagt er dann versöhnlich, aber das heißt noch gar nichts.

Darf ich jetzt weiterarbeiten? sagt Ella und liefert seinem Groll damit ein neues Stichwort.

Bitte sehr, sagt er, aber merk dir eines: Suche nie wieder Streit! Und nenne das, was du da machst, nicht Arbeit. Wer hier arbeitet, das bin ich, verstanden! ... Warum sagst du nichts? Hast du nicht gehört? Nimm sofort die Hände von den Tasten, wenn ich mit dir spreche! Eine elende Ratte bist du! Sowas wie du hat keine Lebensberechtigung! Hinaus mit dir, geh dich umbringen, sofort, auf der Stelle bringst du dich um! ... Nein, warte, um Gottes willen, wo ist sie denn, Ella, meine Liebe, meine Einzige, weg ist sie, was hab ich bloß getan?! ...

Ach, es ist doch immer dasselbe, ein Krimi ohne Ende. Ob er Ella nun eine volle Flasche vor die Füße knallt und sie zwingt, in die Scherben zu knien und um Verzeihung zu bitten, oder sie in der Wohnung einsperrt und mit erhobenen Fäusten auf sie losgeht. Das Gekreische im Stiegenhaus, wenn ihr die Flucht gelingt, Türen öffnen sich aufgeregt und schließen sich erschreckt, und das ist auch alles. Denn man weiß ja, ein paar Stunden später werden die zwei Kampfhähne sowieso wieder aus und ein gehen, als ob nichts gewesen sei.

Das trotzige Nichtstun, das dem Zusammenbruch vorausgeht, wochenlang, monatelang dieses Warten auf Erlösung – umsonst. Das unsichtbare Wühlen unter der Haut der Passivität, es staut sich wie Wasser, das nach einer undichten Stelle sucht. Das Zucken um die Mundwinkel nimmt zu, das Seufzen, auch die vorwurfsvollen Kommentare über Ellas Betriebsamkeit. Die Unruhe wächst proportional zur Notwendigkeit, etwas zu tun. Arams Schachlehrbuch ist fällig, für das er bereits das Honorar kassiert hat, zehn Wochen hat man ihm Zeit zur Überarbeitung gegeben, neun Wochen hat er keinen Finger gerührt. Das heißt, er muß den Alkoholkonsum einstellen. Er stöhnt über die viele Arbeit, ohne in der Lage zu sein, anzufangen. Nähert sich zögernd dem Eßtisch mit den Unterlagen, blättert lustlos darin. Vergeblich flüchtet er sich in den Schlaf. Wenige Minuten später steht er wieder herum, stellt fluchend Verstöße gegen seine absurde Küchenordnung fest. Gießt plötzlich Tee auf – seine heimliche Kampfansage an den Dämon in seinem Leib. Der rächt sich auf die bewährte Art: rumort in Herz und Schädel und treibt ihm den kalten Schweiß aus allen Poren.

Der Streß, stöhnt Aram, der Streß! und verbietet Ella, einen Arzt zu rufen.

Zwei Nächte lang tut er kein Auge zu, in der dritten passiert es dann. Erst das rastlose Herumwandern, dann ein letzter Einschlafversuch. Stöhnend und von einem Schütteln gepeinigt, wälzt er sich von einer Seite auf die andere. Irgendwann muß er doch eingenickt sein, denn plötzlich beginnt er mit unartikulierten Lauten um sich zu schlagen und fährt Ella mit voller Faust ins Gesicht. Ich hab geträumt, du bist ein Krokodil und willst mich auffressen, murmelt er, als sie ihn wütend weckt. Das ganze Bettgestell vibriert auf einmal. Schlimmes ahnend, versucht sie Aram zu beruhigen, aber er reagiert nicht mehr. Das Gesicht schmerzverzerrt, der Körper starr. Und wie eine längst fällige Eruption, der Schrei ...

Gewaltsam zerrt sie ihn auf die Seite und stürzt ans Fenster, um es zu schließen und den Schrei einzusperren. Aber der ist schon auf die Straße hinaus und hat die Bewohner der umliegenden Häuser aus dem Bett geholt. Man sieht ihre Silhouetten in den teilweise erleuchteten Fenstern. Vergeblich halten sie Ausschau nach einem flüchtenden Mörder. Der Schrei verebbt, wie gehabt, in Totenstille, in die sich nach einiger Zeit das Leben mit Röcheln und Spucken zurückmeldet. Mit gefaßter Stimme bestellt Ella die Rettung.

Da ist er also, der Tag X. Die Katastrophe, auf die sie gewartet, der sie entgegengezittert hat. Aber nichts Weltbewegendes mußte passieren, um Aram ins Spital zu bringen. Nun wird er sich endlich seiner Sucht stellen. Und keine geographische Entfernung läßt ein Vertuschen zu.

Als Aram wieder ansprechbar ist, sagt ihm der Arzt vor seiner Frau auf den Kopf zu, was mit ihm los ist. Seine Stimme ist routiniert mitfühlend und duldet dennoch keinen Widerspruch. Aram murmelt nur betreten was von Arbeitsüberlastung und scheint zu akzeptieren.

Zu Hause ist plötzlich Ferienstimmung: Ella plaudert mit den Kindern, so unbeschwert wie schon lange nicht mehr, ja selbst die verhaßte Hausarbeit scheint ihr wie von selbst von der Hand zu gehen. Rein ist die Luft mit einem Mal, niemand, der ihr dreinredet, niemand, der ihr überall, die vielen vergeudeten Watt vorrechnend, das Licht abdreht, kein vorwurfsvoller Blick, der ihre Aktivitäten lähmt, es darf nach Herzenslust telefoniert und fortgegangen werden, Pläne werden geschmiedet, ja die Hoffnung malt kleine Paradiese auf die trüben Fensterscheiben: Ein neues Leben! Ein neues Leben! ...

Wenn es doch so gewesen wäre!

Arams Verunsicherung, seine Zerknirschung, das Eingeständnis seiner Abhängigkeit währen nicht lange. Es gehe ihm bestens, behauptet er schon zwei Tage später und hält seiner Frau zum Beweis die zittrigen Hände hin. Schon wieder habe sie ihn in ihrer hysterischen Überreaktion ins Spital gebracht! Er besteht darauf, daß sie die chinesischen Gutachten heraussuche, und glaubt tatsächlich, daß er auch diesmal mit der absurden Diagnose von damals durchkommt.

Ella bestürmt den Arzt, so tun Sie doch was mit meinem Mann, irgendwas, nur lassen Sie ihn um Gottes willen nicht mehr fort. Er bringt mich um! Ich halte das nicht mehr aus!

Die Antwort ist das bekannte Achselzucken: Naja, das darf man nicht so ernst nehmen ... Das ist halt eine Psychose.

Da legt sie mit ihrer chinesisch-australischen Schauergeschichte los. Sie dauert dem Arzt viel zu lange.

Wissen Sie, sagt er und hält ihr einen Vortrag über Dinge, die sie längst auswendig kennt. Gamma-Alkoholismus, hirnorganisches Psychosyndrom als Folge exzessiven Trinkens. Jeder Rausch zerstöre Millionen von Gehirnzellen, von den übrigen körperlichen Schädigungen ganz zu schweigen. Eine Behandlung in diesem fortgeschrittenen Stadium sei äußerst schwierig, vor allem, wenn es sich um einen Intellektuellen solchen Kalibers handle wie ihren Mann. Erwiesenermaßen seien die Chancen, solche Leute zur Einsicht zu bewegen, viel geringer als beim Durchschnitt der Trinker. Er vergeudet seine geistigen Energien auf einen sinnlosen Widerstand, hat keine inneren Reserven mehr, er ...

Und was ist mit meinen Reserven? fällt ihm Ella ins Wort. Glauben Sie, die sind unerschöpflich?

In die Stimme des Arztes mischt sich erstmals Mitgefühl, das über die Routine hinausgeht. Das ist es ja. Solange Sie nicht vor dieser Krankheit kapitulieren, wird sich nichts ändern. Sie sind genausowenig in der Lage, sich der Realität zu stellen! Überlassen Sie ihn seinem Schicksal!

Dann behalten Sie sich ihn, tun Sie mit ihm, was Sie wollen!

Der Arzt schielt auf seine Uhr. Wie Sie wissen, sind wir nicht befugt, sagt er. Das ist ganz allein Ihr Problem ...

Aber wenigstens ist Aram hier in bester Gesellschaft – der ehemaliger Hausnachbar, auf dem Weg zu Arams Zimmer ist sie ihm direkt in die Arme gelaufen.

Ach, da sind Sie ja! hat er gerufen, als hätte er auf sie gewartet. So ein Glück, daß ich Ihren Mann hier getroffen habe. Ich liege nämlich im Nebenzimmer.

Sein Blick erinnert fatal an die australischen Salzseen, wenn sie sich nach langer Trockenheit wieder mit Wasser füllen. Das heißt nichts anderes, als daß sich hier ein weiterer Alkoholiker in der Entzugsphase befindet.

Sie wissen ja gar nicht, was Sie für einen reizenden Mann haben! sagt er. Naja, das nächste Mal wird er beim Training wohl vorsichtiger sein.

Ella sieht ihn verständnislos an. Der redselige Nachbar klärt sie auf: Aber er hat doch drei Stunden Fußball gespielt und ist daraufhin zusammengebrochen ...

Sie entschuldigt sich hastig und geht zu ihrem Mann.

Der begrüßt sie ausnahmsweise ohne Vorwürfe und erzählt ihr amüsiert von dem Nachbarn. Wenigstens sei es nicht mehr so langweilig hier. Vorsichtig erkundigt sich Ella, warum der denn eigentlich im Spital sei.

Depressionen – berufliche Probleme, sagt Aram lässig. Er meint es durchaus ernst.

Und Ella begreift: Hier tischt ein Schnapsbruder dem anderen Lügenmärchen auf. Und keiner ist in der Lage, den anderen zu durchschauen.

Eine Woche dauern ihre Ferien, dann ist Aram nicht mehr zu halten. Der Arzt hat sein Möglichstes getan, ihn zur Einsicht zu bewegen. Nur eine Entziehungskur und so weiter.

Aram will davon nichts wissen. Er habe alles im Griff und wolle so schnell wie möglich nach Hause.

Dort legt er in der Gegenoffensive auch gleich die ärztlichen Tricks bloß. Kichernd erzählt er, wie ihm der Oberarzt im Beisein von Jungärzten und Studenten noch einmal ins Gewissen geredet und darauf hingewiesen habe, daß die Dosis der verordneten Tabletten nur unter fachmännischer Aufsicht reduziert werden dürfte, womit er ihn ja doch nur für nichts und wieder nichts im Spital festnageln habe wollen. Daraufhin habe er einfach in die Hosentasche gegriffen und dem Arzt eine Handvoll der verabreichten Tabletten, die er ja sowieso nicht eingenommen habe, unter die Nase gehalten und gesagt, daß er sie doch schon seit dem ersten Tag reduziert habe.

Sein blödes Gesicht kannst du dir vorstellen, die Studenten haben nur verlegen gegrinst und erst losgelacht, als auch der Oberarzt lachen mußte. Na, was sagst du, wie ich's denen gezeigt hab!

Die schaurige Groteske geht weiter, denn die Anfälle häufen sich. Als Aram ein Vierteljahr später ohnmächtig und aus einer Kopfwunde blutend, die er sich bei einem Sturz zugezogen hat, aus dem Zug geholt und in ein Spital gebracht wird, erzählt er jedem, daß es sich nur um einen Überfall gehandelt haben könne. Diese Version bekommt sie auch diesmal von seinem Bettnachbarn zu hören, weil Aram gerade nicht im Zimmer ist, als sie dort anruft. Und dieser Bettnachbar ist offensichtlich auch ein Trinker, auf jeden Fall ist er voll des Mitgefühls für seinesgleichen und redet nur von Herzrhythmusstörungen, derentwegen er selber im Spital sei. Machen Sie sich keine Sorgen, gnädige Frau, beruhigt er Ella, ohne zu ahnen, daß sie lieber das Gegenteil gehört hätte. Es geht Ihrem Mann bestens!

Nach dreiwöchiger Abstinenz war es mit dem berühmten kleinen Schlückchen, das bestimmt nicht schaden kann, wieder losgegangen. Innerhalb weniger Tage steigerte sich das Schlückchen zu Mengen, die dem Alkoholumsatz einer gut frequentierten Hafenkneipe entsprachen. Die Flaschen standen überall herum, ohne daß sich Aram noch die Mühe gemacht hätte, sie zu verstecken. Ella verstieg sich zu Stoßgebeten an seine Organe, liebe Leber, flehte sie, so mach doch endlich einen Aufstand! Aber nein, außer den Kreuzschmerzen vom vielen Herumsitzen war Arams Organismus in bester Verfassung.

Als der Weihnachtsurlaub zu Ende ging, waren auch ihre Nerven am Ende. Sie ließ den Wahnsinn stumm an sich abrieseln, während sie innerlich kochte. Arams krankhafte Eifersucht setzte ihr jedoch in ganz besonderer Weise zu, weil alle ihre Ausbruchsversuche an der eigenen Unentschlossenheit gescheitert waren. Vielleicht auch bloß an ihrer Feigheit.

Als er endlich wieder einmal fort mußte, um seiner Arbeit nachzugehen, wünschte sie ihm alle Tode an den Hals. Ach, sie brauchte es ihm gar nicht zu wünschen – er hatte ja selbst für den Anfall gesorgt. Hatte eben zu abrupt zu trinken aufgehört und war mit den unverkennbaren Symptomen in den Zug gestiegen. Als er zwei Tage nichts von sich hören ließ, bekam sie es mit der Angst zu tun. Sie rief seine Sekretärin an. Die konnte ihr keine Auskunft geben, weil sie selber im Spital lag. Sie rief seine Kollegen an, aber die hatten ihn auch nicht gesehen. In seiner Wohnung war er nicht zu erreichen, dort gab es kein Telefon.

Sie stand Todesängste aus, bereute ihre Verwünschungen und war heilfroh, als er sich schließlich mit merkwürdiger Stimme meldete, ja, er sei krank gewesen, Grippe wahrscheinlich, aber er fahre jetzt los und werde morgen früh zu Hause sein. Aber statt zu Hause, landete er in einem Spital irgendwo auf der Strecke. Ein Überfall, ganz klar, das halbe Ohr hat mir wer abgerissen, und die Schramme über dem Auge, wo hätte ich die sonst her? Ich wußte es gleich, als ich das Abteil betrat, da war eine Frau mit einem bösen Blick ...

Der böse Blick – hatte nicht auch Lin davon gesprochen,

daß Aram sich von ihm hypnotisiert gefühlt habe? Und von seinem Schachgegner in der alten Heimat hatte Aram genau dasselbe behauptet, er habe ihn solange fixiert, bis er die Nerven verlor. Ist das noch der normale Säuferwahn? Und was, wenn wieder dieses Tier in ihm erwacht, dieses Tier?

Ella wälzt medizinische Ratgeber, sucht nach wissenschaftlichen Erklärungen. Eine Psychose, so steht dort, ist eine schwere psychisch-geistige Störung. Sie ist grundsätzlich mit einem Realitäts- und Persönlichkeitsverlust verbunden. In den Zeiten ihrer starken Ausprägung ist jede berufliche Tätigkeit, jede alltägliche Kommunikation mit anderen Menschen unmöglich. In diesen Phasen können die Kranken, wenn sie nicht behandelt werden, sich und andere gefährden. Psychotische Menschen sind im Durchschnitt intelligenter und kreativer als der Durchschnitt psychisch Gesunder. Es scheinen die leichtere Verletzbarkeit ihrer Psyche und ein intensiveres Fühlen und Denken zu sein, die sie für diese Krankheit empfänglicher machen. Das Merkmal aller Psychosen ist die Unfähigkeit der Betroffenen, ihre Krankheit zu erkennen. Verrückt sind für sie immer die anderen.

So, so. Und wie erträgt man sowas?

Indem man ein Emukleid anlegt, an dem alles abperlt, das einem an die Haut gehen könnte. Indem man die Wüste zum Blühen bringt.

Die eigene Welt erschaffen. Die Traumzeit ersingen, indem du die Wegmarken benennst ...

Immerhin dauert die Abstinenz nach der Entlassung etwas länger. Ellas Ultimatum, entweder Entziehungskur oder Scheidung, das sie ihm erstmals vom Anwalt zustellen ließ, ist ihm sichtlich in die Knochen gefahren. Er schluckt heimlich seine Pulver, ist friedlich und gießt immer neuen Tee auf. Weit und breit keine Flasche, seine

Rede ist von vergessener Logik, und auch in seine Augen kehrt die Klarheit eines Baches zurück, der eben, wie es so schön heißt, saniert wurde. Und doch blickt man mit Wehmut in dieses Gewässer, denn es ist eine sterile Klarheit – welcher Krebs, welcher Fischotter mag sich denn noch in eine Natur aus zweiter Hand verirren ...

Es geht eine Weile, zwischendurch die läppischen Versuche, von den Tabletten loszukommen. Ellas Geduld ist auf eine harte Probe gestellt. Ein Wort des Widerspruchs, ein unüberlegtes Gegenargument kann eine Szene heraufbeschwören, die Aram wieder Trost in der Flasche suchen läßt. Außerdem schläft er kaum noch. Jedes Wort, jede Handlung unterliegt seiner Zensur. Zum Telefonieren muß sie das Haus verlassen, mit den eigenen Kindern sich im Kaffeehaus treffen. Seit er deren Freunde hinausgeekelt hat, lassen sie sich ja kaum mehr blicken. Sie reißt sich zusammen, sagt ja und amen zu allem und stellt tatsächlich zunehmende Toleranz auf seiner Seite fest.

Sie atmet auf. Nimmt ihr Ultimatum zurück. Denkt an einen gemeinsamen Urlaub, den ersten seit Australien. Und greift die verworfene Idee wieder auf, ihre Position in der Redaktion auszubauen. Alles wäre drin – wenn Aram nur bereit wäre, die Dinge beim Namen zu nennen. Und vielleicht auch sie wieder aus ihrem inneren Reservat zurückkehrte. Aber es scheint, als wäre sie schon sehr weit weg.

Der Rückfall stellt sich programmgemäß mit dem ersten, in seiner Wirkung wie immer unterschätzten symbolischen Schlückchen aus irgendeinem familiären Anlaß ein. Sekt, mit Orangensaft verdünnt, warum denn nicht?

Und was dann folgt, übertrifft alles Dagewesene.

Die Ureinwohner überlebten nur, weil sie auf ihrer Nahrungssuche immer neue Horizonte in Kauf nahmen.

Ihr scheinbares Herumirren war nichts anderes als die Suche und die Wiederkehr zu den heiligen Stätten. Stätten, die nicht zum Bleiben, sondern zum Träumen und Singen und Tanzen auf sie warteten. Sie schliefen auf dem Erdboden, unter freiem Himmel. Häuser kannten sie nicht. Sie schützten sich vor der Sonne mit Hütten aus Zweigen oder bedeckten ihre Körper mit Sand. Die Zeit lasen sie im Raum ab, an ihren Wegen und der Erinnerung an alles Frühere. Und in ihren Ritualen machten sie das, was auf sie zukam, zur Geschichte ihrer Ahnen.

Geborenwerden hieß in ihrer Sprache – Gestalt annehmen. Sterben – zurückgehen. Und als sie die ersten Weißen erblickten, da glaubten sie, es seien die Seelen von Toten.

Seither haben sie mehr Willkür als Recht erfahren. Als „tanzende Tiere in der Macht des Satans" waren sie erst Objekte der Verfolgung, dann der Bevormundung und Bekehrung und schließlich des Mitleids, der Wissenschaft, des politischen Spiels. Und als ihre Heiligtümer zu Touristenzielen geworden, die Erde der Vorväter durch Bergbau und Industrie zerstört, die geheimen Gesänge auf Tonbänder und die streng gehüteten Rituale auf Filme gebannt waren, da verstanden sie die Welt nicht mehr. Und flüchteten in die Alptraumzeit. Den Alkohol.

Aram ...

Und niemand anderer als seine Frau ist es gewesen, die ihm die heiligen Stätten zerstört hat. Das Land entweiht hat, das seine Liebe war. So, wie das Elend der schwarzen Ureinwohner heute das weiße Australien in seinen Bann schlägt, so, wie eine furchteinflößende Macht von diesen scheinbar passiven Menschen ausgeht, die dasitzen, beobachten und die Schuld des weißen Mannes manipulieren, so fühlst auch du dich vom Starrsinn deines Mannes an der Gurgel gepackt: in seinem Kopf kein Begreifen der einfachen Tatsache, daß das, was einmal war, nie mehr sein kann.

Man müßte an den Anfang zurückgehen, die Entdekkungsgeschichte der Terra incognita neu aufrollen. Der drinnen und der draußen. Die Seefahrerträume neu träumen, dem Südland auf der Spur. Das dürre Stück Erde zwischen Asien und Ozeanien zum Paradies erheben. Voll Ehrfurcht seinen Fuß drauf setzen, es behutsam erschließen.

Und was hast du gemacht, Ella? Zerdacht hast du alles. Alles zerdacht.

Ins Abenteuer hast du dich gestürzt wie die verschollenen Pioniere. Ausradiert hast du den letzten weißen Fleck auf der Landkarte und das Netz zerrissen, nun ist das schwarze Gewissen ohne Halt.

Ella rennt. Durch die Tage rennt sie, durch die Nächte, durch Städte, Wälder, Wüsten, zu Fuß oder mit dem Auto, sucht ihre Kinder, sucht ihre Freunde, sucht ihre Papiere, ein Wort, einen Menschen. Überall Unerledigtes, nirgends ein Sinn. Nur Australien: Landkarten, Seekarten, Stadtpläne, Poster. Die Wände damit tapeziert, der Fußboden ausgelegt. In den Regalen die Geschichte. Im Computer die Traumzeit. Zwischen den Lippen die Lüge. Im Hals der Schrei.

Nur in den Tagebüchern steht, wie es wirklich war. In Wachstuch verpackt und sorgfältig verschnürt, hat man sie erst nach vielen Jahren an der letzten Lagerstätte entdeckt. Bevor er, der erste, der sich in diese Hölle wagte, wahnsinnig wurde, kritzelte er in sein Heft: Land um uns gab es im Überfluß, aber Wasser? Alles Leben schien unter der Gewalt der Sonne kristallen zu erstarren und zu versteinern. Der Busch hatte nichts Gewachsenes mehr an sich, sondern schien in jedem Strauch und jedem seiner niedrigen

Bäume erbaut ... Der Traum von der letzten Wasserstelle ... Der Busch bewahrt keine Spuren auf, er hütet unverbrüchliches Schweigen. Er bewahrt die Größe der menschlichen Träume nicht und überliefert nur, was die Termiten übriglassen ... Überall in der alten Welt sind Menschen ohne Land. Hier ist ein ganzer Kontinent ohne Menschen, der noch an keiner Last der Geschichte zu tragen hat ... Ein Europäer nimmt sein Europa überallhin mit, wohin er seinen Fuß auch setzt ... Dieses tote Herz ist ebenso unerforscht wie das menschliche Herz. Es schlägt die meisten von uns mit Blindheit und macht nur wenige sehend. Es ist der eigentliche unsichtbare Kontinent, der in anderem Sinn größer ist als das geographische Ausmaß Australiens ... Der Rückweg war noch gefahrvoller als der Hinweg. Ein Unwetter brach über uns herein, ohne daß ein Tropfen vom Himmel gefallen wäre – weißglühende Feuerfontänen schossen in den Himmel, wo Blitze eingeschlagen und das harzige Unterholz und die mit ätherischen Ölen gefüllten Nadeln und Blätter explosionsartig in Brand gesetzt hatten. Die knatternden Flammen kamen näher und näher ... Nur dadurch, daß wir selbst ein Feuer legten, welches sich dem anderen entgegenfraß, konnten wir überleben ...

Dein Überleben heute: schreibend noch einmal durch die Hölle gehen ...

Was für ein Rückweg eigentlich? Und was ist aus deinem Expeditionsbericht geworden, Ella? Den ganzen Frust hast du darin abgeladen. Die Bruchstücke der Erinnerung gefügt zu einem Dokument des Unmöglichen ... Ach, ewig deine Schlamperei, es muß doch irgendwo da sein, wenn du es nur nicht irrtümlich mit dem Altpapier weggeworfen hast, du wirfst ja immer alles weg, das man noch brauchen kann, sagt Aram.

Und dann ein Gedankenblitz, siedende Hitze macht sich in deinem Innersten breit: Und was, wenn er es ... Ach, mit dem Zeug kann er ohnehin nichts anfangen, hat sich noch nie für dein Geschreibsel interessiert. Und außerdem ist da noch immer Lins Bericht im Original. Das wichtigste Beweisstück. Das ja. Aber wo ist es eigentlich?

Verdammt, jetzt ist keine Zeit zum Suchen. Nur keine Panik. Man kann auch ein zweitesmal sterben und ein drittes und ein viertes Mal. Und was die Phantasie nicht schafft, muß eben die Realität hergeben. Denk an Mary, die englische Manteldiebin: Wenn es der gelungen ist, einem Gulag am Ende der Welt zu entkommen, kann es doch nicht so schwer sein, die Mauern der Imagination zu sprengen. Und sie ist nicht verrückt geworden, so wie diese Lucia di Lammermoor, obwohl sie allen Grund dazu gehabt hätte. Eines Mannes wegen verrückt werden – lächerlich! Weder aus Liebe noch aus Haß! ...

Du solltest deine Reise abbrechen. Man begibt sich nicht ungestraft ins tote Herz. Aber der Traumort lockt.

Das gnadenlose Licht, die stöhnende Erde ... Nein, Wüste war das nicht, es war ein einziges Blühen, ein einziger zirpender, zwitschernder Farbenrausch. Und wenn es ein Paradies auf Erden gab, dann war es extra für Ella hier arrangiert worden.

So etwas hätte er selbst noch nicht erlebt, erklärte der Fahrer den übermüdeten Reisenden durchs Mikrophon. Nun, so knapp vor dem Ziel, wurde er auf einmal gesprächig. Überhaupt sei halb Australien auf den Beinen, um dieses Wunder zu bestaunen. Der Winter sei so ungewöhnlich regenreich gewesen, und nun habe ein Sprießen und Wuchern eingesetzt, als sollten damit die Jahrzehnte der Dürre wettgemacht werden. Wenn die Herrschaften jedoch in ein paar Wochen wiederkämen, dann sei das schlechtweg die Hölle. Alles verdorrt, verbrannt, und eine Hitze wie im Backofen. Also, wenn es nicht mein Job wäre, sagt er, und sein Redefluß ist nicht mehr zu bremsen, keine zehn Pferde brächten mich in diese Gegend! Aber die Touristen lassen sich ja durch nichts abschrecken. Einmal hatten wir in Yulara, also dort, wo wir bald eintreffen werden, zu Weihnachten fünfzig Grad im Schatten, sogar den Schlangen war es zu heiß, sie flüchteten in die Luxusappartements mit Aircondition, während die Gäste auf ihrer Wüstentour waren. Wir wußten nicht, was wir tun sollten, das Gift von einer solchen Schlange hätte ausgereicht, um das ganze Personal auszurotten, und so wandten wir uns an einen unserer Hotelboys um Rat, ein Halbblut, weil ja, heißt es, die Eingeborenen über gewisse, äh, übernatürliche Fähigkeiten verfügen. Den Kerl flogen wir also in den Busch, wo er den Wirrinun zum Mitkommen überredete, und dem gelang es tatsächlich, die Biester zu vertreiben. Wie, weiß bis heute keiner. Also don't panic, ladies and gentlemen, die schwarzen Medizinmänner sind noch nicht ausgestorben!

Don't panic! Don't panic!

Die erst vor wenigen Jahren befestigte Straße zerschnitt immer noch welliges Land, in regelmäßigen Abständen zwängte sie sich durch sandige Böschungen ohne Bewuchs, dem einzigen Hinweis auf die Dünenkämme, die sich der unerbittlichen Asphaltbahn vergeblich in den Weg gestellt hatten. Denn wenn man den Blick in die Ferne richtete, dann glaubte man sich in einer Ebene, flach wie das Meer, und konnte sich kaum vorstellen, wie viele Menschen im Dünenlabyrinth abseits der Straße schon verlorengegangen waren.

Auf einmal durchs Mikrophon das Kommando: Schauen Sie nach links! Aber schnell, sonst ist er wieder weg!

Alles sah schnell nach links, wo ins geisterhafte Blaßrosa der Mittagsglut getaucht ein Ding in Sicht kam, das auf Grund seiner seltsamen Form und Farbe weder als Teil der Natur noch als Menschenwerk einzustufen war. Dann war es weg. Tauchte ein paar Minuten später etwas größer wieder auf. Und dann wieder, immer größer, immer deutlicher. Bis es hinter Mauern und Bäumen und Plakaten ganz verschwand. Und es hieß: Willkommen im Camp! See you ...

Die geographische Mitte Australiens war erreicht, sein Felsenherz Uluru, das Mekka aller Weltenbummler, und Yulara daneben, die luxuriöse Zitadelle der Traumzeitvoyeure.

Na, was sagst du? ... Hier dieser Berg, einmalig, sag ich dir. Der Sonnenuntergang! Und der Blick von oben in die Wüste! Hier das Camp, in dem wir gewohnt haben, eine richtige Hotelstadt mit Restaurants und Tennisplätzen und Swimmingpool und sogar einem Kino. Ein Kino in der Wüste! Aber wir hatten Glück, wegen dem Pilotenstreik sind die ganzen amerikanischen Pensionistenvereine und der übliche Jetset ausgeblieben. Da sind wir mit dem Fahrrad in der Gegend herumgefahren. Heiß? Na, mir hat es nichts gemacht, bloß Ella hat es ziemlich mitgenommen, die ganze Fahrt eigentlich, ich hatte manchmal richtig Angst, sie würde es nicht schaffen ... Das sind die Felsdome in der Nähe, durch die wir gewandert sind. Da wimmelt es nur so von Schlangen, eine giftiger als die andere ... Die Ureinwohner, sagst du? Ach, da sind im Camp so schwarze Kreaturen herumgehangen, die nur auf eine Gelegenheit gelauert haben, daß ihnen ein Weißer Alkohol besorgt, für sie ist er nämlich verboten. Sie haben ja nichts anderes zu tun, als sich mit dem Geld, das sie vom Staat als Entschädigung bekommen, sinnlos zu besaufen!

... Tja, und dann die ganze Tour wieder zurück nach Sydney, aber diesmal über die Südroute, die war auch nicht ohne ...

Aram zeichnete dabei einen großen Kreis in die Luft, der den Kontinent, und rechts darin einen etwas kleineren, der die Reiseroute umriß. Dabei machte er ein so bedeutsames Gesicht, als habe er die neuntausend Kilometer nicht mit dem Bus, sondern zu Fuß zurückgelegt.

Von Sydney machten wir noch einen Abstecher nach Canberra, der Hauptstadt, wo haben wir sie denn? Da ... ach, das ist ja, nein, das ist Singapur, da waren wir natürlich auch, aber außer den paar Wolkenkratzern haben wir nichts gesehen, Ella ...

Fero ist ganz grün geworden vor Neid, und Ellas Version von dieser Reise hat damit wohl den letzten Rest an Glaubwürdigkeit verloren.

Ellas Version – wo, um Himmels willen, ist die Mappe?! ...

Sie sucht, kramt in Laden, schichtet Berge von Papieren um – nichts. Hat eben wieder einmal was so gut versteckt, daß sie es selber nicht mehr findet, egal, es ist jetzt ohnehin nicht der richtige Zeitpunkt, ihr Geheimnis preiszugeben und mit Gedächtnisprotokollen aufzutrumpfen. Sie verkneift sich eine böse Bemerkung und begibt sich weiter ins tote Herz, weiter ...

Für Ella und Aram ist in Yulara zunächst kein Platz. Warum sie denn kein Quartier bestellt hätten, werden sie in einer Bude gefragt, in welcher abgehauste Weltenbummler ihre Bettwäsche in Empfang nehmen. Aber in den Bungalows wäre gerade noch was frei, wenn es den Herrschaften nichts ausmache, in den Gemeinschaftssälen getrennt zu schlafen. Sonst könnten sie es nur auf dem Campingplatz probieren, da sei es halt ziemlich heiß, oder im Sheraton drüben, das stünde leer, weil es derzeit keine

Flugverbindung für die Touristen gebe, die auf Komfort Wert legten.

Die Angestellte knallt ihnen einen Plan mit den Unterkünften hin. Mist! schimpft Aram und hat an allem was auszusetzen, ehe er sich zur Schlafsaalvariante durchringt.

Ella ist die nächtliche Trennung sehr willkommen, genießt das Alleinsein wenigstens bis zum Frühstück, wenigstens zwischendurch, wenn sich Aram mit saurem Gesicht zu seinen Männern zurückzieht. Beobachtet, spaziert herum. Das naturbelassene Areal, in das man die Herbergen unterschiedlichsten Standards eingebettet hat, soll dafür sorgen, daß die Gäste, denen ein Ausflug in die Umgebung zu umständlich ist, nicht ganz das Gefühl für die Wüste verlieren. Von einer kleinen Aussichtsplattform, einer Art touristischer Feldherrnhügel, versucht Ella vergeblich, ins Zwiegespräch mit dem berühmten Felsen zu kommen, richtet ihre verkümmerten europäischen Sinne in die Wildnis, die Weite. Was für Düfte steigen da aus der fremden Vegetation!

Aber auch das Bedrohliche, das sich an die Mauern der Hotelstadt heranpirscht. Ob es die Hitze ist, der rote Staub, der sogar auf den frischen Servietten im Restaurant liegt? Die Stille, die wie Watte die Bungalows umlagert, besonders nachts? Die bange Erwartung im frühmorgendlichen Vogelruf? Ob es der Kookaburra ist, der nach dem Glauben der Ureinwohner das Himmelsvolk weckt, um die Erde mit Licht und Wärme zu erfüllen? Wenn jemand seinen Ruf nachahmt, ist er böse, und es wird nie mehr Tag werden, nie mehr!

Oder macht ihr Arams Benehmen Angst? Er redet kaum, und wenn, dann sind es gereizte Antworten. Er trinkt wieder.

Auf dem kleinen Platz vor dem Supermarkt ist es zum ersten offenen Streit deswegen gekommen. Ella hat ihn mit einer Flasche ertappt. Na und? hat Aram geschimpft. Sie solle doch endlich Ruhe geben, ihre Hysterie gehe ihm auf die Nerven, er sei Herr seiner Sinne und habe alles unter Kontrolle. Offensichtlich wolle sie ihm den Rest der Reise auch noch vermiesen ...

Ella sah sich schon wieder händeringend über die Alkoholleiche gebeugt und nach einem Arzt schreien, der nicht kommen würde, nach einem Flugzeug, das nicht fliegen würde. Sah sich schon ihre letzte Habe verkaufen, um die Transport- und Behandlungskosten zu bezahlen.

Und als sie am nächsten Morgen aus dem Männerwaschraum einen gräßlichen Fluch vernahm, der sich anhörte wie ein Schmerzensschrei, da wurde ihr so schlecht, daß sie sich niedersetzen mußte. Aber es war nicht Aram. Der kam eben aus seinem Bungalow, wünschte ihr einen schönen guten Morgen und schlug einen Rundflug mit dem Buschflugzeug vor.

Wer sich mit so einem wackeligen Ding in die Lüfte erhebt, der wird sich nicht nur über den aschfarbenen Strich im Norden wundern, welcher eine tödliche Salzpfanne andeutet, sondern auch über die merkwürdigen Erhebungen im Westen. Inmitten des grüngelb gesprenkelten Steppenlandes scheint eine Herde vorzeitlicher Riesentiere zu grasen. Kata Tjuta, viele Köpfe, so heißen diese glockenförmigen Kuppen in der Sprache der Eingeborenen. Gemeint sind damit die steinernen Schädel der Pungalungariesen.

Die Pungalungas jagten die Menschen mit ihren Wurfhölzern, und wenn sie sie erlegt hatten, reihten sie sie an ihren Gürteln aus Haarschnüren auf, wie das auch heute noch die Jäger mit Eidechsen und anderen Kleintieren tun. Dann weideten sie ihre Beute aus, bevor sie sie in der Glut ihrer Feuer in einem Erdloch rösteten. Wenn das Fleisch gar geworden war, holten sie die Menschen aus dem Feuer, brachen sie in der Mitte entzwei und zermalmten die einzelnen Körperteile mit ihren riesigen Zähnen ...

Das phantasielose Zivilisationsprodukt, der Homunkulus Massentourist, läßt sich allerdings nicht mit solchen Märchen abspeisen. Er kann sich nur vorstellen, was er sieht und wofür es eine einleuchtende Erklärung gibt.

Im konkreten Fall sind sogar die Experten überfordert. Sie sprechen einmal von der Hinterlassenschaft eines Gletschers und dann wieder von einem Meer, aus dem das Land gestiegen sei, von Flüssen und steingewordenem Schwemmgut, Jahrmillionen, tektonischen Prozessen, Erosion und Schichtungen, Gesteinsstruktur und optischen Täuschungen, extremer Trockenheit und Mikroklima und weiß Gott wovon noch. Doch das persönliche Erlebnis widerlegt alle Theorie und macht auch den abgebrühtesten Reisenden sprachlos.

Die rote Wucht, die himmelwärts steigt, die kahlen Köpfe der Zyklopen mit Graskäppchen bedeckt. Zu einem schützenden Wall haben sie sich geschart, eine weite, mit Blumenteppichen ausgelegte Arena umschließend. Weich ist hier alles, weich und sanft und gar nicht wüstenhaft. Selbst das Geröll, aus dem sich die Felsdome erheben, trägt die Handschrift unendlicher Geduld, mit welchem die Kräfte der Natur hier wirkten, wunderliche rötliche Brocken, die nichts anderes sind, als viele verschiedene Steinchen, in Sand einzementiert. Zerfetzte Geistergummibäume wechseln ab mit den ausladenden Büscheln der Wüsteneichen – grüne Wolken am borkigen Stiel, blühende Sträucher mit totem, knochenbleichem Gehölz. Grevillien wie kleine Sonnen in den Büschen, Wüstenrosen in stolzer Pracht, Meere von Gänseblümchen und unbekannten Gräsern. Es soll hier Pflanzen geben, deren Säfte bei Berührung zu Blindheit führen. Es soll hier Warane geben – bis zu zwei Meter lang. Giftige Schlangen, gefährliche Insekten ... Die Erinnerung behält nur, was ihr gefällt: Schmetterlingsgetaumel, verführerisches Gezirp. Das Trällern eines Flötenvogels, sein Echo im Labyrinth der Schlucht: erst verschluckt, dann immer lauter zurückgeworfen und von neuen Tonfolgen eingeholt. Das Gehen ist ein Getragenwerden von unsichtbarer Hand, kein Schmerz, keine Entbehrung. Jeder Schritt gibt neue Perspektiven frei, der Blick über die fernen Dünenkämme, Hitzenebel da, Rauchfahnen dort, der Blick ins Innere – kein Blick mehr, sondern Kühle, Schaudern.

Schattenarme greifen nach dir, die Schlucht der Mäusefrauen nimmt dich auf, grünes Dickicht am Grund, der Bach dort, der Tümpel – ein heiliges Wasserloch vielleicht, der dunkle Hauch im Tal der Winde – der Atem der bunten Regenschlange vielleicht. Wenn jemand die strengen Stammesgesetze übertrat, dann steigerte sich der Atem zu einem rächenden Wirbelsturm. Heute aber liegt die Schlange in ewigem Schlaf zusammengerollt in einer Höhle und kann niemanden mehr davon abhalten, die Stammesgesetze zu übertreten ...

Die weißen Entdecker dieser Gegend haben den roten Kolossen einen langweiligen Namen gegeben, sie nach einer russischen Großfürstin und den heimtückischen Salzsee nach einem spanischen König benannt, Namen, die kaum einem heutigen Reisenden etwas sagen, am allerwenigsten den weißen Australiern selbst. Haben sie sich vielleicht irgendwelche Ehren davon versprochen? Und wußten die fernen Potentaten eigentlich, wo sich diese Naturwunder befanden, ja, daß es überhaupt einen fünften Kontinent gab? Wir werden es nie erfahren, wundern uns nur, hier, auf der anderen Seite der Erdkugel, unserer eigenen Geschichte zu begegnen. Und würden viel lieber die ursprünglichen Namen hören, die ihnen die Ureinwohner gegeben haben. Sie sprechen für sich.

Nur aus der Luft betrachtet, macht es einen Unterschied, wie hier was heißt. Da drängen sich höchst prosaische Vergleiche auf – mit einem zerronnenen Schokoladeriegel der größte Monolith der Erde und einer Ansammlung abgestellter Kartoffelsäcke, die jemand abzuholen vergaß, die Felsdome drüben. Kein Schatten, den diese Berge werfen, platt liegen sie unten, nur durch den fehlenden Bewuchs von der Umgebung unterscheidbar.

Aus dieser Höhe macht die Weite betroffen, die Horizontlosigkeit. Alles verliert sich, auch der helle Strich vorne. Zu einer eisweißen Fläche zerrinnt er und scheint selbst noch ein Stück des Himmels zu bedecken – erahnbar die Ausdehnung des Salzsees und das Schicksal derer, die es gewagt haben, an diesen Ort äußerster Verlassenheit vorzustoßen. Dort ist das tote Herz.

Ein Schwenk der Tragflächen, dann kräuselt sich alles Glatte zu einem faltigen Tuch, vom Wind arrangiert. Rippe für Rippe, Düne für Düne, verliert sich der Blick in der Wüste, der wirklichen, weglosen, ausweglosen, dem unerledigten Rest der Arbeit des Entdeckens.

Entdecken, was für ein wahres Wort! Den Schleier des Geheimnisses lüften, bloßlegen, weil wir es nicht ertragen können, ausgesperrt zu bleiben von irgendwas, und schon gar nicht von einer Welt, in der alle Tiere, Pflanzen und Steine eine Seele haben und selbst Wind und Wasser ihre eigene Geschichte.

Und wenn die weißen Pioniere wenigstens für sich in Anspruch nehmen können, um den Preis ihres Lebens die Wunder unserer Erde geschaut zu haben und vielleicht ein bißchen göttliches Fürchten gelernt zu haben, so ist die heutige Reiselust eine erbärmliche Angelegenheit: abklappern, registrieren, konsumieren, abhaken. Die Welt in die Tasche stecken! heißt die Devise. Arme Welt! Armer

Tourist! Er weiß gar nicht, was er mit sich herumschleppt. Und daß er ja doch nur auf der Flucht vor sich selber ist.

Aram dauern die Tage hier viel zu lang. Die vorgesehenen Ausflüge sind der Hitze wegen nur am Vormittag oder gegen Abend durchführbar, die übrige Zeit schlägt man in den Cafés rund um den Supermarkt tot. Hier kann man sogar die Ureinwohner hautnah erleben, betrunken natürlich, was denn sonst? Wer mag, kann auch Tennis spielen. Oder schwimmen. Oder ein Fitneßcenter besuchen. Oder ins Kino gehen. Oder einander zum Wahnsinn treiben. Ein Fahrrad mieten und bis zum Hitzekoller durch die Gegend strampeln.

Wer diese Schnapsidee wohl gehabt hat?

Frühmorgens sind sie bei einer Temperatur von wenigen Graden über Null aufgebrochen. Erst ging es die Asphaltstraße entlang, dann über die rote Sandpiste durch den blühenden Busch, vorbei an einer riesigen Warntafel mit einem durchgestrichenen Wasserhahn, unter dem zu lesen war: Next 200 km! Wohin? Aram meinte nur über die Schulter zurück, als Ella vom Umkehren sprach: Aber das wolltest du doch immer, meine Liebe, nicht? Die Felsdome, die wie versteinerte Gewitterwolken den Horizont säumten, verschwanden auf einmal hinter den Dünen und kamen nicht mehr hervor. Die Piste verlief sich in flirrendem Nichts. Still und leise, nur von einem einsamen Vogelpiepsen begleitet, war die Hitze aus den letzten Schatten von Mulga- und Akaziengesträuch gekrochen, hatte Wuriupranala, die Sonnenfrau, begonnen, ihre Nahrung in der Erdenpfanne zu rösten.

Keinen Blick hat Ella mehr für den bunten Teppich von Malven, wildem Hopfen und blühenden Gräsern. Ein stetiger Wind, so heiß wie ein überhitzter Haarfön, reißt ihr in regelmäßigen Abständen den Sonnenhut vom Kopf und bringt sie ebenso regelmäßig ins Schleudern, wenn sie versucht, mit einer Hand zu lenken, und mit der anderen den Hut zurechtzurücken. Auch die vereinzelten, von Buschfeuern und Stürmen gezeichneten Wüsteneichen haben sich ganz schmal gemacht, sie lassen ihre buschigen Wedel wie im Regen hängen, um ihre kargen Lebenssäfte vor dem Verdunsten zu bewahren.

Der Horizont will nicht näherrücken, wo er doch zum Greifen nah ist. Der Himmel wölbt sich, oder ist es die Erde, stöhnend versickert der letzte Schattenrest im glühenden Sand. Weit und breit keine menschliche Spur, nur eine tote Schlange am Weg, unschwer als die Giftschlange der Warntafeln im Camp identifizierbar, und böser roter Staub unter den bockigen Rädern ...

Du willst mich umbringen! stöhnt Ella. Mit Schrecken hat sie das „made in China" auf dem Gestänge ihres Fahrrads gelesen. Aram hat offensichtlich die Sinnlosigkeit dieser Expedition eingesehen und ist abgestiegen. Er reicht ihr die Wasserflasche. Da! Aber nur zwei Schluck! Wir haben nicht mehr.

Die Warnung auf allen Reisebroschüren: Wer sich zwölf Stunden ohne Wasser in dieser Wildnis aufhält, stirbt.

Aram, laß uns umkehren!

Aram will immer noch nichts von Umkehren wissen. Er schlägt vor, die Räder in den Büschen zu verstecken und zu Fuß weiterzugehen.

Zu Fuß! Keinen Schritt gehe ich weiter! keucht Ella. Sie wirft das Rad ins Gras und schleppt sich zu einem kärglichen Gestrüpp hin, dessen schwankendes Schattengitter ihr wie ein rettendes Eiland erscheint. Aram steht unschlüssig herum. Ihm ist das Unternehmen auch nicht mehr ganz geheuer, und zum Streiten ist ihm zu heiß. Er bleibt zurück.

Die lispelnde Stille! Das wilde Blühen! Der Gluthauch in den duftenden Gräsern! Und das Gefühl, in die Falle unerreichbarer Horizonte geraten zu sein – als erster und letzter Mensch …

Wie ein Bügeleisen brennt die Sonne auf der Haut. Sticht zu wie ein Messer. Verspritzt ihr goldenes Gift.

Die Sonne entstand, als der Kookaburra mit dem Adler zankte und dessen Ei in den Himmel warf. Dort klebt der Dotter bis heute.

Die Erde ist ein brüllendes Maul.

Aram – das Tier!

Ella reibt sich die Augen, erstarrt vor Entsetzen. Nein, es ist keine Täuschung, das wolkige Ding dort am Horizont. Es wächst, schon sträubt sich sein rötliches Fell, das Zähnefletschen! Gleich, gleich … Und dieser Blick, in dem kein Funken Menschliches ist, nur Kulpunya, der Geisterdingo …

Der Geisterdingo wird von den Medizinmännern beschworen. Sie legen ein Skelett auf dem Boden zurecht: Rückgrat und Knochen aus Zweigen, eine Astgabel als Ohren, die Zähne eines Beutelmaulwurfs, einen Bandikutschwanz, Frauenhaare, und mit ihren Zaubergesängen erfüllen sie das alles mit bösem Geist. Wenn der Dingo zum Leben erwacht, dann lassen sie ihn auf ihre Feinde los.

Dieser Kulpunya aber ist ausgesandt, die weiße Frau zu töten, die in ihre Jagdgründe eingedrungen ist …

Aram, schreit Ella, Aram!

Aram ist weg.

Nach einer Ewigkeit seine Stimme von wo.

Los, worauf wartest du! … Ella springt auf, aber da hat sich das Fell des fauchenden Monsters bereits geglättet, die zimtfarbenen Staubwirbel legen sich, und zum Vorschein kommt ein Ausflugsbus der Luxusklasse. Er hält, Aram verstaut eilig die Räder im Gepäckraum und wartet ungeduldig. An den kopfschüttelnden Touristen vorbei boxt er Ella schließlich in eine freie Reihe, quetscht sich erleichtert daneben und läßt sich, vom Fahrer erst mit Vorwürfen bedacht und dann mit einem eiskalten Drink versorgt, durch die Wüste kutschieren. Dem berühmtesten aller Sonnenuntergänge entgegen. Dem Sunset am Ayers Rock.

Daß ES wieder passieren würde, weiß Ella mit der Gewißheit einer Hellseherin. Alles Reden nützt nichts, es reibt nur auf.

Der mit Orangensaft verdünnte Sekt ist es gewesen. Das Herz ist ihr stehengeblieben bei der kleinen Familienfeier, als Aram daran nippte. Aber die Befürchtungen waren offensichtlich grundlos. Kein Anzeichen eines Rückfalls. Aram löffelt weiter brav sein Joghurt, von dem er sich Wunder verspricht, trinkt Unmengen Kaffee. Von einer Stunde auf die andere bleibt das alles jedoch unangetastet, die bemühte Geschäftigkeit hat so abrupt aufgehört, wie sie angefangen hat. Der bekannte klagend-anklagende Blick, das tatenlose Herumsitzen, nur von kurzen Ausflügen in die Abstellkammer oder ins Schlafzimmer unterbrochen. Ella hält Nachschau, entdeckt eine halbleere Weinflasche im Aktenschrank, doch erst als die Kinder weg sind, stellt sie ihren Mann zur Rede. Der will natürlich nichts von einer Flasche wissen und fordert sie höhnisch auf, ihm doch diese Flasche zu zeigen. Sie zieht wortlos den Aktenordner heraus, mit dem sie getarnt war – nichts.

Na, bitte! ruft Aram triumphierend. Ella reißt sich den Ehering vom Finger, schmeißt ihn ihm ins Gesicht.

Arams Kakadublick, kreisrund und starr, kein Lidschlag. Nur das bewußte Schnauben, mit dem sich das Unheil ankündigt. Sie duckt sich. Aram besinnt sich, zieht sich ins Schlafzimmer zurück. Aufreizend laut dreht sich der Schlüssel im Schloß.

Alles Weitere erinnert fatal an Cooks steuerloses Schiff, wie es dem tödlichen Riff entgegentreibt. Skandal reiht sich an Skandal, da kannst du sagen oder machen, was du willst.

Eben von einer Reise im Auftrag ihrer Zeitung zurückgekehrt, kann sich Ella die Bemerkung nicht verkneifen, daß das schmutzige Geschirr in der Küche noch genauso herumstehe wie vor drei Tagen. Aram brüllt, was sie sich denn einbilde, packt sie am Arm und wirft sie, sozusagen als Willkommensgruß, aus der Wohnung. Natürlich nur, um ihr augenblicklich nachzulaufen und um Verzeihung zu bitten. Der Versöhnung folgt ein Krach wegen eines von Ella gekauften Salats, der in Arams Augen viel zu wenig Blätter hat. Sie rennt schreiend weg, als sie zurückkommt, findet sie einen Scherbenhaufen vor, Alis in Tränen, aus dem Schlafzimmer ertönt lautes Schnarchen. Nur mit Mühe ist aus der Tochter herauszubekommen, was passiert ist. Der Vater habe ihr so zugesetzt, daß sie sich nicht anders zu helfen wußte, als was zu zerstören. Dann rafft sie schluchzend ein paar Sachen zusammen und ist mit dem Schwur, sich nie wieder in diesem Irrenhaus blicken zu lassen, draußen.

Stunden später dann ein Anruf von der Polizei – ein Unfall, Totalschaden. Aber beruhigen Sie sich, Ihrer Tochter ist nichts passiert. Auf schnurgerader Straße in eine Straßentafel gefahren. Eingeschlafen wahrscheinlich, oder zerstreut, sowas kommt vor ...

Sowas kommt vor. Und nichts, das nicht schon dagewesen wäre. Die Überlebensstrategien werden immer ausgefeilter.

Wie behalf sich Simpson beim Buschbrand? Er legte selbst ein Feuer, das sich den Flammen entgegenfraß und einen sicheren Bannstreifen hinterließ. Dem Wahnsinn mit Wahnsinn begegnen, heißt das im Klartext. Wie das geht? Es geht ganz von selbst. Und ändert trotzdem nichts.

Eines Nachts ist es wieder soweit. Erst ist Aram heiß. Dann ist ihm kalt. Dann steht er auf, geht herum, legt sich wieder nieder. Greift sich ans Herz, klagt über Kopfschmerzen, hustet Schleim, schneidet Grimassen, gibt unartikulierte Laute von sich ... Ella zählt die Stunden, die Minuten, fest entschlossen, die Sache ohne Notarzt durchzustehen. Mag er zum Teufel gehen. Er hat es selbst so gewollt.

Aram geht weder zum Teufel noch sonstwohin. Er hält durch, bis der Hausarzt am Montag seine Praxis aufmacht und dem drohenden Anfall buchstäblich in letzter Minute mit einem Medikament vorbeugt und ihm solange ins Gewissen redet, bis er alle Eide schwört, nie, nie, nie mehr zu trinken.

Niemand wollte Balyet töten. Ihr Vergehen war zu groß, und der Tod eine zu geringe Strafe. Daher beschloß der Stamm, sie in die Berge zu verbannen. Seither lebt sie in den öden Tälern und Schluchten, und nie wird sie sterben, da selbst der üble Geist Noatch ihre Seele nicht haben will. Immer sehnt sie sich nach jemandem, der ihr antworten möge, ruft und ruft und versucht, einen Menschen in ihre Wüste zu locken. Man kann ihre Gestalt nur am Tag oder nachts im hellen Mondlicht als einen Schemen erkennen, und nie wird sie mehr glücklich, denn noch jeder, der ihrem Ruf gefolgt ist, starb in ihren kalten Armen ...

Das unheimliche Glitzern in seinem Blick! Kein Glitzern eigentlich, sondern ein in sich gerichtetes Licht wie ein blinder Spiegel, der nichts reflektiert, aschfarben entrückt. Wie es dich verfolgt, dieses Licht, seit Tagen schon, von der Küche ins Wohnzimmer, vom Wohnzimmer in die Küche, von der Küche ins Badezimmer, vom Badezimmer ins Schlafzimmer, vom Schlafzimmer in die Küche, wie es dich durchbohrt, in deinem Rücken spürst du es, wenn du schreibst, telefonierst, fernsiehst, ißt, im Schlaf spürst du es, wenn du nicht schläfst, spürst du es, selbst hinter der verschlossenen Tür noch fühlst du diesen Blick auf dich gerichtet.

Eine unsichtbare Spannung liegt in der Luft, aufgebaut aus dem hartnäckigen Schweigen, welches seit Tagen herrscht. Ella erträgt es nicht länger, gibt das ihre auf, sagt was. Ein unartikuliertes Fauchen ist die Antwort.

Aram schläft nicht mehr, er kocht nicht mehr, er geht nicht mehr zum Fußball, er fährt auch nicht mehr fort, erklärt, daß er alle Arbeit von zu Hause erledigen könne. Wahrscheinlich ist er gekündigt. Auch das Versteckspiel mit dem Alkohol hat er aufgegeben. Er sitzt vor seiner Flasche, die er von Zeit zu Zeit erneuert, und umspinnt Ella mit seiner unheimlichen Aura. Irgend etwas muß vorgefallen sein, aber was? Vergeblich zermartert sie sich den Kopf.

Ella bestürmt Bekannte, irgendwelche. Was soll ich tun? Ich habe Angst! ... Versuche mit ihm zu reden! ... Das hab ich schon. Er reagiert nicht! ... Dann provoziere ihn halt. Kriminalisiere ihn. Und wenn er dich bedroht, verständigst du die Polizei! ... Provozieren womit? ... Wie sollen wir das wissen? Du bist doch mit ihm verheiratet! ...

Nein, noch bist du keine Selbstmörderin. Und dein Mann kein Mörder. Und soviel gibt es noch zu überlegen, zu organisieren für den Fall der Fälle, präventive Schadensbegrenzung, um mehr geht es nicht. Man muß ihn nur beschwichtigen, hinhalten.

Ella beschwichtigt, hält hin. Schwindelt, lügt, hintergeht. Schluckt hinunter und macht sich was vor. Liegt auf der Lauer, taxiert, packt den Fluchtkoffer ein und wieder aus, verliert Dokumente, vergißt, was sie bei welchen Leuten deponiert hat. Dauernd fehlt irgendwas. An Arbeit nicht zu denken.

Wenn ein Mann trinkt, ist immer die Frau schuld, das ist hinlänglich bekannt. Und wenn eine Frau trinkt? ... Aber du trinkst doch nicht, höchstens ein Schlückchen hin und wieder aus den konfiszierten Flaschen. Das nimmt dem Lauf der Dinge ein wenig von seiner Unerbittlichkeit, schmiegt sich wie Öl in die zerfressenen Räder des Denkgetriebes. Und dann verwandelt sich das einsame Echo in eine Brotfruchtblüte, auf der die Farben des Regenbogens ruhen.

Durch die Straßen irrt Ella, durch die Stadt. Welche bloß? Sie hat doch ganz normal das Haus verlassen, ist ganz normal ... Ein Auto bleibt laut hupend vor ihr stehen. Kannst du nicht schauen, blöde Gans? schimpft ein Mensch durchs heruntergekurbelte Fenster. Sie reißt die Augen auf. Sie hat doch geschaut, dorthin hat sie geschaut, aber was soll man denn machen, wenn die Autos auf der falschen Seite daherkommen ... Oder ist es doch die richtige? Wohin fällt hier eigentlich der Schatten? Und wie ist es mit dem Mond, nimmt er nach rechts zu oder nach links? Die Augen im Kreuz des Südens, sind es vier oder fünf? ... Wo, verflucht, ist Lin, don't panic, er hat doch versprochen ...

Ella schläft nicht mehr, sie schreibt nicht mehr, sie verläßt das Haus nicht mehr. Was passiert ist? Aram hat ihre Mappe an sich genommen, anders ist deren Verschwinden nicht zu erklären. Damit ist Ellas letzte Bastion gefallen – kein Zeuge, kein Beweis mehr für irgendwas.

Die letzten Tage hat er nur mehr gelallt. Er weinte und soff, soff und weinte. Wenn er sie nicht beschuldigte oder beschimpfte, dann flehte er sie an, ihn zu trösten. Meistens lag er im Bett, aß nichts, und wenn sie ihm etwas hinstellte, dann merkte er nicht, wie ihm alles von der Gabel fiel und daß er eine leere Gabel zum Mund führte. Die Wohnung verließ er nur, wenn der Wein ausgegangen war, und nicht einmal, wenn er schlief, war Ella vor ihm sicher. Er bestand darauf, daß die Schlafzimmertür immer offen blieb, und da sein Schlaf kein richtiger Schlaf war, entging ihm kein Wort Ellas und keiner ihrer Schritte.

Nur er war unglücklich, nur er war müde, ausgebrannt, hatte alles der Familie geopfert, nichts als ein Geldsack sei er für sie, alles sei ihr wichtiger als er, und jetzt hätten ihn auch noch die Kinder verlassen ...

Wenn Ella böse war, dann dachte sie, seine Haut umspanne einen dröhnenden Hohlraum, in dem nichts stattfinde, in dem aber auch kein Platz für irgendeine Erkenntnis sei, denn alle Worte prallten ab von dieser zum Zerreißen gespannten Haut wie der Schlegel von einer Pauke. Wenn sie Mitleid mit ihm hatte, dann war es ihr, als habe der Panzer, der seine Seele umschloß, ein Leck, und es sei ihr Versagen, wenn es ihr nicht gelinge, dieses Leck zu stopfen und seine Seele vor dem Ausrinnen zu bewahren.

Fuhr Aram aus dem Dämmerzustand hoch, dann machte er sich zuallererst auf die Suche nach seiner Frau: öffnete alle Türen, ja sogar die Schränke. Wo ist sie? stammelte er ins Telefon, wenn es ihm gelang, die Nummer seiner Schwiegermutter zu wählen. Die schlief auch nicht mehr, war in ständiger Sorge um ihre Tochter, die immer öfter von Mord oder Selbstmord gesprochen hatte.

Alles geriet aus den Fugen, alles. Im Haushalt ebenso wie in der Kommunikation. Niemand kam mehr, niemand rief an. Was kaputt war, blieb kaputt, was zu tun gewesen wäre, wurde einfach ignoriert. Jedem ging es nur noch darum, wie er mit dem anderen fertig wurde. Und wenn nicht geschrien wurde, dann herrschte dieses unheilvolle

Schweigen. Umso überraschender kam dann der Satz, der verhängnisvolle Satz.

Es war Aram anzusehen, welch unendliche Mühen ihn dieser eine Satz kostete. Er würgte ihn hoch durch einen Wust von Sätzen, alles Unrat, alles nicht das. Was aber, und wie? Er brauchte lange. Wie ein Computer, der vergeblich alle Dateien nach einer gespeicherten Information abfragt, so frug er sein Gedächtnis nach dem Satz ab, der ihm fehlte. Er war einfach nicht da.

Ella saß neben ihm und starrte ins Fernsehen, als er zu reden anfing. Eine unendliche Anstrengung stand hinter Wörtern, die keinen Sinn machten. Irgendwas von einem Vertrag sagte er. Ella sah ihn verständnislos an. Er probierte es auf Englisch. Ella verstand ihn trotzdem nicht. Er probierte es in allen Sprachen – nichts. Ella zuckte nur verächtlich die Achseln und starrte weiter ins Fernsehen.

Aber Aram gab nicht auf. Hinter seiner Stirn arbeitete es. Was? Er setzte an, wieder und wieder. Ella beachtete ihn nicht weiter. Sie wunderte sich nur über die Hartnäckigkeit, mit der er nach ganz bestimmten Worten suchte.

Ich möchte nicht mehr trinken müssen! kam es plötzlich aus seinem Mund.

Ella riß es herum. Aram wiederholte den Satz mit einer Deutlichkeit, zu der er in diesem Zustand normalerweise nicht fähig war. Und dabei sah er Ella so an, als sei sie sein Dämon, den er um Gnade anflehe. Dann brach er in bittere Tränen aus.

Ella umarmte ihn. Sie hatte ihn schon lange nicht mehr so innig, so aufrichtig umarmt. Und ihr Felsenherz zersprang in Millionen und Abermillionen winzigkleiner Körnchen von der Farbe roten Ockers.

Nun ist Aram wieder mal drin. Und du draußen. Oder ist sie drin, und du bist draußen? Ella liegt da und tut nichts. Schaut zu, wie der Luftzug die Spinnweben oben in der Ecke bewegt. Was sollst du auch tun? Was soll denn auch gewesen sein? Morgen soll Aram entlassen werden, wieder einmal. Und alles wird noch schlimmer werden. Denn diesmal hat sie ihren Mann in die geschlossene Anstalt gebracht. Hat die Polizei gerufen, als er friedlich im Bett lag und ihn abführen lassen wie einen Verbrecher.

Wie die Leute im Haus geschaut haben! Der jungen Frau von nebenan fiel erst der Wäschekorb aus der Hand, als sie die vier Uniformierten im Flur sah, aber dann marschierte sie tapfer durch die Versammlung und setzte sogar ein verführerisches Lächeln auf.

Aber das Krachen und Schreien in der Wohnung blieb aus. Und die Festnahme verlief so friedlich, daß sich Ella zum Abschied bei den Polizisten entschuldigte.

Ich dachte, er würde ...

Ist schon gut, sagte einer von ihnen und klopfte ihr tröstlich auf den Arm. Wenn Sie wieder was brauchen, haben Sie keine Hemmungen.

Die Erleichterung, die auf den Schock folgte, als er aus dem Haus war! Endlich würde er die Behandlung bekommen, gegen die er sich mit Händen und Füßen gewehrt hatte. Und sie würde endlich ihr Leben selbst bestimmen können, vielleicht würden sogar die Kinder wieder zurückkommen. Mein Gott, es gab ja soviel zu tun, vor allem müßte endlich wieder aufgeräumt werden! ...

Sie holte tief Luft und machte sich daran, den Computer erneut zu installieren. Er war schon abgekabelt gewesen, damit sie ihn schnell aus dem Haus schaffen konnte, so wie sie auch die notwendigsten Kleider, Bücher und Sonstiges im Keller griffbereit liegen hatte, um bei Arams nächsten Tobsuchtsanfall endgültig abzuhauen, egal, wohin. Mochte er sich zu Tode saufen! Die Bücher, ja, die müssen wieder herauf, auch die anderen Sachen ...

Das Telefon! Ella stürzt hin. Es ist der erwartete Anruf des Spitals, in das sie Aram eben gebracht haben.

Ihr Mann ist voll zurechnungsfähig, teilt ihr die diensthabende Ärztin mit. Ich verstehe nicht, wie Sie auf die Idee kommen, ihn von der Polizei aus dem Bett holen zu lassen! Eheprobleme sind doch kein Grund, ihn zu ...

Ella fällt aus allen Wolken. Aus dem Bett, ja, schreit sie in den Hörer. Aber hat er Ihnen auch gesagt, wie er in dieses Bett gekommen ist?

Nun ja, er hat ein bißchen getrunken, das streitet er auch nicht ab. Aber deswegen können wir ihn doch nicht hier festhalten. Also, holen Sie ihn ab, oder soll ihn die Rettung heimbringen?

Warten Sie, um Himmels willen, ich muß Ihnen die Situation erklären!

Aber machen Sie's kurz, sagt die Ärztin. Ich habe mich um eine Neuaufnahme zu kümmern, einen ernsten Fall ...

Das ist ein ernster Fall! brüllt Ella. Es geht um mein Leben, so verstehen Sie doch! Er bringt mich um, wenn er heimkommt, weil er glaubt, ich hätte die Polizei auf ihn gehetzt. Sie haben keine Ahnung, was sich in Hongkong abgespielt hat. Er ist Amok gelaufen, ein chinesischer Freund hat ihn aus dem Gefängnis geholt ...

Haben Sie Zeugen, daß er Sie umbringen will?

Wie soll das jemand bezeugen, wenn er mir das meistens in einer Sprache androht, die kein Mensch versteht? Ich kann doch nicht jedesmal einen Dolmetsch dabeihaben, wenn er betrunken ist!

Und wie wollen Sie dann wissen, daß es Morddrohungen sind?

Soviel verstehe ich mittlerweile nach zwanzig Jahren mit ihm!

Also, holen Sie ihn nun ab oder nicht? sagt die Ärztin gereizt.

Gut, ich komme, sagt Ella. Und dann können Sie mich statt meinem Mann behalten. Ein ernster Fall, das garantiere ich Ihnen. Ein todernster …

Ein Warteraum. Pyjamagestalten. Komische Gesten. Lauernde Blicke. Genervte Sanitäter. Übertriebene Freundlichkeit. Düstere Gedanken. Und diesmal kein Lin.

Aram, der sich an nichts erinnert. Und kein Zeuge, schon wieder keiner. Und ein Großaufgebot der Polizei, schon wieder, wegen einem hysterischen Weib!

Dazu die Gewißheit, daß abnormale Liebe nun in abnormalen Haß umschlagen wird.

Wie ein Nagel wird der Gedanke in Arams Fleisch sitzen, daß ihn Ella im Irrenhaus einsperren wollte, um ihn zu betrügen. Ihr Einkaufsgang war ja bloß ein Vorwand! Nur ein Liebhaber kann dahinter stecken, er weiß es, und er muß alles tun, um das zu verhindern. Er liebt doch seine Frau, er liebt sie mehr als sein Leben. Er liebt sie so, daß er diesen Gedanken nicht erträgt. Sie aber ist in Wahrheit ein abgefeimtes Weibsstück, das geglaubt hat, ihn auf diese Weise loswerden zu können. Aber da hat sie sich ordentlich getäuscht …

Zwei Pfleger schießen an Ella vorbei. Der war doch gerade da? Wo ist er denn? Sie sprechen offensichtlich von Aram, der hier auf Ella warten sollte. Sie telefonieren aufgeregt mit dem Portier. Die Ärztin ist böse, reißt sich aber vor Ella zusammen. Er wird gleich kommen, beruhigt sie Ella. Wahrscheinlich will er Sie auf dem Parkplatz erwarten.

Ella rennt die Stiegen hinunter. Wenn er jetzt weggeht, ist alles verloren! Er muß dableiben, er muß!

Vor dem Eingang redet ein Pfleger beschwichtigend auf Aram ein. Der schreit Ella an, was sie ihm eingebrockt habe, daß sie dafür büßen werde, daß sie ihn sofort nach Hause zu fahren habe, daß er sie dort umbringen werde …

Er will mich umbringen, schreit Ella den Portier an. Ich steige nicht in dieses Auto. Ihr seid schuld, wenn mir was passiert!

Der Pfleger bedeutet Ella, ruhig zu sein, und kann Aram tatsächlich überreden, auf die Station zurückzukehren.

Dort hört sich die Ärztin endlich Ellas Version an. Und die lautet so: Von einem Einkaufsgang zurückgekehrt, habe sie festgestellt, daß ihr Mann entgegen seiner Gewohnheit das Haus verlassen habe. Als er auch nach zwei Stunden nicht zurück gewesen sei, habe sie sich auf die Suche nach ihm gemacht und ihn schließlich, mehr tot als lebendig, im abgeschlossenen Auto gefunden, das auf einem Parkplatz in der glühenden Julisonne stand. Er mußte also versucht haben, den Alkohol abzusetzen, diese Absicht habe er ja am Vortag angekündigt, die Folge seien die ihr bereits zur Genüge bekannten Entzugssymptome gewesen. Während sie noch überlegte, ob sie die Polizei oder die Rettung holen solle, sei er heimgetorkelt und ins Bett gefallen. Es sei ihr jedoch nicht möglich gewesen, einen Arzt anzurufen, er habe ihr jedesmal gedroht, wenn sie sich dem Telefon näherte. Schließlich sei es gelungen, eine Freundin zu verständigen, kurz darauf sei die Sirene eines Rettungswagens zu hören gewesen, und der Notarzt sei samt Begleiter, einem Bullen von furchteinflößender Statur, hereingestürmt und habe von der Einweisung in die Psychiatrie gesprochen. Das sei für ihren Mann das Reizwort gewesen. Ins Irrenhaus willst du mich also stecken, habe er gebrüllt. Sie habe gewußt, wozu er in diesem Zustand fähig ist. Hongkong – diese Geschichte, die ihr niemand glaube ... Sie habe dem Arzt bedeutet, vorsichtig zu sein. Der habe daraufhin von seinem Auto aus die Polizei angerufen. Ella selbst habe vorgezogen, die Beamten im Stiegenhaus abzuwarten, um ihnen die Situation zu schildern. Diese hätten Verstärkung angefordert, und dann seien sie also dagestanden, vier Mann hoch. Der Rest sei dem Akt zu entnehmen.

Aram hat während Ellas Schilderung mehrmals versucht, sie zu unterbrechen, ohne sie jedoch dabei anzusehen. Als ihm die Ärztin alle Einwände verbietet, beginnt er zu zittern. Dicke Schweißtropfen rollen über die Stirn. Es ist für Ella der Moment, auf den sie gewartet hat – die Ärztin sagt was von akutem Prädelir und gibt dem Wärter einen Wink. Der stellt sich vor die Tür.

Damit ist Aram vorläufig in der geschlossenen Abteilung der psychiatrischen Klinik in Verwahrung.

Wie lange wohl? Die nächsten Tage sind ein Tauziehen zwischen der Klinik, den Juristen, Aram und Ella. Aram will hinaus. Die Ärzte wissen nicht, wem sie glauben sollen: ihm oder seiner Frau. Aram redet von der vielen Arbeit, die zu Hause auf ihn warte. Ella davon, daß sie Angst vor ihm habe, jetzt erst recht, er werde ihr diese Schande nie verzeihen. Sie schleppt ihre Sachen zwischen der Wohnung und ihrem provisorischen Unterschlupf hin und her.

Im Fall seiner Entlassung muß sie sofort weg. Und die Redaktion? Und die Leute, die sie nicht erreichen werden? Und überhaupt?

Ella entschließt sich zum Bleiben. Koste es, was es wolle. Vielleicht behalten sie Aram, vielleicht behandeln sie ihn. Sowas dauert Wochen …

Das Telefon – das Spital.

Es tut mir leid, sagt die Ärztin. Aber das Gesetz gibt uns keine Handhabe. Außerdem sind die Symptome abgeklungen. Ihr Mann macht einen sehr vernünftigen Eindruck. Sie sollten nicht so streng mit ihm sein. Meinungsverschiedenheiten, ach Gott, wo gibt's die nicht, und wo kämen wir denn hin, wenn wir alle Leute, die miteinander nicht fertig werden, therapieren müßten!

Da schießt Ella endlich los. Hören Sie, Frau Doktor. Es gibt da einen Zeugenbericht, aus dem hervorgeht, wozu mein Mann fähig ist! ... Sie legt in hektischem Tempo mit ihrem Hongkongkrimi los.

Na gut, sagt die Ärztin und klingt nun etwas verunsichert. Dann bringen Sie mir Ihren Bericht. Wenn das stimmt, was Sie sagen, dann sind wir wohl rechtlich abgesichert.

Fieberhaft durchstöbert Ella ihr Versteck, blättert ein Buch nach dem anderen durch – nichts, außer den Staubwolken, die daraus aufsteigen. Aber da hat sie den Brief doch hineingegeben, in eines dieser Bücher auf diesem Regal, Bücher, die Aram doch nie im Leben angreift! ... Das gibt es doch nicht!

Der Verdacht wird zur Gewißheit: Aram hat geahnt, daß Ella ihn mit irgend etwas in der Hand hat, hat alle ihre Sachen durchsucht. Und nun auch Lins Bericht entdeckt.

Hat er ihn vernichtet?

Was immer, es ist nichts da, das ihre Behauptungen glaubwürdig machen könnte. Und Ella bleibt nichts anderes übrig, als sich bei der Ärztin zu entschuldigen und der Entlassung ihres Mannes zuzustimmen. Es soll noch heute sein.

Nun liegt sie da und starrt in die Luft. Über ihr tut sich was Seltsames. Ein verzweifeltes Flattern, ein lautloses Flügelschlagen, ohne daß es etwas bewirkte.

Ein Erschlaffen dann, Erschöpfung. Nach einer Weile wieder dasselbe. Der Anblick wird zum Begreifen: Ein Schmetterling hat sich ins Zimmer verirrt und in unsichtbaren Spinnweben verfangen. Bald wird ihn die Kraft verlassen.

Soll sie Aram auf das verschwundene Beweisstück ansprechen? Alles, nur keine Auseinandersetzung! Die Antwort ist bekannt. Er wisse von nichts, wird Aram sagen, er kenne keinen Bericht, und wenn es einen gebe, dann sei das erstunken und erlogen von diesem Schlitzauge Lin.

Und daß ich dich im glühend heißen Auto gefunden habe? Du wärst fast gestorben!

Im Auto gesessen? Ich? Nie im Leben! ...

Das feingesponnene Netz, es kommt nicht zur Ruhe. Da weiß Ella auf einmal, was das bedeutet: Die schwarzen Frauen haben das Seelengarn ausgeworfen! Wenn sie jetzt nichts unternimmt, dann ist es geschehen um sie. Sie rafft sich hoch, läuft ins Reisebüro, läßt sich neue Australienprospekte geben. Studiert, rekonstruiert.

Was macht man eigentlich, wenn man nach einer langen, von ständigem Scheitern bedrohten Reise endlich am Ziel ist? Man bewundert es, umrundet es, erklettert, überfliegt es, hält es fest. Der eine als äußeres oder inneres Bild, der andere als gedachtes oder geschriebenes Wort. Und dann?

Streng deinen Kopf an, Ella, es ist wichtig!

Entnervt von der unglückseligen Fahrradtour, ist es Aram vorerst egal, wohin der Bus fährt. Er schüttet den eiskalten Drink in sich hinein und merkt nicht einmal, daß es bloß Wasser ist. Die Touristenbusse führen hier einen eigenen Trinkwassertank mit, aus dem die Fahrgäste bei jedem Halt einen Becher verabreicht kriegen. Vermutlich geht es dabei weniger um den tatsächlichen Durst als den psychologischen Effekt. Den Stadtmenschen soll doch Abenteuer vermittelt werden, ein Hauch von Expeditionsgeist. Als Aram aber mitkriegt, daß der Bus nicht ins Camp fährt, sondern von dort kommt, wird er wütend und macht Ella dafür verantwortlich.

Also, wie oft willst du dieses Theater noch mitmachen? wettert er. Wir fahren zurück!

Ella schweigt. Sie weiß nicht nur, wohin ein Streit

führen kann, sondern auch, daß es keine Extratour ins Camp geben wird, weil alle Busse um die Stunde des Sonnenuntergangs nur ein Ziel haben – Uluru, den Ayers Rock.

In langen Kolonnen kommen sie daher, dröhnende, stinkende Warane, die der bunten Regenbogenschlange längst den Garaus gemacht haben: Autobusse von jeder Größe und Farbe, aus jeder Richtung. Sie kommen daher und spucken allabendlich Heuschrecken aus, menschliche Heuschrecken, die morgen schon wieder Hunderte oder Tausende Kilometer weiter den nächsten versprochenen Höhepunkt ihrer Pauschalreise bestaunen werden. Nur Ella und Aram, dieses seltsame Paar, das sich weder bei den Trampern noch bei den Reisegruppen einordnen läßt – er in einer altmodischen langen Hose, Zornfalten unter dem Cowboyhut, sie in einer improvisierten Wüstenmontur, die sie als eine Mischung von verkappter Alpinistin und ausgeflippter Hausfrau ausweist –, sind nun schon wieder da.

Das ist das letzte Mal! grollt Aram, als er endlich eingesehen hat, daß kein Weg an diesem verdammten Sunset vorbeiführt. Mir reicht's!

Ella läßt einmal mehr seinen Groll wie eine Naturkatastrophe über sich ergehen und stimmt innerlich den magischen Gesang an, mit dem die eingeborenen Zauberer die Unwetter besänftigen.

Es war der letzte Abend in der Wüste oder dem, was die Buschwächter den Fremden zuliebe so nannten. Es war der letzte Abend, und er verlief genauso enttäuschend wie die Abende davor.

Sie hatten alles mit dem roten Felsen gemacht, was ein Tourist heute mit so einem Naturwunder macht: Waren darauf herumgetrampelt, waren bei mörderischer Hitze rundherum gewandert, hatten in einer Höhle gerastet, und

Aram hatte dort ausgerechnet ein Bohnengulasch verzehrt, das er anstelle eines Getränks mitgeschleppt hatte. Sogar ein Flugzeug hatten sie gemietet und dabei Todesängste ausgestanden – der kaum achtzehnjährige Pilot ging mit dem Luftfahrzeug so nachlässig um, wie anderswo die Halbwüchsigen mit ihrem Moped umgehen. Sie hatten sich also drüberfliegen lassen, hatten es totfotografiert und sich geduldig die Vorträge der Buschwächter angehört, aber seinen eigentlichen Triumph, das Farbspektakel, das hatte ihnen der Berg vorenthalten.

Na, bitte, sagte Aram, als der Fels nun auch zum dritten Mal aus dem Schokoladebraun des Spätnachmittags ins Auberginenviolett des Abends wechselte, ohne in seinem weltberühmten Purpurrot zu erstrahlen. Na, bitte, schnaubte er und stapfte, mit den Armen rudernd, als hätte er Schlammklumpen an den Beinen, durch den Dünensand, der fein und trocken war und nun, nach Sonnenuntergang, fahl wie Mondstaub blinkte.

Ella sagte nichts. Sie war mit ihren Gedanken ganz woanders.

Was also macht man, wenn man sein Ziel erreicht hat? Man kehrt entweder dorthin zurück, wo man hergekommen ist, oder man geht darüber hinaus. Ella entschied sich für beides. Und während Aram mit der einen Ella wieder in den Autobus stieg, um die Heimreise anzutreten, begab sich die andere Ella auf jenen unsichtbaren Pfad, der auf keiner Landkarte verzeichnet war.

Er will sich nicht schließen, der Kreis. Ein Blackout, wahrscheinlich. Die Erinnerung setzt erst dort ein, wo es endlich wieder ordentlich kracht. Unterwegs hatte ja, trotz allem, eine erstaunliche Kompromißbereitschaft geherrscht, man wußte, man konnte sich keine offene Konfrontation leisten, so wie Kosmonauten, die gezwungen sind, auf engstem Raum miteinander auszukommen. Kaum aber sind sie wohlbehalten in die Erdatmosphäre eingetaucht, müssen sie die Aggressionen endlich loswerden. Sie gehen aufs Ganze.

Sydney. Ella besteht nach der vierzigstündigen Busfahrt auf einem Taxi, Aram erklärt, das sei viel zu teuer, und wenn sie es vierzig Stunden in einem Bus ausgehalten habe, dann spielten die letzten eineinhalb Stunden mit einem öffentlichen Verkehrsmittel auch keine Rolle mehr. Er wisse genau, wie man zu Tom käme. Verbissen studiert er den Stadtplan, findet trotzdem die Haltestelle nicht, Ella schimpft, sie winkt ein Taxi heran, er zerrt sie weg, sie rennen herum, Ella schreit, er schreit zurück, bis sie endlich doch im richtigen Bus sitzen. Eineinhalb Stunden schweigen sie verbittert, beim Aussteigen entlädt sich der aufgestaute Zorn aufs neue. Aram rennt mit großen Schritten die steile Straße zu Toms Haus hinauf, Ella bleibt zeternd mit der schweren Reisetasche zurück. Sie läßt sich in die Blumenrabatte eines Vorgartens fallen, schwört, keinen Schritt mehr weiterzugehen. Erneut setzt Regen ein, kein Badeidyll mehr, nur bedrohlicher Brandungslärm vom Meer herauf. Aram ist längst davon. Was bleibt Ella da anderes übrig, als ihr Gelübde eiligst zu widerrufen und sich, in Anlehnung an seine Worte zu motivieren: Wenn du zwölftausend Kilometer Irrsinn geschafft hast, wirst du die paar Meter auch noch packen …

Kurze Zeit später sitzen sie wieder in Toms Dschungelgarten, und es ist, als hätte die Parforcetour wirklich nur im Kopf stattgefunden: der beiden Kollegen lässiges Geplauder, Arams ironische Bemerkungen über die mangelnde Kondition seiner Frau, Ellas brütendes Schweigen.

Die letzten Tage in Australien sind angefüllt mit Ausflügen, Picknicks unter Palmen, Lucia di Lammermoor, diesmal live in der berühmten Oper, Papageiengeschnatter, pazifischen Horizonten ...

Schließlich eine letzte Umarmung Toms, ehe die Kühle der Abfertigungshalle und das Gemisch aus hektischem Herumlaufen und bangem Herumstehen, das jedem Abflug doch meist vorausgeht, Ella und Aram umfängt.

Und kein Tom mehr, der das zerstrittene Ehepaar des Zwanges enthebt, miteinander auskommen zu müssen. Verlegen sehen sie aneinander vorbei, als das Gepäck aufgegeben ist und sich herausstellt, daß es bis zum Aufruf des Fluges noch viel zu viel Zeit totzuschlagen gilt. Aram befiehlt Ella knapp, sich im Souvenirladen umzusehen, schimpft dann über das blöde Zeug, das sie dort gekauft habe, und verschwindet hinter dem Paravent eines Coffeeshops, wo ihn Ella bei einem riesigen Glas Bier antrifft. Unter den wenigen Besuchern entdeckt sie ein bekanntes Gesicht. Fieberhaft überlegt sie, wo sie diesen Mann mit dem Kraushaar wohl schon gesehen hat. Der Mann kritzelt unablässig etwas in einen ziemlich abgegriffenen Schreibblock, auch das hat Ella schon wo gesehen. Er hebt kurz den Kopf. Ein Anflug des Erkennens? Nein, irgendwas ist ihm eingefallen, der Bleistift fliegt noch hastiger übers Papier, im dämmrigen Licht der heranbrechenden Wüstennacht füllt sich Seite um Seite eines Reisetagebuchs ...

Genau! Eine Woche und viertausend Kilometer ist es her. Ihr Journalistenauge hat sofort den Kollegen erkannt, ja. Und neidisch hat sie festgestellt: Dieser Mann darf aufschreiben, was ihn bewegt, was er gesehen, was er erlebt hat. Und später wird eine Reportage daraus werden, ein Tatsachenbericht. Ist sie nicht letzten Endes auch mit dieser heimlichen Absicht auf die Reise gegangen? Aber ihre Niederschrift hat sich in ein paar heimlichen Stichworten erschöpft. Wie gerne hätte sie den Mann angesprochen,

Arams grimmiges Gesicht verheißt allerdings nichts Gutes, und so läßt sie es bleiben.

Außerdem ist ihr schlecht. Ist es die Flugangst? Sie läuft auf die Toilette. Es hilft nichts. Aram fährt sie an, wo sie solange gewesen sei, der Flug sei längst aufgerufen, alle Passagiere schon weg. Sie hetzen durch die Halle, von Flugsteig zu Flugsteig, schließen sich einer Gruppe an, die aussieht, als fliege sie auch nach Europa. Europa ist groß. Na und? Es geht heim, fort aus dem Alptraum der Terra terribilis, das Erwachen wird eine Erlösung sein, die Kinder warten, die Arbeit ... Der Gang ist endlos, schon stecken sie in dem engen Schlauch, der das Flugzeug mit dem Flughafengebäude verbindet und durch das nach einem ausgeklügelten Plan eine bestimmte Portion von Passagieren gepumpt wird.

Sorry, sagt der Steward beim Einsteigen, wir fliegen nicht nach Singapur. Sie haben den Flugsteig verwechselt.

Wieso Singapur? schnaubt Ella. Wir fliegen doch nach Frankfurt!

Sorry, aber wir fliegen nach Neuseeland, sagt der Stewart.

Alles wegen dir, läßt Aram seinen Zorn an Ella aus, ohne auf deren Einwände zu hören. Weil du noch immer nicht begriffen hast, daß wir über Singapur fliegen! ... Was das mit dem Umstand zu tun habe, daß sie das Flughafenpersonal in die falsche Maschine gelotst habe, begehrt Ella mit matter Stimme auf. Wozu gibt es eine Bordkarte?

Aram sagt nichts mehr. Bis Singapur wird er nichts mehr sagen. Kein Wort.

Wo, verdammt, ist Singapur? Ellas Finger fährt auf dem Globus den Äquator entlang. Ach, richtig, an der Spitze dieser Halbinsel, wie ein verkümmerter Körperteil des asiatischen Giganten ragt sie in die indonesische Inselwelt.

Ein Giftstachel, der ihr die letzte Dosis Wahnsinn injizierte …

Das viele Blau auf der Rückseite Europas, es reicht fast über die gesamte Hälfte der Erdkugel! Einmal haben sie alle zusammengehört, haben den Urkontinent Gondwanaland gebildet: Afrika, Indien, Südamerika, Antarktis, Australien. Neuesten Erkenntnissen zufolge hat der Einschlag eines Kometen diese Landmasse zersprengt, die einzelnen Teile drifteten auseinander. Am weitesten hat es die australische Scholle abgetrieben, eine Reise von Jahrmillionen liegt nun hinter ihr. Vielleicht ist damit auch der Mythos vom Südland zu erklären, der seit der Antike in den Köpfen von Abenteurern und Königen spukte und sich bis ins achtzehnte Jahrhundert so hartnäckig hielt. Man war überzeugt, daß sich südlich des Äquators, den man sich als furchterregende Flammenwand vorstellte, eine riesige Landmasse befinde, als Gegengewicht zu den Kontinenten auf der nördlichen Hemisphäre. Portugiesen, Spanier, Holländer, Franzosen und Engländer schwärmten mit ihren Schiffen aus, aber alles, was sie fanden, waren die Pünktchen da, die Landbröselchen im unermeßlichen Ozean. Australien lag abseits aller befahrenen Schiffsrouten. Erst Kapitän Cook gelang der Nachweis, daß diese „Terra incognita", die keinen Seefahrer vor ihm zur Kolonialisierung so recht reizte, nicht das gesuchte Südland, sondern ein karger Inselkontinent war. Er umsegelte die Nordostspitze Australiens und berichtete von eventuellen Anbaumöglichkeiten für europäische Getreidesorten und ein paar gar nicht so kriegerisch gesinnten Wilden.

Neun Monate benötigten die ersten europäischen Schiffe, um diesen Einzelgänger unter den Kontinenten zu erreichen, und wer unterwegs nicht an Typhus und Skorbut qualvoll zugrunde ging, der erzählte Schauerliches von den Zuständen an Bord, von Stürmen, Schiffbrüchen und

Irrfahrten. In kaum zwanzig Stunden hat sich Ella von einem Düsenjet hinkatapultieren lassen. Zurück genauso. Mit Zwischenlandung in Bangkok und Singapur. So war es doch, oder?

Die Maschine hatte angedockt, nun wurden die Menschen aus ihrem Bauch gesaugt und in einen lichtdurchfluteten Saal voll mit zierlichen südostasiatischen Figürchen gespien. War es Tag? War es Nacht? Es spielte keine Rolle, denn die Uhrzeit stimmte sowieso nicht mehr. Nichts stimmte mehr – Ella war eigentlich mehr tot als lebendig. Den Flug quer über Australien hatte sie noch mitbekommen, auch den kurzen nächtlichen Zwischenaufenthalt in Bangkok, aber als die Maschine startklar gemacht wurde, da hatte sie plötzlich eine unerklärliche Panik erfaßt. Sie glaubte, schreiend aufspringen und die Luke, die die Stewardeß eben geschlossen hatte, aufreißen zu müssen. Der Atem blieb ihr weg, und das Aufheulen der Motoren erzeugte einen solchen Druck in ihrem Körper, daß sie schon die Sekunden bis zu seiner Explosion zählte. Aber nichts dergleichen geschah. Und bei der Landung sackte sie schließlich in unendlicher Erschöpfung zusammen.

Das war auch der Moment, in dem Aram seine Sprache wiederfand: Er schimpfte.

Ein Durchhaus für europa- und amerikamüde Fernreisende, eine Einkaufsstadt für gelangweilte Australier, ein Schrumpf-China inmitten einer Allerweltsmetropole ist alles, was Ella heute über Singapur zu sagen wüßte. Vielleicht auch das noch: Allgegenwärtiges Lächeln, unerträgliche Schwüle – Hongkong ... Nein, nicht schon wieder! ... Denk an das tolle Hotel, mit erlebnishungrigen Wohlstandsmenschen, die sich beim eindrucksvollen Frühstücksbüffet gegenseitig auf die Füße steigen, denk an die Orchideenstraße, das sinnlose Hin und Her, weil zwei

Menschen sich nicht über das Besichtigungsprogramm einig werden können. Warenhäuser à la London und Paris, Uhren zu Schleuderpreisen, Schmuck wie Sand am Meer. Aram möchte seiner Frau unbedingt ein Goldarmband schenken, von Juwelier zu Juwelier hetzen sie, ohne sich zum Kauf zu entschließen, dunkelhäutige Inder zupfen am Ärmel, schwatzen Aram Anzüge auf, im Handumdrehen nach Maß gefertigt, kleinwüchsige Indonesier locken in finstere Hauseingänge, im Schatten ausladender Palmen fließt Bier in Strömen. Orchideen in jeder Form, nur nicht in Natur: in Gold gegossen, in Seide gestickt, in Email gebrannt das Symbol des Inselstaates, ihre Farben und Düfte so fern wie der Regenwald, der nur auf den Prospekten noch wuchert, und aller Kulturgenuß erschöpft sich im Besuch des Chinesenviertels. Den Touristen zuliebe hat man ein paar malerische Bruchbuden entlang eines stinkenden Flusses stehengelassen.

Ella ist müde. Geh allein stöhnt sie, ich warte im Hotel auf dich.

Aber das Alleingehen ist Arams Sache nicht, er braucht auch in Singapur einen Sündenbock für alles, was danebengeht. Er hat diesen Stop-over bezahlt, und was bezahlt ist, ist auch zu konsumieren, aus, basta.

Ella wagt nicht zu widersprechen.

„International Foodhouse" steht groß über einem Portal europäischen Stils am anderen Ende der Straße, und es ist, als liefen Ella und Aram um die Wette, um den peinigenden Erinnerungen zu entkommen. Über eine Rolltreppe geht es in einen riesigen Speisesaal, in welchem indische, laotische, taiwanesische, malaysische, philippinische und indonesische Köche in winzigen, gegen den Saal durch Vitrinen abgegrenzten Küchen hantieren. Für eine lächerliche Summe kann man sich hier selbst bedienen. Aram häuft sich mongolisches Lammfleisch und kantonesische Ente, Reis und Kartoffeln in solchen Mengen auf den Teller, daß Ella schon beim Hinsehen schlecht wird. Schweigend stochert sie selbst in einem Nudelgericht mit unaussprechlichem Namen, während Aram nur eine Sorge hat: Wieso in diesem verdammten internationalen Foodhouse kein dänisches Bier zu kriegen sei. Er gibt sich schließlich mit einem japanischen Ersatz zufrieden.

Ella und Aram sind so mit dem Verzehr ihrer exotischen Speisen beschäftigt, daß sie dem dumpfen, beharrlich näherrückenden Gedröhn, das von der Straße kommt, keine Beachtung schenken. Erst als es zu ohrenbetäubendem Trommelwirbel, zu ekstatischem Schellengerassel anschwillt, sehen sie sich erschrocken um. Und trauen ihren Augen nicht: Über die Rolltreppe im Zentrum des Saales kommt ein Lindwurm gekrochen. Ja, ein leibhaftiges Fabelwesen, das, die Augen grimmig rollend, den riesigen Schädel auf und nieder wirft, und im Takt der durch Mark und Bein gehenden Rhythmen setzt sich die Bewegung wellenartig über den mächtigen grünen Leib bis in die Schwanzspitze fort. Seine menschlichen Füße sind freilich nicht zu übersehen, auch die schwitzenden Leiber nicht, die unter dem bunten Tuch stecken. Nur Ella scheint sie nicht zu bemerken.

Aram! ruft sie entsetzt und wirft im Aufspringen sein Bierglas um.

Einen Augenblick ist auch Aram fassungslos, doch das ausgeschüttete Bier bringt ihn zur Besinnung. Er packt Ella beim Arm: Bist du verrückt geworden? Das ist doch nur, ja siehst du denn nicht? ...

Nein, Ella sieht es nicht, daß hier ein chinesisches Fest im Gange ist und junge Männer einer Attrappe Leben einhauchen. Sie sieht nur den aufgerissenen Rachen, hört nur das rhythmische Trommeln und Rasseln, das sich zu einem ohrenbetäubenden Lärm gesteigert hat, fühlt den sengenden Atem im Gesicht ...

Nein! schreit sie, und ihr Schrei setzt sich über den Lärm wie der anschwellende Ton einer Sirene hinweg. Nee-ii-n!

Und dann ist der Spuk vorbei. Kein Ungeheuer, keine Aufregung. Aram schnitzelt an seinem mongolischen Lamm herum, die übrigen Besucher des Speisehauses sind in ihre unergründlichen Gespräche vertieft.

Hat Aram sie nicht gehört? Nein, hat er nicht. Einen inneren Schrei, den hört bekanntlich niemand.

Nichts ist geblieben, fast nichts. Eine Reise wie jede andere, ein Besichtigungsprogramm, das wie am Schnürchen ablief, der Beweis liegt auf der Hand: Allerweltsfotos, mit denen man sich die Ansichtskarten, Ansichtskarten, mit denen man sich die eigenen Fotos ersparte. Prospekte. Kitschige Wurfhölzer. Primitive Schnitzereien, angeblich Eingeborenenkunst. Rote Steine. Ein Gläschen voll rotem Sand. Und ein paar Seiten Sonnenuntergangsprosa.

Ella steht vor dem Globus, dreht ihn hin und her. Und je länger sie es tut, umso deutlicher beginnt sich darauf die Linie abzuzeichnen, die ihr Leben ist: eine Spirale, die am Rande Asiens beginnt, mit ihrer Windung die Ränder Australiens erfaßt und sich im Inneren verläuft.

Alles geht nach innen, verklumpt sich, wird zum Fels.

Baiame hat ihn geformt, und Yhi, die Göttin der Sonne, hat ihm Leben eingehaucht. Erkennt ihr nicht die Fingerabdrücke des Großen Geistes in den Schattenlöchern? Nicht die herrlichen Gewänder, die Yhi Abend für Abend abstreift, seht ihr nicht, wie Uluru in ihrem Glanz erstrahlt? Fühlt ihr nicht den feurigen Atem Kulpunyas durch die Büsche streichen? Hört ihr nicht die Steine am Fuß des Berges von den Kämpfen der Traumzeithelden reden? Und wißt ihr, daß ihr sterben könnt, wenn einer der Unsrigen den magischen Knochen auf euch richtet? …

Ja, ja, diese Ureinwohner! Aber die Geologen und Buschauffeure wissen es trotzdem besser. Der Felsgigant mitten im Flachland sei ja nur der sichtbare Teil eines Monolithen, der wie ein Eisberg seine eigentlichen Dimensionen dem menschlichen Auge und Vorstellungsvermögen entziehe. Und die ungewöhnliche Verfärbung nichts weiter als ein Zusammenwirken bestimmter Lichtverhältnisse mit dem eisenhältigen Gestein.

Wie immer die Dinge lagen, es konnte nicht ausbleiben, daß vor einigen Jahren ein Weißer auf die Idee kam, das rote Wunder im toten Herzen zu Geld zu machen. Freilich waren die großen Entfernungen zu den nächsten Städten ein Problem, die Salzseen, die sich weißflockig und breiig bis an den Horizont erstreckten, die Hitze, die Giftschlangen und nicht zuletzt die schwarzen Menschen, die garstigen Tieren glichen und behaupteten, dieser Berg sei eine heilige, unantastbare Stätte, an der sich ihre Traumzeitpfade kreuzten.

Aber heutzutage ist ja alles machbar: Eine Asphaltstraße wurde in den roten Wüstensand gewalzt, ein Hotelkomplex aus den Dünen gestampft und in sicherer Entfernung vom Felsen eine Landepiste für Mittelstreckenflugzeuge angelegt.

Die Touristen also waren es, die in diese Gottverlassenheit hereinbrachen, über sie herfielen wie ein Wespenschwarm über eine geplatzte Frucht. Wo auf der Welt gab es so etwas: ein Berg, der weint, ein Berg, der brennt, ein Berg, der blau aus der Erde wächst und weiß um die Mittagsstunde in der Luft zerrinnt. Ein Berg, der lebt. Ein Berg, der stirbt.

Ja, das konnten auch die Geologen und Fremdenführer

nicht abstreiten, daß dieser Berg starb. Der Rost fraß ihn, seine ganze Oberfläche nichts als eine wunde, brüchige Haut, von der sich braune Schuppen lösten. Aber gerade das erhöhte seinen Reiz: Hier war vor deinen Augen die Zeit am Werk. Und überhaupt: Gestein, bruchlos, randlos, beinahe senkrecht aus dem Schoß der Erde heraufbrechend, gipfellos ruhte es in nichts als sich selbst. Die Erosion hatte Löcher in die Wände gegraben, die Jahrmillionen die Flanken an seinem Fuß in große Blöcke zersägt. In weiten, sanften Wellen ging es oben unter dem Himmel hin, gezeichnet von dessen Last. Bei Regen sammelte sich das Wasser in den Mulden und Becken, die es sich selbst in unermüdlicher Arbeit geschaffen hatte, und bahnte sich in silbernen Rinnsalen auf graugrün verfärbtem Fels den immer gleichen Weg in die Tiefe. Und dann, und nur dann war der Berg gesperrt.

Es war ja mittlerweile zur Ehrensache geworden, den Berg nicht nur aus der Ferne zu bewundern, sondern ihn sogar zu bezwingen. Das war nicht ungefährlich, auch wenn der Aufstieg an einer halbwegs gangbaren Stelle mit einer eisernen Kette gesichert war. Immer wieder starben Touristen durch Abstürze, Hitzekoller und Überanstrengung. Und doch quälten sie sich, von großen Autobussen an den Fuß des Berges gekarrt, schwitzend und dem Herzinfarkt nahe, die kahle Wand hinauf, Mensch für Mensch, daß es von weitem den Anschein hatte, als führe hier eine endlose Ameisenstraße über den Kadaver eines Riesentieres.

Dennoch war das Farbenspiel, das sich allabendlich in der Wüste ereignete, immer noch die Hauptattraktion. Seinetwegen kamen die Touristen über Tausende Kilometer angereist, nahmen sie tagelange Busfahrten und horrende Hotelpreise in Kauf. So versammelten sich auf einem zur Schonung der kargen Vegetation eigens eingerichteten Aussichtsplatz Hunderte von Schaulustigen, die wie auf ein Zeichen in ein Oh und Ah ausbrachen und die Betrachtung vornehmlich dem Auge ihrer Kamera überließen. Und kaum einer ahnte, was er dabei tatsächlich versäumte.

Den Augenblick nämlich, wenn der Berg sich zu regen begann. Wenn er in einer Sprache zu den Menschen redete, die keine Worte kannte. Wenn er lautlos und majestätisch die Ewigkeit verkündete. Wenn das Ziegelrot des Tages blutrot aufflammte, ehe Schattenstreifen darüber zu wandern begannen, schokoladebraun und gestochen scharf die wunderlichen Konturen des Felsens heraustraten und schließlich ein tiefes Violett mit dem Abendblau des Himmels kontrastierte. Wenn man vergaß, sich über den Vordermann aufzuregen, der die Sicht verstellte. Wenn Mühsal, Hitze und die unverschämten Preise vergessen waren. Wenn – die Traumzeitwesen zum Leben erwachten.

Doch eines Tages passierte es: Der Berg blieb stumm. Wie immer neigte sich die Sonne, wie immer erreichte sie, genau auf die Sekunde, den Rand der Welt. Aber da war nichts. Kein Leuchten, kein Schattenspiel, nur das stumpfe Verdämmern toten Gesteins. Verlegen sahen sich die Touristen an: War das alles? fragte ihr Blick. Und: Haben Sie vielleicht etwas gesehen, das ich nicht gesehen habe?

Das ist das Wetter, meinten die Touristikmanager. Wissen Sie, bei gewissen Luftdruckschwankungen, naja, das Licht bricht sich nicht immer gleich in der Atmosphäre, aber reisen Sie um Gottes willen nicht ab, morgen gibt's garantiert wieder so einen Sonnenuntergang, genau wie in unseren Prospekten!

Es gab ihn auch am nächsten Tag nicht, den Sonnenuntergang der Prospekte, Ansichtskarten und Abbildungen auf T-Shirts und Postern. Das heißt, den Sonnenuntergang gab es natürlich schon, aber es geschah nichts dabei. Der

Berg reagierte nicht. Er war und blieb auch in den nächsten Tagen und Wochen stumm.

Die Touristen begannen abzureisen. Eine Besteigung allein genügte ihnen nicht. Ihnen war eine unvergeßliche Sonnenuntergangsstimmung versprochen worden, und das hier war nichts weiter als ein stumpfer Brocken.

Uluru ist müde, sagten die Ureinwohner, deren Sprache so knorrig war wie ihre Gestalt. Ihr müßt ihm Ruhe gönnen! Die Touristikmanager lächelten milde. Ja, ja, sagten sie, wir sind es auch ... Ihrer eigenen Ratlosigkeit aber begegneten sie mit verstärkten Werbekampagnen. Nachdem wissenschaftliche Analysen des Phänomens ergebnislos geblieben waren, mußten sie sich was Neues einfallen lassen. Man konnte doch die sündteuren Hotels nicht leer stehen lassen, wozu hatte man den Flugplatz gebaut, wenn sich kaum eine Maschine mehr herverirrte, wozu mitten in der Einöde eine Panoramastraße angelegt, Parkplätze, unter den schwierigsten Bedingungen Wasserlöcher gebohrt?

Womit aber konnte man die Touristen zurückgewinnen? Mit den Röstpfannen der Salzseen war kein Staat zu machen, mit dem rupfigen Busch und den paar Känguruhs sicherlich auch nicht. Da blieben nur die Felsdome am Horizont, die wie eine uneinnehmbare Festung ein vegetationsreiches Wandergebiet umschlossen. Man müßte eine ordentliche Straße bauen, Bustransporte organisieren, sich Attraktionen einfallen lassen ...

Die Straße kam, die Busse rollten an. Spuckten Reisegruppe für Reisegruppe aus, denen herrliche Wandererlebnisse versprochen worden waren. Wandererlebnisse bei fünfzig Grad Hitze? Eine Tierwelt, die sich in Giftschlangen, und eine Flora, die sich in Giftpflanzen erschöpfte? Nein, danke. Matt saßen die Touristen im mageren Schatten eines verkrüppelten Eukalyptusbaumes am Rand des Parkplatzes und hatten, während der Reiseleiter von der Entstehungsgeschichte dieser archaischen Felslandschaft und den Pungalungariesen und der bunten Regenbogenschlange erzählte, nur den Gedanken an ein kaltes Bier.

Mit anderen Worten, das Konzept ging nicht auf. Die Hotels und Campingplätze verwaisten, das Personal wurde abgebaut. Die Geschäftsleute blieben auf ihren Souvenirs sitzen. Die eingeflogenen Lebensmittel verdarben. Die Touristikmanager begannen, was sie bisher immer den Ureinwohnern vorgeworfen hatten, sich sinnlos zu betrinken und warfen, einer nach dem anderen, das Handtuch. Die Regierung schloß erst den Flughafen, dann das Touristikzentrum. Autoreisende, die noch den Informationen ihrer Reiseführer vertrauten und sich auf eigene Faust herbegeben wollten, blieben in Sandverwehungen stecken oder mußten vor unpassierbaren Straßenabschnitten kapitulieren, denn niemand kümmerte sich mehr um die Instandsetzung nach den winterlichen Überflutungen. Nur ein paar Aufsichtsbeamte des Nationalparks hielten noch die Stellung, aber auch sie verschwanden nach und nach, weil es nichts mehr zu beaufsichtigen gab.

Stille senkte sich über den Berg, und es war die Stille der Wüste, die nichts als den Schrei eines Vogels, das Rascheln eines Reptils duldet. Eine Stille, deren Ruf die Geschöpfe der Traumzeit vernahmen. Von weither kamen sie, scheu näherten sie sich mit ihren Speeren aus Akazienholz dem Land ihrer Vorfahren, aus dem sie die weißen Fremden vertrieben hatten. Wie erschraken sie aber, als sie Uluru erblickten. Totengleich lag der mächtige Leib hingestreckt, seine Haut von grauen Runzeln überzogen.

Und doch wußten sie: Uluru war nicht tot. Er schlief nur und wartete darauf, daß ihn Yhi, vielleicht morgen schon, mit ihrer zarten Hand erwecke.

Fata Morgana

Sechs Seiten, und sonst nichts. Die einzige Wahrheit dieser Reise, deines Lebens – ein schwarzweißes Märchen. Alles andere eingebildet. Erdichtet. Vernichtet.

Schreib sie herbei, die Lösung, schreib sie herbei!

Alles ist schwarz und weiß und austauschbar auf der Welt, nur die Haut der Menschen nicht. Wer es erfunden hat, dieses Spiel? Niemand weiß es, aber soviel ist sicher: Irgendwer schiebt die Figuren hin und her, hin und her, jahrhundertelang, jahrtausendelang. Die Weißen stehen längst als Sieger fest, sie tun bloß so, als sei das Spiel noch offen. Und den Schwarzen, die das durchschauen, bleibt nur die Rückkehr zum Anbeginn.

Damals gehörte die Erde ihnen, und ihre Besitzurkunde war das Lied. Sie haben es ausgesandt in die Welt, nach Norden und nach Süden, nach Westen und nach Osten, und ihre Hautbrüder und Hautschwestern haben es vernommen und sind zu den geheimen Zeremonienplätzen gekommen, so, wie sie deren Botschaften empfingen und dem Ruf folgten, auf den Spuren der Ahnen, mit jedem Schritt benennend, worauf ihr Auge fiel.

Erst die röhrenden Ungetüme unserer Zeit brachten es fertig: Sie zerhackten die Traumpfade, verbauten die heiligen Stätten, und die singende Erde wurde den Schwarzen zur Hölle sprachlosen Seins.

Als die Weißen über den Horizont rückten, erkannten sie, worauf sie sich eingelassen hatten. Dieses Land war nichts für sie. Schon wollten sie aufgeben, als ein seltsames Licht die Wüste veränderte, ein Gleißen, das mehr war als Sonnenglut. Es lag über einem Dünenkamm, und als sie ihn erklommen, sahen sie auf eine schier endlose weiße Fläche hinab, von der sich erst viel später herausstellte, daß sie eine Ausdehnung von vielen Hunderten Quadratkilometern hatte: ein See, und doch keiner – die Sonne hatte längst ihren Durst an ihm gelöscht. Und das, was ihr nicht schmeckte, hatte sie ausgespuckt, einen klebrigen, übelriechenden Sumpf.

Trotzdem schien es, als hätte sie etwas übriggelassen – süßes blaues Wasser. Das war natürlich eine Täuschung, eine Luftspiegelung, die Männer hatten da so ihre bitteren Erfahrungen gemacht. Aber noch nie hatten sie das erlebt: Mitten in diesem See schwamm, zum Greifen nah, ein roter Fels.

Sie rieben sich die Augen. Aber der Fels ließ sich nicht wegreiben, wegdenken. Er wurde nur noch röter. Da kamen sie zu der Überzeugung, daß es ein Berg war. Und wenn es ein Berg war, dann gab auch Wasser dort, Regenwasser. Es könnte an seinem Fuß Tümpel geben, die nicht ausgetrocknet sind. Es könnte Vegetation geben, Tiere. Die letzte Wasserstelle hatten sie längst aus der Erinnerung verloren, auch sie ein Traum, der schmerzte. Die Vorräte gingen zu Ende. Man mußte dort hinüber, koste es, was es wolle. Man mußte riskieren, daß sich auch dieser Berg in Luft auflöste.

Sie machten sich auf den Weg. Einen Tag, zwei Tage lang suchten sie nach einem sicheren Übergang. Aber die Pferde brachen bei jedem Schritt ein und waren kaum aus der heißen Lake herauszubekommen. Erschöpft gaben Mensch und Tier auf, und der Berg blieb ohne Namen.

Noch.

Der magische Knochen, es müßte doch möglich sein ...

Die Erde ein Schachbrett, die Felder verwischt, schwarz und weiß zu Aschgrau zerflossen: Salz. Und das Luftschloß dort: Stein, der Wasser ist. Gib dein Schweigen auf, setz deinen Fuß auf den fahlen, schorfigen Grund ...

Aram, ich muß mit dir reden!

So?

Ein rosa Schimmer über dem See, die Sonne steht schon im Zenit.

Warum nicht?

Ein zweiter Schritt: Aram, so geht es nicht weiter! Wir müssen endlich offen miteinander reden.

So? kommt es erneut aus seiner Ecke. Und dann: Bitte, ich höre.

Aram, was geschehen ist – ich kann nichts dafür.

Ein leises Knistern unter den Füßen. Soll sie? Soll sie weitergehen?

Es ist nichts geschehen!

Erschrocken weicht Ella zurück.

Also gut, es ist nichts geschehen. Trotzdem war die Polizei da und hat dich mitgenommen. Ich hatte Angst um dich, schreckliche Angst! ... Ich weiß doch, was passiert, wenn ...

Wie das knirscht auf einmal! Ellas Atem setzt aus. An Arams Schläfen pocht das Blut.

Wenn was, Ella?

Ella zieht ihren Fuß zurück. Ach, nichts.

Eben, sagt Aram. Das Harte verliert sich aus seinem Blick, jetzt schimmert auf einmal Traurigkeit durch. Und die zweifelnde Hoffnung: Vielleicht ist diese Frau doch kein Spuk? Komm, sagt er versöhnlich, und seine Stimme wird drängend. Laß uns das Schreckliche vergessen ...

Erst, wenn du mir gestehst ...

Die Traurigkeit ist weg. Der Spuk ebenfalls. Die sengende Hitze macht wild.

Es gibt nichts zu gestehen! Ich weiß nicht, wovon du redest.

Aram erhebt sich, geht schwankend auf Ella zu. Komm, komm sofort!

Nein! So nicht! Nein!

Ein Umarmungsversuch, er scheitert am Verlust des Gleichgewichts.

Gekreische, hämisch. Verbissenes Gerangel.

Ellas kippende Stimme, ungehört verhallt sie in verzehrender Verlassenheit, wildem Trotz. Irgendwo liegt ein Messer, man hätte es wegtun sollen, es könnte auch ein Knochen sein.

Aram taumelt durch die Zimmer, ein Verdurstender. Ella! ...

Wo sind die Sachen? schreit Ella, wo hast du sie hingetan?

Welche Sachen? stöhnt Aram. Ich habe nichts wohin getan. Ella, bitte!

Meine – Unterlagen. Hier, das ist alles, was davon übrigblieb! Sie wirft ihm die Blätter ins Gesicht. Sacht segeln sie zu Boden. Wo sind sie? Wo? ...

Was für Unterlagen? Ach, laß die Faxen.

Ich will nicht, ich kann nicht, ich will nicht, ich kann nicht! schreit Ella, krebsrot, vielleicht von der Sonne.

Also gut, lenkt Aram ein. Ich verspreche dir, wir reden darüber, wenn du ...

Da beginnt sich Ella auf einmal die Kleider vom Leib zu reißen, wild schleudert sie Stück für Stück in die Gegend. Bitte sehr!

Das Gehen übers Salz – solange die Kruste trägt. Heißes, schmutziges Eis, zu Schollen aufgetürmt. Und kein Schatten. Nichts.

Doch, schon was: zwei dunkle Pünktchen, einmal sind sie da, dann wieder nicht. Auch sie eine Täuschung? Vielleicht. Aber die Tränen sind echt, dicke weiße Tränen.

Aber jetzt, sagt Ella später, jetzt sagst du mir endlich ...

Aram sagt nichts. Er ist damit beschäftigt, seine Papiere auf dem Eßtisch zu sortieren, als hätte er nie etwas anderes getan. Ella wiederholt.

Ja, meine Liebe? Ach, das. Wenn ich nur wüßte, was du damit meinst. Außerdem, du siehst doch, daß ich zu tun habe ...

Aram, es ist wichtig! Ich halte dieses Versteckspiel nicht mehr aus. Was hast du damit gemacht? Du hast doch alles gefunden, auf jeden Fall ist nichts mehr dort, wo ich es versteckt habe.

Du hast etwas vor mir versteckt?

Ellas Ton, spitz wie ein Messer, vielleicht ein Knochen: Du weißt genau, wovon ich spreche! Meine Aufzeichnungen und ... Lins Bericht, aus dem hervorgeht, was mit dir los ist.

Im Boden bilden sich plötzlich Risse, kleine siedende Gletscherspalten. In der Tiefe dunkles Glucksen.

Ich weiß von nichts, ich kenne keinen Bericht, und wenn es einen gibt, dann ist alles erstunken und erlogen von diesem Schlitzauge Lin!

Alle wissen es, alle!

Du steckst mit ihnen unter einer Decke, das ist es. Du willst mich umbringen. Umbringen willst du mich!

...

Da tut sich ein Abgrund auf, und ein Schrei schießt heraus, reißt die stickige Luft in Fetzen. Ein Schrei, vibrierend anschwellend, die Tonleiter hinauf, in die Welt hinaus, sie von innen betäubend. Und mit einem Schmatzen, das wie ein Seufzen klingt, schwappt beißendes Salz drüber hinweg.

Ella machte sich auf zu den Tiefen der Erde. Da war kein Samenkorn, das auf ihre Berührung gewartet hätte, nur schwarze Schatten. Böse Geister brüllten so lange, bis die Wände der Höhlen ins Schwanken gerieten vom Widerhall und die Schatten müde wurden und weich. Opalene Schimmer huschten durchs Dunkel, Gestaltloses begann Gestalt anzunehmen, Lebloses – Leben.

Schlaft! Schlaft! winselten die bösen Geister, aber schon hatten sich Schleier zu Flügeln gespreizt, Rümpfe auf lange Beine erhoben. Aus allen Ecken kam es gekreucht und gefleucht, und als sie, gefolgt von Myriaden von Insekten, ans Tageslicht floh, da sprudelte buntes, herrliches Leben aus allen Höhlen hervor. Vögel und Tiere umscharten sie, ihre Stimmen erhebend. Und sie machte sich auf, um die Erde in Besitz zu nehmen.

Ihr Mann, sagt der bleichgesichtige Zauberer im weißen Mantel, hat mir alles erzählt. Er macht sich solche Sorgen um Sie, um, äh, Ihren Zustand.

Ella fährt hoch. Mein Zustand? Haben Sie das auch gehört? Der Kookaburra! Wissen Sie eigentlich, was das bedeutet?

Sie können ganz ruhig sein. Bei uns sind Sie in besten Händen!

Weich ist der Stein, weich und rot. Wenn du ihn berührst, spricht er zu dir, und aus allem Getretensein ging er unverwundet hervor. Du mußt ihn nur zu schauen wissen. Sein Blut ist dein Blut. Sein Pulsschlag – der Pulsschlag der göttlichen Schlange. Erzürnt sie nicht! …

Sie sind etwas verwirrt. Ihr Geist …

Wirr? Nicht Ellas Geist. Der ist nur sehr weit weg. Streift, hungerlos, durstlos, durchs Gondwanaland, steckt sich Dünenkämme ins blühende Haar: Ella, die Sonnenfrau, vom Mondmann begehrt. Tya, die Erde.

Ab und zu läßt sie von sich hören, schickt ihrer Schwester Blumen der Sehnsucht oder schreibt ihr Briefe, keine normalen natürlich, sondern Traumbotschaften. Das ist gut so. Aber davon will der weiße Zauberer nichts hören, er besteht auf der Einnahme von Tabletten und redet mit väterlich-priesterlicher Stimme auf sie ein. Nichts kapiert dieser Stümper, nichts. Wie oft schon hat sie ihm zu erklären versucht, daß es nicht um sie, sondern den Meteormann ginge, er habe versucht, sie zu verhexen, im letzten Moment sei es ihr gelungen, ihm den magischen Knochen zu entreißen und gegen ihn selber zu richten, es gelte doch die Larvenmacht zu brechen und das Seelengarn zu zerreißen, das habe ihr die Schwester geraten, die kenne sich aus ...

Ihr Mann, sagte der weiße Medizinmann, läßt Ihnen ausrichten, daß er Sie liebt – trotz allem, was vorgefallen ist.

Was ist denn vorgefallen? fragte Ella und ist auf einmal wach, fast.

Ja, das möchte ich gerne von Ihnen erfahren. Ihr Mann behauptet, Sie hätten, naja, getobt, ein Delirium wahrscheinlich, zu abrupt zu trinken aufgehört ... Sie hätten ihn mit einem Messer bedroht, er habe sich nicht anders zu helfen gewußt, als die Polizei zu rufen. Bitte versuchen Sie sich zu erinnern. Es ist sehr wichtig für Sie.

Gurrimurrai murrai, sagte Ella.

Bitte? sagte der Arzt.

Ach, nichts, sagte Ella und drehte sich von ihm weg. Und während sie da lag, begannen auf einmal Federn auf ihrem Rücken zu wachsen, immer mehr Federn, sie bedeckten bald den ganzen Körper. Ihr Hals streckte sich, die Lippen auf dem kleinen Kopf spitzten sich zu einem Schnabel, ein Auge war dem Tag, das andere der Nacht zugewandt. Noch. Ein Vogelmensch richtete sich auf und setzte sorgsam seine Klauen in den roten Sand, der den

Boden des Zimmers nun bedeckte. Stolz schritt er in die unendliche Ebene hinaus, um die Dunkelheit für immer fortzurollen.

MARION JERSCHOWA

Honigland – Bitterland

Ein Roman aus Moskau

2. Auflage, 300 Seiten
Leinen mit Schutzumschlag
ISBN 3-222-11976-7

„Es ist das beste Rußland-Buch der letzten zehn Jahre. Abseits der großen Politik zeigt es ein erschütterndes Bild der russischen Wirklichkeit."

Carl Gustaf Ströhm

„Ein unglaublich packender Erlebnisbericht, temperamentvoll und ehrlich, immer wieder staunend und auch für den Leser erstaunlich."

Salzburger Nachrichten

Verlag Styria Graz Wien Köln

MARION JERSCHOWA

Wind aus Ost

Erzählungen zwischen zwei Welten

208 Seiten
Leinen mit Schutzumschlag
ISBN 3-222-12072-2

„WIND AUS OST ist eine Sammlung beachtlicher Erzählungen, kein politisches Buch. Doch durch die Einblicke, die es in die vielstrapazierte ‚russische Seele' gewährt, gerade heute als Hintergrundinformation zu den großen Vorgängen auf der politischen Bühne zu empfehlen."

Die Presse, Wien

„Aus ihren Erfahrungen entstand ein sehr einfühlsam geschriebenes, auf genauen Beobachtungen basierendes Buch, das kraft seiner poetischen Sprache das Bild einer Gesellschaft im Umbruch entstehen läßt."

Berliner Morgenpost

Verlag Styria Graz Wien Köln